Salt

李春平 著

人民文学出版社

图书在版编目(CIP)数据

盐味/李春平著. —北京:人民文学出版社,2017
ISBN 978-7-02-013149-5

Ⅰ. ①盐…　Ⅱ. ①李…　Ⅲ. ①长篇小说—中国—当代　Ⅳ. ①I247.5

中国版本图书馆 CIP 数据核字(2017)第 191321 号

责任编辑　孔令燕
装帧设计　陶　雷
责任印制　苏文强

出版发行　人民文学出版社
社　　址　北京市朝内大街 166 号
邮政编码　100705
网　　址　http://www.rw-cn.com

印　　刷　三河市西华印务有限公司
经　　销　全国新华书店等

字　　数　261 千字
开　　本　640 毫米×960 毫米　1/16
印　　张　22.5　插页　1
印　　数　1—15000
版　　次　2018 年 1 月北京第 1 版
印　　次　2018 年 1 月第 1 次印刷

书　　号　978-7-02-013149-5
定　　价　42.00 元

如有印装质量问题,请与本社图书销售中心调换。电话:010-65233595

引　子

有个皇帝，入秋之后，吃什么都无味，便问大臣世上什么东西最有味，有的说“山珍”，有的说“海味”，皇帝摇头不信，便叫来那个姓詹的御厨，问，世上什么东西最有味？御厨说：“山珍海味，盐最有味。”皇帝一听，极为不悦，说：“山珍海味都无味，居然说盐是最有味，胡说，给我拉出去斩了。”詹厨子被推出午门斩首这天，是农历九月十三日下午，当时晴空万里。詹厨子被斩首之后，天色瞬间大变，乌云密布，大雨滂沱。之后一直阴雨连绵，持续了十八天。皇帝不解，便问司天监大夫。大夫战战兢兢地说：“启禀皇上，詹厨子有冤哪！”皇帝便要弄个明白，又找来第二个厨子问。第二个厨子不敢直截了当地回答，只做了五个有盐的菜，五个无盐的菜。皇帝尝了，大悟，才知世上百味，真是盐最有味，可惜那个姓詹的御厨，错杀他了。皇帝后悔莫及，为弥补过失，决定从杀厨师的那一天起，让位十八天，在这十八天里民间允许任意修建，不选吉日，没有凶神干扰。民间称为“偷修日”。老皇历将九月十三日记为“詹天日”，第一天俗称为“进詹”，最后一天为“出詹”，“詹天日”一般天阴多雨。民谚“进詹落雨出詹晴，出詹落雨一冬淋”便由此而来。

——盐的民间故事

巴山夜雨，秋水满池，是诗人喜欢的景象。可夜雨和秋水到处都有，算不得什么稀罕物，只是文人笔下的一个场景罢了。若说巴山蜀水凄凉地，这就有点味道了，有几分哀愁和疼痛在里面，可以玩味，可以探究。要不是几个古代文人屡次提及巴山，巴山还真没什么知名度。话说回来，巴山也确实不是什么名山，比不上黄山、泰山，甚至比不上嵩山，可一百个嵩山再加一百个泰山，再加一百个黄山，它们的总和也没有巴山大。没办法，人家都叫山脉了，是一个庞大的群，所以叫大巴山。大巴山的“大”是指它的体量，辽阔雄浑，铺天盖地，战国时期可以分成若干小国，山高水险的环境，处处是自然掩体，是一个诸侯争霸的绝妙舞台。站在高处眺望，就能感受到它咄咄逼人的霸气势不可挡，从四面八方奔涌而至，然后将汪洋大海中的惊涛骇浪以山的形式凝固下来，让你逃不掉，躲不开。于是，四川、重庆、湖北、陕西四个省市全揽进了它的怀中，无论历史地理怎样变迁，这些地方都无可奈何地成为了它躯体上的固定部分，弱者也好，强者也好，胜者也好，败者也好，都是站在大巴山的身上生杀予夺，休养生息。大巴山像什么？像一张被反复揉搓之后又展开的巨型皱纹纸，总也抚不平，那一个接一个的皱折，隆起的便是山峰，凹下的便是河谷，倾斜的便是高坡，陡峭的便是悬崖。整个大巴山就是这样一个折叠的奇妙产物，所有的神奇和深邃都呈现出明显的折叠之后又再度拉伸的自然效果。笼统看去，是漫无边际的绿色，是空旷悠远的苍茫，这些绿色和苍茫厚重而缠绵，舒展而蓬松，它们遮蔽了崇山峻岭的陡峭与坚硬，隐匿了壁立万仞的傲慢与孤独，淡化了高耸入云的惊悚和险恶。绿荫覆盖下的层峦叠嶂，以严肃的表情，舒缓的姿态，漫不经心地显现出它的脉络与线条，这些脉络与线条没有规律性与逻辑性，杂乱无章却又顺理成章，盘根错节却又浑然天成，找不出丝毫制作上的漏洞，反而有一种亘古不灭的永恒气象。

大巴山最有味的不是山，也不是水，而是盐。盐有味，因盐而生的故事也是有味的。有人说人的味道来自于盐的味道，人吃了盐，所以人也变得有味道了，人的故事也就有味道了。可以玩味的故事自古就有。历史上，我们有两个祖宗都是有名的，一个叫黄帝，一个叫蚩尤。两人的战争就是为了争夺河东盐池，争夺的目的也不是他们个人要吃多少盐，而是为了各自的部落。结果蚩尤成了败北者，形象大减，沈括在《梦溪笔谈》里说，解州盐池的卤水被称为“蚩尤血”，分明就是对失败者的嘲讽式的纪念。而作为胜利者的黄帝就成了英雄，成了一个民族祭拜的对象。其实呢，他们都是我们敬爱的祖宗，他们之间的战争是不能用后世的是非观念去评价的。你不能说他们谁是正义的，谁是非正义的，然后就歌颂一个，谴责另一个。这不过就是一个神话传说而已。

远古时代，先民宿沙氏煮海为盐，开启了中国盐业史的宏大序幕。可是，煮海为盐也只是沿海地区的福事，山里没有海，自然就没有海盐了。好在大自然德泽密布，优待了大海，也不会亏待高山，盐这个宝贝不只是海里才有，山里也藏着。四川省巫溪县大宁厂从虞夏之际就是一方盐业圣地，宝源山上流出来的泉水就是盐水。这个史称“一泉流白玉，万里走黄金”的地方，十分古老，《山海经》上都记载着它的名字，当地民歌则唱得低调而含蓄：“那时还没有周文王。”

汉字是很神奇的文化，有的字从诞生之日起就非常诡异。比如“巫”字。任何一个词语，一旦带上“巫”字就迅速神秘起来。巫山，巫溪，山也巫，水也巫，山水草木都巫成一片了。别处的山泉要么淡而无味，要么是有点甜，大宁厂的山泉却是咸咸的。盐水点石成金，腐朽化为神奇，这方土地的巫气就飘然而生了。巫气的神秘感非常玄妙，你只能隐隐感觉到它的存在，却摸不着，只能用心去捕捉，而不能用眼睛去观看。这个神秘感不是凝固在某一处，而是向四周扩散着，浸淫在土壤里，飘落在树林里，弥漫在空气里，游荡在房舍里，笼罩在人身上。这个神秘感无法准确描述，像蒙蒙细雨，像淡淡晨雾，像数九寒风，像云里残月，像苍穹闪电，像诡异歌舞，但绝不会像太阳，也不像霞光。太阳是亮色，是白炽的，光鲜的，而巫气是黑色的，阴晦的，阴幽的，阴沉的，由此决定了巫气和阳光完全相反的特质。

与重庆巫溪县相邻的，是陕西省镇坪县和湖北省竹溪县，三个县的接壤处像三条巨龙的龙头纠集在一起，竞相争先，不断抬高，抬高到不能再高的高度时，三个龙头终于静止不动了，于是就形成了一座庞大而又尖锐的山峰，圆润的三角像一只雄鸡的心脏，人们便叫它鸡心岭，而镇坪那条龙的身躯就变成了横卧南北的化龙山，也是大巴山的次主峰。另外两条巨龙的身躯分别躺在了自家的县内，呈现出气势磅礴的巨龙之象。镇坪县在陕西的最南端，志书上经常用“边陲”这样的字眼来形容此地的位置。边陲一般都带着荒芜和遥远的色彩，镇坪却没有边陲的感觉，反而是无边无际的宽阔与浩茫。运盐的道路就掩藏在浓密的植被下。这些古老得无法考证的道路有多种称谓，或古盐道，或盐大路，或盐马路，在镇坪县境内长达三百余里。它们古老得像一根根千年藤蔓，纤细得像一根根千年藤蔓，曲折得像一根根千年藤蔓。这些像藤蔓一样的古盐道，行走着百姓、匪徒、野兽，行走着一切能够走动的动物，一切有生命的物体。这些物质之间互相发生关联和碰撞，于是就有了历史，有了故事。

从盘古开天地和女娲造人伊始，所有的历史都发生在路上，又消失在路上，然后继续创造，继续消失。道路是一切历史的物化版本和天然载体,也成了一切历史的起点和终点。消失了的,已经看不见了,但并不等于就没有发生过。因此,很多历史,都成了看不见的历史。

第 1 章

没盐了。

这个问题是一百岁的老奶奶发现的。一百岁的奶奶在家里百事不干,却对什么都了如指掌。灶屋里的坛坛罐罐,装着什么或应该装什么,是空的还是满的,她都一清二楚,就像她清楚孙子的屁股蛋子上有两颗并列的红痣一样。她闲了就抱着坛坛罐罐摇晃,看里面是什么东西或有多少东西。那些大大小小的坛坛罐罐是她的宝贝,也是家产构成的重要部分。家里没有盐了,就是她在摇晃一个瓷罐时发现的。这是一个装盐的青花瓷罐,双耳,上面有龙凤呈祥的图案。奶奶说她嫁到张家时,这个瓷罐就有五六百年了。据说,当年那个叫不起名字的祖宗到巫溪背盐,救了一个大户人家的千金小姐,这家人就用这个瓷罐装了满罐银子送来,作为对救命之恩的报答。镇坪县的盐背子都知道这件体面而又荣耀的事情,因此成了好人必有好报的经典案例。它的来历决定了它的贵重。接下来的世世代代,都知道这是家里唯一值钱的东西,也是唯一的古物。而奶奶就没有罐子这样值钱了。她是爷爷在25岁时,用两斤盐巴从奶奶父亲手上换来的。换来的那一年奶奶20来岁,是一个大个子的四川姑娘。婚后的头几年不怀娃,医生说她孕脉不畅,怀孩子的那个地方堵住了。一剂药下去,日复一日地调理了几年,就一个接一个地生了。奶奶劳动了一辈子,年轻了一辈子,一共生了十胎,大多活得不长,她自己却一个劲地活,五十岁还生了最后一个娃。有人问她怎么生了那么多?奶奶说药吃多了。以前堵住的那个地方通大了,娃就源源不断地来。奶奶有一对硕大无朋的乳房,大得让奶奶害羞,即使穿着宽大的衣服也无处躲藏。由于太大又盛产奶水,每个娃娃都吃不完,奶奶就用来接济其他没奶吃的娃娃。附近吃过奶奶奶水的娃娃至少有三十个。他们甚至由娘抱着排队来吃,有的娃娃吃上瘾了,吃饱了也舍不得离开,要把头埋在奶奶的乳沟里玩耍多时。奶奶的乳房成了母仪众生的粮仓。奶奶前不久才过一百岁大寿,吃过奶奶奶水的人全来了,提着一块肉或几斤米来为她祝寿。奶奶自豪地说,你们都是吃过我奶的。奶奶说这话时,浑身弥漫着母性的光辉与慈祥。只是吃锅巴的时候奶奶遇到了困难,总也嚼不烂。她感慨万端地说:“我真的不年轻了。”别人就笑,好像她是谦虚似的。媳妇说:“我看你是不年轻了。”孙子也说:“一百岁以前你还是年轻的。”奶奶自从宣称自己不再年轻之后,就不再下地干活了。然后就在家摆弄那些家什,把坛坛罐罐放整齐,给桌椅板凳擦擦灰尘什么的,这几乎成了她的嗜好,更是她的生活。她会常常用那种焦虑的口气提醒他们,家里米面不多了,或者说,油不多了。言外之意是,你们要想办法了,日子还得过下去的。

家里的盐没了,这是奶奶昨天下午在摆弄坛坛罐罐时发现的。然后她缓缓地走到儿媳妇跟前,郑重其事地说:“家里没盐了。”

奶奶的儿媳妇就是这家的当家人张妈。张妈转身对张迎风说:“你奶奶说,家里没盐了。”

张迎风是张妈的儿子。张迎风重复着说:“晓得了。”张迎风有句话没说出口，那意思是，生活很快就没味道了。

张妈准备做饭，站在乌黑的并不平整的灶台前收拾锅碗。灶台里面是一口铁锅，有光泽，边沿上倒是有一些发毛的锈斑。柴火在灶炉里燃起来，火苗露出一片弹性十足的顶端，飘忽不定地闪烁着。铁锅慢慢烧红，锈斑渐渐清晰。张妈在正要放油的时候想到了盐。她走到墙角，把手伸进一个青花瓷罐里寻搜，抓出了一小撮盐渣子，按照往常的使用量，这点盐只够炒一个菜。还有不少盐末钻进了指甲缝里，她便用手拍打瓷罐的边沿，把指甲缝里藏匿的盐末抖落下来。炒菜时，她把有限的盐分散在三盘菜里使用，一个干盐菜，一个洋芋丝，一个小白菜，她说，这些菜都很"吃盐"，可能没什么味道了。

菜炒好了，上桌了，一家人围到桌边了。他们一家人是：奶奶，奶奶的儿媳妇张妈，张妈的儿子张迎风，张迎风的媳妇任香悦。这是一家三代，四口人。

奶奶不说话。衰老产生的缓慢使她吃饭的模样显得文静而矜持，每一个动作都充满了三思而行的深长意味。"食不语"是她坚持了一辈子的习惯，她一直奉信这是老祖宗传下来的规矩。她嘴里含着小白菜细嚼慢咽，喝着苞谷糊糊，苍老的脸上没有任何表情，如同往常一样无关痛痒。其他人吃饭的热情显然不高，本来就是最差的粗茶淡饭了，油水淡薄，加上没有放盐，菜的味道很差，只是因为饥饿不得不吃罢了。张妈灵机一动，拿来辣椒豆瓣酱，在菜里多拌一些，把口味加重，这样可以把淡味盖住。可是，豆瓣酱也不多，小碗里就只有一点点了，只够每人一筷子，拌在碗里，淡淡猩红，总算把这顿饭凑合着吃完了。

离开桌子的时候，张妈对张迎风说："这没盐的日子怎么过？你去林万春家借几斤盐吧。家里的猪崽卖了就还他。"

张迎风说："总是问别人借盐吃，不如自己去背盐。人家盐背子就从来不缺盐吃的。"

张妈说："你只管去借就是，又不是不还。背么呢盐，不许。"

站在一边的任香悦看了看张妈不悦的表情，给张迎风递了一个眼神，示意他不要争了，快去借盐。张迎风心领神会，风一样地跑出去了。张迎风跑去的方向就是林万春家的方向。

张迎风和林万春是同龄人，从小在一起玩泥巴长大的，无话不说，平时比兄弟还亲。两家人也把他们看成兄弟一样，可以随意在对方家里吃饭和过夜。张迎风读过几年私塾，每天从先生那里回来后，就把他学会的东西教给上不起学的林万春，让他也要知道。后来学得多了，深了，张迎风也教不了他了，两人在一起就是纯粹的玩耍。林万春识得几个字，全是张迎风教他的。

林万春家里弟兄人多，他是最小的一个，全家大大小小一群人，家里没有那么多饭碗，父亲就找来木匠，把沟边那根粗壮的泡桐树砍掉，剖开一个侧面，在上面挖了碗口大的十个圆孔，当作碗用，圆孔的间距一尺多，一字排开，然后做个支架搭起来，叫作排碗。吃排碗时一般是菜饭合一，人往两边坐。排碗一丈多长，模样像个巨型板凳，很占地方，堂屋里放不下，就放在屋檐下餐风宿露，有时六弟兄在上面吃饭，有时全家老小都在上面吃饭。要是张迎风去了，就用排碗的最后一个，挨着林万春。两人一边吃饭一边说话，也互相在对方碗里挑饭吃。张迎风和林万春最喜欢看大人洗碗的过程，这个过程充满了喜庆和趣味。那时没什么油水，洗碗很方便，先给所有排碗倒上水，洗刷一下，两人站在排碗的两头，各执一端，然后一齐用力，翻过来把水倒掉，再用丝瓜瓤子擦擦碗的周围，就算把碗洗好了。洗完碗，两人就可以骑在上面玩耍了。骑上去之后，让小屁股对准并不很圆的碗口坐着，用力往下挤压，样子像打桩，然后两人面对面地打闹说笑，小鸡鸡不时地会从破烂的裤子里钻出头来。大人见状，就会气势汹汹地走过来骂他们，扬起竹条把他们从排碗上驱赶下来，两人便逃之夭夭，大人也就走开了。大人没空时刻守着他们，一转眼，他们又卷土重来，一边观察动静一边往排碗上爬。他们的玩耍挖空心思，无所不用其极。大人上山后，便是他们最自由的时候，他们会脱了裤子，露出小屁股，高高撅起，对着天空放屁。吃不饱饭，有时没有屁，就等待，就酝酿，就在肚子里制造屁。半天过去，有点感觉时，便在屁股上盖一片树叶，看能不能把树叶吹起来。从来没有成功过。倒是有次被林万春的娘发现了，他们迅速放下撅起的屁股，穿好裤子，娘气势汹汹地走过来问他们干啥，林万春说，吹树叶。娘把掉地上的树叶捡拾起来看看，扔了，说，吹你娘的逼！然后扒开他们的裤子，让他们并排撅着，娘边打边说："让你吹，让你吹！"打着打着就把林万春的屁股打出声音了，娘又气又恼，正要发作，张迎风遗憾万分地说，可惜没把树叶盖上。娘说，两个小痞子！

见顽童这般不听话，林万春的父亲便心生一计，又把木匠请来，在排碗两端的上方各做两只角，朝天而立，洗碗后倒过来就变成了腿，倒悬着的排碗就不会落灰尘了，小孩也不会把屁股坐在碗里了。排碗的另一面是非常粗糙的泡桐树皮，没有经过刨光处理，两人骑在上面玩耍就会硌破裤子，半天下来，小屁股上全是红色的道道。这个秘密是张妈发现的。张迎风每天回家后，张妈都要仔细检查他的全身，看有没有擦伤的地方。终于有一天她发现儿子的屁股上一道道的划痕，张妈看着心疼，问张迎风怎么搞的，他才说了真相。张妈不许他再骑到排碗上玩了，否则就把他关在屋里，哪都不许去。张迎风说了一百个保证，张妈才让他出门。张迎风见到林万春时一脸沮丧，说，我妈不让我玩这个了，屁股受不了。

林万春家一群孩子，屁股划烂也没人管的。林万春说，没有比排碗更好玩的了。两人一起怀念那些把屁股坐进碗里的美好日子，呆呆地看着倒过来的排碗，心中升起无限悲凉。林万春非常佩服父亲的绝招，猛然间总结出一句实实在在的话来："告诉你，小娃娃就是斗不过大人。"

张迎风是个人来疯。林家人多家穷，张迎风偏偏喜欢往他家跑，并不是为了吃饭，而是喜欢人多热闹，比如吃排碗饭的那个场景就很好玩。张妈问张迎风，林家的饭好吃不？张迎风说，不如你做的好吃。张妈就笑，知道儿子说的一半是讨好，一半是真话。张迎风又说，林万春总说我们家的饭好吃，油水比他们家的多。张妈说，人多就这样，像喂猪，吃饱就行。

林张两家大人不怎么来往，但他们却可以随意指使两个小孩一起为自家干活。在旁人眼里，他们就是非亲非故的兄弟，是一辈子打不散的朋友。成人之后，林万春到巫溪背盐，做了盐夫，张迎风在家种地，两人来往就少些了。去年腊月，张迎风娶媳妇任香悦之后，出门带媳妇不方便，不带媳妇又想带，所以也很少与林万春走动了。但如果有什么要帮忙的事，他们首先就会想到对方。张迎风家每年都会出现几天断盐的日子，林万春家几个兄弟都是盐背子，他们会想方设法弄一些盐回家，终年不缺盐吃，张迎风自然就会向他们求助。

张家离林万春家相隔两里路，翻过一个山包就到了。刚刚走到林家家门口，就听见里面有吵架的声音，还看见了他二哥林万豪那张凶神恶煞般的宽脸。二哥人和气，但就是那张脸太宽大，宽大得让人觉得是两张脸的相加，也让人觉得是长错了，总有一点不对劲。张迎风看见这张脸就赶快退了出来。他早就听林万春说过，二哥林万豪和三哥林万放最近闹着分家，为家产分配的事扯皮很久了。原因是家里的收入一向是老娘统一管理的，但三哥背盐挣钱了，藏了私房钱，应该充公。林万春家六个弟兄，老大早已分家，自立门户了。老二林万豪也早有分家的想法，只是碍于兄弟情面，不好提出来。发现了老三藏私房钱的秘密，就有了分家的理由。每隔一段时间就会吵一次。

从门口退到外面的张迎风越过屋檐下的排碗，来到房屋西边的茅厕旁，蹲在地上看几只虫子爬行，捡起一根木棍不时拨动一下虫子的身子，让它们行走困难。不远处有两个三四岁的小孩在玩树枝，那是林万春的侄子，他们盲无目的地将树枝朝地上打着。张迎风不明白他们的乐趣从何而来，一根树枝也能玩得那么起劲。张迎风走过去，一手抱一个小孩，让他们在自己的怀里面对面，两个小孩一齐用劲扭动身子要下去。张迎风说："你们没叫我。"两个小孩叫了声迎风叔叔。张迎风在他们沾着泥土的脸上各自亲了一下，把他们放在地上了。

林万春从里面出来看到了张迎风，知道张迎风是来找他的，便问什么事。张迎风往外走了几步，避开小孩，说："家里没盐了，我妈叫我来借。唉，有难处总找你，我都不好意思开口了。"

林万春说："你真骚亲！我们两个有啥不好说的。"

林万春说完，转身进屋了。一会儿，从屋子里拎出一个圆鼓鼓的布袋子，递给张迎风说："这是五斤。"

半开的木门里传出林万春母亲尖厉的声音。张迎风拿着盐袋子，说："我要不要进去跟婶子打个招呼？"

林万春说："他们忙着吵架呢，你就别进去了，听着急人，我都不想在家里待。"

张迎风说："你到我们家去玩吧。"

林万春说："好。"

林万春就和张迎风一道踏上了去张迎风家的小路。沿路都是背阴的地方，太阳永远朝它的反面走，无论天晴下雨，路上都是潮湿的，鞋子上的泥巴会越粘越多，要使很大的劲才能提起脚来。走这样的路，常常会让张迎风想起妈妈和面的情景，湿手下去就会带起来一堆。两人走得慢，边走边聊。林万春说："我们兄弟俩，我是盐背子，你是庄稼汉。我就不明白，你家就那么两亩土地，能花你多少时间去经管，背盐虽说吃苦受累，可多少还是能挣钱的。镇坪方圆百里，哪家强壮男人不去巫溪背盐？你要是去背盐，我路上也有一个伴，可以相互帮衬。"

张迎风说："你说得在理。可这由不得我呀。不是我不想去，也不是我贪生怕死，是奶奶和母亲坚决反对。我爷我爹都是背盐路上摔死的，我是家里的独子，她们不让我去，就是怕有危险。"

张迎风让林万春劝说一下奶奶和母亲，让她们允许他去。林万春有点怕张迎风他妈，他觉得这个婶婶太厉害了，一张嘴从不饶人。林万春胆怯地说："我劝说她让你去背盐，她会骂我的。你妈那个脾气谁不知道。"

张迎风不以为然地说："你不是说过嘛，我妈就是你妈。我妈那张嘴天生就是骂人的。骂你几句你又不会少了么呢。你妈骂过我多少，小时候总骂我短命娃儿。"

林万春笑笑："那我就试试吧。"

两人是在打闹中长大的，从来没有像今天这样认真地商量过事情。更没有像今天这样谋划关系到家庭、生计甚至是性命的事情。去巫溪背盐，对一般家庭来说是极为简单的事，对张迎风家来说实在是太严肃、太重大了。两人合计好，摇摇晃晃就到张家了。

张家的四大间土房在当地算是宏伟建筑了。这是老一辈背盐人给他们留下的全部心血。

林万春一进门就大叫一声："婶婶，我又来了！"

屋子里并不见张妈的身影，张妈从里面的房间走出来，看见林万春就一脸堆笑："你这娃儿，来了就来了，这么大声音做啥？"

林万春说："我不是好久没见到婶婶了么！"

张妈说："你忙着背盐，哪有空啊。"这边说着，她把脸朝向儿媳妇任香悦："罐子里还有点去年的高山毛尖，给林万春泡一杯。"

林万春说："不用不用，这么好的东西，婶婶留着自己喝。"

张妈说："你喝了就等于婶婶喝了。"

任香悦干事很利索，泡了满满一杯茶，笑盈盈地递过来。林万春用手去接瓷杯，任香悦提醒他当心烫手。林万春用三个指头捏住茶杯的边缘，转换到另一只手上，开水从杯子里溢出来，流到手上了，他连忙将指头伸进嘴里吮吸。这个动作让任香悦快活不已，她咯咯咯地笑起来。

张迎风冲着妻子说："这个傻婆娘，你就不能少倒一点水。"

任香悦埋怨道："我腰酸背痛时你都不问一声，万春烫一下手你就心痛。做你兄弟也比做你老婆好。"

张迎风说："那是不一样的。兄弟是客人，你是自家人。"

张妈拿来斧头，把任香悦叫到门前剁木柴去了。林万春说想看一下奶奶，这是他每次来张家必须要做的一件事。他随张迎风来到奶奶的小房子里。奶奶坐在一把古老的椅子上，半睁着眼睛凝视着前方，窗外的斜阳把奶奶的脸照射得透红，白色的头发与红色的阳光形成了完美的色彩搭配。林万春叫了一声奶奶，奶奶似是而非地看着他，说："我就知道是你来了。嗓子大。"

林万春仔细端详奶奶的面容，似乎与以前没什么变化。林万春说："看来你还健旺啊。"

奶奶说："健旺啥子啊。我熟识的人，大多死了，早投胎到二世了,我还活着,啥都干不了了,成了吃闲饭的人。”

林万春说:“这样吃闲饭多好啊。家有老,是个宝。你有福,大家跟着有福。”

奶奶说:“还有福呢,饿不死就烧高香了。”

林万春说:“奶奶,放心,再穷都饿不死的。哪怕别人吃一口饭,也要给你一碗饭。”

“他们孝顺呢。”奶奶伸出手,林万春赶快抓住了。奶奶问:“娃,讨到媳妇没有?”

“没有。我家穷,没有姑娘看得上。”林万春说着,用一个半跪的姿势蹲在奶奶身边了。这个姿态决定了他对奶奶的毕恭毕敬。

奶奶的手不断抚摩着林万春的手背,说:“我现在腿脚不好了,不敢走太远。要不然,奶奶走乡串户也要给你相端一个。”

林万春说:“谢谢奶奶操心。哪天我找到了,一定带来给你看看。”

奶奶说:“要贤惠的。”

张迎风放大了嗓门说:“奶奶,人家万春要找一个漂亮的美人儿做媳妇。”

奶奶听清了这句话的意思,沉默半晌,嘴里嚼着什么,慢悠悠地说:“奶奶是活了一百岁的人了,啥人都见过了。就说媳妇吧,漂亮的不贤惠,贤惠的不漂亮。又贤惠又漂亮的不多啊。”

林万春凑近奶奶,说:“可是,漂亮的姑娘好看呀。她不贤惠,我可以教她贤惠。她要是不漂亮,我就没法了。”

奶奶突然挥了挥手,打了个苍茫的手势,表示了彻底的否定,说:“漂亮媳妇伤娃呀。”

林万春大笑起来,说:“怎么就伤娃了?”

奶奶说:“男人嘛,全是那德行。明明晓得漂亮不能当饭吃,又喜欢把漂亮当饭吃。费男人的精神啊。费了精神，还种不种地？背不背盐？所以啊，媳妇漂亮了，太伤娃啊。”

奶奶的话深奥而又浅显。张迎风和林万春相视而笑。林万春说：“迎风的媳妇就漂亮啊，他就没伤着。”

奶奶煞有介事地说：“怎么不伤？伤啊。迎风劳动回来就守媳妇，我就心痛他的身子骨。”

林万春突然想起，张迎风对他讲过，去年腊月他和任香悦结婚后，奶奶时不时地要干扰他们夫妻的私事，张迎风在房间待得时间久了，奶奶就会说，男人不能总是待在房间里陪媳妇。媳妇一辈子是你的，旁人抢不走的，要细水长流。奶奶还私下把任香悦叫去指教，说男人是一家的筋骨，要爱惜着用，不能一夜掏空呀。说得孙儿媳妇脸上发烧不止，曾经有几天还恨奶奶多管闲事。林万春说：“奶奶，那我还是找个丑媳妇算了。”

奶奶说：“太丑也不行。媳妇太丑了，儿子就丑。儿子丑了，孙子就丑。一个家族就是一窝丑八怪了。媳妇嘛，看着顺眼最好。”

张迎风说：“奶奶这话对极了。”

奶奶看看窗口，太阳大了，要出去晒太阳。她说这么好的太阳不晒，白白糟蹋了。林万春伸手去扶她，奶奶不让扶，坚持自己走。她腿脚一直好使，归功于她不缠小脚。当年大人要她缠成三寸金莲，她又哭又闹，说脚小了走不了山路。后来就有人叫她大脚女人，她也不生气。奶奶提着拐棍往外走，林万春紧跟在身旁，怕她摔倒。张迎风在后面端着椅子，放在门口，奶奶稳稳地坐上去了，然后说：“你们忙你们的事去吧。”

张迎风和林万春差点忘记了一件大事，就是劝说母亲允许张迎风去背盐。就在张妈忙乎着煮猪草的时候，林万春说话了：“婶婶，明天我去巫溪背盐，把迎风叫上可以吗？”

张妈脸色立马变了,说:“是你想叫他,还是他本人想去?”

林万春说:“他本人想去,我也想叫上他。”

张妈说:“不行。”

张迎风说:“为啥不行?镇坪哪家男人不背盐?”

张妈说:“别个行,你就不行。我们家情况不同。”

林万春追问一句:“有啥不同的?”

张妈说:“巴山的男人分两种,背盐的和不背盐的。背盐的分两种,死得起的和死不起的。你林家兄弟多,死得起。我家一个独苗苗,死不起的。”

张妈的每个字都像石头一样坚硬和沉重。

林万春说:“盐背子摔死的是多,可也不是人人都摔死的。我们家每个人都背盐,不是都好好地活着吗?”

张妈有点火了:“你为啥不说我们家?我们家死了多少?迎风他爷爷是摔死的,他爹是背盐累死的,他哥哥是背盐时得急病死的。你说,我只剩下他一个儿子,我还能让他去?”

“妈,我就不相信我也摔死!”张迎风看了一眼奶奶,再看一眼天空,指天发誓地说:“妈,苍天在上,我不摔死行不行?我活一百岁行不行?”

张妈扑哧一声笑出来。

林万春也跟着笑起来。可这一笑就麻烦了,张妈冲着林万春破口大骂道:“笑你妈的逼!丑话说在前头,要是张迎风有个三长两短,你给我当儿,给我养老!”

林万春说:“婶婶,不要说让我给你当儿子,给你当孙子都行!”

张妈见张迎风是非要去背盐不可了,她已经无法阻止他们了,便问奶奶:“娘,我看迎风他是不到黄河心不死。你看咋办?”

奶奶终于发话了,她的声音拖得很长,不慌不忙地带着颤音:

“生死有命，富贵在天。我说这人哪，气数尽了，在平地坐着也要掉个石头砸死，一颗黄豆也能打死。命大的，总会逃过劫难，错过灾星。人都是要死的，什么时候死，怎么死，不在于背盐还是种地。”

奶奶这一百岁不是白活的，几句话都说到张迎风和林万春心里面去了，他们自己就是这样想的。两个人挤眉弄眼地相互庆祝，设防在他们面前的关卡即将拆除，他们激动得恨不得喊几声奶奶万岁。

奶奶的话彻底动摇了张妈的立场，张妈不说话了，脸色也平和起来，呼吸正常了。儿媳妇任香悦赶快把茶水端到张妈面前，讨好地笑着说：“妈，你莫生气了，快喝点水，润润喉咙。”

张妈把目光转向任香悦，扬起眉头问：“那你说，张迎风要不要去背盐？”

任香悦微微一笑，婉转地回答道：“我听奶奶的，听你的，你们怎么说怎么好。我不懂。”

张妈一巴掌拍在任香悦腰上，说：“你又聪明又滑头。”

任香悦被张妈说得不好意思，害羞地看着张迎风。张迎风此时心情大好，说：“听出来没有，其实我妈已经答应了。”

第 2 章

民国以前，镇坪县的很多男人都是要去四川省巫溪县运盐的，背盐是他们赖以生存的有效途径，千百年来，经久不衰。从巫溪大宁厂到镇坪县城，在三百多里的背盐途中，要翻越崇山峻岭，悬崖峭壁，没有英雄气概是不行的。具体地讲，运盐人要能够走得了险路，背得动盐袋，饿得了肚子，打得过匪徒，斗得过野兽，戒得了女色，忘得了生死，忍得住眼泪。因此运盐途中死去的人很多。正因为沿途凶险莫测，所以川陕一带有句流传甚广的口头禅，把某某人去世了称为“到四川背盐去了”，这个比喻生动，委婉，而又令人心惊胆战。这也从另一个侧面说明，古盐道是令人敬畏的，背盐这个职业是令人敬畏的。盐道是镇坪男人最残酷、最无情的战场。你身体是否强壮，你阅历是否丰富，你见识是否多广，你是否有过出生入死的体验，就要看你背过盐没有。要是你背过盐，你就称得上男人或男子汉了。否则你就是个“男的”。

关于盐背子的事情，出身于盐背子世家的张迎风听说过很多。爷爷背盐是摔死的，爹爹背盐是累死的，大哥是背盐途中得急病死去的。一家三代都有一个男人死在运盐途中，死法各不相同。大哥死得最说不清，是在幺店子吃饭的时候，吃着吃着就倒在地上了，再也没有醒过来。爷爷死得最体面，他是在和几个匪徒搏斗时，为了保护身上的盐巴，在筋疲力尽时，从悬崖峭壁上摔下去了。找到他尸体时，发现他嘴里含着一块人肉，肉上长着汗毛，这块肉是从匪徒的胳膊上咬下来的，匪徒身上的肉很结实，不知他用了多大的力气才咬掉。最终，受伤的匪徒被其他盐背子打死了。爷爷的壮举一直是奶奶最自豪的一件事。村上的人每每谈到男人时，奶奶就会无比得意地说，我家男人就是真男人，他硬从土匪的胳膊上咬掉一块肉来。张迎风的父亲之所以后来也要背盐，从某种意义上讲是受到父亲的激励，也要成为一个男人。可是，他又太逞能了，别人背一百二十斤，他要背一百八十斤，活活累死在路上了。张妈只生了两个儿子，之后再也不生了。张迎风的哥哥背盐病死后，就只剩下张迎风一个儿子了，就再也不让他背盐了。这些年来，无论林万春怎样鼓动张迎风，家里人都会坚决反对。张妈说，他们家死不起了。而奶奶却说，儿媳妇张妈不肯生，要是年轻时多生几个，她现在也是儿孙满堂了。

可张妈并不同意婆婆的说法。生多了生活差。在穷困潦倒的岁月里，人多家穷是一个必然结果。林万春家就是这样。林家六兄弟，林万春至今找不到媳妇。俗话说，嫁汉嫁汉，穿衣吃饭，图的就是实惠。稍稍长得秀气一点的姑娘，绝不愿意嫁给人口多的家庭，太费粮食，吃草一天都要吃一堆。张家就不一样，只有一个奶奶一个妈，就张迎风一个独子，家里种着两亩薄地，两斤粮就可以吃一顿，日子怎样都能过下去的，姑娘们就愿意嫁给这样的家庭。这也是张迎风能够顺利讨到老婆的重要原因。任香悦是远近有名的漂亮姑娘，从小就花朵般的出众，刚满十九岁，就在媒人撮合下嫁给了二十五岁的张迎风。而林万春也是二十五岁，连女人身体是什么样子都没见过。他悄悄对张迎风说过他的秘密，他曾经在幺店子偷看过女人撒尿，可是茅厕太黑，什么都没看清，只听到一片模糊的嘘嘘声，声音分散，有时像打口哨，又像在洗脸盆里拧羊肚帕子。

张迎风马上就要到巫溪去背盐了。对于张家这种多个男人死于盐道的家庭来说，张迎风背盐本身就是一件十分重要的大事，神圣性，神秘性，挑战性，甚至还有几分惊险的色彩。清早，奶奶被几个虱子咬醒，睡不着了，就独自一人到爷爷的坟头去了。爷爷的坟墓离家一里多路，沿路的野草沾满了露水，奶奶先用拐杖打一打野草，把露水摇落下来，但露水还是打湿了奶奶的那双大脚。奶奶慢慢悠悠地走了很久，每一步都表现出衰老导致的迟缓，也表现出期颐老人的坚毅。走到坟地，她才忽然想起，已经有一年多时间没有来看老伴了，周围的树木长高了不少。奶奶小憩一会儿，一脸严肃地给坟墓里的爷爷叩了头，下了跪，她告诉爷爷，二房的孙子张迎风要去背盐了，你在九泉之下要保佑他平安无事。她还对爷爷说，张迎风要用你用过的背篓，要用你用过的打杵子，要用你用过的脚爬子。他是你的骨肉，你可不能看着他吃亏。奶奶说着说着，就变成了嗔怪的口气，哎，我说你听着没有？你这个没良心的死鬼，自己跑阴间去了，把我一人留在人世，成天为你的后人操心。你要给我好好保佑你的后人，不然，我来阴间了让你不得好过，还要揪你耳朵。奶奶说完，一缕清新的阳光从东边的山头上照射过来，鲜嫩而轻盈。奶奶迎着太阳笑了笑，露出了两颗残缺的门牙。

奶奶从爷爷的坟墓回来时，张迎风正在收拾行装。他把放在猪圈里的父亲用过的背盐工具取下来，正在清洗上面的尘土。奶奶说，把这个放回去，用你爷爷的。张迎风说为什么？奶奶说，我已经给你爷爷说过了，你用他用过的东西，他会保佑你的。奶奶的口气里，把爷爷当成了神灵，也当成了活人。张迎风就笑，然后就把父亲用过的东西重新放到猪圈里。爷爷的工具悬挂在屋檐的下方，张迎风搭个梯子上去，从挂钩上取下来，扔在地上就弹起一股浓厚的灰尘。爷爷的工具已经放几十年了，上面的蜘蛛网和灰尘沾满了每一丝缝隙。他就把它们拿到河里，在水潭里荡来荡去，荡起许多混浊的水花。张迎风最担心的是，放了几十年的竹篾背篓，一般都会被虫蛀的。可爷爷用过的背篓不一样，冲洗干净之后，露出真容，只见每一根竹篾都鲜活如新，油光锃亮。张迎风问爷爷用过的背篓为什么不生虫子，奶奶说是用桐油浸泡过的，桐油浸泡过就不生虫子了。

张迎风随林万春去巫溪背盐，是在第三天的早晨从家里出发的，身上背着张妈给他准备的盘缠和干粮，行装就是一副出远门的样子。任香悦看着新婚不久的丈夫出门了，马上追出去，送到房子的东头就开始流泪，被张妈训斥了一顿。张妈说："人家出个门，十几天就回来了。男人去挣钱是高兴的事，你哭么呢。要笑，要大笑！"任香悦就强作欢颜地笑了笑，眼睛还是红的。其实张妈并不是怕任香悦舍不得男人，而是觉得不吉利。男人出门是忌讳女人哭的，特别是背盐这种充满了风险的事情，更不能哭。哭就意味着伤心。在渐行渐远的路上，林万春非常羡慕地对张迎风说："你看你多好，有这么好的老婆心疼你。你总不能让她跟着你受苦吧。"张迎风不以为然地说："她只有我一个男人，不心疼我心疼谁？"林万春说："你真是身在福中不知福。"

陕西镇坪通往四川巫溪的路是崎岖而细小的毛毛路，忽高忽低，忽上忽下。曲里拐弯的程度颇像一根很长很长的烂麻绳随意扔在坡地上。在全长三百里多的路段里，很少有平坦的地方。常有绝壁耸立，怪石横卧。逼仄之处根本不像路的样子，就是感觉有人走过而已。而且很多路段都掩盖在树林中，只有人在上面走动的时候才会知道这是路。路边的杂草疯狂生长，不断被踩死，不断地复活，你踩你的我活我的，倔强而坚忍。这种地方，恰恰就是飞禽走兽们绝佳的生存乐土，它们一个个都非常健壮，时不时地会从路人面前飞驰而过，迅捷而仓皇。一只小兔子可能是跑错了路，一头撞到了张迎风的脚上，张迎风正要抓它，它又嗖的一声蹿跑了。张迎风突然羡慕起这些野生的活物来，要是背盐人能够飞起来多好，一天就可以从镇坪飞到巫溪。林万春说你真会做梦。

说话间，路边的树丛中钻出五六个男人来，蓬头垢面，身上挂着的草屑或绿或枯，肩上扛着粮袋子，还有两个人提着大刀。他们机警地张望一番之后，沿着一条岔路走了，迅速消失在乱石林立的森林中。张迎风有点害怕，问他们是什么人。林万春说是匪徒，像是川匪。张迎风说你怎么知道他们是匪徒。林万春告诉他，匪徒一般是不走大路的，看人的眼神是先看你身上带着什么东西，你是做什么的。他们一般身上很脏，走路很快，力气很大，下手很毒。他们除了抢财物之外，也抢人，男人女人都抢。他们遇到好看的年轻女人，就抢上山献给老大，多了就大家用。他们遇到官府剿匪，或者有病死的、打死的，人员减少了就要补充人员，就下山抢男人，扩大队伍，这相当于国民党拉壮丁。张迎风不相信男人也能抢走，林万春说你真不懂事呢，人家人多，把你团团围住，五花大绑，你不走就死路一条。拉壮丁也是这个办法呀。

路上人来人往，断断续续，三三两两，显然都是互相熟悉的人结伴而行。林万春和张迎风的前后都有人，时刻在与陌生面孔打照面，并不说话，但大家的表情非常友善温和。他们共同的唯一的目标就是不停地往前走。张迎风明白了，什么叫出远门，出远门就是没完没了地走，就是要走很长很长的路。太阳落山的时候，他们还在鸡心岭的山腰上。要步行走到巫溪大宁，是一条漫长的道路。打发这期间的时间，就是靠说话或者是听别人说话，听那些来自四面八方的稀奇古怪的故事。哪家的公公和儿媳妇好上了，还生了个孩子，儿子不认孩子是自己的。哪家的男人被土匪打死了，女人在家养了一条大黄狗，每晚跟狗同床，后来黄狗太恋人，以至于大白天在外面时，也要去撕扯女人的裤子找乐。哪个讲了好听好玩的事，他的人气就上升了，不认识的人就会往他身边凑过去，跟他走近。

翻过山头再下一座山，天就暗下来了，先前看到的半边太阳已经不见踪影。他们听到了河水的响声，接着看到了一排灯笼，灯笼的中间立了一块牌子，上面写着"盐味"两个大字。因为地势的原因，一片房屋高高低低，错落开去又构成一个整体，走近才知道是吊脚楼。盐背子的生活是哪里黑了哪里歇。有人看着盐味两个字说，这家幺店子啥都好，就是没有幺妹儿耍。

张迎风是第一次出门，第一次住幺店子，对什么都比较新奇，什么都要问林万春。付了住店费，就该歇下来吃干粮了。吃了干粮，还要把剩下的干粮存放在这里。存放干粮的地方像一个中药铺的药柜子。但比药柜子大很多，也是一格一格的方格子。每个格子能放几袋干粮。这些干粮的主人都各自打上记号，会写字的就写上自己的名字，回来的路上方便取用。也有一些带上粮食的盐背子，把粮食交给店主，由他们负责煮熟，只要付钱就行。这样能吃到新鲜饭。吃了干粮，讲卫生的人就到河里洗脸洗脚了，无论春夏秋冬他们都在河里洗，小河就是他们的脸盆脚盆。水冷水热对他们来说都是一样的。从河里洗脸上来，再玩一会儿就该睡觉了。

林万春问张迎风："晚上你睡什么床？"

张迎风说："什么什么床？跟我们家的床铺不一样吗？"

林万春说："客人这么多，能跟家里一样吗？一种是通铺，就是一排排地睡，很多人在上面睡觉。一种是磨盘床，就是圆床。很大很大的圆床。你选一种。”

“那我们就睡磨盘床吧。”

店子是依山而建的吊脚楼，半边是“懒墙”，懒墙就是山壁，削平之后直接当成墙壁利用起来。楼下是土层，潮湿，所以用通铺，通铺是用床架子支撑的，离开地面一尺多。而楼上的磨盘床是直接在楼板上搭建的地铺，中间一根柱子，是圆心，睡觉时脚朝圆心，头朝外，十多人就睡成了一个大圆圈，鞋子就放在柱子跟前，衣服就盖在被子上。被褥破烂得掉渣，厚薄不匀，张迎风没见过这么烂的东西。各种身臭、汗臭和脚臭汇聚起来，使本来单一的臭味变得特别复杂，让人难以忍受。幸好是房间四面通风，天穿地漏，不然的话，非臭死人不可。刚刚上床的那会儿，张迎风还有点羞羞答答的，不好意思脱衣服，他除了下河洗澡，在外面从来都没有脱过衣服。见到那些盐背子当着众人的面脱得半光，他还有些脸红。张迎风仔细研究了一下臭味的来源，最臭的臭味，来源于刚刚从巫溪背盐过来歇脚的人，有的一边脱衣服一边身上冒着热气，热气卷着臭味奔涌而来。在昏暗的桐油灯下，张迎风做出了一副奇臭难忍的痛苦表情。这个表情很快让林万春发现了，林万春悄悄对他说，你不能嫌难闻。你这个样子，其他人会另眼看你的。知道你刚刚来背盐，习惯不了这个。你只需走一趟回来，你自己身上的味道也是一样的难闻了。啥叫吃苦耐劳，这就叫吃苦。俗话说在家千日好，出门一日难，就是这个意思。

这个夜晚本来是平静的。可是，瞬间又变得不平静起来。原因是，刚刚睡下就有人发现了虼蚤，随之发出了挠痒痒的动作和声音。之后就有很多人闹着虼蚤太多，大家在牢骚中蠢蠢欲动，怨声载道。张迎风也是怕虼蚤的。这种弹跳力极好的昆虫神出鬼没，可以自由出入于任何狭小的空间，且游刃有余，像幽灵又像恶魔。紧挨着张迎风睡觉的林万春说，这个店子，蛇蚤是多，我上次来的时候就有。说完，发现自己身上也咬了。就在一会儿工夫，十多个人所睡的磨盘床上，几乎都叫起来。一个五大三粗的汉子穿着破旧的衣衫站起来，指着门口大叫："鄂老板你过来，这么多蛇蚤，你这个床还让不让人睡？"

有人鼓动他说："三品碗，你不是很凶么，去论理呀！"

一个人站出来，接着就有很多人站出来，他们集中堵在门口呼叫鄂老板，好像鄂老板就是叮咬他们的罪魁祸首或者帮凶。他们有人手上抓着揉死的蛇蚤残骸，如芝麻大小，因为太小，只能捏在拇指和食指之间。这是他们最确凿的证据。

四十来岁的鄂老板在吼叫中出现在门口，顺势倚靠在门框上。阴暗的光线中，可以看出他气色很差，似在病中。鄂老板说："对不起大家，一到春天，蛇蚤就多起来，我们想了很多办法，我们还把铺盖放在大锅里用开水煮过，然后晒干。现在每天只要有太阳，我们就把铺盖拿到外面去晒。用不了多久，蛇蚤又出现了。"

"我们是挣钱住店的。蛇蚤与我们何干？店子是你开的，蛇蚤是你的事。我们要困觉，明天要赶路。"那个叫三品碗的男人说。五大三粗的他与瘦削的鄂老板有着体格上的明显差异。

鄂老板说："今晚请你们将就一下吧。我实在没有办法。"

"办法是有的，你睡哪里我们睡哪里。"这是三品碗的声音。他给大家提供了一个背影，别人只能看到他的虎背熊腰。

三品碗摆开了闹事的架势，向前跨了一步，左手抓住鄂老板，右手把食指和拇指往他嘴里塞，让他吃蛇蚤。鄂老板的嘴唇紧闭，脑袋往后靠一下，极力回避着。鄂老板有点胆怯地说："你不要来硬的。有话好好说。"

林万春和张迎风依然在床上睡着，翻身过来，双手撑着下巴，扬起脸，悠然自得地看着热闹。姿势决定了他们作为旁观者的身份。林万春认识这个叫三品碗的男人，他姓唐，湖北竹溪县人。巴山一带有的地方把那种装汤或面条的大碗叫品碗，老唐一顿能吃三品碗饭，力大无比，别人就给他起了这个诨名。三品碗现在已经把大家引到了门口聚集起来，对鄂老板又是推又是搡的，像是要把事情闹大。林万春从下巴下抽出双手，连忙爬起来，跟在人群的后面。这时，只见三品碗抓住鄂老板的臂膀用力一拽，鄂老板就倒下去了，一头栽到门内，半截身子留在门外。三品碗从鄂老板身边的空穴处跨过去，后面的人便鱼贯而出，还有人踩着他的身子出去了，踩得鄂老板一声惨叫，林万春见势不对，赶快冲上去把他扶起来。

门外是一个过道，过道一丈开外连接着五步台阶，台阶上面就是一间小房，墙外挂着一个灯笼，是对外照明用的。这是鄂老板和家人的住所。三品碗带着一群人冲到这间小房子里，把正要睡觉的老板娘和女儿赶了出来，老板娘拉着十五六岁的女儿站在门外，脸上挂着惊慌和愤怒。老板娘对冲进屋内的三品碗叫道："你们到底是土匪还是盐夫？还讲不讲理？"

三品碗从屋子里传来声音："我们讲理。可我们要睡觉。我们是付了钱的。"

林万春跑过去，看到跟着三品碗进去的几个人已经睡到老板娘的床上了。屋子里有两张床，两张床上都有三四个人挤着。他们一边嬉笑，一边夸赞这个床是如何松软，绸缎被面如何光滑。他们邪恶地笑着，高兴得要死，夸张的表情洋溢着侵占成功的喜悦。

老板娘母女俩站在夜晚的天空下瑟瑟而立，眼睁睁地看着自己的房间被占领。这些盐背子不论胖瘦强弱，都有一身好力气。

这些对手非常强大，强大到她们无任何还击之力。鄂老板走到母女俩身边，看着屋子敞开的大门束手无策。女儿鄂鄂紧紧抓着母亲的手，身子微微颤抖着，整个身躯都充满了惊恐。

这时，店里的两个帮手从吊脚楼下跑上来，他们是一男一女。男人精瘦，女人肥胖。两人站到鄂老板一家的旁边观察了一会儿，然后女人就上台阶了，望着里面的人说："客人，你们出来。到你们的床上去睡。老板身体不好。你们原谅一下。"

三品碗说："你个做饭的，关你鸟事。我们只找老板论理。"

胖大嫂说："我们都是出门混饭吃的，都不容易。不要红脸。红了脸就不好说了。"

三品碗说："我们不红脸，我们只睡觉。就睡一夜，明天就走了。"

"这不是你们睡觉的地方。"

"这里没蛇蚤。"三品碗说，"女流之辈，走开吧。"

胖大嫂退出来，失望地走下台阶，对鄂老板说："遇到混世魔王了。"

林万春一直在门外看着动静，他心里在为老板愤愤不平。张迎风起床了，站在林万春的旁边，拉了拉林万春的衣袖，意思是让他别管闲事。林万春的手往后拐了一下，以示拒绝。林万春把鄂老板看了一眼，走上台阶，对睡在床上的人说："我说伙计们，你们不应该这样做。这个店开了几百年了，店主换了无数，成千上万的背盐人在这里住过，让我们有了歇脚的地方。我背了五年盐，很熟悉这里。说真话，老板对我们不刻薄，我们不能因为有蛇蚤伤了和气。蛇蚤也不是今年才有的，以前也有，只是今年厉害一些。我们不能拿老板出气。老板也不希望他的店里有蛇蚤。他已经给大家道歉了，你们还把老板一家赶走，是不是太过分了？"

三品碗从床上一头跳起来，在跳起来的瞬间床铺都动摇了，他看着林万春，嚣张地说："林万春，你算老几？你给老子闭嘴。"

"我啥都不算，我算人。"林万春说，"三品碗，我说了你不要骂人。谁都会骂人的。我是来劝说你们的，不是来骂你们的。"

三品碗说："你个逼嘴还在嚼舌。"

林万春警告说："你嘴巴干净点。我听说你家也有妻子和女儿，你出门了，就只有她们二人在家里。将心比心，要是你的妻女今晚也让人赶到外面，占着你的屋，睡着你的床，你会怎样想？"

三品碗不语了，像是在琢磨什么。他俯瞰着床上睡着的人，莫名其妙地用脚踢了一下。

林万春说："你把他们都叫走吧。不要睡人家店主的地方。"

三品碗说："磨盘床上那么多虼蚤怎么办？"

林万春说："忍。我们都是一身的厚皮粗肉，谁没让虼蚤咬过。"

三品碗说："不行。老子是付钱住店的。要不然，今晚免费住店。"

林万春看了看老板，对三品碗说："那就这样，不愿住店的，可以走人。嫌有虼蚤，不住就行了。"

三品碗说："走？天都黑了，要赶我们走？我们到哪去？"

林万春一笑："这不就对了嘛。你不住店的话，你能到哪里去？这个店又不是豪门大户，更不是金銮宝殿。就是给我们这些穷苦人提供一个避风挡雨的地方。"

三品碗开始保持沉默，也许是在寻思招数。

这时，胖大嫂突然冲到了门口，顺手提起一个小板凳，高高地举起来，唰地从背后抽出一把菜刀，拉开了满脸拥挤的肌肉："三品碗，你看好了。你如果不走，就跟这个板凳一样。我可以几刀把你卸成几大块。”说完，只见她一刀下去，就砍掉了板凳的一条腿。从胖大嫂的块头和她所用的力量看，没有人怀疑砍断过程的真实性。

所有人都紧张起来，他们在朦胧中面面相觑。过道上的人越来越多，睡在床上的来了，住在楼下的盐背子也陆续来了，他们悄悄地看热闹。盐背子对他们自己制造的热闹有着特殊的兴趣。林万春转身向门边走了两步，怕女人失手伤着自己。站在过道上的张迎风却是吓得半死，双手抱在胸前，身子不由自主地颤抖起来。他一向对刀枪有着天然的恐惧，哪里见过这种剑拔弩张的火爆场面。在他的眼中，剁掉板凳的一条腿就是剁掉人腿的开始。

离台阶最近的那个瘦男人企图阻止胖大嫂，大叫一声：“哈婆娘，你莫乱来！”

胖大嫂并不听男人的，直奔屋内，扬着刀，对三品碗说：“你这砍脑壳的，走不走？我剁了十年的牛头和猪头，我就不信，你脑壳比畜牲的脑壳更难剁！”

五层台阶对高度的提升，躯体本身的硕大所具有的霸气和怒火中烧所形成的威风，叠加在这个貌不惊人的女人身上，产生了空前的震慑效果。三品碗吓得身子一闪，从床上摔了下来。胖大嫂追过去，劈头就是一刀，一绺头发便从刀上飞了出去，像风中的鸡毛。没砍着脑壳，三品碗人却吓瘫软了。吓瘫软的还有在床上的五个人，他们几乎同时把身子蜷缩到最小的程度，都希望把手里抓的被子多一些盖在自己身上，以抵挡可能落下的菜刀。

林万春怕出人命，几次跃跃欲试，想冲过去抢夺胖大嫂手上的刀，胖大嫂意识到了，便没有章法地随意挥舞起来，让他接近不了。胖大嫂看大家都不动了，她开始说话：“我就是个帮手。可我愿意为鄂老板他们拼命，也愿意为他们说话。民国三年，我和丈夫两个是从河南逃荒过来的，走到这里饿晕了，醒来后全身浮肿，是鄂老板他们把我救活的。还让我们留下来，给店里做事。现在已经十年了，儿子都八岁了。十年里，鄂老板他们从来没对客人有过恶意，从来没有坑过客人。我亲眼看到的，他救下的性命也不止十条，每年那些逃荒要饭的人来了，他都会让他们吃饱了才走，走时还要给盘缠饭米。南来北往的盐背子，天天川流不息，很多人得救了，再也不回头。凡是盐背子给不起钱又要吃饭的，都是白吃白睡，从没有为难过人家。你们也是走南闯北的，盐道一路，有多少幺店子里有幺妹儿？幺妹儿除了卖逼就是帮店主宰客，很多盐背子让她们掏空了口袋，很多幺妹儿染了一身的毛病，后来弄得不死不活的。你们都有眼睛，都看到的，这家盐味幺店子有幺妹儿吗？没有。不是没有姑娘愿意来，是鄂老板不想靠她们发财，也不想看着她们受苦！我今天说这些，是要让你们知道鄂老板是一个什么人。做的是良心人，干的是良心事，是天大的好人。所以，谁个要在这里闹事，我当然愿意赌个性命和他拼。我想得开啊，我这性命就是鄂老板给的，我为他赔上一条命也值！算是还了他这辈子的大恩大德。”

胖大嫂说完，声音还在周围轻轻地飘动着，散发着余威。手上的菜刀保持着下垂的姿势，在橘黄色的灯笼映照下，寒光褪去，完全成了一个温软的摆设。菜刀不再可怕了，蛇蚤不再可怕了，可怕的是那个胖大嫂，她让全场变得十分安静，过分的安静给这里笼罩了一层庄严色彩。三品碗说：“你这身肉，我们惹不起。”

胖大嫂说：“今生一身肉，前世修来的福！老娘这身肉不是白长的。”

有人忽然打了一个尖锐的口哨，说：“我们回去睡吧，睡不着的话，就帮鄂老板捉蛇蚤。看谁捉得多。”

三品碗蔫头蔫脑地穿过过道上的夜色，进磨盘屋去了，其他人也跟着走了，并伴随着几声叹息，几声感慨。鄂老板一家三口站在过道上东张西望，他们的表情埋藏在黑夜里模糊不清，星星在他们的上空显得特别耀眼。只有胖大嫂还站在原处，似乎在回味她先前的演说。

鄂老板突然想起了什么，一把抓住尾随在人流后面的林万春，把他叫到过道上，说："多谢你，刚才帮我说话。"

林万春说："我晓得你是好人。"

鄂老板说："你是叫林万春吧？"

"是的。我一直叫林万春。"

鄂老板说："好像你也背了好几年盐了。"

"从二十岁开始背盐，五年了。"林万春说，"每次都在你这里住，你家人我都认识的。"

张迎风的紧张情绪还没有完全缓解。他走到林万春身边，轻轻地抓住了林万春的衣角，他突然觉得这个发小是如此强大，是真正可以依靠的朋友。林万春安抚性地摸了摸他的肩膀。鄂老板硬要拉林万春进屋坐坐，喝杯小酒，林万春没有答应，说明天要赶路，没时间喝酒了。其实他心里是想喝酒的，可是有两个问题，第一是有张迎风在一起，叫不叫上他？第二是说了几句公道话就去喝人家的酒，别人怎么看他，弄不好他就会成为三品碗和其他盐夫攻击的对象，这就得不偿失了。林万春打了个夸张的呵欠，说："我瞌睡了。"

胖大嫂从台阶上跳下来，对他大声说："林万春，你是个男人！"

林万春说："你才是个男人呢！"

第 3 章

不出门，就看不出人的胆量。张迎风从小跟林万春一起长大，上树，翻墙，打鸟，啥都干过，林万春从没发现他胆小怕事。现在发现了。可胆小并不影响他的好奇心，他对一切没见过的东西都充满好奇，就跟小时候他非要看林万春尿尿与他尿尿的姿势是否相同一样。难怪张妈以前就对林万春说过，张迎风这娃好像没长大，二十好几的人了，还是一个娃娃脸，还是娃娃性子。林万春当时并没在意，只是觉得张妈这话是作为母亲的心性而言，儿子再大，在母亲面前也是孩子。

到达巫溪县宁厂古镇是个晚上，说是晚上也不是严格意义上的晚上，而是刚刚进入夜色的时候，他们抵达了这个千年盐都的边缘，远远地就看见点点灯火。宁厂镇位于宝源山下的峡谷中，两面是崇山峻岭，乱石高耸，镇子就趴在峡谷的底部，号称七里半街。街道有多长，光明就有多长。光明在峡谷中突然显现，有一种柳暗花明绝处逢生的感觉。这团光明点燃了张迎风内心的火，他立马兴奋起来，问大宁厂到底有多大，用得着这么多灯吗？每天晚上燃着这些灯火，得烧多少油？很多问题让林万春回答不了。回答不了的时候林万春就烦了，埋怨他怎么废话这么多。张迎风说我是想弄明白，你是不想弄明白。林万春说大宁厂的这些事与你有关吗？张迎风说要吃这碗饭，当然有关了。林万春就不言语了，觉得张迎风问得也对。往镇子里面走，灯火越来越多，越来越亮了。走到镇子边上的时候，他们来到一家客栈门前，客栈位置比较高，可以看到镇子的全貌，看到繁华古镇的万家灯火。张迎风突然停下不走了，林万春也只好跟着停下来。其他盐背子还要赶路呢，心里急着，要赶快找地方住下来，明天好办事。张迎风挡住了别人的去路，人家只好绕道而行，还很不理解地回头看看他。张迎风肃然起敬地伫立着，不慌不忙地东张西望，目光和表情都是热烈而贪婪的，他的整个身体都被眼前的景象融化了。仿佛他要在今晚把他闻所未闻、见所未见的东西一口吞下去。就这么看了许久，冒出一句话来："住在这里多享福啊，天天看这些景致就够了。"

林万春说："不能当饭吃。"

"那就吃饱了再看。"张迎风说。他的眼神里充满了饥饿与欣赏。

林万春说："你喜欢就多看看，我陪你。"

说话间，一个妖娆的年轻女人从客栈里出来，款款而行。她身材修长，胸部微挺，屁股微翘，衣服从上到下全线贯通，紧紧地包着整个躯体。女人从他们身边走过去，张迎风像丢了魂似的跟在她后面，尾随而去。林万春被这情景吓住了，不知道他要干什么，便喝住他："你回来。"

张迎风回来了，愣愣地看着林万春。

林万春说："你干啥？"

张迎风若无其事地说："我就看看呀。"

林万春说："你看啥？"

"衣服。"张迎风说，"她穿的是啥衣服，这么好看？"

"旗袍。"

“要是我老婆穿着，比她更好看。”张迎风有点不服气地说，“我要是有钱了，就给她买很多很多旗袍。”

林万春释然了。原来他为了看女人身上的风景，也胆敢跟在人家屁股后面。林万春就搞不清了，说他胆小，他却敢跟在人家姑娘的身后看衣服，说他胆大，该胆大的时候他又不敢胆大。

两人找了家便宜的客栈住下来。洗了一下，就该睡觉了。一张床铺，两人各睡一头。林万春上床就呼呼大睡了，可张迎风怎么都睡不着。他不是不累，是他无法入睡。他的脑子里有一头奔腾的小鹿，驱使着他，冲撞着他。之后，小鹿变成了古镇灯光，这些灯光一束一束地照过来，晃过去，在他脑子里动荡不安，翻云覆雨。那些灯笼远远地就看到了，问题在于，灯笼的下面都是些什么？为什么有那么多人川流不息？为什么有那么多铁锅烧着熊熊大火？为什么有人在叫，有人在唱，有人在哭？所有这些，肯定都是有名堂的，这些名堂一定像旗袍一样既简单又复杂。总之，有一百个理由让他睡不着。

张迎风陡然发现，瞌睡这个东西也是个怪物，越是强制自己入睡越是兴奋。唯一的办法是顺着它，依着它，不要跟它对着干。就在他强制自己入睡时，他又想起了一件事情，就是几天前的晚上，在盐味幺店子的那个胖大嫂，她吃了什么东西变得那么胖，大家都穷困，穷困是不长肉的，难得一身肥肉，偏偏她就有。那么多肉横着长，她男人喜欢还是不喜欢。这里面也是有奥妙的。

张迎风莫名其妙地为一些莫名其妙的问题困扰着。他不敢翻身，他怕弄醒了林万春。这是他必须牢记的一件事情。可是他背上痒痒的，像是有什么东西在蠕动，是虼蚤呢，还是虫子呢。他觉得什么都像，又什么都不像。如果是虼蚤，一定要把它捏成肉末。如果是虫子，捏死就行，捏碎了很脏。要弄清它到底是什么，他必须把手伸到背后才能够得着，这就必须翻身。

林万春就是在张迎风翻身的那一瞬间醒来的。林万春含混不清地问："你还不睡？"

张迎风一只手吃力地在背后挠痒痒，歪着脖子说："那么多景致没看，我睡得着吗？"

"明天看吧。"

张迎风说："明天看我今晚也睡不着。"

林万春说："快睡，你不睡我也睡不好。"

张迎风依然躺着，看着林万春，忽然想起了什么："今晚看到一种灯是什么灯？"

"啥样子？"

张迎风坐起来，双手比画着："这么粗，这么长，透光的。好像不是纸做的。"

林万春听不明白，摇摇头。

张迎风说："你肯定见过。"

林万春还是不明白他说的什么灯。

张迎风没有得到关于灯的任何答案，心里不踏实。他说："你睡，我还要去看看。"

林万春听说他要出去逛街，哪里敢放心呢。便一头扎起来，两人迅速穿好衣服，一块儿出去了。

注定是个不眠之夜。一走出客栈，张迎风觉得宁厂古镇的夜风都是新奇的。没有睡觉的人很多，都在这街上穿行，煮盐的地方还在劳动，盐锅鼎沸，人声鼎沸。妓院，茶馆，酒楼，庙宇，他都要走到门前去看一看。林万春最忍受不了的是，他对一些物品蹲下身子看个究竟的饥渴样子。在神龙庙，门前有两尊石狮守候，张迎风见了，又是摸又是看的。这也倒罢了，他非要弯下腰去，撅起屁股看遍狮子的每一个部位，要弄清长成什么样。林万春只好站着等他。林万春说："我就不明白，这狮子有啥好看的？"

张迎风说："你说没啥好看的，人家为啥要做这个？既然放在这里，就是因为好看。"

林万春长叹一声，感到和他说话很吃力。20多年的朋友，以前怎么就没发现呢。

张迎风脑子里的问题还在扩展："你说这石头从哪来的？镇坪有这种石头吗？"

"有。"

"镇坪为啥没石狮子？"

"有。"

"哪有？"张迎风追问道。

林万春说："衙门就有。狮子也是在门前。"

张迎风质问道："你怎么不跟我说，让我也去看看？"

林万春听得咬牙切齿，恨不得揍他两下，潦草地摸了摸他的脑袋，问："你这里面装的啥呢？"

"是肉呀。"

"是石头。"

这样的逛荡仍然不过瘾，张迎风的好奇心还在像野火一样蔓延。林万春的耐心因为友情而无限放大了，只得陪他继续逛荡，暂时把生存的焦虑掩盖起来，用悠闲的脚步去感受大宁厂越来越冷的夜晚。

在接下来的闲逛中张迎风发现了那种他没有见过的灯。这种灯用网状的铁丝缠绕着，中间是个肚子一样隆起的透明体，里面发光，顶部有挂钩。它们并排挂在得意酒楼的门口上方，一排灯组成了一个"一"字图案，中间是门，看上去简单大方，气派可观。张迎风指着它问："这是啥灯？"

"马灯。"

"里面装的啥油？"

"煤油。"

"煤油是啥？"

"煤油就是煤油。听说是熬出来的。"

"外面那层壳是啥？光光的，不会是纸吧。"

"叫玻璃。"

"玻璃是啥？"

"玻璃就是玻璃。听说是烧的。"

好了，张迎风知道了这叫马灯，外面是玻璃，里面装煤油，问题解决了。可他还在思考一个问题，马灯的小肚子是密封的，那煤油是怎样装进去的？这对他来说太神秘了，太有必要弄清了。他就走到酒楼门口，在马灯下面找到一个准确位置，向上仰望。张迎风的下巴都绷直了，喉结在绷紧的脖子上兀然凸起。看就看吧，他偏偏要动手去摸，手又够不着马灯，就要踮起脚跟往上用力。这个动作恰恰让从客栈走出的店小二看到了，以为是小偷，一把抓住他，气势汹汹地问他干啥。

张迎风说："我就摸一下。"

"这有啥好摸的？"店小二冷笑起来，觉得这个理由怪怪的，明显是在搪塞他。

张迎风又害怕又无辜，怯生生地解释说："我就只想摸一下。"

"要是好摸你会不会偷？"

"偷？"张迎风不解地追问了一句，"我怎么会偷？"

林万春走过去，满脸堆着讨好的笑道："我说小兄弟，我们是镇坪来的盐背子。我这个兄弟第一次到你们巫溪，他对啥都好奇，啥都想摸。你看他像个小偷吗?”

店小二问林万春:“你们是一起的?”

“是的。”

店小二打量一番,从外形上观察他们的身份,没有发现可疑之处,便放开了张迎风。然后说:“我们的马灯被小偷弄走多次了。唉,幸好你个子也够不着。”

林万春拉着张迎风准备离开,歉意地对店小二说:“对不起。打扰你了。”

“莫走嘛,你既然真的想摸,就摸摸吧。”店小二说完,就把门前一个小凳子搬过来,站上去,取下马灯拎在手上,对张迎风说:“你摸吧。”

张迎风的脸上流露出几分感激之情,马灯在他眼里已经成了个神物,他把摸马灯当成了一件很荣幸的事情。他一步跨上前去,先是从上下左右把马灯看了一遍,然后搓搓手,神情庄重地伸出去,刚刚摸到玻璃罩,手就迅速缩回来,不停地甩动,叫道:“滚烫啊!”

店小二幸灾乐祸地大笑起来。

林万春忍不住骂了一句:“蠢货!”

张迎风的手指被马灯的灯罩烫起了泡。林万春觉得他既吃亏又丢人,也不想安慰他。人家店大欺客,惹不起的,便拉着他快步走开了。回到客栈,上床睡觉。这时的大宁厂已经安静下来,外面的喧嚣渐渐稀少。林万春怕他第二天还要看景致,告诉他明天早饭后,就去买盐,办好就走。不要看稀奇了,以后会常来,有的是时间看。张迎风一边连连说好,一边往被窝钻。刚躺下,他忽然说:“刚才忘了问,马灯里的煤油是怎样装进去的?”

林万春真生气了,一脚踢过去,把张迎风踢到了床下,被子也让他卷走了半边。张迎风爬起来，扶着床沿说："你疯了。"

林万春说："你管它怎样装进去的？"

张迎风十分肯定地说："这里面有学问。"

林万春扑哧一声笑出来。

这两个朋友吵架都很默契，说几句就适可而止，不会争个输赢。走了一天山路，确实都困乏了，需要好好睡觉。第二天去买盐。盐包的分量是大小不等的。有六十斤、八十斤、一百斤包等几种规格，盐夫们按照自己的经济情况和承载能力自由取舍。林万春和张迎风的力气都不算大。张迎风是第一次背盐，只敢一百斤。林万春背一百二十斤。力气大的盐背子也有背二百斤甚至更多的。巫溪县大宁厂到镇坪县，背盐要走七八天，稍远的要走二十天，长途跋涉，不能心急，不能贪多。它所需要的不是爆发力，而是耐力，是超越体能极限、生命极限和运动极限的持久耐力。

从大宁厂到镇坪县有一条几千年历史的古盐道，时间具体有多久，无法考证。据《华阳国志校补图注》记载："当虞夏之际，巫国以盐业兴。"巫国就是巫咸国，就是巫溪。大宁厂就是巫咸国的国都。大宁厂有一条向陕西镇坪方向延伸的盐道，这条盐道是顺江而凿，从岩石上打孔，插桩铺路，供盐夫和马匹行走。这个时候的盐道是真正意义上的"盐大道"。后来，人们踩出了新的道路，古道的功能就逐渐废弃了，只留下一万两千多个石孔，它们悬立在绝壁上，掩藏在杂草中，它们像一万多只眼睛，静静地看着苍茫的十万大山和来往盐夫。有时这些孔道会流出一些水来，特别是春夏季节，孔道里流出的水更多，像是苍山流出来的眼泪，一副伤心欲绝的样子。它们终年被青苔、杂草和虫蛇鸟兽所占领，越来越古老，越来越寂寞，也越来越弥漫着千古不灭的历史气息。盐夫们背着沉重的盐巴行走在蜿蜒崎岖的小路上，走向他们各自要去的地方。在这段艰辛、寂寞而枯燥的旅程中，很少有人说话，少说话可以节省力气，避免口干。歇下的时候他们话就多了，要把路上积攒的话全部说出来才舒服。这时候说的话一般都是乡村野闻，以各自知道的风流韵事为主，说得越粗俗越带劲，越放肆越有力，真的假的大家不计较，有听的就行。

在返回的路上，张迎风和林万春与三品碗不期而遇了。林万春对三品碗印象极差，在他的心中，三品碗就是一个喜欢找事的人，也是一个得理不让人的人。从上次在盐味幺店子为虼蚤闹事就可以看出这一点。所以，林万春见了三品碗不想理睬他，打照面的时候，目光从他的头上瞟过去，也不正眼看他。而三品碗似乎已经把虼蚤的事情忘记了，还主动跟林万春打招呼。林万春想，既然人家不跟你计较，你也就不必跟别人计较，大家都是出门在外的，一起顶风冒雨，宽容大度为好，没必要得罪人。三品碗也有让人佩服的地方，个高力大，背了一百八十斤盐，依然能保持正常速度。三品碗还有一点过人之处，他擅长说古道今，讲三国，讲水浒，讲聊斋，样样不重复。据他自己说，他祖上是兴安府中有名的读书人，上溯五代是达官贵人，良田千亩。族中多壮汉，即使是女人，也是皇帝身边的宫女。爷爷的爷爷原是州官，因为被污遭贬，从此一蹶不振。爷爷原是小秀才，当不了官，就成了说书人，三品碗从小就是在爷爷的故事中长大的。到了父亲这一辈上，家道中落，一路破败，他也沦为一介盐夫了。每每遇到新来的盐背子，三品碗就会把自己的家世讲述一番。每一次讲述都充满了炫耀和懊恼。这对于有点文化的张迎风来说，无疑是具有吸引力的。

张迎风第一次听三品碗说古道今，顿觉新鲜感扑面而来。那天细雨霏霏，本来大家都在路上走着，脚上带着沉重的泥泞，都在坚持走到客栈时再歇脚。这样的天气原本是不适宜讲故事的，可有人要听，三品碗就愿意讲，反正讲故事是不挣钱的。张迎风走在三品碗的身后，听他讲“宋公明三打祝家庄”。就在“一打”搞得一塌糊涂的时候，毛毛细雨突然间变大了，这个变化幅度相当于蚕丝变成了粉丝，芝麻变成了大豆。大雨迅速将他们的背篓淋湿，顺着竹篾往下流，他们的前胸后背形成了若干小溪和暗流，随着身体的曲线悄无声息地奔腾着。他们无处藏身，不走不行，走又走不动，只好咬紧牙关硬撑着，终于走到一个岩穴处，他们几个人就停下躲雨。擦干身上的雨水，大家本想抽一袋烟，可他们随身携带的葛绳火种也被大雨浇灭了，只能眼睁睁地等着大雨停下来。三品碗就接着说故事，伴随着哗哗的雨水声，讲宋江二打祝家庄，如何轻敌失利的来龙去脉。雨水用它的声音将故事封锁在岩穴里了。张迎风甚至期待这场雨可以没完没了地下下去，这样他就可以听故事了。因为故事可以让他忘记忧愁，让他心头舒展，也忘记身上背负的盐巴和脚下的盐道。张迎风就不明白，这么有趣的故事，居然有人不喜欢听，有个四川人听着听着就睡着了，这边在讲故事，那边鼾声如雷。这让张迎风十分看不起，觉得他不尊重讲故事的人，想想恨不得踢他一脚，把他踢醒。

本来三品碗在张迎风心里是个很差劲的人，觉得他并非善良之辈，可三品碗用故事改变了张迎风对他的看法，反而对他刮目相看了。经过重新认识后的三品碗，是张迎风认识的盐背子中唯一“识字墨”的人，其他均为“白丁”。白丁们不知道梁山好汉，不知道宋公明。可三品碗知道，而且讲得头头是道，忠义堂，野猪林，断金亭，黑风亭，他都说得有鼻子有眼，仿佛梁山就是家门口的鸡心岭一样。若是肚子里没有几斤干货，讲得出来吗？所以在后来的行程中，张迎风跟三品碗走在一起的时候多一些。林万春既不多心，也不介意。盐道上的行者都是负重前行，力气大的，脚步快的，急着赶路的，这些快脚可以往前面走。体质不好的，背得吃力的，走不动的，力不从心的，自然就走在后面了。大家各走各的路，各吃各的饭，既不统一步调，也不统一行动。沿途都有幺店子，每隔十多里路的地方就有一个。他们可以根据自己的需要来确定歇脚的地点和时间。三品碗正在岩穴里讲故事避雨的时候，林万春一路人已经走到前面的一户人家了，他们在屋檐下避雨。

集体长途跋涉有一些特殊规律，两个人错开一段路，就会一路错下去。林万春见不到张迎风，心里有点着急，他无法判断张迎风到底是走在他前面去了，还是落在后面了。到第四天晚上的时候，林万春已经走到“盐味”幺店子了，他希望能够在这里与张迎风会面。歇下来登记入住的时候，店主鄂老板看见了他。鄂老板正在忙着收拾刚从山上采下来的野菜，准备到河边去清洗，一看见林万春，便大叫了一声：“林万春！”

林万春侧目而视：“找我？”

“找你”。鄂老板连忙放下手中的活路，走过来，悄悄地对林万春说：“你来得正好，我们也没吃饭，下雨把活路耽误了。今天我一定要请你喝几杯。”

林万春说：“为什么？”

鄂老板说：“你前几天帮了我那么大的忙，我要感谢啊。”

林万春明白，所谓帮忙，就是那天三品碗为虼蚤闹事，林万春只不过站出来说了几句公道话而已。林万春说：“鄂老板你真是的，那算个啥事，就是说了句话。”

入夜时分，幺店子便是一幅特殊的景观。客人们会不约而同地，在差不多同一时间涌进店里，他们对于时间的把握非常精准，早不会来得太早，晚也不会来得太晚。早来就意味着他们想歇脚，不想再走了，就白白浪费了白天的时间。晚来就意味着摸黑，摸黑是件很危险的事。在盐道上，因为摸黑赶路摔死过不少人，一脚踩虚就会跌入深渊。赶在天黑之前住店，太阳下山，他们止步，是恰到好处的时间节点。什么是光阴，盐背子最能理解“光阴”二字。“光”就是太阳，是白天，是干活出力的时候。“阴”就是黑夜，是休息的时候。从巫溪大宁厂背着盐巴返回的盐背子来了，他们通常是气喘吁吁，大汗长流。从镇坪到巫溪去背盐的盐背子也来了，他们的背篓里背着干粮，轻轻松松地说说笑笑地住进去。此时此刻，来入住的盐背子很多，叽叽喳喳地闹成一片。鄂老板不想让其他人听见，压低声音对林万春说：“我马上叫家里做饭，你弄好就到我家来哟。”

这是一个非同寻常的时刻，林万春长这么大，除了在自家和亲戚家吃饭，以及在张迎风家吃饭之外，他所吃的每一顿饭都是付了钱的。没人专门请他吃过饭。别人的饭，别人的碗，别人的请，永远属于别人。之所以没吃过别人的饭，不是他不会吃，也不是他不想吃，而是没人请他，他也没资格被人请，没有资格吃人家的饭。所以鄂老板的邀请，在他心中是十分难得、十分珍贵的。

第一次被人如此敬重，林万春心潮澎湃。他把入住的事安排停当，就拿着汗巾子跑到河边了。他要洗个脚，洗把脸，还要擦擦身上的汗水。他有点嫌弃起自己来，自己真的是很脏了，冷水一泡，竟能从身上搓出泥条子。春天的河水冰冷刺骨，长期养成的习惯使他能够从容地把冷水当成温水来用。幺店子住客多，不可能烧水让大家洗脸，也没有那么多脸盆，甚至没有放那么多脸盆的地方。早些年，店里也让大家用热水洗脸，用硕大的木盆装热水。盐背子一到，放下行李，就开始哄抢头一轮。把黑不溜秋的汗巾子往水里一荡，洗一把沾满汗水和泥土的脸，再放在水里一荡，一大盆水马上就浑浊了。一盆水洗五六个人，越洗越脏，盆底就会沉淀一层泥来，后面来的人不能用了，就骂娘。一个店子时常住五六十个客人，有时上百人，如果全部客人都要洗脸，需要那么多盆热水，根本来不及烧。后来，无论寒冬腊月还是春雪天气，干脆都不用热水了。大家洗脸洗脚全到河里去，夜色遮蔽了被染黑的水色，融为一个完美的整体。林万春为了体面一些，在河边把自己洗了一遍，他感觉像清洗一个沾满了泥巴的洋芋，怎么洗都洗不干净，再用力就会搓掉一层皮来。

一个火热的身体就这样冻僵了，林万春又在冻僵后开始复苏，为了让身体重新产生热量，他干脆扑进水潭游起来。水潭不大，他得绕着圈子游，他在水潭里划出了一个又一个圆圈。这个过程完成了从冷缩到舒展的各个细节。在水潭上方，路过的盐背子朝他嬉笑，问他好不好玩，林万春用水淋淋的手抹一把脸，睁大眼睛说："冷水强筋骨。你们不懂。"

林万春穿好衣服，顶着湿漉漉的头发来到鄂老板家时，鄂老板一家三口正坐在方桌前等他吃饭。林万春一去，鄂老板连忙站起来，把他迎进屋去。林万春说："我到河里去了一趟，耽误了。"

"你洗澡了？"

"是的。"

鄂老板不觉得怪异，但鄂鄂觉得怪异，她看着林万春一头湿润而凌乱的头发哧哧地笑起来。鄂鄂是鄂老板的独生女儿，才15岁，是鄂老板夫妻俩的掌上明珠。她皮肤白皙，浓眉大眼，与身上的红花薄袄相映成趣，笑的时候，满脸稚气，春水盈盈。林万春看了她一眼就不敢再看了。

鄂老板盯着鄂鄂说："光知道笑，给他拿个梳子来，把头发理顺。"

鄂鄂问父亲："拿你的梳子？还是我的梳子？"

鄂老板说:“不就是个梳子嘛。哪个都一样。”

鄂鄂说:“不一样。你的脏。”

鄂老板伸手要打鄂鄂,鄂鄂闪身跑了,拿来一把梳子递给林万春说:“这是爹爹的。”

林万春的头发太乱,打结了。菜肴的香气扑面而来,严重分散了他的注意力。哪里有心思梳头,可他又不得不梳。梳子一下拉不到底,总会在中间卡住,林万春越是用力,越是卡得厉害,脑袋就因为梳子的拉动而改变了方向和角度,梳齿也拉断了两根。鄂鄂看着他梳头,急得眉毛都挤在一起了。好不容易把头发梳顺了,鄂鄂接过梳子,发现梳子上一卷拉断的头发挂在上面,鄂鄂一根一根扯下来。鄂鄂看着拉断了两个齿的梳子说:“缺牙巴。”

“废话多。”鄂老板嚷了女儿一句,顺手把林万春拉到了座位上。入座的林万春荣耀而别扭,惶恐得不知所措。

林万春没有吃过这样好吃的菜,光是腊肉就有几种,腊猪肉、腊兔肉、腊鹿肉还有腊牛肉。那个香气太让他受不了了,不是让人陶醉,而是香得要死。林万春大有饿虎扑食的架势,同时他又处在拘谨、羞涩与饥饿、渴望的复杂状态中,不好意思主动夹菜,都是老板娘给他夹。老板娘一副慈母心肠,殷殷勤勤口口声声地叫他多吃些,一定要吃好。林万春碗里的肉菜很快就堆积如山了,他又很快把山削平,继而又在老板娘的筷子下堆积起来,林万春又将山削平,通通吞进了肚子里。四个人六个菜,林万春一人吃了大半。鄂鄂吃吃停停,心不在焉,说要弄锅巴,起身走了。老板夫妻继续陪他吃。

老板娘给林万春添饭的时候,来到灶房,鄂鄂正埋头铲动紧贴锅底的米饭锅巴,见妈妈去了,鄂鄂做了个夸张的表情说:“我的妈呀,他太能吃了。”

妈妈瞪了她一眼:“莫作声。劳动人嘛,不能吃还能干啥子。”

鄂鄂拿着一张脆黄的锅巴走出去,锅底的弧度像模具一样体现在锅巴上了,锅巴成了锅底的复制品,能够看出它的坚硬和脆性。鄂鄂重新坐到桌边,嘴里咯嘣咯嘣地嚼着,米粒在口腔爆裂的声音沉闷而生动。她看着林万春喝酒的样子,林万春也看了看她吃锅巴的样子,鄂鄂说:“你是不是也想吃锅巴?”

林万春仓皇地说:“我不吃。”

鄂老板说:“鄂鄂,你应该叫他哥哥。”

鄂鄂嗯了一声,对林万春说:“哥哥你慢慢吃,我下去了。”

鄂老板转过脸,把脖子抻长了,说:“你去看一下,今晚的客人住了好多?”

鄂鄂应声跑出去,一会儿就回来了,对父亲说:“客人全满了。有几个人没地方睡,加了床位。门口有个人,问我看到林万春哥哥没有。”

鄂老板问:“那会是谁?”

林万春说:“可能是我朋友,叫张迎风。路上他走到后面去了。”

鄂老板对鄂鄂说:“你去问问他,是不是那个人。要是的话,让他进来吧。”他又扭头对老婆说:“你看锅里还有没有饭?”

鄂鄂把那人带进来,此人正是张迎风,长长短短地穿了三层衣服,嘴角上方还有一点残剩的黄色饭料。张迎风进门就看见林万春在吃饭喝酒,面前是六个盘子,三个酒杯。尽管已吃到尾声了,但浓烈的香气依然刺激着张迎风。他走到桌前,力图通过视觉和嗅觉来辨别他们吃的到底是什么菜肴,鼻子和眼睛都在同时用力,他的眼神里充满了对美味的无限渴望,喉咙里也发出了咽口水的咕噜声。张迎风在专注中发现了自己的失态,对林万春说:“我看到你背篓在那里，找不到你人，就问了她。”

鄂老板让张迎风坐下，张迎风不坐，老婆连忙起身，一边往灶房走，一边说：“我们吃毕了，我去看看还有多少，你好歹吃点吧。”

张迎风慌忙站起来往外走，说：“不用了，我吃过干粮了。”

鄂老板说：“也是的。留下他也没啥吃的了。早知你朋友要来，就多下一碗米。”

林万春笑笑说：“没事。”

酒足饭饱之后，林万春就坐在鄂老板家拉起了家常。鄂老板是湖北竹溪县人，以务农和背盐为生。这个盐味幺店子有几百年了，听说在明朝正德年间就有了，易主无数，为一代又一代盐背子提供过方便，救了无数人，帮了无数人。康熙年间，土匪把它烧了一半，后来又经过多次翻修，只保留下来了那些巨型的木柱和屋梁。官府还赐过匾额，早就朽了。五十年前，鄂老板的父亲从一个四川人手上买过来，已经经营了两代人。鄂老板说，这个幺店子是为穷苦人开的，利薄，有时来一些一无所有的盐夫，你还得倒贴进去，管吃管住。生病了还得为他们买药吃。所以呢，指望店子发不了大财，只能混一口饭吃。要是遇到一些流氓恶棍故意惹事，好久不得安然。林万春说，你这个老板也不好当，能够弄到现在这样子，很不容易了，我们这帮人还是喜欢这个店子的。每次背盐，都要尽量住在这里。两人说得投机了，就把壶里的残酒喝了个精光。林万春感叹说：“今晚吃得太饱，这点酒喝下去都装到喉咙了！”

林万春正要离开，准备到店里睡觉去，这时有人在门前大叫鄂老板，说有个盐背子突然死了，可能是累死的。两人一齐跑出去，看是怎么回事。只见一个三十多岁的青年人倒在店子门口，全身蜷缩，旁边放有装着盐袋子的竹篾背篓，还有一把火光未尽的竹条火把，周围站着几个盐夫，叽叽喳喳地谈论着。由于天黑，看不清死者的面孔。从使用火把的情况看，这个盐夫是独自一人赶夜路过来的。那么，死者是谁？谁认识死者？

鄂老板迅速把帮手和店小二召集起来，安排后事。他让林万春、张迎风等几个盐背子打着灯笼火把，将死者围成一个半圆。灯光下的死者赫然醒目，栩栩如生。死者看上去并不瘦弱，身体还是比较壮实的，破烂的衣服里露出了一段粗大的胳膊。鄂老板亲自将死者蜷曲的尸体放端正，仰面朝天，眼睛半睁着，像是目不转睛地看着某个地方出神。鄂老板伸出手去，在他的眼睛上抚摸几下，鄂老板说："苦了一辈子，安心睡吧，不要看了。"鄂老板说完，死者的眼睛就闭上了。

鄂老板让店小二把所有在店里过夜的盐背子都叫起来，他们打着呵欠，排着长队，逐一辨认死者的面孔，看他们是否认识。他们一一驻足片刻，胆大的多瞅几眼，看一下脸部特征，胆小的根本就不敢细看，瞅一下衣服，按部就班地走过去。很多人都说见过这人，但不知道名字，也不知道是从哪里来的。张迎风发现，这人正是下大雨那天，他们在岩穴里躲雨，三品碗讲故事时睡着了的那个四川人。按照惯例，如果是熟人，就请他们的家属来处理后事，如果不是熟人，没有人认识他的话，那就是孤家寡人，是无名氏死者，就只能就地埋葬在山上。

辨认的结果让人沮丧：没有一个人认识死者，没有一个人能叫上死者的名字。无法知道他家在何方，生于何处，听口音晓得他是四川人，无法通知他的亲属。他留下了一个谜团，后事只能由幺店子和盐夫来负责料理了。

鄂老板站在死者旁边，在灯笼火把的映照下满面通红。鄂老板站直了，双手抱拳，表情凝重地恳请大家说："今晚有劳各位了。

我们要把他的尸首安葬好。请各位听从安排，一班人去山上挖墓穴，一班人抬尸首，一班人找石头，砌坟头。每班人马都要配上三个人专门打灯笼火把，火把不够用，马上扎。夜风大，山上冷，人多路窄，磕磕碰碰的，不要弄伤了身子。”

鄂老板负责总管，总共60多号人，分成几班人马，从每班人马中选定一个领头的。大家分门别类，各司其职。扎火把的最先到位，没有火把就没有光明，这是第一位的。然后是找坟址，挖墓穴，确定坟墓的具体位置。接下来就是把死者抬上山。没有棺材，用竹席把尸首卷好，捆绑结实，抬上山去。

疲惫不堪的盐背子们在大事面前又恢复了生机，一个个生龙活虎了。在漆黑一团的天空下，在这个四面环山的幽静之域，只有盐味幺店子里灯火通明，使遥远的苍穹变得更加深不可测，也使四面的黑暗变得加倍的黑暗。忙碌淡化了应有的悲怆，流淌出一股死亡的气息。这种气息对他们来说似乎并不陌生，没有呼天抢地，也没有伤心欲绝。

墓穴挖好了，林万春和张迎风他们负责把尸首抬上山。尸首连同裹尸席都不重，就一百多斤的样子，四五个人不费力就抬上山了。真正的难度在于照明，就是打着火把、灯笼的人，火把的亮度大，但容易被风吹熄。灯笼亮度小，但可以防风。打着灯笼、火把的人，必须要兼顾前后左右的视角，确保他们能够看清脚下的路，要一步一步踩到实处，不能走偏。埋葬死者的山也不是什么山，只是离幺店子远一点的另一个山坡，地势比盐道高出两丈多。墓穴仅两尺来深，新鲜而潮湿的泥土堆积在周边，散发出特有的味道，让人想到播种，想到农作物，但墓穴却意味着埋葬。

给他们带来惊吓的是最后一道程序。他们需要把包裹死者的竹席打开，解开捆扎在外面的麻绳。据说，如果捆绑下葬，死者在阴曹地府将永远不得翻身。所以必须解开绳索，让他轻轻松松没有牵挂地走到阴间。抬尸首的都是一伙年轻人，没有人敢解绳子。林万春让张迎风试试，张迎风青着脸说，我不敢，我负责填土吧。没人愿意干，林万春自己来。当他解开包裹在死者身上的席子时，死者突然睁开眼睛，并“啊啊”地叫出声来。

有人大叫一声：“他活了！”

所有人都惊骇不已。打着火把的张迎风面色骤变，一屁股坐下去，跌在黄土上，裤裆里马上现出一片湿渍，吓尿了。林万春则在瞬间冒出了一身冷汗。现场混乱起来。在坟墓周围的山坡上，有十多个火把，聚集了30来人，胆大的要往前挤，看他活过来是什么样子，胆小的往后退，生怕遇到了活鬼。只有在旁边指挥的鄂老板沉着冷静，他不慌不忙地弯腰下去，从铺开的席子上把死者扶起来。

鄂老板带着几分惊喜地问：“你没有死？”

没有回答。没有气息。死者轻描淡写地看了鄂老板一眼，重新闭上了眼睛。那一眼似是而非，也许根本就不是在看他。可就是这一眼让鄂老板兴奋不已，让他看到了死而复活的曙光。鄂老板席地而坐，把他搂在怀里，只听得他身体的某个部位闷响了一声，脑袋就顺其自然地垂下去了，紧紧贴着鄂老板的胸脯了。鄂老板捧着他的脸，使劲地摇晃他，叫喊他，怎么都没有反应。

鄂老板说：“你们把火把放近点，烤烤他，可能是太冷了。”

于是，周围的几个火把都围过来，把死者的脸庞照得纹丝毕现，像太阳下的枫叶。红红的火光下，死者像睡着了一样依偎在鄂老板怀里，依偎的姿态是那么惬意，那么满足，顺理成章而又理所当然。鄂老板好希望把他烤醒，就这样抱了好久好久。好久好久之后，鄂老板再看看他的脸，他的眼睛，摸摸胸口，又摸摸他的脉搏，每一个动作都没有收获。鄂老板像是做完了一个仪式，抬头望着浩瀚的天空，两行长泪流下来，绝望地说："你真的走了。"

死者最终没能成为活者，呈现出一副纯粹的与世长辞的死亡模样。

鄂老板把他放平，仰面躺在席子上。或许是大腿被压酸的缘故，鄂老板自己站不起来了，林万春把他拉起来，让他站到一边去。然后，林万春把死者抱进了墓穴里，让他睡好。

第二天早晨，是清理死者遗物的时候了，他唯一的遗物是两个六十斤重的盐袋子。鄂老板当着众多盐背子的面，打开死者背篓里的盐袋时，发现里面装的竟是泥巴。再打开另一个盐袋子，还是泥巴。这一百二十斤泥巴竟从四川巫溪背到了陕西镇坪。

林万春大骂一声："伤天害理。"

第 4 章

第一次出远门的张迎风回家了，带回去了他挣的第一笔钱，也带回去了外面的许多见闻。走进自家院坝里，他第一眼就看到奶奶坐在屋檐下晒太阳。淋浴在春天里的奶奶一脸平和，与世无争地享受着阳光给她带来的温暖。张迎风正要开口叫她，奶奶就发现了他，说："我孙子回来了。"

张迎风说："你看到我了？"

奶奶说："我听脚步声。"

张迎风说："奶奶还好吧？"

奶奶说："好是好，就是老了。"

张迎风说："你都一百岁了，还能不老。"

奶奶说："记得是一百零一岁了。一百岁是年前的岁数。"

"哦，是一百零一了。"张迎风走过去，让奶奶摸了摸他的脸和手。奶奶的动作很慢，像是在感受他的温度，也像是在寻找出门后的变化。抚摸毕了，奶奶做了一个苍老的鬼脸，悄悄对他说："先看你娘，再看媳妇。"

张迎风把背篓放下，就进去看妈。妈妈在堂屋的楼上忙着。这个"楼上"并不是有两层，而是在堂屋与房顶之间加了一层楼板，隔成了楼房的样子，是用来储藏粮食和家具的，还放着奶奶的杉木寿枋。这是巴山一带比较普遍而典型的民居造型。张迎风进门就叫了一声妈，张妈说："我马上好了。你莫上来。"

张妈从楼上提着一块腊肉下来，张迎风站在楼梯口，手扶梯子。他接过张妈手中的腊肉，放在堂屋的桌上。张妈说："以为你明天才能回来，今天就回来了。"张妈冲着里面的厢房叫道："香悦，去把腊肉烧了。"

任香悦喜气洋洋地跑出来，全身都是笑脸。她看了张迎风一眼，提着腊肉到灶房去了，两腿生风。

张妈把张迎风全身上下打量一番，说："你把衣裳脱了，我看看。"

张迎风知道，妈妈又要检查他了，很多年没有这样过了。自从长大之后就没有检查过他的身体，这次出远门回来，她要检查了，这让他重新回到了童年时代。

张迎风有点不情愿脱衣裳，说："好好的。"

"脱了。"

张迎风又说："我真的好好的。"

"脱了。"

张迎风在母亲的注视下脱掉了上面的衣裳，露出光膀子。张妈绕着张迎风的身体走了一个圈，在张迎风背后停下来，扬起巴掌，在他肩膀和背部拍打了几下，又抚摸了几下，没有发现受伤的痕迹。张妈的神态，就像查看罐子的裂纹一样，不放过任何细节。在张迎风正要穿衣裳的时候，张妈又把他肩膀揪了揪，问："痛不痛？"

"不痛。"

张妈舒坦地吐了一口气："好了。"

张迎风把衣裳穿好，钻进灶屋，见媳妇任香悦正在用柴火烧腊肉，脸上烤得通红。任香悦埋头说："妈还是把你当细娃儿。"

张迎风说："晚上你给我好好看看。"

"看啥？"

"看有没有伤。"

"妈不是给你看了嘛。你有没有伤自己不明白？"

"她只看上面。"张迎风站到任香悦的斜对面。任香悦听见了他轻微的喘气声，扭头就看到他变形的裤子，心里明白了几分。任香悦红着脸说："妈在外面噢。"

张迎风机警地推上灶屋的门，转身把任香悦抱到灶台旁边站着，由于用力过猛，从任香悦肚子里挤压出一股气流从嘴里喷出来，发出了噗噗的响声。任香悦将手上的腊肉顺势放进锅里，准备舀水洗肉。张迎风从后面抱住她，一手绕到前面摸索，任香悦哧哧地笑，提醒他说："这门可是没有闩子的。"张迎风满不在乎，一意孤行。少顷，张妈推门进来，扔进来一捆干竹笋，同时撂下一句话："先做饭吃！"张迎风回头看时，张妈已经出去了，门也关上了，一捆竹笋扔在他的脚边。任香悦说："你羞不羞？妈都看到了。"张迎风更加有恃无恐地说："又不是别人的妈。"任香悦满面娇羞，不堪其扰，扭动着滚烫的身子，企图挣脱，而张迎风得寸进尺，肆无忌惮，任香悦便举起手中那块黑乎乎湿漉漉油腻腻的腊肉，做出想要打他的样子。张迎风从她身上暗流涌动的地方取出手来，惊心动魄地在自己裤子上擦了一把。任香悦害羞地在他耳边说了句话，张迎风便出去了，在他们的房间取出一块羊肚帕子，撩起任香悦的裤腿擦拭。任香悦说："是小腿肚子那里。"他就从小腿肚子往上擦。任香悦又说："这边也有。"他又从另一个小腿肚子往上擦。之后，他对任香悦小声说了句什么，任香悦用胳膊往外一拐，撞到张迎风的腰上。张迎风又小声说了一句什么，羞愧难当的任香悦一脚踢过去："谁让你碰的？"

一个闪身，张迎风的目光碰到了任香悦手中的腊肉。这个又黑又丑又香又美的东西让他想起了林万春，奔腾在他全身的欲望迅速冷却下来。这块腊肉是任香悦从娘家拿来的。前几天她回家给爷爷拜寿，就带回来了几块陈年腊肉，已经被柴火熏得一团漆黑了。在这个一年一度的春荒季节，能吃上陈年腊肉的家庭是不多的。像林万春那种人口多的家庭，无不是用野菜谷糠充饥的，就连油星子也难见到，更别说是腊肉了。张迎风打开灶屋的门，一个箭步冲出去，他要把林万春叫来吃饭。跑到林家时，已是一身大汗淋漓。林万春不好意思来，张迎风连拖带拽地把他拉来了。张妈一见林万春就眉开眼笑，说："有好事，迎风都记着你。"林万春说："张妈，我就是放了一个碗在你家。"张妈说："多一个碗穷不了，少一个碗富不了。"

干笋炖腊肉，奇香无比。大家吃得热火朝天。林万春是没有老婆的人，可是他看懂了任香悦和张迎风两口子那眼神里传达了一种明目张胆的东西，这东西没有声音，没有颜色，没有重量，但却有力。这个力从心里飘起来，从眼里飞出去，然后奔向对方。这个力要把他们两口子之外的一切事物排除在外并清扫干净。林万春真切感觉到，张妈是多余的，奶奶是多余的，他更是多余的。林万春是很懂事的人，吃完就要走。张迎风留他"多玩会儿"，林万春知道这话很假很假，只是不揭穿而已，婉转地说："你刚出门回来，好好陪她们。"

张迎风十多天没见到媳妇了，任香悦的每一个动作、每一个表情都是新鲜的，都让他如饥似渴。从去年腊月成婚以来，他们一直没有分开过，任香悦回娘家他也是陪同着。张妈说迎风这娃从小黏人，年幼时黏妈妈，少年时黏朋友，成家了黏老婆。黏谁体贴谁。林万春走后，张迎风早早地帮任香悦把家中的杂务做完，痛痛快快地洗个澡，就一门心思想着睡觉了。任香悦到自己的房间做针线去了，张迎风也跟着进去了。可他刚进厢房，母亲把他叫了出来，说奶奶有话要问，让他说说背盐的事。奶奶是家里至高无上的祖宗级人物，既然奶奶发话了，他就只好陪她们说话。家里三个女人，都是爱他的疼他的养他的，每个女人他都惹不起，每个女人他都要放在心上，这让他感到很甜蜜，也感到很难对付，很有压力。她们都没出过远门，没到过四川，他要讲他见到的马灯，讲他见到的旗袍，以及繁华的大宁厂古镇。张迎风一心想着媳妇，根本没有心思讲这些，便不停地为自己的劳累虚张声势，打呵欠，闭眼睛，无所不用其极，好像再不上床他就要倒下了。张妈看着儿子神思恍惚昏昏欲睡的模样，只好让他歇着，明天再讲。

张迎风钻进厢房就神清气爽了。厢房才是他向往的地方，这个时刻才是他最光辉的时刻。他几乎是用奔跑的姿态走进厢房的，见到坐在床边做针线的任香悦他就激动得要死，不由分说地将媳妇手上的针线夺走，放在墙角的竹篮里，回身捧着她的脸就一顿乱啃。他们这里把接吻叫"打啵"，乱啃成了他性急时刻最主要的打啵方式。任香悦瞪大眼睛说："你疯了，疯了。"张迎风不听她的，啃着啃着就把人家衣服去掉了，扔在了床里边。快速地脱媳妇衣服成为他婚后最熟练的技艺之一。任香悦拉住铺盖的一角挡住身子，滚到了床上，她把铺盖往上扯到面部上方的位置，仅仅露出一双眼睛。这双眼睛具有惊喜和惊恐的双重性质，对张迎风的表现她选择了不迎不拒的中立态度。张迎风就在这时跳上床了。他从小就喜欢跳上床。这是他和林万春一起玩排碗时养成的习惯。任香悦明明看到张迎风是穿着衣服跳上床的，她还没来得及看清脱衣服的过程他就已经一丝不挂了，然后就一丝不挂地贴着她了。

这个过程是在任香悦眨眼睛的时候完成的，不是一般的快，是飞快。任香悦用命令的口气说：“你把灯吹了”。张迎风说：“不。”任香悦又说：“去把灯吹了。”张迎风不作声，翻身起来，把油灯端到床上，揭开了铺盖，任香悦把铺盖的一角揪住不放，说：“你做啥？”张迎风说：“我要看看，我走了十多天，你是不是长拢了。”任香悦夹紧双脚不让看，张迎风用一个膝盖跪在她两腿之间，这个动作既果断又霸道。失去自主权的任香悦长叹一声，只有听之任之了，并配合着把双脚曲起来。这就决定了张迎风的优势地位，他一手端着油灯，另一只手在她崎岖起伏的体形上游走。肢体本身会带来视角上的障碍，加上油灯十分有限的亮度，那个狭小的世界并没有完全清晰地呈现出来，看上去深幽而模糊。这时，他家的小黄猫从房顶的猫眼里俯冲而下，蹲在窗台上聚精会神地看着张迎风，还不时地调整角度，把脑袋歪一歪，摆出了一副认真观察与精心思考相结合的专注神态，两只圆圆的眼睛表明了它对事物的一丝不苟和深度关切。小黄猫终归没有看明白主人在干什么，它发挥着自己小巧灵活的优势，跳到张迎风身边蹲着，将头伸在张迎风的腿弯里，抢占了最佳的偷窥位置。小黄猫比张迎风更加讲究策略，也比张迎风更加好奇，它几次跃跃欲试，实在忍不住的时候终于出手了，伸出爪子去抓任香悦的大腿。任香悦突然感觉到被一个冰冷的东西碰了一下，吓得腿一缩，差点打翻张迎风手上的油灯，张迎风就把猫打跑了。任香悦坐起来，说：“你看好了？变了没？”张迎风说：“看不清。”任香悦悲凉地说：“你坏了，出一次远门就变坏了。”然后一口就把油灯吹熄了，人和猫同时陷入了深沉的黑暗中，小黄猫喵的一声轻叫，人也发出了自己的声音。

张迎风在家待三天时间，其实并没有休息多少，天天都和媳妇在一起，两人出门挑水打柴都形影不离。不是媳妇黏他，是他黏媳妇。媳妇走到哪他跟到哪。媳妇说他“火旺”。他说火旺有啥不好。媳妇说他你每次都太快。他说忍不住就快了。张妈每天外出劳动，奶奶成天在家，像一尊门神，最清楚小两口的行踪。在她的眼里，孙子并不强悍，也不强壮，她对张妈说：“有点力气都用到媳妇身上了。”张妈就笑，说：“你莫管他。”奶奶依然在悯天忧人，说：“媳妇好看一点是好事，就是太伤娃了。”张妈说：“他们好就行，又不碍你的事。”奶奶就不说话了，一如既往地坐在藤椅上观天象，看山色。门口有她全部的外面世界。

张迎风和林万春约好第三天早上走，又去大宁厂背盐。可他发现家里还有一项繁重的活路没做完，就是上山砍柴。奶奶一向把烟火当成家的象征。奶奶早就说过，家里没有烟火，家就不像家了，烟火是万万不能断的。上山砍柴要走两里路，如果不是他做，就是张妈和媳妇做。山上怪石林立，荆棘丛生，要砍柴，还要把柴搬回家，绝对是一件笨重而危险的事情。全家就张迎风一个男人，他的唯一性决定了他责任重大，他不能把难题留给她们。因此只有推迟出发时间，他让林万春先走，自己后去。林万春责怪他这话太生分了，没把他当兄弟看，说：“我帮你砍柴不就行了”。两人整整忙了半天，硬是把柴火备足了，高高地堆码在门前。张妈舒坦得像吃了蜜蜂屎。可她既高兴，又心疼。背盐本来就是出苦力的事情，出门前还要大累一场，张妈有点过意不去，感激而又得意地说：“这两个娃，一个是亲生的，一个像亲生的。”林万春说：“婶婶对我也像亲生的。腊肉不能白吃。”

吃过午饭他们就踏上了通向大宁厂的路。张妈是舍不得张迎风走的，无数的冤魂证明了盐道的艰辛。他们出门时，张妈就站在门口望着他们的背影不肯回头。她的手扶着奶奶的椅子，正午的阳光把她们的影子变成了最小。奶奶说，迎风是个胆小的娃，又不是很懂事，跟林万春跑一跑，有好处的，你也会老的，你不能一辈子守着他，靠娘守着的娃长不大。张妈说，只要他好，长不大就长不大吧。奶奶说，这当娘的都心软。张妈似乎不愿再说儿子的事了，盐道是她一生的痛楚。她看了看奶奶头上的白发，说，妈，我要是能活到一百岁就好了。奶奶说，你要是活一百岁，就可以带迎风的孙子。张妈说，我身体可没你那么好。说话间，张迎风和林万春两人早就走过了她们的视野，她们看到的是看不见道路和人影的茫茫大山。

张妈意识到该干活了。扛着锄头下地锄草，松地，下午还要去打猪草，每次都是和任香悦一起做。张妈是家里的核心人物。在奶奶面前，她是儿媳妇，在任香悦面前，她又是婆婆。家里的活是有套路的，年年如此，就是围绕家里的三口人、两亩地、一只猫、几头猪、几只鸡来进行的，除了猪和鸡的数量在不断变化之外，其他是没有变化的。他们面对的都是活物，如果这些活物健康旺盛了，这个家的日子就好过了，就有福气了。奶奶在当中年农妇时就总结过了，家里这些活物，都是你养活我，我养活你。人养地，地养人，人养猪养鸡，猪和鸡也养人。说穿了就是你好好对待它，它好好对待你，你不好好对待它，它就不好好对待你。它们活得好，人就活得好。奶奶101岁了，这些话依然管用。奶奶的话教导了张妈，张妈在锄草的时候把奶奶的话当作圣旨传达给媳妇任香悦，任香悦说：“还是奶奶高明。”

任香悦说这话时突然有点反胃。早晨起床的时候就有这种感觉，因为张迎风今天要走，她就没说，怕这个胆小鬼路上担心。刚刚锄头下去的时候，有一股反动逆流从胃里往上冒，直达喉咙，还好没有干货，只是一些清口水。任香悦暂时停下手中的活来处理口水。这清口水似乎源远流长，连绵不绝地往外冒，吐了几口之后，又突然觉得胃里有物蠢蠢欲动，呼之欲出，却又半途中止，不了了之了。张妈头也不抬地说："你有了。"

"有了？"

"有喜了。"

"有喜了是啥样子？"

"就你这样子。"

说完又没反应了，瞬间就完全正常了。晚上睡在床上，任香悦把油灯放在腹部反复照看，看不出任何变化。用手抚摸，也没可疑之处。可她相信婆婆的话，婆婆说是有喜了，一定是有道理的。仔细回想也对，张迎风只要在家就没闲过，那么勤快，能不弄出点名堂来么。等张迎风回家后，一见面就要告诉他。任香悦一边害羞一边高兴，她一手端着油灯，一手指着小肚子说："有喜了。你就是喜！生下来就叫你张喜。你老子还不晓得呢。"

孙媳妇怀喜了，奶奶得知后兴奋不已，她的高兴更具有家族意义，又多了一代人，辈分又提高了。她说："你们知道我为啥不死？我要等重孙子。人的命长，有耐心就能等到。"

任香悦要给奶奶撒娇了，她摸着奶奶的脸，说："奶奶，要是个儿子，我想给娃娃起名叫张喜。"

奶奶说："叫张有喜。"

任香悦说："奶奶起的名字，一定长命百岁。"

任香悦"有喜"成为奶奶强大的精神动力。她瞬间从一百岁回到八十岁以前了。奶奶是八十岁才停止做针线活的。她最后一次做针线活，是给对门山上任雄奇的女儿做花鞋和衣服。任雄奇在当地是富裕人家，这从房子上就可以看出来。别人家的房子是土坯房，而任家的房子是青砖房，有雕梁画柱，有龙蛇虎豹，房顶是无数指甲一样的瓦片，排成一行行的，甚是好看。任雄奇说他要生个女儿，拿来许多布料请奶奶做针线活，不是家里人不会做，而是这个女儿和奶奶八字相合，图个吉祥，图个长寿。在附近一带，七十岁的老人做针线活的都很少了，奶奶可是八十岁的人了。娃娃穿着她老人家做的针线活，不就是分福分寿么。奶奶就一口气做了五天，把新生儿要用的一切布类都做好。这个女儿就叫任香悦，后来成了奶奶的孙媳妇。可就是这之后，奶奶的视力一落千丈，眼睛用坏了，实实在在的东西在她眼里变成了虚物，拿起花线头，它就开始飘动，飘着飘着就成了影子。而针头也像变魔术一样，明明拿着一个针头，她看上去就是两根或者三根，那个小小的针眼，一看就成了两个或者三个针头上的针眼。做针线活就要“穿针引线”，针和线只有在一起才能有用。一根飘动的线头要穿过两个或者三个针头上的针眼，技术上要“避实就虚”，她基本上完成不了了。奶奶这时还下地干活，她不说自己老了，而是说“真不年轻了”。眼前世界的一切都在发虚，迫使奶奶放弃了她从小喜欢的针线活，从此与针线绝缘了。二十年来，她不知道家里的针在哪里，线在哪里。

世界上许多事物都是巧合的。二十年前是给任香悦做，而二十年后是给任香悦将要出生的娃娃做。这人的一生，你要说长就很长，当年的婴儿现在也要生娃娃了，你要说短就很短，怎么一晃就过了二十年，一晃就从八十岁活到了一百岁。八十岁时彻底放弃了做针线活，一百岁时却又想做针线活了。

奶奶开始在家里寻找针线。她知道这种小东西都放在那些不起眼的小盒子里，她从儿媳妇的厢房翻到孙媳妇的厢房，终于在任香悦的厢房里找到了。这个伟大的发现让她眉开眼笑，也给她带来了很大的信心。接下来她要找布料了。说来不是什么布料，而是破布，巴掌大一块一块的破布。奶奶把她以前穿过的破衣服都洗好，整整齐齐折叠起来存放着，就是为了给未来的后生备用的。

她要给他们做尿片。

奶奶把找到的破布和针线放在一个光滑如油的竹篓里。竹篓的篾条在经过无数的碰触与抚摸之后,磨得非常光滑了,细腻而又丝毫不影响它本质的坚硬。奶奶平时在屋檐下坐着,只有斜阳才能照射到她。现在,奶奶把椅子移到了屋檐之外,让太阳直射,眼前一下子就明朗起来。她把小篓子放在膝盖上,拿出针头和线头。线是虚的,针也是虚的。穿针引线是首要的难题。如何把线从针眼里穿过去,就是一个迫在眉睫的任务了。

奶奶的这一针从早晨穿到中午,依然没有穿过去。针不听话,线不听话,眼睛也不听话。奶奶差点急哭了,但她没哭,只是做了一个瞬间即逝的痛苦表情。她估摸着她们婆媳俩快从地头回家了,她要赶在她们回家之前把东西藏起来,不想让她们看到。奶奶庆幸自己藏得及时,她刚刚收拾好,她们就回家了。下午,她们一出门,她又偷偷摸摸地把竹篓端出来,继续穿针引线。奶奶野蛮地蠢想,管它针线飘呀晃的,穿它一万次,碰也要碰上一次。就在太阳从云层里闪射出来,照得满眼发亮的时候,奶奶真把针线穿上了,并以胜利者的姿态大笑起来。穿一次线不容易,奶奶把线头放得很长很长。

奶奶拼起了一张又一张尿片。有圆形,有方形,所有的尿片都是毛边,都不十分规则。她把一叠尿片收拾好,藏在自己床下,然后开始做小儿衣服。这个要复杂得多,需要整块的布料,需要剪裁。好在奶奶有裁缝功底,难不了她。最难的事依然是穿针引线。就在奶奶最得心应手的时候,她遇到了麻烦。这个麻烦不是穿针,而是风。

当时奶奶正坐在院坝里,把剪裁好的布料拼装起来,准备用针缝合。先做两块衣襟,再做衣领,再然后是做衣袖,再然后是把两块衣襟缝合，再把衣袖拼接上去，一件衣服就完成了。奶奶正在得意扬扬地盘算工序的时候，一股强劲的春风席卷而来，吹翻了她怀里的竹篓子，布料，树叶，杂草，鸡毛，多种轻盈的物质混为一体，在风中翩翩起舞。穿好的针线，早就随风高飞远走了。风中的奶奶不敢动身，闭上眼睛，风停树静之后，眼前的世界变样了：针线不见了，布料不见了，身边的竹篓子里仅剩几块厚布。屋前的小院坝一尘不染，连泥丸都是光滑的。奶奶黯然神伤，一脸茫然。

春风吹开了奶奶的秘密。儿媳妇张妈回来了，儿媳妇的儿媳妇任香悦也回来了。竹篓子和里面残剩的布料说明了一切。任香悦跑过来，把竹篓子端起来一看，哈哈大笑起来："奶奶，你在做针线活啊？眼睛行吗？"

"重孙子不是怀上了嘛。"奶奶说，"其实我也不是做针线活，是玩。"

"好玩吗？"

奶奶说："你快去找找，我篓子里的布料全吹跑了，可能就在附近地里。"

任香悦和张妈就分头寻找，那些吹跑的布料，东一块西一块地散落在附近的地里，有的挂到树上了。收起来之后，上面全是尘土。张妈一边看一边拼接，猜测道："这是在做衣服吧。"

奶奶说："是的。"

"妈，你都什么年龄了，还能穿针？"

"要穿很久。"奶奶说完起身，从自己房间里取出已经做好的尿片，展示自己的成果，说："这是我前几天做的。"

"你太了不起了，奶奶。"任香悦拿着尿片翻来覆去地看，好不欢喜。

张妈说："妈，你要穿针的时候，叫我们一声，我们给你穿好。

你只管缝补就是。”

奶奶突然想起了针线，急切地问她们：“针线呢？我的针线找到没有？”

张妈说：“没找到，不用找了。这个家里多。”

奶奶看着张妈，沉默片刻，难过地说：“那针我穿了半天。”

“奶奶乖，莫伤心了，明天我们给你穿好多针线放在家里，够你用的。”任香悦抚摸着奶奶的手，安慰她说。她发现奶奶变小了，变得要人哄了，要人夸了。她连续说了几句“奶奶乖”之后，奶奶就笑了，就乖了。

任香悦的胃里总会时不时地抽搐几下，似乎在提醒她可能会难受，会呕吐，但从没真正地呕吐过，抽搐几下就自然停止了，然后就是一天的安静与平和，像暴风雨过后的天空。怀孕之后的任香悦在家里的地位更高了，奶奶和张妈本来就对她好，怀孕后就更好了。怕她累了，怕她吐了，怕她吃不好睡不好，总之对她有种种担心，也有种种优待。从小在优越的环境中长大的姑娘，对这份优待也是适应的。可她更明白，家里人少活多，绝不能把重活脏活推给婆婆一人做。

张迎风出门十五天了，还没回来。上次是第十四天回来的。也许会耽误一天或者两天，人出门了就身不由己。每天晚上，不同年龄层次的三个女人就在火炉旁边谈论家里唯一的男人，这个男人是她们心中的神，是她们最关注和最关心的人。她们在分析和判断这个男人为什么没有按时回家。说一回，笑一回，说笑困了，就各回各的房间睡觉了。

第十六天，张妈认为张迎风一定会回家，上午就把那只大公鸡杀了，洗好，准备着儿子回来吃。一直等到天黑，还是没人影。

第十七天，还是没回来。她们急了。她们心急如焚的时候也在掩盖，表面没有那么急，三个女人在互相安慰，嘴里说没什么事，心里却波澜起伏，暗自猜测各种可能出现的问题。张迎风没回来，林万春不是照样没回来吗？

第十八天，早饭过后，林万春突然出现在张家门口，他在院坝里就大叫张迎风的名字。没人应声，他就进门了，分别给奶奶、张妈和任香悦打招呼。然后他问："怎么不见他人影？"

张妈告诉他：张迎风没回来。

林万春说，他们应该是三天前就到家的。而且是一起从巫溪大宁厂走的。

张妈问他，既然你们一起走的，那么为什么没一起回来？

林万春告诉她，走到第四天时，张迎风就和三品碗在一起走，他喜欢听三品碗讲故事，讲水浒传。林万春他们就走在前面了，张迎风就在后面，跟三品碗一起，慢慢走，慢慢讲，就这样分开了。同路的好友分开走，这样的情况是常有的。他以为张迎风最迟也不过晚半天回来，却没想到至今未归。

一种不祥之兆袭来，张迎风是不是摔死了？

他的情形符合在盐道上摔死的一切征兆。在陕西、四川、湖北三省，流传了千百年的民间俗语"到四川背盐去了"，就是针对他这种情况总结出来的。每一个失踪者都是对这句俗话的历史印证和现实检验。

一家人都哭起来，没一个人能稳定情绪。林万春也不知道该怎么劝说她们，只是狠狠地打自己的耳巴子。他不该叫张迎风去背盐，不该自己走在前面，不该纵容张迎风听三品碗讲水浒传。

张妈撂下一句狠话："活要见人，死要见尸！"

第 5 章

林万春请二哥林万豪给他帮忙。林万豪的小名叫林大个子，长期到大宁厂背盐，熟悉盐道，后来因为家里农活太多，就很少出门背盐了。二哥力气大，个子大，胆子也大，合适与尸体打交道。

林万春从他和张迎风分路的地方开始寻找。这是一件难度很大的事情。他们分开之后至少有一百多里路，而寻找张迎风的踪影，不能在路上找，要在路的下方找，具体地说，是要在悬崖之下去找，沿着河边找。凡是背盐路上摔死的，一般都在危险地段。在两百里的路段上，在密林丛中，在悬崖之下，要找一具尸体，这跟大海捞针没什么两样。一棵树或一丛草都可能成为他们行动的障碍物，也可以成为尸体的掩盖物。清朝时候在这地方剿灭教匪，治保队组织了五百多人的大队伍寻找匪徒的踪迹，还有教匪躲藏在草丛中逃过一劫。而眼下，林万春兄弟两人要寻找一具尸体，难度就可想而知了。这只能靠运气。

林万春把所有的悲伤和自责都收起来。他不能一直悲伤，一直自责下去。悲伤和自责都无助于他找到尸体。他倒是在琢磨张迎风这个人。张迎风生性胆小，走路非常谨慎，在盐道上的每一步都踩得很实在。他知道自己在家里和在家族里的极端重要性，是心脏一样的人物，必须万无一失。他在背盐过程中的防卫意识是足够的，这个用不着别人来替他操心。最让林万春不放心的就是张迎风的好奇心。他对一切没有见过的东西都好奇。这是最容易惹出麻烦的地方。

林万春他们在寻找到第五天的时候，终于发现了一具尸体，尸体躺在河边，整个面部都浸泡在水里。两人合力把尸体拉起来，拉起来之后他们才意识到尸体是站不稳的，拉起来是一个错误的动作，导致了尸体的自然瘫软。其实把他翻过来就行。翻过来的死者面目全非，刀砍斧剁一般地破了面相，绽开的皮肉没有血色，看不出是谁，也不敢多看。但林万春可以从死者沾满污渍的衣服和个头上来做出初步判断，这人就是张迎风。林万春简直不敢想象，眉清目秀的张迎风死后会是这般惨不忍睹，怪模怪样。林万春在盐道上见过一些死人，但没有死成这样的，死得毫无面子。林万春看着张迎风残缺的脸，他连哭的勇气都没有了。眼泪在眼眶里左右旋转又流不出来，喉咙却被眼泪死死堵住。在那个时刻，林万春的脸变得跟尸体一样难看，难看得入木三分。

他们决定把他弄回去。让他魂归故土。

林万春兄弟俩跑到附近的农家，好说歹说要了一张破旧的草荐，拿到河边把尸体包裹起来，捆绑成背包的样子，看上去像一个毛乎乎的圆筒。他们开始研究是抬还是背的问题，两个人要把一具尸体弄回去，无论是抬还是背都很困难，最后决定轮换着背。幸好两人的个子都比张迎风高出一头，如果活人跟尸体一样长，那是没法背的。背了一段，还是尸体太长了，走路的时候碍事。在一个平坦的地方，把他放下来，打开捆扎的草荐，重新捆绑。林万春歉疚地说，迎风，对不起，要委屈你了，请你把腿蜷一下吧，我实在背不动你了。说完，他把尸体从膝盖处折回去，尸体就缩短了长度。同样是背人，背死人与背活人是不一样的，活人知道配合，死人不会。死人是僵硬的，无知觉的，任凭你怎样，他都没有反应，却又不是完全顺从你，而是处处跟你暗中较劲。林万春估摸了，尸体加上捆绑物顶多一百三十斤，背在背上比二百斤的盐巴都重。林万春困惑不解地问林万豪："为啥尸体背起来这么重？"

林万豪肯定而神秘地说："人不重，魂重。"

林万春说："魂有多重？"

林万豪说："秤称不了的那么重。"

两个活人和一具尸体从河谷启程，翻山越岭一百多里，无疑是艰苦卓绝的。沿途的悬崖峭壁，枯藤老树，全都充满了肃杀之气，仿佛遍地哀鸿，使他们的行程变得倍加苍凉。疯狂生长的植物，各种鸟兽的鸣叫，用最激昂的生命呈现把最凄苦和最悲悯的氛围放大到极致，形成了生与死、盛与衰的强烈对比。林万春根本没心思吃干粮，可是不吃干粮又饥饿难忍。实在撑不下去了就往嘴里塞点东西。林万豪安慰他说："伤心啥呢？再好的朋友都是要死的，可你活着。要是你不吃东西，你就没法把朋友弄回去。"

困难一波接一波地排队走来。晚上他们要住店子了。可他们的"行李"太特殊了，背着尸体住进店子是不对的，人家店主不会让进，觉得死人进屋晦气，大家都讲究这个。林万春想了个办法，把"行李"放在离店子一里远的路边树林里藏起来，然后住店。过度的劳累消耗了他们心中的悲伤，也消耗了他们的体力，上床就呼呼大睡了。第二天早晨起来后，他们吃了东西就去找"行李"，"行李"却不翼而飞。后来在树木的不远处找到了，发现"行李"已经解开。他们猜测，可能是遇到占小便宜的过路人，以为是宝物，顺手牵羊地背走了。而"行李"的重量和味道提醒了这位路人，打开一看是尸体，便吓得魂飞魄散地跑了。林万春把"行李"重新捆好，这时候的尸体开始迅速腐烂，恶臭到让人绝望，让人想死，也让人想丢弃，却又万万不能丢弃。把他背回去妥善安葬了，就是对朋友最好的交代。

林万豪远远地站着，手捂着鼻子，不愿接近。林万豪说："要不是你朋友，给我再多的钱我都不背。太难闻了。"

林万春只好求他："二哥，你是在帮我，也是在积德。无论如何也要坚持下去。"

"我晓得的，我不帮你谁帮你。你哭都哭不回去的。"

林万豪说的是真话，他哭都哭不回去。

按照当地习俗，在外面死亡的人属于孤魂野鬼，尸体是不能进门的。林万春和林万豪把尸体运回去之后，放在张家院坝侧面的山坡上，然后去通知张家人。得知找到了张迎风的尸体，张妈和任香悦狂奔而至，婆媳二人看到捆绑的草荐就号啕大哭。林家兄弟不约而同地意识到，这将是他们根本无法控制的局面。他们兵分两路，林万春在现场负责安慰她们，林万豪去村里找人处理尸体，务必尽快将他埋葬。尸体已经不能再放了，再放就没法处理了。林万豪离开之后，就只剩下林万春一个人了，他要劝说张妈和任香悦婆媳俩节哀顺变。其实他早已无话可说，千错万错都是自己的错，他唯一能做的就是陪她们哭。见她们痛哭不止，林万春不由分说地跪了下去，也痛哭流涕起来。他真不知道此时为谁而下跪，既是像为活着的人，也是在为死去的人。他既是罪人，也是亲人。他们的哭声从山坡上传开，悠悠扬扬地飘散到四面八方。山水动容，草木悲泣。

奶奶在乡亲的搀扶下来到了尸体的旁边。奶奶没哭，或许是岁月早就风干了奶奶的眼泪。奶奶用拐棍指了指尸体说："打开，我要看看。"

林万春连忙把包裹在尸体外面的草荐打开了。看到的不是一个完整的人，而是一堆腐烂发臭的肉。奶奶又用拐棍敲了敲张妈，说："不要光哭，哭不活的。先要看好，是不是你儿子。"

奶奶的话提醒了张妈，张妈和任香悦停止了哭泣。张妈让林万春把死者的衣服裤子全部脱光，然后分开他的腿。阳光下的死者一览无余，腿部的肉皮完好无损，尚未脱落。张妈和任香悦都凑近了，两双眼睛同时仔细查看。当妈的最熟悉儿子的身体，每一个部位她都了如指掌。张迎风的大腿根部从小就有两颗绿豆大小的黑痣，它们与生俱来，永不消失。任香悦突然想起，张迎风曾经就这两颗黑痣开过玩笑，说自己"志在雄根，有志不显"。在死者面部辨认不清的情况下，黑痣便成了确认张迎风身份的唯一可靠的标识。可是，这个死者的大腿根部是一片光滑的白色，没有任何一个小黑点。而且小腿肚子上有一块伤疤，张迎风的小腿肚子上是没有伤疤的。

这真是一个幸福无比的失望。张妈和任香悦抹掉泪水，对视了一下。任香悦首先摇头："不是他。"

张妈看着林万春说："你们从哪里捡到的？我娃你不认识？"

林万春说："我看衣服很像迎风。脸没敢多看，也辨认不出来。"

奶奶异常冷静地说："扶我回去。"

张妈和任香悦扶着奶奶回家了。

林万春连忙把死者捆扎起来。正在寻思着怎么办的时候，林万豪跑来了，身后跟了几个人。他们说一个老表叫钱宝顺，去大宁厂背盐，失踪快半个月了，也在到处打听他的下落，他的父母急得不思茶饭，新婚不久的媳妇每日以泪洗面，眼睛都哭肿了。听说林万春他们背回来一个死人，就来看看。他媳妇叫欧阳苦尽，说钱宝顺左边的小腿肚子上有一块长长的伤疤，是刀砍的。林万豪他们再次把捆扎在死者身上的草荐打开，脱掉衣服查验，伤疤赫然，正是他们要找的钱宝顺。欧阳苦尽抱着尸体就大哭大叫："你这个说话不算数的，怎么留下我不管了！"

钱宝顺的父亲也在哭，只是不叫喊，默默地流着眼泪，见儿媳妇这般数落，便嚷道："莫哭了！盐背子只要一上路，注定就是半条命！你只要嫁给背盐子，你就是半个寡妇！哭有啥用！"

公公一句话让欧阳苦尽不哭了。认命了就没有眼泪了。守寡和丧子之痛就顺理成章了。他们对林万春说了一堆感谢的话，就把钱宝顺抬走了。

林万春孤零零地站在那里，一脸茫然。周围空荡荡的，千辛万苦背回来的尸体也让别人抬走了，突然觉得自己一无所有了。原本以为尸体可以作为一个"死要见尸"的证明，现在的证明却是无法证明。他不知道自己做了一件蠢事，还是做了一件好事。

蹲在地上的林万豪累得上气不接下气，歪着嘴巴问他："我咋办？"

林万春说："你回去睡觉。"

林万豪站起来想走，又有点不放心，深情款款地对弟弟说："要是张家人打你，你就让他们打几下。"

林万春说："晓得了。"

林万豪把旁边的干粮袋子给他，说："张妈凶起来也吓人的。你不能还手。"

"你快回去。"林万春准备一人担当了。

林万豪回家了，林万春背着干粮袋子来到张家。张妈和任香悦坐在堂屋里嘤嘤哭着，他没敢进门，进去他也没有办法。他扑通一声跪在了张家门口，等待发落。他要给奶奶谢罪，给张妈谢罪，给任香悦谢罪。张妈走过来，林万春满心希望她打他几下，张妈却伸手把他拉起来了，说："你以为你跪一下就管用？我丑话说在前头的，我只有一个儿子，死不起的。你们那么多兄弟，死得起，你怎么不去死？"

林万春说："张妈说得是。那我也去死吧。"

林万春站起来，走到旁边的猪圈去了。张妈跟过去，林万春到处看看，发现墙上挂了一卷麻绳，伸手就要去取。张妈瞪圆了眼睛说："你干啥？"

"我去陪迎风。太阳这么好，我到阴间看太阳。"林万春说着，就把麻绳打了一个结，绾了一个套，就套在脖子上了。张妈咬牙切齿地说："你癫了。"林万春个子高，速度快，踮起脚尖要往高处的横梁上绑麻绳。张妈阻止不住，心头一急，抓住麻绳下垂的部分，使劲往外拖拽。麻绳从林万春的手上滑落，另一端依然套在林万春的脖子上。张妈像牵狗一样把林万春牵到了堂屋。

任香悦一看，吓了一跳，套猪的麻绳竟然套着人，任香悦说："妈，你套他干啥？"

张妈说："他自己套上的。他要吊颈。"

任香悦走过来把套在林万春脖子上的麻绳解开，让他坐好，给他递上一杯茶水，他咕噜咕噜地喝光了，抹一把嘴，六神无主地看着地面。地面在他眼里呈现出虚幻的景致，他的脑子里依然是阴曹地府，张迎风在那里向他招手。张妈起身到灶屋，热了一碗饭端起来，伸到林万春痴呆的眼睛前面："先吃。"

林万春不理会。谁都不看，只看地面。他想挖个洞钻下去，就能与张迎风会合了。

张妈一手托碗，一手去抓林万春的手，林万春接过碗，边哭边吃，眼泪像冰凌遇暖，不时往下滴，直接落进了碗里。

吃完饭，张妈说："你回家把你爹娘叫来。我有话要说。"

林万春飞快地往家里跑。

林万春的父亲叫林志杰,是个有头脑、有主见的人。他娘叫郑大秀,说话嗓门大,声音洪亮,人称“吵鸡子”。郑大秀是个喝凉水都长肉的人,宽皮大脸,丰乳肥臀,用她自己的话说,人穷,却偏偏生了个富贵相。在林家的女人里,她是最会生、最能生的一个,一口气生了六个男孩,个个成活。最后一个是林万春,她就生出花样来了。本来那天是在山上劳动,她感觉是快要生了,就迅速回家,洗了手就躺在床上了。对婆婆说:“娘,我要生了!”婆婆见她生龙活虎的,哪像要生娃娃的样子,就没在意。郑大秀继续躺在床上叫:“娘,你快给我打几个鸡蛋,下一碗面吃,我没力气生了!”这时林志杰回家了,听见郑大秀在叫,赶快进屋去看,只见已经露出了婴儿的脑袋。林志杰吓坏了,赶快叫娘来接生。婆婆来了,郑大秀却赌气了,说:“不吃我就生不出来!”说完,她把婴儿吸回去了,先前露出的小脑袋瞬间即逝。林志杰说:“你能不能生了再吃?”郑大秀不容置否地说:“不行。没力气生。”婆婆黑了脸说:“哪有这样生娃的!”郑大秀把两腿放平,然后往拢一夹,说:“不生了。”这一夹吓坏了婆婆,也吓坏了林志杰。婆婆连忙做饭,一会儿,把一碗鸡蛋下挂面端进来,林志杰一边喂她,一边哄她,吃了就赶快生下来。吃饱了,她把脑袋往后一仰,说:“好了。可以接生了。”林志杰收拾碗筷的时候,她的腿就张开了。于是就生下了林万春。

林万春回家时,父母都在地里劳动,到了天黑时分他们才来,手上还拿着一把晚上照明用的竹条火把。进门的时候,林万春走在前面,后面跟着爹娘。爹娘都是本分人,一生没有遇到过大事,平时跟张家的关系也很好。两家睦邻友好的基础是建立在两家的小儿子关系上的。可眼下,恰恰是两家儿子亲密无间的兄弟情谊,一个劝另一个去背盐,才使林万春在无意中闯下了大祸,让张妈失去了独子。作为林万春的父母，他们知道祸端的来龙去脉，以及严重后果，所以他们很紧张，很心虚，脸都绷得像鼓面一样，提心吊胆地准备着要被张妈兴师问罪。

林万春的爹娘坐在一条长凳子上，垂头丧气，不敢说话。大家都感受到了气氛的紧张，每个人的呼吸都能听见。任香悦端来了两杯刚刚泡好的热茶，然后又给林万春递了一杯。张妈把油灯挑亮了，似乎是想让每个人都能看清别人的表情。但油灯是挂在墙上的，它的角度决定了不可能让仅有的光明照射得面面俱到，更不可能均匀分配。张妈自己坐到了油灯的背面，脸是阴着的，看上去不可捉摸。

在这样的氛围中，大家都在沉默，都不说话，都在等待别人先说。因为他们面对的是一个复杂而又沉重的话题，少不了唇枪舌剑，炮火烽烟。就连家里的小黄猫都规矩起来，静悄悄地躺在奶奶的脚边，按捺了作为一只猫的所有好奇心。

还是林万春等不下去了，看了一眼张妈，说："婶婶，你想说啥，你就说吧。"

张妈说："那我就说。其实我说的很简单，张迎风走了，我家的独子没有了。我没有别的办法，我就是要个儿子。"

林志杰说："我说妹子，有句话我说了你不爱听。迎风这娃走了，找不到了，是林万春的错，他不该叫迎风也去背盐。人这个东西，生死有命。老天爷要他那年死，他不管走哪条路都是那年死。说明他的气数尽了，命中注定的。说难听点，迎风若不是盐背摔死，那么就是走别的死路。"

"你能不能说话和气点！"张妈听着这话火了，说，"你这话要不得，是推脱。要是迎风他不去背盐，跟我在家种地，那是不会有三长两短的。你不要拿生死有命作为借口，这样说是想脱干系。现在的问题是，管它生死有命也好，无命也好，冤有头，债有主，这事无你不起，无你不落。”

郑大秀说：“你说的是。事情出了之后，我们全家都在骂万春，骂他不该惹祸，他后悔得把脸都打青了。妹子你直说，你到底要我们怎么样？你说明白。”

张妈说：“那我直说了——赔我儿子。”

郑大秀说：“怎么个赔法？”

“把你儿子给我。”

林志杰一拍大腿：“我儿子多，六个。陪你一个还有五个。林万春，从今晚起，你就赔给你张妈了，给她当儿子。你要像张迎风一样孝敬她。”

张妈说：“你愿意？”

林志杰说：“这有啥子不愿意的？林万春经常说你把他当亲儿子看。这不正好嘛。再说了，给你当了儿子，他照样是我的种！你们家境比我强，吃得好点，穿得好点，你又不会亏待他。我们很划算啊。”

张妈笑了：“这可是你答应的。你是个男人，男人说的话，一句顶一句的。”

郑大秀拉了一下林万春的衣袖，说：“娃，你看呢？”

林万春看看大家：“我听你们的。”

林志杰像是捡到了宝贝，来了精神，爽快地对儿子说：“娃，你有福气。你张妈是个好人，他会疼你的。”

张妈说：“这个你一百个放心。可是，当儿子就要有个当儿子的样子，你要住到我家来，在我家劳动，真正成为我家的人。我可不能每天跑两里多路去叫儿子起床，叫儿子吃饭吧。你们说对不对？”

林万春说:“这话对。”

林志杰说:“妹子,你要早说,我就把他送给你了。多好的事。”

本来是剑拔弩张的一场理论,却谈成了一个皆大欢喜的结局。接下来他们要讨论一些小问题。将林万春赔给张妈做儿子,算是“过继”,还是算“赔人”?这里过继一般都是在有血缘关系的家庭中产生的,张家和林家没有任何血缘关系。如果算是赔人,这里真没有过赔人的先例,说弄死了要赔人,都是口头说的气话。这跟杀人偿命又不同。你一句我一句,大家敞开谈,可谈也谈不出个名堂来。张妈说:“说来说去,就是个名分问题。规矩是人定的,不用扯了。来实在点,反正就是这么回事,林万春归我。可他还是你们的儿子,还是你林家的种。来到我家,我自然把他当亲生的看待了。你就是有一身牛力气,我也不许你再背盐了。你就好好种庄稼,把畜牲喂好,那就够吃够穿了。”

在他们谈论的过程中,奶奶始终保持着高度冷静。她不是没听见,也不是没看见,只是不张嘴。末了,张妈问她:“妈,你是啥想法?”

奶奶回答得很超脱:“我有孙子就行。其他的,我不插言。”

第 6 章

林万春即将正式成为张家人了，并把相关情况告知了家族和亲戚。

为郑重起见，张妈和林万春的父母进行了反复商议，请钟宝镇最有名的端公崔小岭看了黄道吉日，选择了农历三月初九这一天。头天晚上还在下雨，天空死气沉沉。三月初九清早，张妈起床时一看天色，雾气蒙蒙，心头还有点闷闷不乐，担心天气不好，路上拖泥带水的。把屋子打扫完毕，太阳就升起来了，从东边山上射过来的光束五光十色，喜气洋洋。十万大山的上半段都是阳光明媚，即使阳光没有照到的地方，也是一副充满期待迎接阳光的样子。张妈好喜欢这样的天气，清爽是最适合办喜事的，老天爷太给面子了。怀孕的女人贪睡，还不见任香悦的影子，可能又睡过头了，赶快把她叫起来，准备饭菜。

而在林万春家，父母也早早地醒来了，睁开眼睛就开玩笑，林万春的母亲说："人家嫁女，我们嫁儿。"林志杰见郑大秀在揉眼睛，怕她想多了："你莫伤心，这是好事。你生了一大窝，又养不好，把这个小的送出去，也是送到福窝子去了。张家三个女人，没个男人怎么行。"他娘眉毛往上一扬，口气大了："生一窝也是你的种，又不是我偷人生的。"两人的对话不是吵嘴，也不是商量，倒有几分伤感的情绪徐徐萌生。说话间衣服都穿好了，他爹去叫林万春起床。林万春跟四哥和五哥住一个房间，三兄弟睡一张床。两个哥哥下地做活去了。林万春也早早地起床了，正在收拾自己的衣裳鞋子，破破烂烂的装了满满一背篓。父亲小声说，你喜欢啥就拿走啊。林万春嗯了一声，虽说父亲慷慨大方，但家里一贫如洗，真没啥喜欢的东西。唯一喜欢的东西是小时候吃过的排碗，已经慢慢风化了，像一个废旧的长凳子。这个庞大的玩具兼餐具已经用了两代人了，如今大哥二哥的娃娃成天在上面嬉闹。可这是不能拿走的。还有，林万春喜欢这个家，当然也是不能拿走的。

母亲从楼上抱出了家里唯一的一床新棉被，这是他们家最值钱的物品了，将作为“嫁妆”送给林万春，棉被压在已经装满的背篓上面，耀武扬威地耸立着，样子很是阔气。用细绳捆绑好之后，林万春就在父母的陪伴下出门了。在不足三里的路程上，两山夹河的狭长路段，左右两边草木青翠，绿叶满目，且越来越开阔，越来越明朗。天时地利和灿烂阳光给他们提供了绝佳的良辰美景，林万春走在路上意气风发，轻松地完成了从老家到新家的空间过渡。

张妈穿着新衣服在门口迎接他们一家三口的到来，上午的阳光给她带来了一片喜庆的亮色，小黄猫在阳光下追逐着自己尾巴的影子，这是它永远也玩不腻的小游戏。张妈的脸上洋溢着应付场景所需要的庄严和喜悦之色，心底却像石头一样压着痛失爱子之后的悲怆和伤痛，两种截然不同的心情集于一身，构成了她精神世界的内外两面。见林万春背着堆码得高高的背篓进了门，张妈连忙伸手去扶，让他把背篓平平稳稳放下来。张家屋里来了张迎风的舅舅和伯伯，他们是张妈请来做见证的，不是请客，是要让亲戚朋友知道有这么回事，林万春以后是张家的人了。他们也住在附近，平时跟林万春的父母都认识，只是不打交道而已。现在，林万春成了张妈的儿子，原本简单的关系就变得复杂了，多了一门亲戚，伦理关系发生了变化。大家在一起吃顿饭，核心任务只有一个，就是林万春要当着双方亲友的面叫“妈”，当地称为“开叫”和“改口”，把以前的“婶婶”改叫成“妈”。奶奶主持了“开叫”仪式。之所以让奶奶主持，不仅因为她辈分最高，更因为她年龄最大。一百零一岁的年龄在他们看来是幸福美满的，奶奶就是一个活着的吉祥物，一个会说话的吉祥符号。吉祥的人来主持吉祥的事，是希望家庭新人林万春长命百岁，林家与张家的关系世代相亲。奶奶正襟危坐于堂屋正中，面前是饭桌。宾客和主人一齐围坐四周，每人面前的苞谷酒也斟满了，一切酒菜到位了。奶奶看看门外，太阳正红，风清气爽。奶奶说：“我孙子林万春，开叫！”林万春离开桌子，跨前一步，三叩首，先一声“奶奶”，然后叫一声“妈”，张妈答应一声“哎”，连忙起身把他扶起来。林万春归位，然后向奶奶和妈敬酒，再向亲生父母和其他长辈敬酒。有这一呼一应，一敬一饮，一种新型的家庭伦理关系就建立起来了。接下来就是吃好喝好，说好笑好。整个仪式简短而实惠。

林万春背过来的满满一背篓“陪嫁”一直醒目地靠在堂屋的左侧，显得排场而阔气。大红色的棉被给屋里增添了几分喜色，又给林家父母增添了几分体面和光彩。本来，张妈是想收拾一下的，放在墙边有点碍事，但她走过去又缩回了手，她想让张迎风的伯伯和舅舅看个明白，林家是大方的，慷慨的，是乐于成就这件事的。也就是说，这是两厢情愿的。果然，张妈的大哥就说了，铺盖是暖身之物，把这么贵重的东西送给林万春，父母也是很用心了。一句话，大家听着都很舒服，都有面子。张妈的大哥还想看看新铺盖下面压的什么，张妈赶快伸出手去拉住大哥的手，笑道，娃娃的东西，莫乱翻呢，哥哥。张妈心里何等明白，她早就在趁人不备的时候翻开看了看，下面全是破烂不堪的衣物，还散发出一丝轻淡的臭味。那是万万翻不得的，翻开就露丑了。这让林家父母的脸面往哪放。大哥转身喝茶去了，张妈让林万春把东西背到楼上去。林万春叫了一声妈之后，背起背篓就往楼上走。这林万春也是极懂事的，上楼之后又倒退几步，面向楼下大声喊叫，妈，把东西放在哪里？张妈仰着脖子望着楼上，说，先放墙角，一会儿我来给你收拾好。林志杰冲张妈一笑，万春这娃儿，生来就是你家的，听他叫得那个亲热。

下午时分，亲友们一走，张家屋里就剩下奶奶、张妈、林万春和任香悦四个人了，他们将作为这个家庭的固定成员长期生活在一起。对奶奶和张妈来说，林万春并不陌生，是在她们眼皮底下长大的。可对任香悦来说就不一样了，她在嫁给张迎风之前，根本就不认识他，满打满算，认识林万春也不过半年多时间，谈不上讨厌和喜欢，他的角色只是亡夫张迎风的发小，也是张迎风最好的朋友。他还有一个角色就是煽动张迎风去背盐，由此导致张迎风命丧盐道的始作俑者，也可以说是罪魁祸首。自从张迎风“活不见人，死不见尸”以来，任香悦每天晚上以泪洗面，就是林万春一手造成的。现在，这个人正式以张妈儿子的身份生活在家里，即使不痛恨他，也有点不自然。可这又是双方大人决定的大事，她这个做媳妇的，只能听从，不能反对。再说，家里三个女人，没一个男的，终归不是回事。用张妈的话说，家里没男人，就像土墙里没有墙筋，再漂亮的房子也是松软的，经不住击打，经不住风雨。土墙里放了墙筋就不一样了，里面有筋骨，很难推倒。任香悦觉得婆婆的话也是有道理的。

林万春的住处是张妈提前就有安排的。楼下没房间了，就安排在堂屋楼上。上面的一侧放着奶奶的寿材，这口杉木棺材是三十年前就做好的，那时奶奶七十来岁。以前她也是有一群儿子的，后来陆续死了。张迎风的爹是奶奶五十岁时生下的最后一个孩子，这个孩子成年之后找不到媳妇，三十多岁了才成婚。婚后生了两男一女，张迎风又是最后一个，他的哥哥是背盐摔死的，有个姐姐在十多岁时被一个四川人拐骗走了，至今不知下落。所以，奶奶的一生经过了太多的亲人去世，生死对她而言都成寻常事了。谁家亲人离世，再伤心她都不会哭。她说她哭够了，把下一辈子的眼泪都流完了，没哭的了。她说没有眼泪的哭才是大哭，大哭都是没有声音和泪水的。奶奶还有两个儿子活着，就是这次来的张迎风的两个伯伯，都是七八十岁的人了，都有孙子了。奶奶不喜欢跟他们一起过，就喜欢张妈的脾气，两人对味，就在这里住了几十年。两个儿子逢年过节便来看她，给她送些吃的用的东西过来。奶奶的棺材是三十年前两个儿子合伙出钱买下的一家大户人家的寿材，做工极为精细，奶奶很喜欢，常常说那是她最后的家。棺材上了漆，怕受潮，就一直放在楼上，干爽通风。林万春和张迎风小时候，就经常在棺材里躲猫猫，累了还在里面睡觉。棺材能挡风，很暖和。有时来了客人，没地方睡觉，也让客人在棺材里将就一夜，别人也不计较。乡俗认为，在高寿老人的棺材里睡觉，是增福增寿的。棺材不是连接阴曹地府，而是通向天堂、通向神界的特殊载体。睡这种棺材就意味着一生吉祥，结局圆满。可任香悦就不这样，她怕它的样子，每次在楼上取东西，看到棺材就想往后退。她眼里的棺材是阴森森的，是与尸体连在一起的。

现在，离棺材几尺远的地方就是林万春的床铺。睡觉前，张妈端着油灯把林万春带到楼上去看他的床铺，担心林万春看到棺材害怕，张妈说："你要是怕的话，就把它遮挡起来。"

林万春说："我小时候不是在里面睡过吗？现在更不怕了，奶奶的房子，有啥好怕的。”

张妈想想也是，一个多次与尸体打交道的人，怎么会怕老人家的棺材呢。棺材是人制造的，尸体是人变成的。世间万物，只要是人制造的东西都不可怕，可人变成另一种样子就可怕了。张妈说：“那我把你的床铺收拾好，我就不管了。”

林万春从张妈手上接过油灯，说：“妈你莫管。床铺我自己收拾。你睡觉去吧。”

张妈就下楼了。

林万春睡的地方没有床，只有铺，其实就是楼板上的地铺，垫着足有一寸多厚的草荐，跟床铺一样大小。草荐是稻草编织的床上铺垫物，里面夹杂着较为柔软的构树皮，结实，透气，又有保暖功能。草荐上面铺上一层褥子，就一床破棉絮，再上面铺了一张床单。这个床单是他家比较好的床单了，只有三个补疤。铺了床单才发现破棉絮并不平顺，下面的棉花像一团团乌云一样隆起，原本是白色的，灰黑色取代了它的本色，无法判断它的使用年限，却能感知它所承载的苦难生活。棉团看上去更像是已经腐烂，但依然保留着棉花的特质，上面布满网线。林万春要把棉团慢慢撕开，慢慢拉匀，慢慢抚平，使它基本上能够让身体接受。做完这个琐碎的事情，他把家里送他的新被子展开了，闻闻味道再铺上去，左看右看，暗自得意地笑了。忽然，他又把被子重新折叠起来，毫不犹豫地抱到楼下，走到张妈房间的门口，敲开门。张妈问：“你把这个抱来做啥？”

林万春说：“妈，这个给你盖。”

张妈说：“你自己留着用。”

林万春把新被子放在张妈床上了。放被子的动作干净利落，脸上还挂着几分微笑，是那种“必须给你”的意思。然后卷起张妈床上的破被子，准备拿走。张妈出手往回夺，没能夺走，林万春把破被子径直抱到楼上去了。张妈在门口愣了一会儿，只听着一阵踩踏楼板的脚步声，低调而有力。张妈转身的时候揉了一下眼睛。

林万春来张家当儿子，并没有改变张家的生活。林万春的每天劳动都是在张妈的安排下进行的。张妈让他干啥他就干啥。过了几天，他就回去看了看亲生父母。他明白，亲生父母是想着他的。尽管两家离得很近，尽管很放心，他还是要回去说一下在张家的情况，父母心里也有个底。他把张家人对他的种种好都说得如沐春风，让人心暖。然后他又叮嘱两个背盐的哥哥，让他们在路上留意一下，有没有张迎风的消息，哪怕是听说有死人，也要看看是不是张迎风的尸体。张迎风活不见人、死不见尸，让他不安。林万春说，最近他总是梦见张迎风，隐约觉得他没有死。他爹说，人亲了，死了都觉得没死。为啥感觉没死？是希望他活着。林万春说，真的感觉他没死。他爹说，你觉得他没死他就没死？盐背子里，超过回来的期限十天半月的，有几个是没死的？只是死了你不知道罢了。林万春说，你们还是留意些，死没死，都要有个下落。他的两个哥哥说，你不叮嘱我们也留意着，只是一直没听到过他的任何消息，有了消息就告诉你。临走时，林万春说要把以前自己背盐的背篓取走，自己的背篓用习惯了。说完他就上楼取背篓去了。上楼之后，先找到自己的背篓，再把家里的盐篓子打开，他用手狠狠地抓了几斤，用饭袋子扎紧，悄悄地藏在背篓底下，优哉游哉地出了门，嘴里哼着不成调的《盐歌》：

千香百味都不久，
只有盐味耐得长。
十八詹天皇帝远，

百姓无盐饭不香。
有盐洗牙骨节紧，
无盐佐菜喝淡汤。
柴盐洗脸眼明亮，
炭盐泡菜水汪汪。

林万春把盐背回来时，任香悦和张妈都在坡上劳动，还没回家。只见奶奶独自一人坐在门口晒太阳，林万春叫声奶奶就进门了，来到灶屋，轻轻关上门，把从父母家拿来的盐小心翼翼地装进了盐罐子，估摸也有四五斤。盖好罐子，林万春有种不劳而获的成就感，眉开眼笑地欣赏一会儿，摇头晃脑地上楼了。

这个秘密很快被人发现了。任香悦“害喜”以来，特别喜欢吃酸东西，天天要在灶屋里弄酸菜坛子，喝酸水，吃酸菜。灶屋是她走动最多的地方。张妈要不断地添新菜进去。张妈说，你把“母子”都吃光了，也不怕把肚子吃坏。任香悦说，酸儿辣女，可能怀的是儿子。张妈说，你当心了，娃娃出生就是一身酸菜味。这天任香悦打猪草回来，口渴了，就跑进灶屋喝酸水，看到那些装着油盐酱醋的坛坛罐罐，就随手揭开了盐罐子，发现里面满满一罐盐。适逢张妈进灶屋做晚饭，任香悦说：“妈，你上街买盐了？”

张妈说：“没有啊。”

张妈揭开盐罐子一看，果真是满满的盐，且惊且喜。张妈说：“悦儿，你把万春叫来。”

任香悦走出灶屋，引颈向楼上叫道：“林万春，妈叫你。”

林万春咚咚地从楼上下来了，直奔灶屋，对张妈说：“妈，叫我了？”

张妈问：“盐罐子怎么有这么多盐？”

林万春说："我今天回去了。就从盐篓子里抓了一些拿回来。"

张妈说："你妈知道不？"

林万春说："不知道。"

张妈说："你爹知道不？"

"不知道。"

张妈嗔怪道："你这娃！以后莫偷了。"

"这不是偷。"林万春说得理直气壮，"其实那些盐很多都是我弄的。我认识大宁厂一个灶客，每次去都会帮他干活，他就卖一些私盐给我。没交税的，便宜得很。"

张妈很严肃地提高了嗓门说："以后从你家拿东西，哪怕是一根针，都要跟父母说一声。"

林万春嗯了一声。

任香悦端着半碗酸水，倚靠在门框上，冲他笑道："没看出来，你还很顾家嘛。"

林万春说："告诉你，除了背盐的时候，平时我从来不把尿屙在外面。"

任香悦有点不好意思，便埋头喝酸水。张妈看着她喝酸水的样子，皱着眉头说："不能喝多了。你偏要喝。女人个个都怀喜，哪像你这样抱着坛子喝？"

任香悦顽皮地瞪了婆婆一眼，抿嘴一笑，把剩下的酸水递给林万春，说："你喝不喝？"

林万春接过碗来，咕咕地喝了。他的目光从任香悦刚刚显怀的小肚子往上移，移到脸上时停住了，盯住她的眼睛，若有所思地问："你生了之后，娃娃把我叫啥？是不是叫爹？"

林万春无意中的一个玩笑，把一个严肃的问题摆在了桌面上。张妈和任香悦的表情瞬间发生了微妙的变化。任香悦一时难以回答，话到嘴边又咽回去了，在咽回去的路上，嘴角和喉咙先后动弹了一下，具有极强的逻辑顺序。还是张妈高明，一嘴夺过去，在是与不是的问题上选择了模糊："这个事，以后再说。"

对于这个"以后再说"的事，其实他们早已进入了思考阶段，只是没人说破而已。林万春是以张妈的儿子的身份来到张家的，既可算是"赔人"，也可以算是"继子"。从"填空补缺"的角度上讲，任香悦将来的小孩是应该把他叫爹。但是，任香悦怀的是张迎风的孩子，而不是林万春的，"爹"只有一个，从这个角度上讲，又不能把林万春叫爹。所以，到底怎么叫，真是个问题。

林万春说："即使不叫爹，也离爹不远了。"

奶奶不知道什么时候进来了，她拿着拐棍站在灶屋门外，说："只要不叫爹，离爹就远了。"

任香悦走出来，扶着奶奶的手臂说："奶奶，你偷听我们说话了？"

奶奶说："你们这么大嗓子，还用我偷听吗？"

林万春走近奶奶，说："奶奶，我要给你做一件事。肯定你喜欢。"

奶奶说："啥事？"

林万春一把将奶奶抱起来往外走，任香悦被林万春的举动吓住了，也紧跟了出来。只见林万春把奶奶抱到了大门外面的椅子上坐着，让奶奶往前看，前方是无边无际的茫茫大山。林万春大声对奶奶说："奶奶你看，你是不是每天坐在这里晒太阳？你一眼望出去全是山吧？天天看山有什么意思？你都看了一百年了！"

奶奶好奇地看着林万春，说："孙子，我不看山能看啥？"

林万春说："你看，我在院坝周围全部给你种上向日葵，你每天坐在这里，是不是好看多了？"

奶奶笑笑，说："向日葵是好看，可是占地。"

"占不了多少地。把其他地种好，就很好了。"

奶奶眯起眼睛，指指屋里，说："那也得你妈同意。"

任香悦说："这个妈会同意的。"

第 7 章

林万春花了两天时间，把杂草丛生的院坝周边整修得洁净而漂亮了，像一个胡子拉碴的小伙子从理发店出来一样光鲜。张家的房子是建在山坡上的，院落并无栅栏，只是一块不规则的平坦场地，由石板和泥土混合铺成，是晾晒谷物的专门场所和人的活动场所。林万春把周边的杂草除去，把荆棘砍掉，把边缘上踩得像泥饼的千层土刨松，碎细，再拌上最好的农家肥料，就要栽向日葵了。

他的这个想法庄重而神圣。他在院坝正前方边缘栽了三行，左右两侧栽了两行，让葵花苗享受最优厚的庄稼级待遇。栽上的头几天，苗尖下垂，叶子微卷，看上去楚楚可怜，有气无力的样子，奶奶就担心它们能不能缓过气来，每天都要拄着拐杖去看看，总是说，怎么还没动静呢，还没动静呢。连续看了几天，一直没有动静，奶奶就急了。奶奶把对它们的焦虑变成了督促和鼓励。奶奶说，你们好好长吧，这是我孙子孝敬我的，好好长，才对得起他的一番好意，你们不要怕风，不要怕雨，一心一意往上长就是好苗子。向日葵似乎听懂了奶奶的话，竟然无一死苗，全部成活。一场雨水过后，它们一夜之间变得舒展了，便一路疯长起来，每一株都长得像金枝玉叶，无可挑剔。那茎干和叶子上的绒毛，像小儿身上的汗毛一样密密麻麻，清晰可辨。奶奶脸上堆满了笑，看着看着就想摸一下，又想咬一口。奶奶告诫自己，上面有刺，不能摸，也不能咬的。说完就迈着小碎步走开了，重新坐到椅子上，以雕塑的姿态极目远方，全然一副胸怀大地志在星空的样子。

向日葵得到了全家人的高度关注，成了他们眼里最高贵的植物，最好的肥料喂养着它们后续的成长。张妈和任香悦有事没事都要到院坝周围走走看看，在她们充满期待和爱怜的目光中，枝头看着看着就长出了花蕾，花蕾看着看着就长成了花盘，花盘看着看着就越来越大。花盘大到不能再大的时候，就徐徐打开了，向天地绽放自己与生俱来的色相，然后以挺拔的身躯、舒展的姿态、微笑的面容，以自己高贵的黄色来诱人。它自始至终都不媚不俗，不卑不亢。

花盘中藏着无数双金色的眼睛，即使在狂风暴雨的日子里，它都能穿过千里云层，避开电闪雷鸣，沿着天体运行的轨迹，始终不渝地仰望着太阳的方向。它的高度专一与专注体现了植物生命内在的基本特性。每个夜晚，向日葵都会寻觅太阳在相反方向的行踪，一直追寻到东边。早晨日出的时候，向日葵已经早早朝着东方等候着，循环往复地跟着太阳走，固执而忠诚。

葵花盛开的日子，夏天酷热，奶奶把椅子退到了大门里面，避开日头和大风。这并不妨碍她的角度，不影响向日葵对于她的专门存在。葵花给奶奶营造了最美的自然景观，它们的大小高低，它们那些由金黄色花瓣组合而成的圆圈，符合奶奶年老眼花的视力水平，成为奶奶风烛残年的一个美丽梦幻。一眼望去，三面都是黄花朵朵，朵朵黄花，重重叠叠，浑然一体。它们在奶奶的眼中，缭乱成一条金黄色的炫目花带。花的上面就是群山，山的上面就是白云，白云上面贴着蓝天。奶奶喜欢这样的景致。奶奶说，看这样的景致眼睛不涩。葵花改变了他们的生活模式，家人不再围着桌子吃饭了，大家都把菜夹到碗里，把饭端到门口吃，或坐门槛上，或倚门而立，或蹲在门外，葵花成了他们的下饭佐料。

葵花在半月过后就开始蔫了。奶奶全程目睹了葵花从开到蔫的过程，这个过程是从诗情画意走向了圆满谢幕。或许是葵花的鲜艳引起了别人的关注，花谢不久，就有小偷光顾了。

这是一个连微风都没有的夜晚，四面的山野空旷而宁静，宁静得可以听到头发丝掉落的声音。张妈已经关门，一家人在屋子里做事。张妈隐约听到外面有响动，走到门口，把耳朵贴着门板听了听，还是有响动。张妈就给林万春打了一个手势，让他过来。盗贼出没无常的年代，每个人都有着天生的警觉，提防盗贼来袭几乎成为一个本能。林万春走到门口，张妈说，你悄悄出去看看。任香悦在旁边笑，笑婆婆的大惊小怪。

林万春慢慢把门打开一条缝，踮起脚尖出去了。秋月正圆，像一轮蒙了布的太阳。环顾四周，只见院坝的侧面有个黑影正在用手折葵花的金盘。金盘背后的筋骨太过结实，不会轻易折断，或许是小偷过分专注，林万春走近他时，他居然没有发现响动。林万春瞬间产生了一个猜测。这贼太笨了，他使用的方法和他选择的时间都不对，与一般盗贼大不相同。

林万春冲着黑影“嗨——”地大叫了一声。声音从山腰的院坝向外扩散，又从四周的山岭上反弹回来，荡起了回声。猝不及防的黑影发出一声急促的尖叫，瞬间倒下了。先前立着的黑影变成了趴下的黑影。

黑影的倒地反而让林万春害怕起来，他连忙回到屋里找火把。张妈睁大眼睛说，刚才你吼了一声，他跑了？林万春说，倒在地上了。说完点燃火把，就往出来，张妈尾随其后。在火把的照耀下，倒下的人正在往起爬，林万春从侧面看到了他的半张脸，不是爹娘家的邻居张黑娃吗？张黑娃比林万春小几岁，从他穿开裆裤时林万春就认识。

林万春说："黑娃，你也太不经吼了。"

"没做过贼。怕。"张黑娃羞愧难当。

"胆小就不适合。"

张黑娃露出一脸苦相："我们家叫土匪抢光了。我两天没吃饭了。"

"所以就找到这里来了？"

"我到山上找果子吃，没找到，回来路过这里。"

林万春拉他到家里坐坐，喝口水，张黑娃走到门口，就是不愿进门。借着屋里的光亮，林万春一看，才知道他吓尿了，裤裆一片湿渍。他之所以不进门，或许是因为坐着湿裤子不舒服，或许是心有余悸。他就站在那里不进来，黑暗的天空构成了他身后的大背景。

张妈走到灶屋，弄出一阵锅底响，然后端出一大碗剩饭，递给张黑娃："你把它吃了吧。"

张黑娃不敢接，将信将疑地看着林万春。

林万春说："你吃。"

张黑娃还是不吃。

林万春从张妈手上把碗接过来，递给张黑娃，说："你吃。"

张黑娃说："真的？"

"真的。"

张黑娃说："我连碗也吃了。"

林万春说："那你吃吧。"

张黑娃看看左右，端着饭往外走。

林万春说："你去哪？"

张黑娃说："我给我妈吃。她病了，几天没吃东西了。"

张妈连忙让他停下，进屋取了一些食物包上，让他带回去，张黑娃拿着食物看了许久，露出一脸无言表达的感激。林万春给他点燃火把，张黑娃打着火把回家了。

重新把门关上之后，张妈说："本来我有气哩，一看了他要把饭带回家给他妈吃，一下子气就消了。"

任香悦说："妈就是个菩萨心肠。以后我们家揭不开锅了，我出去讨口，讨到的第一碗就给妈拿回来。"

林万春对任香悦说："你出去讨口我放心吗？讨得人都没有了，我得出去讨人。你们放一百个心，只要我在，绝对不会让你们讨口要饭。"

两个年轻人把张妈说得眉开眼笑，舒展的每一条皱纹都是甜蜜的。

任香悦的孕期占有了整个夏天和秋天，各种一年一季的农作物相继完成了它的生长期和成熟期。她的肚子也与日俱增，从"怀喜"到"显怀"经历了三个月，"显怀"之后的肚子就一点一点大了起来，到了七个月的时候，圆圆的了。林万春早就说过不让她到坡上劳动，可她不听，非要逞强，挺着一个大肚子，还要和婆婆一起掰苞谷，挖洋芋。有天两人各自背着洋芋回家时，一不小心摔了一跤，洋芋滚了一坡。这可把走在她前面的张妈吓坏了，连忙叫林万春来帮她。林万春从家里狂奔而来，跑到任香悦跟前，扶起倾斜的背篓，说："摔痛了没有？不会动了胎气吧？"

任香悦坐在石头上，手里揉着脚后跟，转脸冲他翻一个白眼："你晓得啥叫胎气？我都不晓得你晓得？"

林万春见她那满不在乎的模样，弯腰下去捡洋芋，说："我是不晓得。可我晓得肚子里的娃娃是不能动的。"

任香悦说："我根本就没摔倒。踩滑了，脚崴了。"

"以后你不要上坡干活了。"

任香悦说："我没这么娇气。哪个女人怀喜不劳动？"

"不是不劳动。是不在坡上劳动，不在危险的地方劳动。"林万春把捡拾起来的洋芋往任香悦旁边的背篓里放，说，"我还等着娃娃把我叫爹呢。"

任香悦说："你想得真好。"

"那你说把我叫啥？"

"你问妈。"

"我是妈的儿子，你是妈的儿媳妇，你生的娃娃肯定把我叫爹。"

"你不是妈亲生的，你晓得吧。"

"妈说了，我等于她亲生的。那么，你怀的娃娃就等于我亲生的儿子。"林万春说，"按这个理，你就等于我老婆。"

任香悦拾起一块泥巴就往林万春身上打去，嘴里说："你再说我是你老婆。"

林万春说："那你是啥？"

任香悦说："我现在有个名字不好听，叫寡妇。"

林万春说："有我在，你就不是寡妇。"

任香悦说："是寡妇！"

"那你就是寡妇吧。"

林万春把散落一地的洋芋捡拾完了，装在背篓里背起来，准备往家里走。可是，任香悦脚崴了，痛得厉害。林万春赶快放下背篓，去扶任香悦。任香悦摆了一下手，示意自己可以走，可脸上的痛苦表情表明，她根本走不了，受伤的脚承受不了她的身体，只好由林万春扶着走。林万春从小到大没摸过女人，抓着任香悦细嫩的手臂，是他成年后与女人最亲密的接触了，他胸口扑通扑通跳起来，身上的热血集中火力往脸上涌动，面部、耳朵、脖子，能看到的地方都是一片通红。任香悦本来就有些不自在，加上林万春的大红脸，她自己的脸也红起来。扶到院坝之后，她就不让林万春再扶了，坚持要自己走进屋。任香悦踮着脚尖走的样子很新奇，往前走一步，大肚子就要晃动一下，再踮一步，再晃动一下，林万春看着她一直摇摇晃晃地走到大门里面，自己才转身离去，返回坡上背洋芋去了。

任香悦的右脚踝骨肿得像个馒头。这是晚饭后才发现的。她坐在高板凳上观察脚上的伤情，发现脚跟突然增大了。张妈说，淤了气呢，用热水洗个脚，有个十天半月就好了。林万春走过去看她的脚，任香悦把脚抬高让他看，肿大的脚后跟白里透红，尽管沾着点点泥土，但依然可见蓝色的血管蜿蜒而行。林万春说，像发面馍馍。林万春走到灶屋，打出一盆热水来，放在任香悦面前，说："你把脚放进去泡泡。"

任香悦平淡地看他一眼，就把双脚放进盆里了。大肚子顶住腰身，形成了空间阻隔，手和脚之间的联系就有难度了，以前手洗脚，现在脚洗脚，让两只脚同舟共济，相濡以沫。张妈看了一眼任香悦洗脚的样子，想做点什么，又转身弄猪食去了。扭头对林万春说："悦儿的手伸不下去了，你给她揉揉脚吧。都肿成那样了。"

林万春蹲下去，伸出双手。林万春的皮肤本来是很白净的，但是从夏天到秋天，他的肤色完全被太阳改变了。除了脸上稍稍白净之外，露在外面的皮肤都是一个颜色，黄里带黑，黑里带黄。林万春就用这种肤色的手抓住了任香悦雪白的右脚。任香悦哎哟一声叫起来，嘴歪成了一个倾斜的三角，林万春吓得不敢再动了。张妈在墙脚边剁猪草，抬头说："你轻点揉，就是活血化淤，用不了那么大的力气。”张妈又说:“不要总在一个地方揉,脚板心也要揉揉,顺气的。”林万春就轻轻地揉搓,他的手力接近于抚摸,任香悦不再说痛了,勾着眼睛看林万春揉脚的样子,盆里是一双黑手和一双白脚,不停地溅起水花。林万春说:“干脆我把你这只左脚也洗了吧。”任香悦没有说话,脸上红扑扑的。张妈说:“真是个老实娃,你顺便把那另一只脚洗了不就行了,总不能洗一只剩一只吧。”林万春委屈地说:“我怕她不愿意。”张妈说:“不就洗个脚吗?有啥不愿意的。”林万春不再说了,诚心诚意又诚惶诚恐地把任香悦的左脚洗了。

林万春把任香悦的双脚洗好擦干,然后又把自己的脚放进盆里,脚上的泥巴见水就化,脚还没洗好水就脏了。林万春把水倒掉,再打一盆干净水端到张妈面前,说:“妈,你也顺便把脚洗了吧。”

张妈在剁猪草,面前的猪草堆积如山,手上沾满了剁碎的草屑,草类的体液使菜刀变得水润而光亮,刀面呈现出刚柔相济的锋利气质。见林万春把洗脚水端到旁边了,张妈又惊讶又感激,似乎不忍心说把活干完再洗,放下菜刀,双手在围腰上擦了擦,就走过来了,她要换一个较高的板凳坐上洗脚。林万春便坐到了张妈剁猪草的凳子上,开始剁猪草。以前林万春在林家时,很少做家务事,打猪草、剁猪草、煮猪食这类事情都由嫂嫂和娘她们做,家里的活男人不用管的。但现在,林万春来张家几个月时间,什么家务都会做了。张妈一边洗脚,一边看林万春剁猪草,忍不住夸奖起来:“看你越剁越好了。猪草是越细越好,吃起来可口。”

林万春说:“天天看娘她们做家务,看也看会了。”

任香悦冷不防地冒出一句话来:“聪明人连死都不用学。”

林万春用力看了她一眼,欲言又止。他不知道任香悦是嘲讽他还是随口一说。他从正式来到张家，知道任香悦怀喜之后，在她面前就特别小心。张妈还悄悄对他说，怀娃的人气量小，跟常人不一样，你不能惹她生气。要是她惹着你了，你就要忍，不要和她争斗。林万春说这个你放心，我从小就大量。这里有个传统说法，怀喜的女人生气多了，“气”在肚子里无处可逃，就往婴儿身体里跑，生下的儿子会长“气包卵”，医生叫作“疝气”，阴囊有馒头那么大。想想都心疼，小小一个婴儿，裆里长着馒头大小的“气包卵”，那该有多可怜。所以他在任香悦面前说话做事都很谨慎，怕一不小心伤到了她。

张妈惬意地洗着脚，对任香悦说：“悦儿，你早点睡觉去。睡得好，娃儿才长得大。”

任香悦往门外看了看，说：“我去看鸡子进笼了没有。”

“你莫管，我去。”

张妈擦好脚，就出门看鸡们进笼没有，果然有只母鸡还在月光下游荡，张妈十分不喜欢这种夜不归宿的鸡子，拿着响篙追赶，它就在院坝里绕圈子，绕了几圈才极不情愿地进了鸡笼。然后，张妈又来到猪圈查，猪们一见她去了就一齐动起来，咕嘟咕嘟地说个不停。张妈看到它们就有一种喜上眉梢的幸福感，用爱怜的口气对它们说，不是喂吃的，是来点数的。然后嘴里数着，一，二，三，四，五。大小五头，一切安好，再把猪圈门锁牢实，至此，从早到晚屋外的劳动就算完结了。而室内的劳动还在继续，要把那堆猪草剁完，煮熟，用米糠拌好，作为明天的猪食。张妈对家的理解很简单，就是几间房子，几个人，一群畜牲。房子大了，人多了，畜牲多了，家里就发旺了。

张妈从外面进门，林万春还在剁猪草，张妈把已经剁好的部分装进罐子里，开始煮起来。任香悦把换下来的衣服放在盆里浸泡着，是明天要洗的。张妈让她早点睡觉，她说天才黑呢，半夜三更醒来就睡不着了，说着就到厢房把针线活拿出来。春节的时候，任香悦就准备着给张迎风做一双布鞋，鞋底断断续续地打了一半，谁知刚刚打好一只鞋底，张迎风就摔死了，没打好的鞋底就一直放在那里，再没管它。反正手上闲着，不如做点事情，就把它拿出来，走到林万春面前，说："你把脚伸出来。"

林万春就停下剁猪草，坐到较高的板凳上，朝任香悦伸出一只黄脚来。黄脚像一根横跨的木柴，青筋粗暴，骨感突出，精瘦的线条勾勒出它内在的强劲。林万春把脚趾跷起，脚板凹成了一个曲面，任香悦拿着那只周边发毛的鞋底无法比对，便用鞋底使劲打了他一下，让他把脚放平，贴着鞋底比了比，大小正好。任香悦说，合适。

林万春说："给我做鞋子啊，我都舍不得穿。"

任香悦说："比个大小，并不就是给你穿，还有我爹呢。我先做好再说。"

林万春把脚缩回去，拿起刀，感觉手心太滑，便在手心里吐了一口口水，重新握紧刀把，继续剁猪草，说："先尽着我爹。他不穿就给我。"

任香悦纠正说："是先尽着我爹，不是先尽着你爹。"

林万春说："你爹就是我爹呀。"

任香悦说："我爹就是我爹，你爹就是你爹。你莫搞错了。"

林万春说："你爹迟早要变成我爹，我爹迟早要变成你爹。"

张妈在一旁笑着，不知怎样说话了。她不能偏向任何一方。可她感觉到了，林万春确实喜欢任香悦，任香悦也不讨厌林万春，可她又一直不松口。张妈也看出来了，那双没有做好的布鞋，原本就是给张迎风的，任香悦现在拿出来做好干什么？任香悦知道林万春的脚跟张迎风一样大，当初做这个布鞋时，要比大小，林万春正好在他家玩，林万春说我的脚跟张迎风一样大。所以，任香悦心里是清楚的，如今把布鞋做好，其实就是为了给林万春穿，嘴里说是要给她爹穿，那只是说说。对张妈来说，儿子张迎风才离世不到一年，不说媳妇守孝三年，可也不能过早地嫁给他人。即使任香悦答应改嫁给林万春，也要让悲伤慢慢淡化之后才行，不然的话，张妈的心里也是过不去的，这多少有些对不起死去的张迎风。还有一个特殊的情况，任香悦怀着张迎风的腹遗子，这是张迎风留下的根苗，带着腹遗子跟林万春成婚，不知道对不对。

几乎就在这双布鞋做好的时候，任香悦生下了一个女儿。这是一个寒风刺骨又阳光灿烂的中午，谁都没有想到任香悦会在这天生娃。前几天都是阴天，天阴得阴阳怪气的，突然一个大太阳出来，任香悦就生了。张妈说，这娃是跟着太阳来的，撵路呢。本来，中午饭后，林万春在猪圈弄猪窝，给猪垫上更多更厚的杂草，准备迎接更加寒冷的日子，顺便把茅厕里的粪便处理一下。任香悦走到猪圈门口，让林万春出来一下，她要上茅厕。林万春就走出来，让她进去。林万春站在风中等她好久都不见出来，又不好意思催她，心下也觉得不对劲，便进屋对张妈说："妈，悦儿上茅厕好久不出来。是不是不对头啊？"

张妈起身，不以为然地说："上个茅厕有啥不对头的。"嘴里这样说，她也没有马虎，边说边往外走。走到猪圈门口，张妈一把将门推开了，只见任香悦躺在便坑旁边的木板上，下身赤裸，身下垫着林万春雨天用的蓑衣，原本是挂在猪圈墙上的，可能是她随手取来用上了。蓑衣的棕毛与任香悦雪白的大腿形成了强烈的彩色搭配，大腿因而变得十分耀眼。任香悦正在使蛮劲，满头大汗，面无人色，婴儿的头部在她两腿之间隐约可见。这里的农村向来有"生娃儿抱腰”的说法，意思是生小孩的时候，要有人抱着孕妇的腰部，便于孕妇用力。张妈且惊且喜，让林万春抱住任香悦的腰部，身子倾斜着，保持一定的角度。张妈就蹲在下方负责接生。林万春心潮澎湃，生人的神圣感驱动着他，使他显得激动而又笨拙。他半蹲着，抱着任香悦的腰部，又不敢过分用力，怕自己的手腕勒痛了她的胸部。他的脸转向一边，脸上红成了一片云朵。任香悦又羞又急又痛，她也顾不得许多了，只有任他抱着，抱着毕竟要比躺下更好。张妈是又紧张又激动，孙子的脑壳都出来了，胎毛带着黏滑的液体，闪着光亮缓缓而出。生到一半的时候，任香悦大叫起来，张妈说，再使一把劲就好了。可林万春抱她的姿势不对，歪了，原因是林万春不敢看她，面向猪窝，任香悦身子歪了也不知道。张妈说，你长眼睛，抱端正呀。林万春说，我不敢看。张妈说，有啥子不敢看的。你也是这样生出来的！林万春就把任香悦抱端正了，张妈鼓励任香悦再使一把力，任香悦在持续推进的巅峰中一声强烈的挣扎，娃娃就全身出来了。

新生命放出嘹亮的哭啼，声音嫩嫩的，甜美，昂扬而幼稚，飘然飞翔着，既不代表痛苦也不代表欢乐，只是用这种最简单的方式传递自己来到人间的第一个音讯。助产的和生产的，都不约而同地舒了一口气。

张妈匆忙地笑一下：“好了。”

林万春把婴儿抱着，张妈连忙跑到屋里，找来剪刀，把剪刀在火炉上烧了一下，跑到猪圈剪断了脐带，母子两人就分开了。林万春的眼睛一直注视着婴儿，张迎风的模样突然站在了他的脑海里，然后飘到他的眼前。婴儿在瞬间成了张迎风的化身。这个世界上他最好的朋友，终于留下了一个后代在人间。他庆幸自己参与了这个意外的降生过程。这份亲如兄弟的亲切，骨肉相连的感情，让他的眼泪顿时夺眶而出。

张妈用任香悦脱下来的裤子包裹着婴儿，对林万春说："你把她抱到床上去！"

林万春脱下自己的棉袄，把任香悦下身裹住，抱着她走出猪圈，穿过北风呼啸的院坝，直奔任香悦的厢房，把她放在床上之后，又仔细把包裹在她身上的棉袄扶平，让她躺下去舒服些。林万春给她擦了额头上的汗水，说："你受累了。莫急啊，我服侍你。娃娃会带好的。"

气若游丝的任香悦没有回答他，看了看他的脸，徐徐闭上了眼睛。在闭上眼睛的那个时刻，任香悦的眼角上滚出几滴泪珠。林万春用自己的棉袄垫住她的身子，然后走到堂屋看娃娃。张妈正在清理婴儿口腔里的脏东西，说："你赶快打几个荷包蛋给她吃。要发奶。"

林万春说："妈，我不会啊。"

张妈说："你屁用啊。打个鸡蛋你也不会。那你赶快给她倒一碗热水喝。"

林万春连忙跑到灶屋，倒了大半碗热水端到任香悦厢房，把任香悦从枕头上扶起来，一只手撑起她的脖子，一只手给她喂水喝。喝完水，任香悦忽然睁大了眼睛，冲他笑了笑，说了声多谢你。林万春从她的微笑中获得了力量，赶紧出去端了一个火盆进来，让屋子里暖和一些。张妈抱着婴儿走到门口，对林万春说："你先抱着让悦儿看看。我打鸡蛋去了。"

林万春接过婴儿，抱到床边，让任香悦看。任香悦看了一眼，说："是个啥？"

林万春说："不晓得。"

任香悦说："你看看。"

林万春打开包裹在婴儿身上的裹单，看了看说："女娃。"

"闺女好。"

本来婴儿停止了哭啼，但似乎对查看性别的行为表示强烈抗议，又哭了起来。林万春说她是不是饿了。任香悦把手伸进被子里，解衣裳的纽扣，摸索好久也没解开，脸上的大汗又流了下来。林万春哄着婴儿，不知怎么办才好。任香悦处在害羞与无奈的双重压力之下，说，你帮我解一下。反正你啥都看到了，我也不怕了。林万春就帮她解纽扣，他的手颤抖得厉害。解了一层，还有一层，再解，还有一层，再到里面就是两个软乎乎的乳房了，揭开一角的被子提供了秽气的流通管道，林万春闻到了一股以血腥味为主的复杂气味，他从来没有闻过这样的味道。林万春把婴儿塞进被窝，婴儿的哭声更大了。她不知道她的粮食就在面前，也不知道怎样才能吃到嘴里。生命中的第一顿饭对她来说，完全取决于大人的帮助。任香悦着急起来，有气无力地说，她含不到奶嘴，你搭个手。林万春就摸着奶头，把婴儿的嘴往奶头上移动，让她含住后，立马不哭了。慢慢地，任香悦感觉到了婴儿的力量，说：她在吸。一会儿，婴儿又沮丧地哭起来。任香悦说，她吸不出来，可能不通。林万春焦急地看着她，无计可施。忽然想起他娘说过，当娘的第一口奶要大人帮忙吸，娃娃自己是吸不出来的。林万春说，我帮她吸好不好？任香悦难为情地动了动下巴，林万春就俯下身子，狠狠地吸了一口，吸了一嘴的奶水，吐在地上了。接着又把第二个奶吸出来，咽下去了。任香悦费力把娃的嘴移动到奶头处，让她含着，然后不好意思地对林万春说："莫给妈说。"

"晓得。"林万春感叹起来，"好神奇，先前还在你肚子里，现在就抱在怀里吃奶了。"

任香悦闭着眼睛，或许是无力说话，或许是在享受女儿的吮吸。

林万春说："刚才你是专门到茅厕生娃娃吗？"

任香悦闭着眼睛说："感觉下面坠得厉害，就去解手。哪想到要生。"

林万春哦了一声。这时张妈端着荷包蛋进来了，先把任香悦枕头垫高，然后给她喂荷包蛋。任香悦的双手要托住婴儿，确保她嘴巴不离奶头。一边要把头部朝外，接受婆婆的喂食。产后虚弱的任香悦享受着喂人和被人喂的双重尊贵。

林万春痴痴地看着任香悦吃饭的样子。张妈说："有啥好看的？赶快去把悦儿娘家人叫来！"

林万春转身往外跑，正好遇到奶奶往进来，差点撞上了。奶奶很精神，没拄拐棍，重孙子的出生让她的辈分提高了一格，"祖婆"的身份让老人家精神飞涨。奶奶走到屋子中央站着，神情专注地看张妈给任香悦一口一口地喂鸡蛋。奶奶的深幽目光里，充满了对过去岁月的回顾与找寻。奶奶说："当年我就是这样喂你的。一代一代传下来了。你是个好婆婆。"

"你教的。"张妈扭头笑了笑，继续给任香悦喂食。

"生个啥？"

"女儿。六斤多。"

"女儿女儿，先生女，再生儿。"奶奶往前走了几步，想看娃娃，但只看到了头部。奶奶缩回脖子，说："我们家的女人，都没在家里生过娃娃。全是在外面生。"

张妈说："妈你带头带坏了。你在外面生，我们都在外面生了。快要生张迎风的那几天，时刻提心吊胆，不敢出门，在家偏偏又不生。想想还有几天吧，下河洗衣裳就生在河边了。"

奶奶看着任香悦说："可也没谁在茅厕里生。"

张妈说:“妈,你给你重孙起个小名。”

奶奶蹲下去,坐到火盆旁边,伸手烤火,随口说:“茅厕里生的嘛,就叫臭臭。”

第 8 章

臭臭的出生，把家里人除了睡觉之外的所有时间都变成了无休止的重复劳动。幸好有任香悦的娘过来帮忙，精心照料了女儿半个月，这让张妈和林万春都感到轻松了许多。可娘家人也不能全程侍候，又是年关将近的时候，忙了这边又要回家忙。山里的穷人把年看得比什么节庆都重要，只有过年，才能吃上好的。任香悦的娘一走，张妈他们又紧张起来，从年前忙到年后，还在夜以继日日以继夜地忙。大家都围着任香悦母女转。大巴山的女人从来都是照顾别人的，从来都是辛苦一辈子的，只有坐月子的时候，才会被别人照顾。这时候她们都是因为生人而高度虚弱，丧失了照顾别人的能力。她们会享受到平时根本不可能享受的精神和物质的双重优厚待遇。这些待遇主要由一些禁忌构成，月子里不能生气，不能喝凉水，不能吃生冷，不能下地，不能劳动，不能吹风，不能洗头，不能久坐，也不能久站。要保证充足的奶水，就必须吃好喝好。一切以“月母子”为中心，“月母子”在月子期间就是家里没有皇权的皇帝。这是乡俗禁忌给她们带来的意外福利。

整整一个春节，每天都像打仗一样忙乱不堪。家里的每一个角落都充斥着尿片味和奶腥味，它们共同昭示着生命的幼小和母性的芬芳。早春二月，依然延续着以前的忙碌。林万春一闲下来就抱臭臭，他对臭臭的喜欢近于痴迷。他给臭臭洗尿片，洗衣服，从不嫌脏，不嫌臭。他说他喜欢那个味道。他抱着臭臭的时候，就感觉是在与张迎风一起玩耍，一如他们的童年时代那样天真无邪，无所顾忌。臭臭在妈妈怀里哭得厉害时，林万春就抱过去，小脸蛋贴在他怀里，只要拍几下哄几声就破涕为笑了。臭臭的笑总是那么轻浅，稚嫩，笑着的时候还要摇头晃脑地放肆一下。林万春说，好看得想咬一口，就含一下她的小手，然后用胡子扎她的脸蛋。胡子一挨上去，臭臭就一脸苦楚，像大人一样皱着眉头，林万春就喜欢看她这样子。有一天，他抱着臭臭晒太阳，望着鸡心岭的方向说，张迎风，你要是不死多好！你不知道你女儿有多乖，我给你抱着哩！

春暖花开的时候，任香悦的奶水却一天不如一天了，而臭臭半岁之后饭量大增。张妈把能够发奶的食物都给她吃了，总是没有明显效果。臭臭每天都会出现吃不饱的现象。一只奶子吃着吃着就吃不出来了，她就哭。换一只吃，又吃不出来，继续哭。任香悦乳房的空洞无物让臭臭经常挣扎在温饱线上。起初，任香悦喂奶时都是避开林万春的，有时天气不好时，一家人成天在家，避也避不开了，顶多把身子转过去，反而别扭。于是，干脆随时就地喂奶，也不避他了。每当林万春看到臭臭吃不饱的时候，他就暗自着急。有时他会触景生情地摸摸自己的胸，感觉自己的两个乳头是白长了。他不明白男人为什么要长这样两个废物，还长得像模像样的。他恨自己对臭臭爱莫能助，见了附近农家养小娃的人，就问什么东西发奶最好。别人就说鸡蛋、黄花、黄豆、甜酒、猪蹄，都是催奶的好东西。可这些他们全都给任香悦用过了。于是他跑回去问他娘，他娘说："这事莫问我。我生了七八个，我只要能吃饱，啥都发奶，从没讲究过。你们都是两岁之后才断奶的。穷，没饭吃，我的奶就是你们的粮食!”林万春对娘说:“看来,人和人不一样,奶和奶也不一样!”娘寻思说:“那个任香悦是不是奶子太小了?”林万春用手比画了一个圆,说:“这么大,算小不?”娘下意识地看了看自己的胸脯,说:“不算小,也不算大。”

林万春从林家回来时,任香悦正在堂屋给臭臭喂奶,林万春盯着任香悦的胸部就很纳闷,说:“看上去还是以前那么大呀,奶水怎么会不够了呢?”

任香悦说:“你懂个啥?这里面不光是奶水,还有肉。”

林万春说:“我回去问我娘了。她说是不是你奶子太小了。”

任香悦羞得脸红了,说:“看你胡嚼。”

“真的。”

任香悦说:“真的也是胡嚼!”

林万春揪着头发左思右想,觉得自己总会有办法的。他信心十足地说:“你莫急,有我在,就有臭臭的奶吃!”

任香悦咯咯笑起来:“你能有啥办法?”

林万春说:“不就是个奶嘛!”

林万春说完就跑了。

林万春跑到县城了,他认识几个盐店的老板,知道他们喜欢钓鱼。“百味王”盐店的老板,叫陈洪鼎,四十来岁,是林万春当盐背子时结识的盐商,也是当地比较有钱的人。陈洪鼎正在盐铺里跷着二郎腿抽水烟,烟杆歪在嘴角上,有一丝口水从嘴角上渗出来,完全一副傲慢、悠闲而又很坏的样子。见林万春去了,挥手招呼他坐下,说,你好久不背盐了嘛。找我干什么?林万春说想钓鱼,借他的钓鱼竿用用。陈洪鼎让店小二把茶水递上来,说,你不好好背盐,钓鱼干什么?春天水冷,怕是不好钓的。再说,钓鱼是玩乐的闲事,能养家糊口吗?林万春说我老婆生了娃娃,奶水不够,要催奶。南江河的黔鱼多，肉嫩味美，应该是发奶的好东西。陈洪鼎说，你说对了，我老婆生孩子就吃这个，很多人不知道黔鱼是发奶的好东西，南江河满河都是，没人去弄它。你知道为啥吗？这里的人，永远只看重粮食，看重山上的东西，把种地看成主业。鱼是水中之物，不是粮食，钓鱼不是种地，就看成不务正业，所以他们宁可饿肚子也不去弄鱼。林万春问，是不是笨？陈洪鼎说不是脑壳笨，是不开窍，太固执，他们捉到乌龟王八都会放生的，然后饿着肚子回家去。林万春没心思跟他扯无关的问题，一心想着奶水不足的事，说，我要钓鱼，你能不能帮帮我？陈洪鼎的双眼像梳子一样从上到下审视了他一遍，有点不相信地说，就没听说过你有老婆，怎么会突然冒出一个老婆来？你说你老婆叫啥名字？林万春见他怀疑，便把张迎风摔死的事和自己来到张家当儿子的事讲了。陈洪鼎说，娃娃的奶水是大事，可是，春天水冷，黔鱼再多，也不是你想钓就能钓到的，这要技巧，还要熟悉黔鱼的生活习性。

林万春见他说得这么难，原有的信心被他打退了，一下子没有了主张。陈洪鼎站起来，看看他那个灰心丧气的样子，说："还是我帮你吧。"

陈洪鼎当下就叫店小二去叫来了两个人，是他平时钓鱼的钓友，加上林万春，一共四个人，带上平时准备好的钓鱼竿和鱼饵，直奔南江河。南江河水清澈碧蓝，从任何一个角度都能看到水中倒影。他们在河岸的岩石上摆开了架势。林万春发现，他们对这里的地形、河滩和鱼群的聚集处都很熟悉，仿佛他们自己就是水中生物。对这一切都陌生的，只有林万春本人。这让林万春明白了，原来钓鱼并不是很简单的事，它要耐心，要技巧，要对各种河段的掌握，还要有经验的积累。四个人在河里同时钓，同样的河，同样的杆，同样的鱼饵，其他人都有收获，只有林万春两手空空，一条鱼都没钓起来。陈洪鼎看着林万春一无所获的样子，说，鱼不吃你那一套。林万春不说话，目光是空洞的，失落地看着河流发愣。陈洪鼎把他们钓到的鱼收集起来，大约有十多斤，装进事先准备好的篓子里，递给林万春说："你拿回去，就当作我们给你老婆生娃娃喝满月酒，送了份薄礼。"

"全给我？"

"全给你。"

"我替我闺女给你们磕个头。"林万春说。

陈洪鼎他们还没反应过来，林万春就跪下去了，额头碰到前面的石头上。陈洪鼎一把将他拉起来，吼道："你这是干啥！不就是几条鱼吗！"

"不是几条鱼，是一条命！"林万春表情凝重地说，"这个闺女是我朋友留下的后代。你们不知道我有多喜欢她，她有多喜欢我。她哭着的时候，我一抱她就不哭了。乖得很。我一定要把她养活好。"

陈洪鼎能从林万春的话语里感觉出来他的真情，可又不喜欢听他唠叨，便说："好好好，你莫说了，我们晓得了，你朋友的后代，长得很乖很乖。以后我们钓的鱼给你留下，你每隔十天半月来店里取。"

"我没啥谢你们的，还是给你们磕个头吧。"

"你敢！"

面对陈洪鼎凶狠的目光，林万春真的不敢再跪下了，他用一脸复杂的表情表达了他的感谢。

天快黑的时候，林万春满载而归了。推开大门，任香悦正在哄臭臭睡觉，臭臭的眼睛半开半闭，似睡非睡。听到林万春的声音，臭臭立马睁开了眼睛，看着林万春笑起来。林万春把一篓子鱼往她面前晃了晃，说："给你妈发奶的。从现在起，就不怕臭臭没有奶吃了。"

任香悦看着那么大一篓子鱼，且惊且喜："你买的？还是你钓的？"

"从来没有卖鱼的。"林万春得意地把这鱼的来龙去脉讲了一遍，然后说，"陈老板说，这个鱼发奶是好东西。他老婆生娃娃就吃这个。"

张妈说："我赶紧去烧一条，悦儿今晚就吃。半夜就有奶了。"

林万春说："妈，你多烧几条，你也吃一条，奶奶也吃一条。有十多斤呢。"

张妈说："我又不发奶。"

林万春不高兴了，他希望他妈和奶奶也能享受他的收获。如果全部给任香悦吃，虽说是用来发奶，那也是不妥的。鱼的功能远远不止发奶那么单一。林万春瞪了眼睛说："不发奶，养身子呀。"

张妈就给每人烧了一条鱼。张妈很少做鱼，有时一年也难得一次。她是用最简单的办法把黔鱼清蒸出来，让大家尝到了不同于蔬菜和粮食的鲜美味道。黔鱼发奶的效果立竿见影。天黑不久吃了鱼，半晌过后，家里人都在做家务，臭臭还没睡醒，任香悦就感觉到乳房蠢蠢欲动了。她悄悄对张妈说，奶发胀了。张妈说，真管用呢。家人正要睡的时候，臭臭一觉醒来，端了尿，便要吃奶，任香悦让她两只奶子各吃一会儿，以减轻奶水胀满的压力。臭臭吃饱后，奶水储量依然饱满。任香悦挺着胸脯，深有感触地说，好像没吃过一样。林万春闻声侧目，盯着她的胸脯笑容满面。

从此，县城成了林万春的常去之地，每次都要去陈洪鼎老板那里看看。陈洪鼎会把他们平时钓的鱼给他准备着，让他带走。林万春也不能长期这样白拿别人的东西，他会带一些新鲜蔬菜送给陈洪鼎。陈洪鼎是盐店老板，是商人，不种庄稼，大鱼大肉是不缺的。林万春没有什么可以送他，地里生长的农作物是他唯一能够拿得出手的东西。陈洪鼎倒也不嫌弃，每次都会很高兴地收下，有时还会随手抓几把盐或抓几把糖果回馈林万春。林万春也不是每次都去拿鱼，主要是去拿钓鱼竿，然后去南江河钓鱼。他发现了一个秘诀，天天吃粗粮，蔬菜就是那些时令菜，而鲜鱼确实比蔬菜要好吃得多，吃了身上来劲，有力，走路的步子都会快些。满河里都是黔鱼，陈洪鼎这些有钱人在闲得无聊的时候，常常会约三四个朋友以钓取乐，也不会把钓起来的鱼当回事，有时会随手扔回河去，他们享受的是钓鱼本身的乐趣，而不在乎得到多少鱼。在这里，从来没有人以获得食物为目的专门去弄鱼。夏天水暖的时候，有人在河里游泳，顺便摸鱼。也有人在河里专门摸鱼，捉到鱼了，带回家吃一顿，也是玩耍而已。这对林万春来说就是天赐良机，他不动声色地把钓鱼当成了一门手艺，把“不务正业”当成了正业，钓鱼的技术很快超过了陈洪鼎他们，也不用再拿走他们的鱼了。如果说当初是为了给任香悦发奶的话，到后来，就是为了改善生活。更重要的是，对只剩下三颗门牙的奶奶来说，吃鱼是再合适不过了。每次给奶奶吃鱼，她就很高兴，脸上的皱纹都会弯曲成微笑的样子。奶奶说，吃鱼省牙力，不用多嚼就咽下去了。

有次在县城，林万春突然遇到了幺店子的鄂老板，后面跟着女儿鄂鄂。两年多时间不见，鄂鄂长高了，十八岁的大姑娘了，越来越漂亮了，妩媚得咄咄逼人，以至于让林万春不敢多看，只能用看她父亲的余光来看看她。鄂老板也明显苍老了许多。尽管如此，一看他那体体面面的穿戴，依然是有钱的行头。问及近况，鄂老板说，生意还算不错，可近年来身体不行了，总是有一些毛病缠身，昨天就是到县城看医生的，来回要两天时间，就让小女陪着。鄂老板问林万春，为什么不背盐了，林万春就把张迎风摔死的事情说了，自己到张家当儿子去了，算是对张家的赔偿。鄂老板甚觉诧异，说你父母舍得你去吗？林万春说，不是舍不得，巴不得。我们家兄弟多，人多家穷，到张家当儿子，我还是父亲的儿子，只是算作张家人了，其他也无妨碍。鄂老板连连点头。林万春还顺便说了，因为张迎风一直下落不明，有没有听说盐背子摔死没人收尸的，留个心眼儿。鄂老板说，时常听说有摔死的，也不晓得是谁。再说死了快两年的人了，还能有啥盼头。林万春说，话是这么说，可心里放不下。鄂老板说，你还是个有良心的人，好人终有好报的。两人在街上说得投机，鄂老板就请林万春进了馆子，点了四个炒菜。一个小方桌，鄂鄂和父亲坐一边，林万春坐在他们对面。鄂鄂是长期在幺店子生活的姑娘，平时帮父母打点生意，不怕生人，目光大胆地看着林万春，倒是林万春胆小起来，没有勇气正眼看她，只能装作不经意地看看。鄂老板身体欠佳，吃不多，鄂鄂就一再劝哥哥多吃些。林万春像饿虎扑食，吃得山呼海啸。如此狼吞虎咽，觉得自己很不体面。可是，四大盘菜样样可口，不吃就可惜了。林万春从“雷公不打吃饭人”这句古话中得到了鼓励，坚持把四盘菜吃得粒米不剩。鄂老板对他的饭量称赞不已，说，庄稼汉，就要这样能吃才好。我是身体不行了，想吃也吃不动了。吃饱喝足之后就要道别，鄂老板对他说，以后有什么难处就找他。林万春也不推辞。父女俩进了药铺.林万春提着一篮子鲜鱼阔步回家了。

臭臭茁壮成长，甚是机灵可爱。到了一岁多的时候就要牙牙学语了，要教她叫人。教她叫祖婆，叫奶奶，叫妈妈，都会。把林万春叫啥？是个问题。这个问题此前一直含糊不清，但臭臭能说话之后，就变得很现实了，不能再含糊下去了。有天，趁林万春不在家的时候，张妈和任香悦商量，两人都很为难。林万春本人是希望臭臭叫他爹，他也确实像一个亲爹一样，甚至比亲爹还溺爱臭臭。张妈又觉得臭臭是张迎风的女儿，如果把林万春叫爹，是不是有点对不起死去的张迎风？可是，如果不把林万春叫爹，又对不起林万春的一片真情，人家就是一个亲爹的样子，连“爹”的名分都不给，良心上过意不去。任香悦说，林万春不是比张迎风大几天吗？就让臭臭叫他大大怎样？这里很多人把父亲叫大大的，这个名分也很亲，还避开了一个“爹”字。张妈觉得这个叫法好，林万春就成臭臭的大大了。林万春也不反对这个称谓，说，比叫叔叔好。

臭臭从会爬到会走，林万春一直辅佐着她。林万春惊讶地发现，臭臭在某些方面与她父亲张迎风有着惊人的相似。她像张迎风一样好奇，见到任何没见过的事物都有兴趣，都想去看个究竟。世界上的许多事物对她都具有诱惑力和亲切感，她都想接近和感知它们。她对草木，对小猫，对木柴，对炭火，都好奇，却又没有明确的目的性。家人最担心的就是她在大人不在身边的时候，碰到开水和柴火，这样的教训很多。火苗在她眼里或许是十分可爱的，茶壶在她眼里或许是十分憨厚的，她就喜欢把胖乎乎的小手伸向火炉，伸向装开水的茶壶。她对大人的再三忠告总是抱着极大的怀疑，置若罔闻成了她最具个性的行为特征。她总认为大人的劝阻都是碍了她的好事。越是阻挡她，她越是迎难而上，懵懂无知助长了她无所畏惧和勇往直前的顽强与执拗，反叛精神的萌芽又使她具有强烈的破坏性。饭碗被她打倒了，菜篮子被她打翻了，鸡蛋让她打碎了，祖婆的茶碗被她踢飞了，她把尿湿的地面反复踩踏，踩得水星四溅。臭臭无师自通地成了全家公认的小坏蛋，张妈干脆叫她小土匪。张妈还说，张迎风小时候可不是这样的，听话得多。林万春想了个办法，让小土匪有所惧怕。那天见她要往火炉前面去，林万春就拿了一根发热的木柴，故意让她的小手去碰，结果这一碰，就烫得她哇哇大哭，小脸蛋上挂着两行晶莹剔透的热泪，楚楚可怜，又委屈极了。这下好了，她知道痛了，不再往火炉旁边去了，见了燃烧的木柴她就远远地看着，目光里充满了不可接近的疏离感和恐惧感。林万春见一招奏效，欣喜若狂，又把一只铁壶拿过来，先给她演示一下，往里面灌上开水，并给她讲明开水是不能碰的，会“烧手手”。臭臭不信，就让她去摸茶壶，一摸到茶壶，就烫得赶快缩回了手，吓得后退几步，林万春连忙给她吹吹手。臭臭这下信了，知道装着开水的茶壶也是不能碰的，碰了就要“烧手手”。之后，见了茶壶和开水她就乖乖地走开。林万春对自己的教育方法很满意，让她知道了什么是必须远离的危险事物。臭臭生来就害怕的东西只有一样，就是家里的黑猪，越大的猪她越怕。一见猪就哭，就要走。在她的心目中，猪就是恶魔。这下好了，大人知道了她的克星，每当她不听话的时候，他们就会说，把你抱到猪圈去。一听说抱到猪圈，臭臭就规矩了。

院坝四周的向日葵种得更多，开得更艳了。这是林万春给奶奶种下的植物风景。向日葵变化着不同的姿态陪伴了奶奶整个夏天。奶奶一百零二岁了，只能看大的东西，向日葵的距离和大小正好适合奶奶的视力，而奶奶也有了劳动场所，她可以给向日葵拔草，施肥，还要跟向日葵比高矮。向日葵还是苗苗的时候，奶奶比向日葵高，比着比着，向日葵就齐腰了，然后就齐肩了，然后就比奶奶高了。奶奶对向日葵说，我是不长了，你们好好长。奶奶还一颗一颗地数向日葵的颗数，先数院坝正面的，再数两个侧面的，每次数出来的数字都不一样。明明刚才数的是一百五十棵，再数一次就变成了一百五十一棵或一百六十棵了。奶奶知道要把三面的向日葵数字相加就是总数，可总数总是不对。奶奶不知道问题出在哪儿。她告诉任香悦，任香悦说，你不是数重了就是数漏了。奶奶寻思说，怎么会呢，怎么会呢，我最怕数重了和数漏了。任香悦说你继续数，总会数清的。于是奶奶又数了几十遍，还是没数清。奶奶不服气，说鸡子在跑我都能数清，向日葵站着不动，我怎么就数不清了呢？奶奶痛苦起来，胖乎乎的脸上布上了一丝可怜可爱的忧伤。任香悦没办法，只好抱着臭臭陪她数，奶奶经常会数到某个数字时停一下，接下来又要把末尾的数字重复一遍，然后再继续数，是自己把数字念重了，导致了总数不对。向日葵正确的数字是一百五十八棵。这下奶奶记住了，一百五十八棵。当她再数的时候，又变成了一百六十一棵了。

在日头正炽的时节，林万春做了一件对农人们来说是反常的事：他开始沤肥。那时农活不多，他每天往丛林里跑，在丛林深处刨出树叶腐烂的叶肥，用篾丝背篓背回家去，在院坝里堆积如山。然后他把粪坑里的猪粪和人粪掏出来，和叶肥搅拌均匀，铺平在院坝里晾晒。晒干之后再堆积起来封盖严实。夏天的粪坑十分肮脏，蛆虫疯狂繁殖，密密麻麻，又白又胖，有的甚至长出了尾巴。它们以粪坑为家，以粪便为食，在夏季里圆满度过它们的一生。把粪坑掏空，就算把肥料充分用上了。林万春坚信，这样混合而成的肥料肥力十足，一定是能长好庄稼的，只是夏天太酷热，气味又大，没人愿意去做罢了。可是，院坝里散发出奇臭无比的味道，还会随风飘进屋子里，实在难闻。于是，就出现了这样的奇异景象，院坝外围是向日葵，鲜花朵朵。院坝里面是粪肥，臭不可闻。任香悦每每从粪肥旁边路过时，都要掩着鼻子。她对林万春说："你真是的，这也太难闻了！"林万春说："你就当是在闻饭香！"张妈对林万春的做法极为支持，说："万春说得对。"林万春嬉皮笑脸地说："你把它们看成是粮食，它就不臭了。"

向日葵一成熟，臭臭就有玩具了。向日葵的花盘就是臭臭最好的玩具，又有色彩，又不伤手，可以用屁股坐，可以用头顶，可以扔着玩，可以滚着玩。林万春还为她做了一些木头和竹筒玩具，这些玩具都很简单，削光，以不伤手为宜。臭臭就拿着它们互相敲击，听那梆梆的声音。任香悦最不能容忍的是，臭臭喜欢把那些简单玩具往床上搬，床上被她弄得一塌糊涂，有时睡到半夜翻个身，却被一截木头顶着腰部，又痛又硌。她向林万春诉苦，好好的床，硬让臭臭弄成狗窝了。

林万春对臭臭宠爱越多，臭臭对林万春的依赖也越来越强，她要让大大喂饭，要让大大抱着睡觉。那天臭臭感冒了，发着高烧，与原来的“小土匪”判若两人，乖巧了，温驯了，精神萎靡不振了，谁都不要，就要大大抱着。天黑很久了，到了平时睡觉的时间了，臭臭还不睡。张妈伸出双手：“奶奶抱你，让大大困觉去。”臭臭不让奶奶抱，还要扭动身子表示拒绝。张妈对林万春说：“她简直就赖着你了。那我睡了。”任香悦也伸出双手：“妈妈抱。”臭臭还是拒绝。任香悦说：“我也睡了。不管你了。”任香悦说完就进厢房了。林万春就把她抱着，嗑着葵花子给她喂，嗑一颗，往她嘴里丢一颗。臭臭有气无力，倒也吃得自在。吃一会儿，臭臭也瞌睡了，忽然想起了妈妈，林万春就把她抱到妈妈房间去，任香悦已经睡下，身子贴着床里边。林万春把臭臭放在床上，自己坐在床边哄臭臭，臭臭一会儿就睡了。任香悦见她睡了，便把她外面的衣裳脱了，盖上被子，搂进自己怀里。林万春见她睡了，冲任香悦一笑，意思是，终于不闹了。他们不敢发出声音，任香悦悄悄给林万春打了个手势，意思是你可以走了。林万春一起身，臭臭就睁开了眼睛，看着他嘤嘤地哭起来，嘴里叫着大大。林万春只好重新坐到床边，继续拍拍哄哄。臭臭又徐徐合上眼皮，一副昏昏欲睡的样子。任香悦从里面伸出一只胳膊搂着她。油灯放在窗台上，两人在幽暗灯光下用眼睛对话。坐月子之后的时间里，任香悦很少晒太阳，肤色白净了许多，脸上圆润娇嫩，白里透红，坐在床边的林万春看得十分真切。任香悦用噘起的嘴唇指了指臭臭，说她太烦人。林万春点点头，然后扬起巴掌做出要打臭臭的动作，巴掌下去却又没挨到脸，虚晃而过。任香悦被他这个动作逗笑了，又不敢笑出声。林万春指指自己的鼻子，又指了指门外，示意自己可以走了。任香悦勾了勾下巴，表示可以走了。林万春刚刚起身，臭臭又睁开了眼睛，哇地哭起来。

这时，张妈突然出现在门口，对里面说："哄娃娃睡觉，怎么不关门呀。她很吵的。"说完把门带上，又使劲关严，走了。

林万春冲任香悦笑了笑。

臭臭的反复折腾使一个单纯的夜晚变得复杂起来。臭臭还在哭。任香悦又连忙一阵拍打，嘴里说着："好娃娃，睡觉觉。"臭臭依然不依不饶地哭着。她对大大的超级敏感使林万春左右为难，走又走不掉，不走又不行，林万春只好站在床边，也去拍哄。他这一拍哄，臭臭就不哭了，室内又归于安静。忙了一天的林万春实在坐不住了，便把身子歪倒在床上，一只手搂着臭臭，屁股侧在外面，双脚在床外悬空横放。任香悦见林万春也躺下了，给了他一个认可的表情，悄悄说："你眯一会儿。"林万春闭上眼睛，准备"眯一会儿"。可眯了眼睛反而睡意全无，任香悦拍哄臭臭的手拍到了他的手上，一下子驱赶了他的瞌睡。他轻轻抓住了任香悦的手。任香悦由他抓，两只手就在臭臭的身上毫无章法地交织着。任香悦和林万春面对面地隔空而卧，中间夹着臭臭。两只手还在持续地扭动，随后有了交叉，有了缠绕，手与手的交流把两人平和的呼吸推向了急促的喘息。林万春轻轻地说，她睡踏实了。任香悦说，叫你眯一会儿呢。林万春把声音压到最低点，说，把她放在里面睡吧。

任香悦不语。林万春翻身起来，一手托起臭臭，一手用力把任香悦的身子往外挪动，终于腾出一个空间来，把臭臭放在贴墙的一边。任香悦说，你干啥呢。林万春说，你不是叫我眯一会儿嘛，然后抻长脖子把油灯吹灭，回到床上就把任香悦搂紧了。任香悦闭着眼睛，双手抱在胸前，身子像刺猬一样蜷缩着，直喘粗气。血脉贲张之中，林万春一阵凌乱地摛脚动手，充满了冒险与放肆，却又笨拙得不知所措。任香悦在他耳边吹了一口气，右手引导着他，说，是这里。林万春明白过来，说，走错了。两人的对话声音极小极小，小得像气流一样轻柔，既暧昧又清晰。林万春面对陌生而新奇的事物，嘴里啊啊地发出百闻不如一见的惊叹。任香悦剧烈震颤的身体如疾风中的垂柳，一阵一阵地波动，后来归于静止。这让林万春惊骇不已，忙问你怎么了？任香悦没有回答，安详地闭着眼睛，静若处子。林万春不敢再问，侧身搂着她，轻轻地用手抚慰她的后背。任香悦清醒之后，说，都怪臭臭不听话，害我做不了烈女了。林万春说，怪娃娃干啥呢，怪我们都是人。任香悦捶打着林万春的胸脯，说，我做不了烈女了，你又不是张迎风。林万春说，你就做我媳妇。任香悦说，我做了错事，以后不能再错了。林万春说，以后你做我的媳妇。任香悦叹口气说，他才走两年，我这样对不起他的。两人一阵窃窃私语，林万春又蠢蠢欲动了，任香悦说，不了。林万春说，再错一次就对了。任香悦阻拒不了他，狂风暴雨急骤而来。任香悦出了一身大汗，说我差点死在你手上了。林万春说，你不是好好的么。黎明时分，林万春赤着脚，提着鞋子，悄悄地回到了楼上。

第 9 章

县城出事了。

事情发生在晨曦初露的时节，此前没有任何预兆，县城的所有人都在床上，有的醒了没起来，有的还在打呼噜。他们生活在一个用不着早起晚睡，用不着你争我赶，用不着只争朝夕的特殊环境，这个环境让许多人过一天是一天，谁也不知能过到哪一天。所以，匪徒们的行动异乎寻常地顺畅，如行云流水，迅猛、短暂而高效，在人们的半梦半醒之间，就把镇坪县政府的办公处洗劫一空，还打伤了几个早早醒来的与匪徒搏斗的人。匪徒们逃跑时，点燃了木柱下面的杂物堆，幸好被一个看门人用夜壶里仅有的尿液加半盆洗脸水迅速浇灭，才没有酿成火灾。虚惊过后的看门人说，平时不怎么起夜的，昨晚睡前喝了很多酽茶，半夜一觉醒来，就尿在夜壶里了，要不是这泡尿，房子就成火坑里的木柴了。等到大家清醒过来时，匪徒们早已不见踪影，留下一片狼藉。旭日东升的时候，整个县城垂头丧气。

镇坪地处偏远，地形复杂，隶属于陕西。最初是没有设县的，导致管理上鞭长莫及，麻烦甚多，不得已才在当地设立了县政府，按照国民政府颁布的《组织法》设置了齐全的政府机构。政府事务繁杂，贫穷又使他们常常力不从心。他们面对着老百姓的饥荒，面对着各种破坏力量的袭击，还面对着自身队伍建设的困难。光是破坏力量，就有川匪、豫匪、流匪、教匪和土匪。川匪是四川方向跑过来的土匪，豫匪是河南来的匪徒，流匪是没有帮派、流窜作案的外地匪徒，教匪是白莲教起义后剩下的残余分子，土匪是当地的土著匪徒。这些匪徒，平时都是各自为政，互不相干，有时为了争夺地盘打一场，也不分胜负，不再纠缠。因为他们明白，他们之间互相开战是没有物质收获的，只能是两败俱伤。以前设置的“镇坪营都阃府”就是专门对付匪患的，其奏凯堂内有一屏风，屏风上画一猛虎，旁边竖立着三根鞭子，取“威镇三边”之义。但其威力有限，不仅没能威镇三边，匪患却愈演愈烈，丝毫没有减弱之势。各路匪徒都是以抢劫和盗窃为生，寻常百姓家浩劫过一次之后，也就没有什么油水了，大户人家壁垒森严，他们又不敢去抢，抢也抢不着，便把目标盯着政府，因为政府机构有粮食。镇坪县政府用的是清代遗留下来的老房子，以前曾是县丞署的办公用地，再往前推是镇坪抚民分县办公处，门外建成石坊，上书“尔俸尔禄，民膏民脂，下民易虐，上天难欺”十六字官箴。民国九年县政府成立后，将老房子稍加修饰，就作为民国政府的办公房了。日常办公室六间，衙神祠、玉堂、进暖阁、值日所、厨厕马厩俱全。平时夜晚门窗紧闭，谁都不知道匪徒是怎样进去的，谁也不知道进去了多少人，不知道具体偷走了哪些东西。

刘县长是被嘈杂的声音吵醒的，醒来之前他正在加紧做一个下乡体察民情的梦，梦见许多山民端着空碗向他乞讨。他看着那群面黄肌瘦的村民无计可施，急出了一身狂汗。此时，外面突然传来的惊叫声，把他从绝望的梦中拯救了出来。尽管太阳还没升起，光线很弱，但他脸上的倦容在清晨清新的空气里显得格外清晰。衣服还没穿好，就响起了敲门声，县长把门拉开一条缝，露出一个男人的半边脸来，半边脸在逆光中有点幽暗，幽暗缩减了脸的大小。

来人叫张长顺，县政府秘书科长，是紧贴在县长身边的人物。刘县长把门拉开，说："进来。外面闹哄哄的，啥事？"

张长顺一脸的惶恐不安："报告县长，昨晚失盗了，有匪徒入内。"

"又是匪徒！镇坪除了灾荒和匪患，就没听说过叫人高兴的事。"

"也有。今年的庄稼长势喜人，秋季有个好收成的。"

"那也要看夏天有没有灾害。收割了，不等于就是你的，还有众匪盯着。"刘县长黑着稍微浮肿的脸，突然意识到忘了正题，想起了失盗的事，"赶快通知警察局来人，清查是哪一股匪徒，到底丢了什么东西！"

张长顺说："我在来之前已经把任务布置下去了。"

刘县长说："你反应很快嘛。"

张长顺熟知县长有清早抽烟的习惯，便顺手把放在桌上的半截烟卷递给他，说："猜想你今早没过烟瘾。"

刘县长把烟点燃，深深吸了一口，露出一脸厌恶表情："没啥味道了。"他抬头对张长顺说："你说这狗日的强盗是不是无法无天了？"

"如果是有法有天，那就不是强盗了。"

"查，给我查。查出来给我严惩严办！"

张长顺出门时低声回应道："给你查，给你查。"

张长顺口中念念有词地闪身出门了。刘县长转身提起晾在竹竿上的毛巾，放进木盆的清水里揉搓了一下，然后提起来拧干，展开之后，破烂不堪的羊肚毛巾已经变成一个不规则的网状物。他匆匆洗了脸，径直到了院坝，仔细瞧瞧，似乎看不出什么变化。这个清朝衙门修缮后变成的民国县府，自从建制以来，就把植桑兴农和歼灭匪徒当成了一件赈济民生的大事，不仅组织了剿匪队，还号召百姓行动起来，用民间力量与匪徒做斗争。可是，匪徒们躲在暗处，藏在山上，他们东抢西杀，神出鬼没，让官府防不胜防。连续几年，凡是到镇坪县任职的官员都叫苦不迭，急着要离开这片充满野性的土地，多是一年半载就匆匆而去，履新他邑了。别处的县长多么风光，出门坐轿子，家里养着小老婆，衣食俸禄样样精致。镇坪县的县长就不一样了，来到这里当官就是受苦受难。刘县长也是才来不久的新官，他最怕的就是匪徒偷袭县政府，堂堂一级政府，且不说保护一方百姓，连自身都保不住，这是有损颜面的。有损颜面也是无奈，分散在镇坪山上的各类匪徒大约有一万多人，仿佛全世界的匪徒都集中在这里了，像夏天的蚊子一样无处不在，而这里各种吃皇粮的官府人员总共才几百号人，怎敌他上万匪军没完没了地骚扰。

没多久工夫，失劫部分清单报上来了。厨房旁边有个小库房的东西全丢了，一百多斤苞谷米，二百斤苞谷面，一口袋十多斤的小麦面粉，三桶猪油和一桶菜油，尚未拆封的整袋盐和几斤散盐。晾在外面的衣物大约十多件，也全丢了。连县长椅子下面的一个破烂的坐垫，晾晒在外面，也被偷走了。县穷，县政府穷，就是这些鹭鸶腿上刮精肉的东西，也是事关生计的重要财富。

警察局出动了所有警力，检查县政府的各个角落，查看和登记财物失窃情况。他们查到厨房时，突然一个男人从案板底下的阴暗角落里钻了出来，中等身材，胖乎乎的，脸上和身上都沾满了厚厚的尘土，见到警察浑身打战。警察也没有多问，随即将他双手反剪在背后，五花大绑起来。两个警察把他带走了，其他人留下继续清查失窃物资。

男人被带到警察局盘问，跪下之后就浑身发抖，眼睛怯生生地左顾右盼，闭口不言。负责主审的大个子警察走过去，啪啪两巴掌打在脸上，然后对手下说：“给我用扁挑打！”另一警察领命，转身去取立在墙角的扁挑，男人便连连求饶，说：“我说我说。”

警察问：“你叫啥名字？”

“张迎风。”

“名字怎么写的？”

“弓长张，迎接的迎，春风的风。”

“张迎风，你是干啥的？”

“土匪。”

“哪里的土匪？”

“鸡心岭的。”

“当土匪几年了？”

“两年多，三个年头。”

“杀过几个人？”

“没杀过人。”

警察有点不信了：“当土匪没杀过人？谁信？镇坪的土匪哪有不杀人放火的？”

张迎风觉得他们问得对，他连自己都想不通，他怎么就没杀过人。他说：“我不是个好土匪，我不合格。真没杀过人。”

警察笑了。警察说：“好吧，我信你。那你抢劫过几次？”

“一次都没有。”

“既不抢又不盗，有你这种土匪吗？那你为啥要当土匪？”

“不是我要当土匪，是土匪把我抢去，逼我当土匪的。”

“你当土匪之前是干什么的？”

“盐背子。也种地。”

“张迎风，你说，土匪是怎样抢你，逼你当土匪的？说清楚。”

“那是大前年，在从巫溪到镇坪的背盐路上，我和三品碗一起走，听他讲水浒，宋公明三打祝家庄。他祖上是说书的，他很会讲故事，我也喜欢听。那天我们俩走得很慢，前后无人，遭到一群土匪的围攻，先抢了我们的盐，然后把我和三品碗捆绑起来，带上了山。”

“三品碗是个什么人？也是盐背子？”

“是的。那天掳走我们很容易，三品碗劝我听话，不能和土匪硬来。硬来就要杀掉。我想，他那么大的个子都害怕土匪，我也害怕了。我本来就胆小怕事，见到土匪更怕。还有一个原因，我这个人对啥都比较好奇，我也想看看土匪到底是怎么回事，在山上好不好玩。如今有人逼我当，我也就当了。我是这样想的，当一回土匪试试，跟背盐有什么区别。上山之后我才明白，三品碗嫌背盐太苦，早就想当土匪了。那天遇到土匪来抢我们，正合他意。”

“张迎风，你两年多时间都干了哪些坏事？全部坦白出来。”

“我真没做过坏事。因为我不敢杀人，不敢抢劫，跟他们下山到竹溪县抢过一次，我跟在他们后面，看他们怎样抢，怎样杀人，我吓得瘫软在地上了，他们骂我没出息，还打了我一顿。我成了他们的累赘，过后他们再不许我下山了，就在山上学做饭，给他们做饭。”

负责主审的警察走过来，绕到张迎风的背后，捏了捏他的左手手掌，又捏了捏他的右手手掌。那样子接近于医生。如果是土匪，他的双手茧疤基本上是一样的厚度。如果真是厨子，天天握刀切菜，他的右手手掌的茧疤会重一些，左手手掌会没有什么茧疤。张迎风的右手手掌茧疤比左手厚得多，还有僵硬的血泡，这是握刀过紧所致。还有，他的衣襟上全是星星点点的油污，有的地方连成了一片。警察笑了笑，坐回原座，继续审问。

“张迎风，你继续交代：你们那帮土匪，总共有多少人？”

“一百多，全住在寨子里。有时下山被人打死几个，就会补充几个进来。人数不是固定的，经常变化。”

“山大王叫啥名字？”

“叫雷霸山，陕西平利人。大胡子。”

“他有几个老婆？”

“一个大的，一直跟着他。去年又从镇坪抢了一个民女做压寨夫人，二十来岁，就是两个老婆了。两个老婆经常吵架。”

“他们杀过多少人？抢劫过多少地方？把你知道的说出来。”

“不知道。只有参与的人知道，这些我们有规矩，不参与的不许乱问。”

“他们有多少枪？”

“好像只有十多支。不是人人都有枪。”

“你说你一次都没有抢劫过，那么，今天早晨为啥要来抢政府？”

“我为了逃跑。我试着逃跑过一次，是在山上砍柴，结果被他们发现了，没跑成，挨了一顿打。后来我一直在找逃跑的机会，可我不知道他们平时抢劫的地方，这次三品碗告诉我，说要抢镇坪县政府，我就说我也想抢，我不能总是做饭，我要练胆子，会抢，会杀人。他们就让我参加了。今天早晨天不亮就进了县政府院坝，我就找地方躲藏起来。没想过要抢，只想着逃跑。他们返回山上时，只顾把东西弄上山，一般是不仔细清点人数的。打死了就打死了，掉队了就掉队了。”

“你为啥要逃跑？”

“土匪是坏人，光做坏事。我本来就是个好人。我想回家种地，或者去巫溪背盐。”

“你家住什么地方？”

“钟宝附近。”

“钟宝就在县城。家里有什么人？”

“我家离县城有几里路。家里有奶奶，妈，还有我媳妇。我想我奶奶，想我妈，想我老婆。我经常梦见他们。”

“土匪祸害百姓，你知道吗？”

“知道。”

“政府一直在剿匪，你知道吗？”

“知道。”

“今后政府要剿匪，你要提供你所知道的真实情况，你愿意吗？”

“愿意。”

“你今天坦白的，都是真的吗？”

“是真的。没一句假话。”

五花大绑的张迎风被松开了，勒紧的肌肉回弹起来，骨节也回到了原位，顿时一身轻松。他要喝水，警察让他喝。他要尿尿，警察允许他尿。从茅厕回来，就让他在笔录上签字画押。很久不写字了，张迎风把他的名字写得很难看，他又重新写了一个好看的。主审警察反复盯着他的脸看来看去，似乎是在寻找土匪的影子。微胖的身材，白净的面孔，胆小的样子，甚至连农民都不像，与悍匪更是毫不相干。警察说：“看来你真是个良民，被他们逼良为寇。我决定不杀你了。”

张迎风说：“不是不杀我，是要把我放了吧。我好不容易逃出来，我好想回家。”

“那你就回家吧。”主审警察自己介绍说，“我是这里的警察局长，叫李非烟，非常的非，炊烟的烟。以后有啥情况可以找我。”

张迎风突然觉得遇上了一个好人，说了一些感谢的话，就出门了。走过曾经十分熟悉的县城，看到许多飞鸟从头顶飞过，他想，自己也像鸟儿一样自由了。他望着鸡心岭的方向，凶狠而鄙夷地瞪了一眼，呸地一口口水吐在了地上。

第 10 章

张迎风一路都在琢磨，他该怎样见他们，才能让他们不害怕。他一直没有想到很好的办法。无论他们在任何时候、任何地方见到他，都会以为他是鬼。张迎风看到自家房子时，胸口就一阵怦怦地跳。他自言自语地说："你们一定以为我死了。"又说："我可是活着回来了。"因为活着回来，他觉得他给他们留下了一个谜。他把谜底藏在山上。如今他就要揭开这个谜底了。他有点大难不死过后产生的兴奋。

张迎风走到院坝，奶奶正在门槛里面坐着。张迎风远远地叫了一声："奶奶！"然后站着不动了。怕吓着家人，他不敢向前。

奶奶扬起头，眯起眼睛看了一下，说："这不是张迎风吗？你要是活人，就走过来。你要是死人，就到阴间去吧，不要来吓我们。"

"奶奶，我是活人！"

张妈、任香悦他们都出来了，林万春旁边还有个小孩。这是一个非常特殊的时刻，一群活人，看着他们心目中的死人。双方呈阴阳两隔的对峙局面，张迎风的形象介于疑似活人与疑似死鬼之间。

"妈，我不是鬼！"

"林万春，我不是鬼！"

"悦儿，我不是鬼！"

为了证明自己是人，张迎风一个个地叫他们的名字。或许他认为，如果是鬼，是不会认识这么多人的。

门口的人都很沉着，他们克制着内心的惊骇与疑问，反复地看前面的这个人。阳光下的张迎风投下一个影子。张妈由此得出结论，对林万春说："鬼是没有影子的。"张妈终于向前走了一步，说："儿，你回来了。"

张迎风走近他们，然后像被贵客一样迎进家里。看到母亲流泪，张迎风的眼泪也簌簌地往下流。林万春急于知道他这两年多的真相，张迎风就如实告诉了他们。林万春笑起来："本来人家让你上山当土匪，你却做了厨师。难怪你比以前胖了，也比以前白了。哪有一点土匪的样子。"张迎风说："天下饿不死烧饭的。吃的再紧张，我也能吃饱。"

张妈看出来，张迎风的眼神里，不住地看着林万春和他身边的小女孩，想问又来不及问。张妈就趁着时机，把这两年家里发生的事说了。张妈说："你没了下落，我们就商量让林万春来我家，反正你们像兄弟一样，他就当了我的儿子。你倒舒坦，到山上当土匪了，林万春在家受苦受累，都靠他支撑着这个家。你的娃娃也快两岁了。他就跟个亲爹一样。"

张迎风单刀直入地问道："那你们——悦儿和万春是不是成了两口子？"

"不是不是。他们各是各。林万春是我儿子，但不是悦儿的丈夫。"张妈肯定地说，力图把事情讲得更清楚，特别是要表明她的态度，"妈给你讲，悦儿很好，我们都以为你死了，她一直在为你守节。我跟你话说明白，要是到今年年底你还没音信，守孝守三年也到头了，我或许会成全他们成为夫妻的。林万春这个儿子，一点不比你差。说话做事都比你周全。"

张迎风对林万春说："大恩不言谢。我们从小是兄弟，其余的话就不说了。今后，你的父母也是我的父母。我们都是两个爹，两个娘，两边走动，两边孝敬。"

张妈说："迎风这话就对了。没想到，在山上当土匪还能让你懂事。"

"妈，我不是土匪，当的假土匪。"张迎风说。

"家里有个真土匪。她叫臭臭，在茅厕生的。"张妈说。

臭臭依偎在林万春的怀里，一会儿要他抱，一会儿要自己站着，眼睛不时地看看家里的这个陌生男人。她今天变得很安静，不哭不闹，也不说话，两只大眼睛扫来扫去，似乎感觉到家里发生了重大事件。任香悦把臭臭抱到张迎风面前，说："这是爹爹。臭臭，你叫爹爹。"

臭臭根本不听，毅然决然地扭头就走，扑到了妈妈怀里，转过身看着张迎风。张迎风过去抱她，臭臭奋力挣脱了。张迎风失落地笑笑，说："我是你爹爹。你还认生呢。"

张妈怕儿子不开心，连亲生女儿都不要他，便说："这个娃娃，从小是悦儿带，万春带，我也带一些。她跟大大和妈妈最亲。所以呢，除了妈妈，她就黏万春，哭了就叫大大。小娃娃是用心暖近的，她才看到你，还远，你要慢慢暖她，她就离你近了。"

他们的这些对话，奶奶都听着，只是一直不插话。他们说得累了，奶奶开始说话了："其实呢，我早就感觉张迎风没死，他在一个地方活着。只是不知道他在啥地方。"

张妈说："那你为啥不早说？"

奶奶说："早说了，你们会以为我老糊涂了，说梦话呢。"

林万春笑起来："奶奶还是有心计的。"

奶奶把自己描绘成了一个老谋深算的人。她说："是有心计。

还不是因为你，把你弄来了，我不是捡了个孙子吗？捡个孙子，张迎风一回家，我就是两个孙子了。这是我打的如意算盘。”

张迎风活着回来，本是一件特大喜事，可喜事也有喜事的麻烦，原本简单而单纯的家庭关系又变得微妙和复杂起来了。现有的家庭格局以及家庭的整个氛围，都是基于张迎风不在人世的情况下设置和产生的，和睦而稳定。林万春在入住张家之后的两年多来，搀老扶幼，尽心尽力，勤俭持家，真正把自己当成了张家的儿子。现在张迎风突然回家，林万春在开心之后马上六神无主了。他倒不是希望张迎风死在外面，他也希望他活着，可他又真不希望张迎风打破现有的平衡。此前他也隐隐感觉到张迎风没有死，可那只是一种感觉，他居然真的活着，活得还很自在。他怎么不就在山上当他的假土匪，为真土匪做饭呢？为什么真的就回来了呢？回来了没关系，问题是林万春的地位发生了动摇，放在了一个可有可无的尴尬位置上。张妈有亲生儿子了，臭臭有亲爹了，任香悦也有男人了。你林万春算什么？你就是个外来人，一个多余的人。

长期在山上生活的张迎风又脏又臭，晚饭后美美地洗了一个澡，用上了家里杀年猪的大木缸。为了他洗澡，林万春烧了三大桶热水，他要把身上沾染的土匪气息以及从山上带回来的尘埃洗净，来他个革心洗面，重新做人。大木缸放在任香悦的厢房里，林万春为他提水。加满水，林万春就牵着臭臭的小手走开了，由任香悦帮他搓背。林万春能听见他们在洗澡时传来的说话声和嬉笑声，听得他心如刀绞，波浪起伏。而臭臭心血来潮，偏偏在这时候要大大“骑马马”。林万春只好蹲下去，抻长脖子，让臭臭骑到他脖子上来，臭臭高高在上，得意忘形地揪着大大的头发。林万春站起来，顶着臭臭在堂屋里走来走去，臭臭看见奶奶了，便向奶奶炫耀：“奶奶，骑马马。”

张妈的表情十分复杂，看着孙女凄苦地笑了笑。笑过之后，她的眼睛转移到林万春的脸上，忧伤地看着林万春，用安抚的口气说："哪想到他真的没死啊。"

林万春说："活着多好，我也有伴了。"

张妈说："妈的心思你明白的。"

林万春说："明白，你是怕我难过。"

张迎风洗完澡，穿着三年前的衣裳，一身紧绷绷地来到堂屋。林万春把臭臭交给张妈，点上一盏油灯，对张迎风说："我有话对你说。"林万春提灯上楼，张迎风跟着上楼去了，两人在地铺上盘腿坐着，奶奶的棺材就在旁边两尺远的地方，棺材的上面随意放着林万春的衣服。棺材的黑色与夜晚的黑色保持了高度的融合，油灯将两人的影子投放在棺材上，使棺材上有了更多的附着物，淡化了棺材本身的死亡气息。张迎风瞅了一眼棺材，说，不怕吧。林万春说，不怕。你小时候就睡过的。你也睡过。这叫寒暄，不是正题。林万春提了一下袖管，才算真正摆出了说话的架势："咱们兄弟一场，算是经历了一次生离死别。明人不说暗话，我原本是来替你当儿子的，现在你活着回家了，我是不是该走了？"

张迎风说："你为什么要走？"

林万春说："我觉得我没有必要住在这里了。我想回林家。"

张迎风说："他们都舍不得你走的。"

林万春说："我想我还是走了好吧。"

张迎风带着几分匪气地说："如果你要走，不如我走，我真的上山当土匪了。你留下来，我就留下来。我们是一辈子的兄弟。"

林万春说："你这不是逼我嘛。"

"是的。你要留下。我们好好操持这个家。你讨个媳妇，我们就圆满了。"张迎风说得很坚决，很果断，也很美好，"明天，我们去你家，拜见你父母。我会把你娘叫娘，把你爹叫爹。我也会像亲生儿子一样对待他们的。”

话都说到这份上了，林万春还能怎样？他相信张迎风说的是真话。两人本来是盘腿坐着，貌似和尚练功，可张迎风一把抓住了他，紧紧地捏住了他的手腕。这力量是情感支撑起来的，热烈，饱满，不可抗拒。林万春在感到被捏痛的同时，也感觉到张迎风的手劲比以前大多了，握出了几分匪气，顽强而有力。林万春说：“土匪没白当，力气大多了。”张迎风说：“是的。光是剁野猪肉，又大又硬的骨架，就能练出一身好力气。”林万春有点不信张迎风的说法，问他：“当一回土匪，真的一个人都没杀过？”张迎风说：“真的没有杀过人。第一次杀鸡我都要闭着眼睛呢。”林万春替他感到遗憾，说：“至少你也要杀一个土匪呀。”张迎风说：“土匪没把我杀了算我命大了。”林万春想想也是，并不是所有土匪都杀人的，何况张迎风那个胆子。张迎风突然振作起来，说：“我也有胆大的时候。”林万春就问怎么胆大了？张迎风说：“有一回，他们全下山了，山大王的压寨夫人要我给她做饭吃，我送饭后，她让我陪她坐一会儿，我就陪她。她身子不停地往我身上靠。”林万春追问道：“然后呢？”张迎风有点害羞地说：“然后就有然后了，然后了两次。我都吓坏了，人家一点都不怕。”林万春说：“你真的胆大了，不怕大王杀了你。”张迎风神秘地说：“只要山大王下山了，必定有大事，就不知道什么时候能够回来，回来必是死的死，伤的伤，抢的东西也多。”张迎风告诉他，在山上的两三年时间，像坐牢一样，他每天都在想家，也想林万春。主要是担心家人没人照顾，怕他们受欺负，受饥寒。回来看到林万春在家，马上就放心了。兄弟两个面对面，脚碰脚，讲述这些年来各自的甘苦，说得长叹短吁，情真意切，几年不见的陌生感迅速消除了。说到深夜，林万春催他下楼睡觉去。

张迎风端着油灯回到自己房间时，任香悦和臭臭已经睡得很香了。他没想到他回家的第一夜十分艰难。本来臭臭是在睡得正香的时候，可他们的声音越来越大，任香悦一再叮嘱他轻点轻点，他就是管不住自己的身体，轻着轻着就重了。这样就把臭臭摇醒了。他们也就纳闷了，明明灯是关着的，可臭臭就是知道妈妈旁边有个人。她不许这人抱妈妈，不许碰妈妈，哭哭也就算了，她还在床上打起滚来，嘴里叫着大大，做出一副不把你赶走誓不罢休的样子。张迎风只好起来，蹲在床边，装成已经离开了的样子。被欺骗的臭臭果然就睡了。张迎风就从床边伸出一只手来，摸着任香悦，任香悦把他的手移开了。任香悦对臭臭的生活习性了如指掌，不闹了不等于就睡了，她根本就没睡熟，有点响动她就醒了。张迎风心急，手被打回来，他又伸出去。再打回来，他又伸出去。臭臭就用翻身来表示抗议了，嘴里又叫了一声大大。张迎风只好缩头缩脑地蹲在床边，等待女儿睡着。任香悦伸手过来暗示他的时候，他自己已经在床边睡着了。他在梦中感觉有人在戳他脑壳，一下子精神起来，知道好事来了，回到床上重整旗鼓。任香悦小声说："她要好久才能睡熟。"张迎风说："她总是叫大大。莫非他在这床上睡过？"任香悦说："你说谁睡过？""万春。臭臭总是叫大大。"任香悦把他往开推，说："你莫胡说。妈都给你说清了，我在为你守孝。家里就几口人，眼睛时刻盯着的，哪里有动静会不知道？你有怀疑问妈去。"张迎风嘿嘿一笑，说："我知道你不会那样，万春也不会那样。""那你还问？我辛辛苦苦给你养女儿，侍候你奶奶和你妈，你倒是好，几年没有音讯，回来反倒怀疑我了。"张迎风连连说："我也只是随口说说，你莫往心里去。"任香悦一阵反攻："你怀疑我，我还怀疑你呢。你真当土匪去了？土匪谁像你又白又胖？说不准是谁家寡妇把你魂勾走了呢。人家不要你了，你才跑回来。"张迎风见对方来势凶猛，堵不住了，认了输说：“我不只说了一句嘛，你就说了这么多。”任香悦握成两个拳头，使劲把他推开了：“我当然要往心里去。”说罢嘤嘤哭起来。张迎风怎么哄她都不听，只是一个劲地哭得委屈，枕头和头发都湿了。张迎风也不管不顾了，翻身上去了，渐入佳境之后，口中念念有词：“我让你往心里去！我让你往心里去！”张迎风说一句，任香悦就啊一声。后来张迎风不说了，任香悦却连绵不断地啊起来。啊了许久，奋力走上一个高坡，登顶之后滑落下来，顿时气若游丝，彻底安静了。安静一会儿，任香悦缓过气来，用一个指头捅着张迎风的胸口说：“土匪！真是土匪！本性难移。”张迎风威胁道：“你再说，看我不整死你。”任香悦不作声了，以沉默的方式来表达她的示弱和对抗，张迎风将余兴未尽转化成穷凶极恶，风风火火地展示出几分匪气来。末了，屋子里云淡风轻，任香悦捧着张迎风的脸说：“咦？小伙子不错啊，当几年土匪，到底是比以前强悍多了。”张迎风得意扬扬地说：“土匪也不是白当的，你看我这一身肉。”

可是，小土匪不认大土匪倒是一件很麻烦的事情。清早，臭臭就睡醒了，翻身坐起来，只见妈妈旁边的陌生男人鼾声如雷，她看着看着就哭起来。任香悦迅速起床，给她穿好，一再说这是爹爹，臭臭不明白爹爹的意思，眨巴了几下眼睛，也没琢磨出什么名堂来，由妈妈牵着她洗脸去了。到了堂屋，正好林万春从楼上下来，臭臭就大大大大地叫，林万春走过来把臭臭脸蛋摸了摸，眼睛转向任香悦。任香悦的表情羞涩而清爽，避开了与林万春目光的直接对视，可她回避得并不彻底，还有一些余光残留在林万春脸上，捕捉到了他极不自然的僵硬表情。林万春进了灶屋，打一盆水过来，闷声不响地洗了一把脸，把洗脸帕拧成一团，往盆里一扔，溅起几许水花来。他穿上草鞋，弯腰从墙角提起锄头，昂首挺胸地出门了。任香悦追出去，咳了一声，林万春回过头，目光直直地看着她。任香悦小声说："你不高兴。""没有。"任香悦脸上掠过一丝难以言说的不安，说："那你笑一下。"林万春就笑了笑，笑得比哭还难看，明显是强作欢颜。臭臭跑出来，要跟着林万春一起走，林万春把她举起来逗了逗，说："爹爹在家，跟爹爹玩。"

林万春刚刚到地头，张妈也扛着锄头给苞谷薅草来了。齐膝的苞谷苗绿得不成样子，肥得憨态可掬，又不失英姿飒爽，锄草时就得小心翼翼，不能弄痛了它们。张妈不时地看看林万春，说："昨晚你们兄弟俩说得很晚，我都能听到你们的声音。"林万春说："是的。三年不见了，总是有些话要说，就忘了时间。"张妈说："我就怕你有别的想法。"林万春说："想法总会有一点的。可他不让我离开，说我们共同把家里操持好。他比以前懂事了。"张妈说："他说得对。再说，在我心里你就是我儿子，是个好儿子。明天我到外头走走，看哪家有合适的姑娘，给你讨个媳妇，就更好了。"林万春笑起来："没人看上我。"张妈说："不是没人看上你，是以为你已经有了。以前也有人说过媒，我看不上那些脾气不好的，看不上好吃懒做的，就没答应。再说，原本想，你和悦儿是很般配的一对，明年让你们成婚算了，哪晓得迎风活着呢。"林万春说："唉，不说这事了。"张妈推心置腹地说："说明白最好。你们两个有些事情，妈是清楚的。大家心里明白就行了，不必说破，也不能说破。迎风一回来，那些事都过去了。妈晓得你心里啥滋味。迎风是我亲生的，悦儿本来就是他媳妇，我总不能让你和悦儿好，拆散他们两口子吧。这是使不得的。妈要把一碗水端平。"这是掏心窝子的话。林万春被张妈说得感动不已，身上暖流涌动，就像把他心里撕开的口子温润地缝合了。林万春对她说："有你这么个好妈，我不得不好好孝敬你。即使再想走，我也舍不得走了。"

太阳当顶的时候，上午就收工了，张妈要回家做午饭，奶奶和张迎风他们还饿着呢。回到家里，张迎风已经起床了，任香悦在剥去年的陈苞谷，满手的糠皮，像玩雪的手。剥下来的苞谷籽装在篓子里，臭臭觉得有了新玩具，将小手伸进篓子抓苞谷籽，一把一把地往上抛撒，接又接不住，就溅到了篓子外面，弄得满屋都是星星点点的苞谷籽。见张妈和林万春回来了，臭臭心不在焉地叫了声奶奶，又去弄林万春放下的锄头。任香悦对张迎风说："你把娃娃管一下。"张迎风过来，一把将臭臭抱起来，臭臭不让他抱，脸上一副迫不及待的逃避模样。张迎风箍紧她，她就哭起来。臭臭的生分和严厉拒绝，让张迎风尴尬而恼怒，他索性双手松开，臭臭就掉在了地上。臭臭哇哇大哭。张迎风怒目圆睁地冲着臭臭嚷起来："你不是要下去吗？我就让你下去！"

张迎风的粗暴激起了全家人对他的共同反感，任香悦和林万春都用恐怖和憎恶的眼神看着他。张妈心疼孙女，一把将臭臭抱起来，一边哄一边骂张迎风说："她多大？你多大？给你说，她是你的骨肉！你当了几天土匪就不得了了？有种你把老娘也抱起来摔！"

"谁叫她不让我抱的？"

张妈说："小娃娃认生是天生的。你小时候也认生。你三岁了还不让舅舅抱你呢！她多大？你能跟她计较？"

臭臭在奶奶怀里不哭了，挂着两行眼泪看着张迎风，目光里充满了冷漠和后怕。

"小娃娃摔不坏的。"张迎风还在争辩。

"摔不坏，你心坏了。"张妈冷笑起来，嘴里就没好话了，"你能干了啊，当了三年土匪，心变毒了。张家没有过你这种毒心毒肠的人。"

林万春没有劝阻张妈，他对张迎风的行为也十分反感，并感到不可思议。臭臭那么调皮，再不听话，他都舍不得打她一下，一把屎一把尿带过来的，你没养过你的女儿，你就可以随便摔？这样的话，教训一下张迎风是有好处的。毕竟几年时间在山上生活，成天跟一群土匪在一起，与家人天各一方，跟常人是不同的。要享受常人的天伦之乐，必须要有忍耐，有迁就，有包容，而土匪们就会把这些东西看成软弱无能，有失脸面，稍不如意，就会拔剑而起，挺胸而斗。所以，臭臭对他的排斥他就忍受不了，觉得伤了自己作为一个父亲的面子。林万春就想看看，今天这个小事如何收场。

张迎风急红了脸说："妈，我真不是心毒的人。"

张妈又瞪了儿子一眼，看上去比先前更严厉，一点情面都不给："一个连自己的亲生骨肉都能这般下手的人，能说心不毒？不是心毒也是心狠！"

奶奶通常在家里争吵的时候保持沉默，但万万不要以为她老糊涂了就忽视她的存在。奶奶从八十岁到一百零三岁，一直没有多大变化。奶奶身上只看到老，而看不到衰。这是奶奶的神奇之处。此时奶奶也插话了，她不紧不慢地说："风儿，你错了就是错了。张家人，历来都是心疼儿女的，生多生少都是掌上明珠。你这脾气，以后要改。"奶奶把脸转向张妈，说："风儿刚从土匪窝子出来，也不想想，土匪窝子成天杀人放火，这种地方怎么能养人？你们都莫生他的气，过段时间就好了。风儿，你过来。"

张迎风走到奶奶面前，听凭发落。

奶奶说："你跟大家认个错。一家人，认错不丢人。说你错了。"

张迎风手扶奶奶的椅子，庄严肃穆地面向大家。任香悦、张妈、林万春、臭臭，都一齐看着他。张迎风对大家说："对不起。我错了。”

他这么一认错，大家都笑了。张妈说：“知错就好嘛。”任香悦一副痛打落水狗的架势，看了一眼张迎风，对婆婆说：“就要奶奶收拾他。我们说他，他才不听呢。”

林万春觉得，让张迎风认错是最好的效果。但也不能一直冷落人家，需要解围，给他一个台阶下。林万春把张迎风的手拉了一下，说我们做事去，就把他叫到门外了。院坝里有一个石磨，平时为了遮挡灰尘，用大簸箕盖着。光是石磨就有两百多斤重，一人搬不动。磨盘、磨心、磨底、磨架都要用刷子好好清洗一遍，晾干，要磨苞谷籽。家里还有一百多斤陈苞谷，再不收拾就坏了。一部分磨成苞谷米，一部分磨成苞谷面，苞谷糠作为猪饲料。两人合力把磨盘取下来，张迎风便去端水，用竹刷子刷洗上面的尘土。磨盘上下的磨齿是一道一道的小槽，通过咬合和摩擦把食物碾碎。槽子是藏垢纳污的地方，极不好洗。半边院坝被弄得污水横流。臭臭见林万春在院坝里，慌忙从屋子里跑出来，不知吃了什么，嘴也没擦，脸上花猫似的，嘴里叫着大大，兴高采烈地来凑热闹，用力踩着污水，听着啪啪的声音，溅得张迎风满身都是污渍。张迎风看着女儿自得其乐的样子，无可奈何地苦笑道：“我打你不对，不打你也不对，你是不是个女娃啊？”林万春一把将她抱开，说：“小土匪，你看大土匪都怕你了。”然后径直抱到堂屋里，塞到任香悦怀里，任香悦把苞谷篓子往一边移动了一下，又爱又恨地对臭臭说：“真是讨人嫌！”

午饭后，张迎风和林万春准备去看望林家父母。这是昨晚约好的。两人刚刚出门，就被张妈叫住了：“你们干啥？”

张迎风说：“我们去他家，看望他家的老人家。我不是活着回来了嘛，让他们也高兴一下。”

“你就这样两手空空去看望老人家？你脸红不红？”张妈说，“回来！改天再去。”

张迎风赶紧回来了，跟着张妈进了屋子。张妈笑眯眯地摸了一下儿子的脸，迅速又把笑容收敛了，说：“你懂事吗？你去看他父母，跟他看望他父母是不一样的，他可以空手去，你可以吗？”张妈从柜子里找出钱来递给张迎风，让他赶快到县城去买几色礼品，像模像样地去。

张迎风拿着钱，冲出院坝，朝林万春挥挥手，一溜烟地跑了。

林万春把装有苞谷籽的篓子端出来，一人推磨。张妈说过来帮忙，林万春说磨子太重了，他一人更好用力。“反正你气力大。”张妈就扛起锄头下地干活了。臭臭从屋子里跑出来，津津有味地看着大大推磨。林万春一边推磨一边给她念童谣：

推磨，摇磨，
拐手，请舅母。
舅母不来，
拿起滑竿抬。

林万春念一句，臭臭学一句。臭臭口齿不清，只有林万春能听懂。这类童谣到底是什么意思，不知道。林万春从小就是听它长大的，意义已经并不重要了，重要的就是能够念着玩，玩着玩着就长大了。

任香悦从屋里走出来，给林万春帮忙。朝天张开的磨口像一张饥饿的嘴巴，任香悦在磨口上一把一把地添加苞谷，添加量和速度必须均匀，否则，磨出来的苞米就会出现粗细不一的状况。见林万春已经出汗，任香悦连忙过去用汗巾子给他擦额头上的汗水，这个动作有一些爱怜和柔情,也有几分风险。林万春温情地笑笑,小声说:“当心奶奶看到了。”任香悦后退一步,把汗巾子搭在他肩上,说:“奶奶午睡,才睡下呢。”林万春害怕这一擦会把自己擦到瓜田李下,警惕地看看四周说:“你还是进屋去吧。”任香悦不满地放亮了眼睛,理直气壮地说:“干活你怕啥!”

第 11 章

张迎风活着回来的消息是在三天之内传遍周围山村的。自古以来，特别是晚清到民国年间，镇坪的背盐人摔死不奇怪，饿死不奇怪，打死不奇怪，失踪三年能够活着回来就是奇怪的事了。张迎风的舅舅、叔叔、伯伯等亲戚都来了，来看望这个失踪三年的后辈，看看他三年来变成了什么样子。他们宁可相信他骨瘦如柴，奄奄一息，也不愿相信他白白胖胖，精神焕发。这个结果太违背常情常理了。当张迎风讲述了他的经历后，大家又觉得他太幸运，甚至有点羡慕，这么当一回土匪也不是坏事。这给很多出去多年杳无音讯的盐背子的家属们带来了一丝希望之光，他们梦想着自己的亲人或许并没有死，仍然在一个未知的地方活着，甚至可能改名换姓了。

张迎风和林万春来到林家，看望了林家的父母。张迎风这次带了厚重的礼物，一个猪蹄子，一斤白糖，一斤红糖，五尺布匹。这给张家，特别是张妈撑足了面子。看望林家父母的目的是要表明一个态度，他张迎风从此将视林家父母为自己的父母，并且开口叫了爹娘双亲。林家二老也非常高兴，给出去一个儿子，收获了两个儿子，还赚一个回来。

拜见和“开叫”无非是履行一种约定俗成的契约形式，以后张迎风和林万春都把对方的父母当作自己的亲生父母就行了。可是，原本是一件亲上加亲的好事，却惹出了一些麻烦。麻烦出现在几天之后的一个细雨蒙蒙的傍晚。

这天下午，林万春的叔叔林志远到山上砍柴回来，路过哥哥林志杰家，口渴得要命，想喝水，就顺便到大哥家里坐坐。农人在一起谈论的话题，无非就是家长里短，一是庄稼，二是种庄稼的人。林志远和林志杰闲聊，提到张迎风来拜见林家二老的事。林志远是个喜欢管闲事的人，他说，张迎风不是回家了吗，林万春还在张家待着干啥？张迎风他妈可是个能干女人，张迎风又有个能干媳妇，女人能干了，一个外姓男人的日子会好过吗？要是张迎风真是摔死也倒好了，家里就只有林万春一个男人，那还不是当宝贝一样？可人家张迎风偏偏回来了，林万春怕是要遭人嫌弃的。林志杰说："张嫂不是那样的人吧？她会对万春好的。万春自己也说，她一直把他当亲生儿子对待。"林志远说："她是多精明的人。她对林万春好，是为了收买他的心，让他安安心心在家里做事，顶她儿子的位置。可是现在，张迎风回来了，以后还能对他那样好吗？再说，你现在老大老二老三都分家了，还有三个儿子没成家。你这几个娃，要我说，林万春脑子最好使。一样的土地，一样的作物，一样的天气，为什么张家弄得红红火火的，不缺吃不缺穿？还不就是脑子灵！要是我，我就舍不得让这么好的儿子在别人家。"林志杰说："林万春脑子是聪明，可他是过继给张家的，我总不能反悔吧。"林志远说："要是能回来也是好事。只是很不好开口。"说到这里，林志杰的老婆郑大秀甩着大屁股进了门，林志远连忙叫声大嫂，说我们正说万春的事呢。郑大秀说："说万春什么事？他不是好好的吗？"林志远就把他刚才说的话重复了一遍，郑大秀把脸上的肌肉一横，眉毛就立起来了，说："他儿多，不在乎。"

俗话说得好，十个说和，不如一个说夺。本来大哥家是风平浪静的，林志远硬是吹风鼓浪，让一潭静水掀起了波澜。林志远一走，林志杰夫妻就为小儿子的事争执起来。郑大秀责怪林志杰不该当时答应得那么爽快，把林万春过继给张家。而林志杰则说当时是全家都同意的，不是他一个人做主。再说，儿子去张家三年时间，张家人喜欢他，他自己也争气，把家里弄得很好，有吃有穿，没有什么不好的。可老婆的耳根子软，认为林志远的话有道理，自己辛辛苦苦把儿子养大成人了，却去给别人家卖力，好处全给人家了，这岂不是太亏。两口子本来是说说而已，可后来就变成了争执和辩解。大凡女人家，在有关儿子的事情上多是从自己的利益着想的，娃是她生的，是她的心头肉，理当一辈子在父母身边，而女儿才是嫁出去的女，泼出去的水，收不回来的。郑大秀越想越吃亏，越想就越委屈了。心中有一团火烧着她，火不灭，人不静。她对林志杰说："我要把儿子要回来！"林志杰斜着眼睛瞪他一眼，说："你想要回来就要回来？"郑大秀说："儿子是我生的，当然是我想要回来就要回来！"林志杰说："没那么容易！"郑大秀说："容不容易我都要去试试！"

郑大秀说完就起身了，一副志在必得的样子。林志杰赶紧也起身了，跟在老婆后面，说："这么黑的天，你到哪去？"郑大秀说："天黑眼不瞎，我打火把不行？"

郑大秀在门前的柴堆旁取了一个火把，快步跑进屋里点燃，转身出门了。林志杰怕她惹事，跟在后面说："你这个婆娘心疯癫哪，说风就是雨！"

郑大秀板着脸，举着火把出门了。

漆黑得完美无缺的夜晚，瞬间被火把烧了一个红色的大洞，大洞随着人影向院外移动。从林家到张迎风家的路不远，但都是弯弯拐拐的鸡肠路。郑大秀几乎没走过夜路，她把火把举在前面，脸上的急切与激愤在火把的映照下一览无余。她的大屁股形成了一道宽大的屏障，蛮横地挡住了后面的光明。林志杰看不清脚下的路，一脚踩虚，摔了一跤，一边往起爬一边骂人，说你这个婆娘会不会打火把呀？郑大秀吓了一跳，连忙扶他一把，说你蹄子踩滑了，还怪我。是不是应该由后面的人打火把啊？林志杰说是的，你把火把给我。郑大秀顺手把火把交给了他。林志杰就打着火把转身往回走，郑大秀愣在那里说，想回家？我爬都要爬去！林志杰就怕这个女人跟他对着干。他就不明白，老婆从来都是善良心软的人，这回在儿子的事情上怎么这么认真。两人在一丈远的距离内僵持着，火把让他们可以看清对方较劲的脸。他们的身后是无边无际的黑暗，越到远处黑得越深。林志杰看了看天空，收回目光说，伤和气的事情我不做。郑大秀说，我不会伤和气。儿子给了人家，我去要回来。要是他们不给，我也不会强行把儿子拉回来的。这就伤和气了？林志杰说，这样也伤和气。郑大秀说，我们认亲的第二天你就硬把我睡了，我本来是看不上你的，可我还是跟你了，伤和气了吗？林志杰笑道，你扯淡，两码事。郑大秀一个转身，向着黑暗走去了。林志杰怕她摔倒，只好打着火把跟着。林志杰说，你跟了我多好，生了这么大一群儿。郑大秀说，还是俗话说得好，男人心软一辈子穷，女人心软一肚子怂。让我给你生了这么多。

林志杰夫妻来到张迎风家里时，一家人正在各自做家务，一边逗臭臭玩耍，其乐融融。林志杰夫妻的突然到来，让他们又惊又喜。正在玩向日葵花盘的臭臭见了陌生人害怕起来，慌不择路，一头撞到了张迎风怀里，张迎风顺势搂住她，臭臭情急之下叫了一声爹爹，这让张迎风在意料之外兴奋起来，他没想到女儿在这时候叫了他第一声爹爹。张迎风抱着臭臭起身，特意把林志杰夫妻分别叫了声爹娘。张妈热情似火，笑脸盈盈地说："我们就是一家人，要经常走动，走动才亲。你们一来，我就欢喜得很。"林志杰夫妻刚刚入座，张妈就给大家分工了：任香悦去做饭，洋芋米饭，还要炒几个菜，锅里有腊肉。张迎风去炒葵花籽，顺便给任香悦打下手。林万春就陪父母说话。张妈自己去泡茶。林志杰连忙说："莫做饭，我们是路过这里，顺便进屋，坐一会儿就走。"张妈说："万春刚才说是肚子饿了，正好要做夜饭呢。"张妈好奇地问："你们去哪了？天都黑了才回？"郑大秀像煞有介事地说："对门王家老婆婆想给万春说媒，我们去看了看，女子一副柿饼脸，不咋地，配不上我娃。"张妈瞅着郑大秀一笑，她自己就是柿饼脸，还嫌弃别的柿饼脸。张妈说："万春这娃好，一定要讨一个漂亮贤惠的媳妇。人差的，不要。婚姻没动，就是要等个好人。"郑大秀顺着往下说："可不是，小儿子最让我上心了。他那么灵性的人，不找个好媳妇不是亏了他。"

菜饭的香味从灶屋里偷偷飘到堂屋，他们的每一句话都从香味中穿行而过，浸润着菜肴的味道，话语也因此变得油润而光滑。大家把话题延伸出去，张迎风说炒菜要有盐，就跟家里要有媳妇一样，没有盐的菜没味道，没有媳妇的日子更没味道。越说越没有边际了，大家就在没有边际也没有中心的闲话中东拉西扯。林志杰很喜欢这种效果，他自己也在不断地东拉西扯，一旦提及林万春在张家的事，他就会插上一嘴，把话题拉到天涯海角，让郑大秀无法插言。郑大秀又是女人家，在这种场合本来就不宜多说的，不能抢了男人的话头。她主要的事情就是不停地嗑瓜子，嘴里持续不断飞出瓜子壳的抛物线，落得满地都是。

饭菜就在这期间做好了，上桌了。张妈好不热情，满脸堆笑地请大家往拢坐。林志杰和郑大秀坐到主座了，张妈对林万春说："万春，你好好招呼你爹娘吃饭。反正是晚上，又不急，慢慢吃好。"

林家贫困，油水淡薄，一大家子人，每顿都只有二三个蔬菜，哪有什么油水。这张家出手不凡，上桌就是六个菜，鸡肉、猪肉都有。张妈和任香悦都做得一手好茶饭，有化腐朽为神奇的好厨艺，什么菜在她们手上都能做得清香可口，这对林志杰夫妇来说，相当于逢年过节的盛宴了。他们面对美味，表面上绝对是沉着冷静的，没有显示出难得一见的惊喜，而是从容不迫地快速进食，其间不断地对菜肴的味道表示夸赞。只有他们的眼睛能够说明一切，直勾勾地看着菜肴，目光里所流露的饥馋之相凶狠而狰狞，恨不得将眼睛也变成嘴巴，顺着目光把饭菜吸进肚子。张妈、张迎风和林万春他们都把真诚体现在筷子上，分别从不同的角度把腊肉和鸡肉夹到他们碗里，当碗里堆成小山之后，他们会很快把小山削平，让碗面深凹下去。肥肉产生的油水从他们的嘴角上流淌出来，并向嘴唇洇散开去，灯光下闪烁着毛茸茸的滑腻光泽。

这年头最大的福气就是口福。口福让林志杰夫妇乐不思蜀，也让郑大秀放弃了她的来意，她始终没有机会也没有勇气把索要儿子的事情说出来。突如其来的饱嗝常常中断他们饭后的对话，他们发现该回去了。已经夜深，林万春和张迎风两人打着火把把他们护送回家，两个年轻人声情并茂地把他们喊爹叫娘，他们也答应得极其自然。郑大秀很有感触地说：“这两个儿子真好呀。”送到家门口，林万春和张迎风又打着火把返回自己家里了。年轻人走路快，走夜路也快，林志杰夫妻站在门口目送他们，看着火把飘然远去的样子，林志杰故意对老婆说：“哎，刚才怎么不说把儿子要回来？”郑大秀打了林志杰一下，说：“人心都是肉长的！”说罢把大门关好，忽然觉得口中不适，将指头伸进嘴里，从牙缝里抠出来一丝精肉，又重新丢进了嘴里。林志杰说：“你一直都很勤俭持家。”

但郑大秀想把林万春要回去的想法，还是拐弯抹角地让林万春本人知道了。那天林万春从南江河钓鱼回来，路上正好遇到从巫溪背盐回来的二哥林万豪和三哥林万放，他们交了盐，从城里往回走，三兄弟就同路了。林万豪说，前几天他听见娘爹在家争嘴，说张迎风没有死，就应该把林万春要回来，不能继续在张家当儿子，好处给了别人。林万春听了一笑，问，这是娘的意思还是爹的意思，林万豪说是娘的意思，爹不同意，两人就争起来了。林万春联想到那天晚上，父母为什么会突然来到张家？王婆婆说媒或许是假的，恐怕就是为了这事，只是娘没把这事说出口罢了。林万豪安慰他说，其实娘也没啥恶意，有时想不开，本来说好的事，上个茅厕回来就变了。林万春说，娘这人，就喜欢多想，这事怎能依她的。林万春嘴里是这么说，可心里就生出个疙瘩来，不痛不痒，却隐隐不安。林万豪说，你看张迎风回来了，劳力也不缺了，就那么多土地，农闲时节，你倒是可以继续去背盐，挣钱不多，也比家里闲散。林万春说他也想过继续背盐，只是张迎风才回来不久，娃娃又小，重活不能扔给他一人，过段时间就可以了。

撒谎也有圆谎的时候，王婆婆真的要给林万春说媒了。王婆婆头天先跟郑大秀说，郑大秀第二天早饭后跑来对林万春说。郑大秀见了林万春喜上眉梢，说："儿，你婚姻动了。"林万春说："怎么动了？"郑大秀说："王婆婆又来说媒了，那女子是钱宝顺的妹妹，叫钱满儿。"林万春说："钱宝顺是哪个？"郑大秀一急，说："就是那个尸首的妹妹。""尸首的妹妹？什么意思？"这回郑大秀把话说清了，上次不是背了个尸体回来吗，以为是张迎风，后来发现背错了，摔死的那个盐背子叫钱宝顺，钱满儿就是钱宝顺的妹妹，今年十八岁。王婆婆说那个钱满儿长得眉清目秀的，性子也温驯。她嫂子也漂亮，就是那个钱宝顺的媳妇，小小年纪就守寡了，叫欧阳苦尽啥子的。任香悦从厢房里牵着臭臭出来了，插言道："娘，你也莫光听媒婆说得好听，最好还是自己看看，心里有个底。”

郑大秀说：“就是的，今天我就和王婆婆一起去看看，长得到底怎么样。回来再说。”

奶奶坐在堂屋的椅子上发话了：“我不是说了么，媳妇不要太漂亮了。太漂亮了伤娃。”

任香悦冲着奶奶咯咯地笑起来。

郑大秀起身了，说：“我说老祖宗，你说太漂亮了伤娃，人家男人可愿意伤了。那也要比太丑了遭娃嫌弃好吧。”

奶奶一个缓缓的摆手，摆出一副苍茫的气势来：“你们的事，我不多嘴。”

郑大秀出门的步态稳健而有力，有点将士出征的豪迈气派。行走在满目葱翠的小道上，青山绿水的自然背景把她的大屁股反衬得特别健壮，看上去踏实而可靠。晌午刚刚过去，郑大秀又踏着原来的小路回来了，进门就对林万春说：“钱满儿是个漂亮人儿，好看，又懂礼数。我和王婆婆在她家坐了一会儿，说了些闲话，听上去也伶牙俐齿的。”

张妈端上茶来，递到郑大秀手上，说：“他家晓得你们是专门去相端她的吧？”

郑大秀说：“应该猜到吧。我们也没明说。”

张妈说：“聪明人不用明说的。”

张妈说完，听见院坝砰的一声响，便闪身出门张望。

张迎风和林万春谋划着要明年建房子，从现在起要准备木料。今天上午从山上抬回来一根大原木，放进院坝，把垫肩从肩膀上取下来抖动，上面沾满了泥土和草屑。张妈从堂屋走出来，对林万春说：“你娘来了。”

林万春和张迎风一前一后进门，冲郑大秀叫了声娘。任香悦从灶屋打盆洗脸水来，把洗脸帕丢进盆里，对林万春说："快洗把脸。"林万春推让张迎风先洗，张迎风笑笑说："长得好看的先洗。你先洗。"两人客气地谦让着，郑大秀看着他们笑逐颜开。张妈对郑大秀说："这兄弟两个总是一个让着一个的，从来不争。"郑大秀说："小时候就这样。所以在你这里我放心呢。"说话间，张迎风把林万春的手按进盆里，两人的手在水里同时搅动起来。郑大秀看着他们把手洗好，然后对林万春说："我和王婆婆去相端了一下，那个钱满儿不错，看样子是心灵手巧的人。只是不知道你有没有这个福气娶她。"

郑大秀说话的时候，任香悦紧紧盯着她的脸，然后若有所思地看看林万春。林万春说："娘，这是大事，最好我自己看看，再去说媒。光你们说好不行。娶老婆是要过一辈子的。"

任香悦摆开架势说话了："全家都在这，我多个嘴。人说家和万事兴，我们这个家，一直是和睦的。张家都是善良人，是舍得吃亏，舍得让人的。万春娶啥样的媳妇，不是他一个人的事，也不是他们两口子的事，是全家的事。夫妻之间，婆媳之间，妯娌之间，都要和气才算家和。要说夫妻之间呢，谁都不用操心，万春是个好人，也聪明，他会处理好的。婆媳之间，我妈是个好婆婆，待儿媳妇如亲生女儿，一向大人大量，她也常常原谅媳妇的不对，我也不操心。我家还有个一百多岁的奶奶，这个奶奶是我们家的宝贝，这是要好好侍候的，直到送老归山为止。要是来个孙媳妇嫌弃她怎么办？这样的人我不答应。我倒是操心我们妯娌之间，我不是容不得人，只是不喜欢平时的坏习性，打个比方，随便把自己的东西到处放，也不收拾好，我就不喜欢。用东西取东西随时归位，看上去就舒坦。家里乱七八糟的农具，乱七八糟的家具，还有乱七八糟的衣裳，都要一一管好。这些事儿看上去很小，鸡毛蒜皮，弄不好也就挂在脸上,装在心里了,发生口角就难免了。妯娌之间搞不好,那兄弟之间肯定不舒坦了。所以说,我很在乎万春娶的啥人。”

任香悦从没这样认真说过话,脸上散发出盐的光泽,话语中浸润着盐的味道。大家在她的话中面面相觑。

张妈说:“没想到,悦儿还有这么好一张嘴!跟谁学的?”

任香悦说:“跟你学的。”

张妈说:“考虑得太周全了。将来你一定是个好婆婆。”

郑大秀说:“悦儿,我放心你!我看这样吧,你和万春一起去钱家看看。你看上了,事情就成了。”

任香悦说:“我算啥?说到底,这事还得万春本人过眼。过不了他的眼,谁看上都是白搭。”

郑大秀和他们说了好久,张妈留她在这里玩到吃了晚饭再走。郑大秀也是个劳碌命,有个空当就闲不住,说要看看万春的床铺,就咚咚地上楼了。林万春跟着上去,说我床铺乱得很。郑大秀伸手把床边的木板一摸,就是一手灰尘,奶奶棺材上面的灰尘更厚,就让林万春打水上来擦洗。郑大秀把地铺彻底整理了一遍,杂七杂八的清理了一堆,从楼上抱下来,往地上一扔,扔得满屋子尘土飞扬。

郑大秀边做边说:“没有个媳妇怎么行?你看你的狗窝都成啥样子了。”

张妈说:“平时我给他洗,我忙不过来时,悦儿给他洗。不是我们不细心,这男人家不比女人家,能将就他就将就了。”

郑大秀看到儿子乱作一团的床铺并不是很高兴的。按理说,在张家比在林家用的被褥要好些,要新些,要厚些,她不明白,林万春在林家一直是自己洗衣物,为啥到张家反而懒了,不知是张妈惯的,还是他自己懒散了。反正这让当娘的心里有些不畅快,好像张家人没有照顾好他。郑大秀虽说心里不悦，但嘴里说出的话又变成了对他们的理解："唉，你们都忙，哪有那么多时间管这事。"

林万春似乎猜出了娘的心思，说："娘，说实话，妈每次给我洗，我都不好意思。悦儿要带小孩，我总不能一直让她洗吧。我是看我的衣裳发臭得不能再臭了，我就自己洗了。你也来得巧，正好在我最乱的时候你看到了。虽说我床铺很乱，可是好睡。我一上床就打呼噜。也许你给我铺平顺了，我反倒睡不着了。"

郑大秀说："贱骨头。"

林万春把娘搜罗出来的衣物装在背篓里背到河里去洗，母亲也跟着去了。张妈怕郑大秀不高兴，让任香悦把林万春替回来。任香悦说："你回去带臭臭，我去洗衣裳。"林万春就回来了，由任香悦和郑大秀一起去。春夏秋冬的衣物混在一起，在棒槌的作用下，完整的衣服几乎都洗破了，破了的衣服洗得更破了，有的已经不像衣服，成布片了。郑大秀一边晾晒一边说："衣服都是洗烂的。"一会儿就把一个晾衣竿晾满了，晾出了一幅风雨飘摇的破烂景观，与院坝周边正在萌发嫩芽的树木形成了两极。

说好第二天任香悦和郑大秀、林万春一道去看钱满儿。主要是林万春去亲自过目，他娘是去带路的。任香悦又突然变卦了，她说她去了不合适。张迎风和张妈都劝她跟着去，她却偏偏不肯去了。她说她昨天只是说说，林万春娶哪样的媳妇她都会喜欢的。林万春和他娘上路后，任香悦把她的顾虑跟张迎风说了，她跟着林万春和他娘一起去，走在路上不好看，别人会误以为她和林万春是夫妻。再说，她在家里的位置怎么说都排在后面，主事的张妈都没去看，她算老几，她真去了婆婆就会对她有看法的，不是逞能是什么。她把这些想法对张迎风说了，张迎风说，你都聪明得不像人了。

林万春母子俩前脚走,后脚就有陌生人进来。

突然来了两个自称是镇坪县警察局的人。张妈向来对官府心存敬畏,一看是警察就紧张起来,忙问他们做什么。来人说是李非烟局长派他们来找一个叫张迎风的人,张妈说:“我是他妈。”说完连忙走到院坝边上,大叫在屋前坡上做活的张迎风,说你赶快回来,有人找。张妈退回屋里,招呼他们坐下,一边泡茶,一边觑着来人,心里怦怦直跳。好在他们并不嚣张,比较和蔼。她不是怕警察的模样,而是怕警察那身灰蒙蒙的“皮皮”,给人的感觉是凶狠、严厉和蛮横,连臭臭见了他们也直往后退。任香悦把臭臭拉到厢房去了。张妈颤抖着双手把茶水递上来。来人看出了张妈的不安,说,你们不要怕,是好事,局里正在部署下一步剿匪,李局长安排要请张迎风帮忙,还让他把平时换洗的衣服带上,可能不是几天的事。张妈舍不得儿子离开,说能不能不去?警察说,县上有告示,全县民众都有责任配合政府剿匪,不去可能不行。这时张迎风回来了,把锄头往地上一放,对他们说,我好像见过你们。高个子警察说,你忘记了?去年土匪盗窃县政府,你躲在厨房里,从里面钻出来时,第一眼看见的就是我,然后我们就把你五花大绑起来送警察局了。我也姓张,叫张童子,同事姓钟,叫钟声。你要记住,以后要经常这样叫我们的。

得知来意后,张迎风说:“我有个条件,不然打死我也不去。”

张童子说:“你说。”

张迎风说:“你们看我娃娃还小,家里还有一百多岁的奶奶,我希望我能经常回家看看。”

张童子说:“当然可以。你也不能把这么漂亮的媳妇丢在家里不管呀。”

张妈给儿子准备好衣服,张迎风跟奶奶和任香悦打了招呼,又把臭臭抱起来亲了亲，就跟两个警察走了。

下午，林万春和娘去看钱满儿回来了，母子俩满面春风。林万春进门就向张妈报喜："妈，那个钱满儿真不错的。人身材好，针线活也好。"

任香悦阴着脸冒出一句话来："再好也不能当饭吃！"

张妈勉强笑了一下，说："那你可以挑个日子去提亲。"

林万春突然从她们的表情上看出了几分闷闷不乐，任香悦就把张迎风让警察局叫走的事说了。林万春想想说："让他剿匪，这有啥不好的？空闲了他就会回来的。"张妈说："我不是舍不得他走嘛。"郑大秀马上有了同感："当妈的就是这样。儿子再苦再累，只要在眼前心里就踏实。"

随后，张妈郑重其事地跟郑大秀商量，让林万春找先生择个良辰吉日，由王婆婆带去提亲。郑大秀说："提这个亲，把握很大。我们去过两次了，都是找借口在人家家里坐坐喝水，人家明白我们是探子。我看那个钱满儿看见林万春后，眉毛都要飞起来了。"

任香悦紧紧追问一句："那她不是没有眉毛了？"

郑大秀说："有，有。我是打个比方。"

"飞起来了就没有了呀。"任香悦一本正经地说。

郑大秀说："没飞起来。我是说要飞起来了。"

任香悦笑道："那要是提亲，眉毛就会飞起来的。"

郑大秀听出来，任香悦话中带刺，明显有些不服气的意思。不过郑大秀并没有不开心，而是顺着她的话说："真要提亲呀，她高兴得人都要飞起来。不信你看。"

任香悦转身到灶屋泡了茶，把小茶碗恭恭敬敬递到郑大秀手上，另一碗则放到了林万春面前，用那种"你自己端"的目光看了他一眼。张妈在拐角处冒出一个声音来，臭臭好像拉裤子上了。任香悦连忙跑过去，之后便传来臭臭挨打之后的哭声，只见任香悦腋下夹着光屁股的臭臭走过来，一手拎着脱下来的小裤子，臭臭的脑袋斜在妈妈的腰部，两串嫩泪直淌。堂屋墙角放着一个木盆，任香悦把臭臭往木盆边上放着，去打水给她洗澡。臭臭冲林万春甜蜜地一笑，嘴里叫着大大。林万春用指头划着脸，说羞羞，羞羞。任香悦打来一桶温水倒进盆里，把臭臭放进去，洗澡盆瞬间成了臭臭的汪洋大海，臭臭如鱼得水，扑打着小手，心里的浪花和水里的浪花同时绽放开来，快活得不行。任香悦拿着她的小手，边洗边说："不就是大大给你找了个大妈嘛，你就欢喜成这样了。"

臭臭不明白妈妈说的什么，但她知道妈妈说的大大，她便把目光转向大大了。林万春说："你说啥她也不懂。将来大妈肯定喜欢臭臭。"

张妈走过来说："不喜欢也不行，我们家向来是和睦的。她一人不喜欢，我们全不喜欢她。"

任香悦扬起脸看看张妈说："妈，这可是你说的，你那么漂亮的儿媳妇，你舍得不喜欢？"

张妈说："再漂亮也要德行好。"

这时林万春的二哥林万豪突然进门了，是来叫郑大秀回去。听爹说家里怀孕的母猪好像是要生了。郑大秀一边出门一边说，这里刚刚说给万春讨媳妇呢，家里母猪就要生了，真是好兆头。

这天的夜晚注定是个冷清的夜晚。张迎风到警察局去了，少一个人就少了几分热闹。入夜不久，张妈把家里的杂活做完，说是有点腰痛，把奶奶的衣裳洗完就早早地睡了，这个时间跟平时早睡的奶奶保持了同步。臭臭在妈妈怀里咂了几口已经稀薄的奶水，任香悦拍着哄着就抱到自己房间去了，剩下一只孤灯伴着林万春。林万春在堂屋清理构树皮，他喜欢穿构皮草鞋，结实耐用。构皮是去年风干的,又僵又硬,要用木锤将它砸成柔软的绒线状才能用于编织。棒槌砸在石头上发出嘭嘭的声音,低重而沉闷。他怕吵醒他们,刻意把力量放轻,砸出的声音就小了。慢慢就到了夜深人静的时候,再小的响声也变得非常明显。林万春正在一门心思砸构皮,任香悦突然出现在他面前,一脚踢在构皮堆上,说,你还让人睡不?林万春仰视着她的脸说,我以为你睡了。任香悦说,臭臭哄了好久才睡。本来要睡了,听到有声音她就精神起来,在床上玩。林万春说那我不做了,可我又不瞌睡。任香悦冷笑道,你当然睡不着呀,上午刚刚看了钱满儿,瞌睡跑她那去了。林万春没有理她,进灶屋洗了手,轻轻地走到堂屋,说,我要讨媳妇了,你不畅快?任香悦说,我没有不畅快,我也没有畅快。林万春说,那你怎么了?任香悦说,我是看到你畅快得要死的样子难过。林万春说,你莫难过,你又不是我媳妇。你是你,我是我,任香悦一脸忧伤地看着他说,这个我明白的,可我就是难过。林万春看了看张妈紧闭的门,拉住了任香悦的衣角,任香悦的手顺着衣裳往下滑动,碰到了他的手,林万春把她的手连同衣角一起抓住了,先是两只手扭在一起的颤动,接着是两人胸口的颤动,一股潜藏的力量正在把两人往一个中心点推进,两人同时意识到了,有一种危险正向他们步步逼近。林万春叹口气,松开她的手说,该睡了。任香悦说,我也瞌睡了,然后各自回到自己的地方睡觉了。

其实两人都没睡好。原因是他们微妙的关系太纠结,太复杂。对于任香悦来说,原本以为张迎风摔死了,生活要重新开始,重新建立,她跟林万春之间的感情也就随之萌发了。她错了吗?她没有错。丈夫死了她就应该有一个新丈夫。她那么年轻,不可能一辈子为死者守寡。在娘家时,娘给她讲镇坪县里那些烈女的故事,她就不喜欢听。娘说,丈夫死了,媳妇为他守寡,从一而终,叫烈女，这是万人敬奉的。任香悦说，我就不明白，大家晒一个太阳，照一个月亮，吃的一样，做的一样，为啥男人可以三妻四妾，女人就要做烈女？为啥烈女那么少？一定是不好，都不愿意当烈女。能改嫁的都改嫁了。娘说，你这闺女，不要乱说，这是祖宗给我们传下来的规矩。任香悦说，我们今后也是祖宗，重新定个规矩。之后，娘就跟她爹感叹，说悦儿不是一个听话的闺女，她的想法跟我们不一样。爹说，你也不能说她讲得没道理，只是这话说得不吉利啊。谁知这句不吉利的话真的应验了。在张迎风两年多下落不明的时间里，任香悦的父母从来不说她必须要做个烈女，没有说不许改嫁。对于林万春的存在，父母也是知道的，偶尔问问这个人怎么样，并不多说。任香悦每次都说很好。她真心喜欢林万春，林万春身上有着张迎风身上没有的东西，比如他的聪明，比如他比张迎风更像男人。还有林万春对她悉心照顾，都让她感动，让她温暖。林万春真正成了她生活中的盐。无论在任何时候见到他，她就会心里一热，荡起一缕春水。她知道不能在脸上表现出来，快乐都只能压在心底。可是，张迎风的活着回来，还原了这个破损家庭原有的完整性，让她不再是一个寡妇，让女儿有一个亲爹。而这个意外的惊喜又让她陷入了感情的困境之中，她既要当一个贤惠媳妇，恪守妇道，又要对得起林万春，不让他感到孤寂。她尽管很尴尬，也在艰难地维护这种关系的平稳与和谐。她欣慰的是，在张迎风回家之后的日子里，她没有做出任何一丁点对不起丈夫的事，林万春跟她也自觉保持了足够的距离。眼下，本来平静下来的河潭重新风生水起，张迎风到警察局去了，林万春又要讨媳妇了，这都是好事，恰恰是这些好事让她心头发酸，并隐隐作痛。她不明白是哪儿出了问题，她是那么希望林万春赶快找个媳妇，真要找媳妇了她又不高兴了。她明白林万春不是她的男人，可是偏偏要把不属于她的男人当成自己的男人看。以至于她每每看到林万春时，总觉得这个男人身上有一部分是属于她的，是感情，还是心地，她自己也弄不清。

对于林万春来说，这个女人也让他痴迷不已。除了她对他的好，还有她的可爱，她的善良，她对父母的孝敬，都让他喜欢。在张迎风当土匪的日子，他是一心想着要任香悦将来改嫁给他。他坚信，三年之后的某一天她就会真正成为他的媳妇。那么，作为朋友张迎风的遗孀，他可以好好照顾她，像对待自己的亲人一样对待她，一定会对得起这个死去的朋友，对得起他的家人。可是，偏偏张迎风安然归来。林万春的一切美梦被这个比美梦还美的现实打碎了，给他带来的是猝不及防且不可言传的惊愕与忧伤。他只能在失望中强作欢颜，破涕为笑。他只能把心底的隐痛变成对张迎风他们的衷心祝福。祝福是真心的，隐痛是真实的。而解决问题的唯一办法是尽快找一个媳妇，建立自己的婚姻，才能彻底摆脱对她的依恋与幻想。只是任香悦在他心里的位置太重，任何女人都无法取代这个位置。钱满儿真的不错，但也并不是他说的那么十全十美，他也并不是真的有那么喜欢她。他的那些开心，是装出来给别人看的，包括给任香悦看。他希望通过这种方式，能够让任香悦明白他心里有了别人，她就可以全身撤退了，此后两人再无干系。可他万万没想到反而激发了她的醋意，让她脸上风雨交加，电闪雷鸣。

次日清早起来，张妈突然想起母亲明天八十大寿，让林万春到县城买了几色礼物，尤其是上面印有福字的红布，一定要买五尺，说人到八十是大喜，要穿喜庆的衣服。林万春腿长脚快，没多久就从县城回来了。张妈怕娘家明天有客人来为母亲祝寿，要提前回去准备酒席，十来里山路，午饭过后，跟老奶奶打了招呼就走了。

别人可以不打招呼,但奶奶必须打招呼的。奶奶不知从何时起,对张妈这个儿媳妇的依恋日益加重,凡是出门都必须要跟她打招呼,看不见张妈她就急,就要详细过问。奶奶年事已高,每天坐在屋子里看天色,或者拄着拐杖在屋子周边走走,最远不会超过二里路,家人不许她走得太远,害怕摔倒。张妈一回娘家,家里就是林万春和任香悦的天下了。他们像往常一样按部就班地劳动,晚饭后,奶奶坐到天黑就睡觉了。别人家的老人都是瞌睡少,奶奶正好相反,她要从天黑睡到第二天清早。林万春在打草鞋,臭臭一直在他身边爬来爬去捣乱,林万春不胜其烦,又无可奈何。任香悦把她抱到怀里,臭臭企图吃奶,被妈妈打了下小手,极不情愿地缩回去,没一会儿就睡了。任香悦把臭臭放在床上,回到堂屋坐着。林万春说,你也睡吧。任香悦说,灶上还在煮猪潲呢,我看你打。林万春说没啥好看的。任香悦说,我看你。林万春就不说话了,一心一意打草鞋。任香悦就在他面前的小板凳上坐着,双手托腮,平和而又专注地看着林万春劳动的样子,直到一双草鞋打好。

睡前照例要检查猪圈是否锁好。林万春从灶屋火炉上取出一根带着火星的木柴,走到外面,任香悦跟了出来,说要上茅厕。任香悦就进了茅厕,林万春站在外面守候。月色正浓,浓得像半个太阳。任香悦解好了,出来,林万春又进去小解,一手举着柴火观察猪们的动静。确认没有异常了,林万春就把柴火递给任香悦,弯腰下去把猪栏里门锁好,再出来锁猪圈的门。任香悦接过柴火舞动着,火星在舞动中愈加炽白,火花一点点飘动起来,飞流而下。林万春说,其实不用柴火也能看清的,今晚月亮好。任香悦说,再好的月亮都不是太阳。然后就把柴火扔掉了。两人面对面站在猪圈门口,相互注视着对方,如水的月光把他们的面孔变得清晰起来,顶天立地的夜色给他们提供了天然的屏障。这是一个绝佳的暧昧时段，林万春一把将她抱住了，两人就这样紧紧抱了一会儿，任香悦推开他说，够了。林万春说再抱一会儿，我想得要死了。任香悦说，我们终归不是夫妻，就不能做夫妻间的事。林万春松了手说，眼不见心不烦，我还是去背盐吧。任香悦说，背盐了你就忘了我。林万春说，背盐散淡，人多，时间过得快。任香悦说，知道了，你在家就度日如年！

两人进屋，各自睡觉了。林万春刚刚脱衣躺下，就听见门外有人敲门，连忙披衣下楼。半夜三更的敲门，林万春有点警觉，隔着门板大声问你是谁，门外回答是张迎风。声音听不真切，林万春让对方用火把照着脸，他眯起一只眼睛从门缝里往外看，果然是张迎风，门缝里显现出来的脸像被门板切割了一样。林万春说你装什么鬼，怎么半夜跑回来？也不害怕！张迎风穿着一身灰色的警服进来，说我打着火把害怕什么？别人还害怕我呢。白天里都忙，只有晚上有时间。林万春把他身上的警服摸了摸，问衣服要钱不？张迎风说，发的，不要钱，是不是穿这个比以前精神了？林万春说是的，可你还是张迎风，还是我的兄弟。张迎风左右看看，说，妈她们睡了？林万春说妈回娘家了，外婆明天八十大寿，妈提前回去准备。林万春让他轻一点，莫把奶奶吵醒了。张迎风说你睡吧，我洗把脸就睡。林万春酸酸地说，我看你恨不得不洗脸就睡！

第 12 章

林万春重新踏上盐道是在春荒呼啸而过之后，镇坪县处于高寒地带，农作物成熟迟，到阴历五六月份，时令才进入青黄相接的日子。这回是和二哥林万豪一起出门的。对于近几年没有饿饭的林万春来说，他没有感受到春荒的恐慌，但他从二哥林万豪身上感受到了。二哥是分家出去的，跟父母分灶吃饭，还死爱面子，说是二嫂身体不好，就没做干粮，出门背盐只带了盘缠。林万春不能眼睁睁地看着自己的二哥挨饿，就把自己的干粮全给他了。二哥就冷水吃完了小弟一天的用量。林万春看到二哥吃干粮的样子心酸不已。

当天他们行程八十里赶到了“盐味”幺店子住宿。远远看到“盐味”两个大字匾额的时候，林万春想到要见到店主鄂老板了，突然间心慌起来，就一路疾行。

林万春哪里知道，鄂老板早已望穿秋水，正眼巴巴地等待着他的到来。

林万春一进店就让胖大嫂看见了，胖大嫂走过来说：“你是林万春吗？鄂老板让我盯着你，让我看到你就带你去见他。我天天盼着。”

林万春说：“有要紧事吗？”

胖大嫂瞅了一眼林万豪，说话不方便，便把林万春叫到一旁，小声说："鄂老板他不行了，身上的病加重了，躺在床上有半个月了。他一直都在等你来，可能是有要紧的事。"

林万春跟林万豪说了老板找他，让二哥自己登记入住。他就跟胖大嫂来到了鄂老板家。跨进大门，鄂鄂就迎身而起，嘴里喊着"哥哥来了"。林万春叫了声鄂鄂，径直往里面走，穿过一间房子，就是鄂老板的歇房。光线幽暗，一盏残灯忽闪着，灯的侧面是一张床铺，中药的味道弥漫着整个屋子，从床上的隆起部分可以看到里面睡着一个人。还有一个人坐在床边，是鄂鄂的母亲陈氏。胖大嫂说："陈姐，林万春来了。"

陈氏抬头看看林万春说："你快坐。鄂鄂，你去给林万春倒碗水喝。"

陈氏把躺着的鄂老板扶起来，垫高枕头斜躺着。鄂老板原本是很壮实的，四十多岁的他风烛残年提前到来，而今已经瘦弱不堪，整个身躯都缩小了。一个多月不能吃饭，全靠粥汤度日。他自知来日不多，就等一个人，就是林万春。他让林万春把手递给他，他抓住了，林万春感觉到他的手已经没有力气了，仅仅只是手挨着手，没有了抓住的意义。鄂老板说："万春，我要给你说一件大事。这么多年来，我一直在找一个人，这个人是能接替这个店子的，也是能对我全家负责的。我只能从盐背子里面选，选到了你。你最合适。你年轻，一定比我办法多。我已经不行了，说走就走了。我的棺材，丧事的用度，墓地，都备好了。现在只剩一口气，我把话说完。我就这么个女儿鄂鄂，交给你了，你们要结为夫妻，你要好好待她。店子也交给你了，你要好好经管。"

鄂老板不说了，伸手指了指对面的门。胖大嫂连忙过去把门关严，切断了外面客人的嘈杂声。封闭的屋子里，一股肃杀的绝望的气息膨胀开来，塞满了每个人的心。两盏马灯亮度很小很小，陈氏把马灯扭动了一下，亮度大些了。胖大嫂把一只马灯提到床边，从侧面照着奄奄一息的鄂老板。鄂鄂、陈氏、林万春他们围在床边，等待着他的最后交代。鄂老板只剩下最后一口气了，这口气是专门用来吩咐后事的。鄂老板说："鄂鄂，你们母女俩，我走了，你们要高兴，不要哭天抹泪的。原先想好的，我许诺过，过几年我们就不开店了，到重庆城里买房子住。我一病，这事就落空了。我的病拖的时间长了，你们几年时间都在侍候我，我拖累了你们。我欠你们的，你们不欠我的。所以我走了，你们要开开心心地过。"

鄂鄂和陈氏哇地哭起来，泣不成声了。

许久，哭声渐止，鄂老板说："林万春，我把女儿许配给你，你愿意不愿意？"

林万春说："愿意。"

"你要好好对待她，要好好孝敬她娘。我走之后，你们就成婚，不要为我守孝。我不是招上门女婿，是招儿子。家里的一切，你要担当了，要兴旺。"

林万春说："我一定做到。"

鄂老板说："你叫我一声爹。"

林万春在床边跪下了，说："爹，你放心吧，我会对她好的。店子我也会管好的。"

"我该走了。"

鄂老板说完就咽了气。拖拖沓沓病了几年，走的时候利利索索。

鄂老板是个明白人，自知残灯将尽，生前已经把死后的一切安排停当。他要求家人晚上不能走漏风声，客人知道店主死了会害怕的，晚上休息不好，有的客人就会连夜赶到其他店子住宿。人是个怪物，活着的时候再熟悉，死了就陌生了，不止是千山万水，而是隔着阴阳两界。鄂老板一断气，林万春就让胖大嫂迅速把店里的帮工召集起来，按照鄂老板的遗愿给大家讲规矩，第一是宣布众人敬仰的鄂老板去世，要求大家对外保密，装作没发生任何事情一样。第二是他林万春接替店主，从此以后，一切听他安排。他要替鄂老板感谢这么多年来在盐味幺店子吃苦耐劳的帮工们。第三是分工，一部分人负责处理丧事，另一部分人负责店里的日常事务，两处都不能出任何纰漏。第四是遗体在家里停放一天两夜就下葬，不能久留。如果是平时，要让林万春在十多个人面前讲话，是很困难的。他非常明白，鄂老板的去世，店子便进入了一个生死关头。现在是逼上梁山，他不能不讲，不能不挑起这副担子。后来大家都说他讲得很好，死者和生者都考虑到了。鄂老板平时对帮工不薄，得知他去世后，大家都流起泪来，念到他的许多好处。林万春叮嘱他们，把眼泪擦干了再出去干活，不要让客人觉察到他们哭过。

林万春像在做梦一样，喜悦和悲伤都是闪电而来，让他来不及高兴就进入了悲伤，来不及悲伤又要忙着尽忠尽孝。情况的急骤变化让他的情绪连滚带爬，他连思索片刻的时间都没有。面对这个慷慨地把自己女儿许配给他之后就匆忙离去的男人，林万春感到最大的遗憾是不能在他在世时为他做什么，唯一的办法是在他死后报答。林万春让他们找来一块木板，把鄂老板的遗体从床上搬到木板上，先是对着遗体磕三个响头，然后自己跪下给他洗澡。按照习俗，给死人洗澡只是形式，胸前三下，背后三下即可。林万春不这样。林万春笨拙而虔诚，像给活人洗澡那样，连鄂老板的脚板和手心都洗得干干净净。然后穿上寿衣，再把头发梳理整齐，看上去就体体面面栩栩如生了。一个通宵，林万春和鄂家人都戴着孝布，一起为逝者守夜，家里的土狗一反常态地绕着棺材嗷嗷大叫。林万春跟鄂鄂他们一起哭。原本他跟鄂老板之间的感情不足以伤心落泪，但是，生前的那一声许诺，那一声爹，像春雨润土，萌芽了骨肉相连的亲情，还有鄂鄂她们哭声的感染，让他不得不潸然泪下。

鄂老板是在去世后的第三天下葬的。所有帮忙的都是店里的盐背子。他们仗义，有力气，舍得吃苦。安排妥当了，各个环节衔接好了，下葬是很顺利的。这天，披麻戴孝的林万春跟陈氏商量，免去所有客人当天的食宿费用。陈氏先是一惊，然后就沉默不语了。林万春给他们讲事理，爹在世时，一向善良宽厚。他死后，我们也要宽厚一些。免去大家的食宿费用，一是要祭奠爹爹，二是要让大家明白，店子对大家是仁厚的，是讲情义的。店子要赚钱，有的钱不赚，是为了更多地赚钱。不然的话，刚刚死了人，阴气重，有的人很忌讳，他们会到其他的店子去住。盐道上每隔十来里就有幺店子，他们可以选择的地方多。要留住客人，不让生意冷清，就要舍得。人心都是肉长的，盐背子不容易，一天的食宿费用对他们来说很重要的，给他们全免了，他们会很感激，体会我们的用心。反过来讲，他们在什么地方食宿不是食宿？相比之下，你对他好一些，他们自然就会赶到这里来。反正他住哪里都是住。林万春这么一说，鄂鄂马上站在了他那边，说："妈，哥哥说得在理。"陈氏瞪了鄂鄂一眼，说："什么哥哥哥哥，以后不许叫哥哥了，他是你男人！"鄂鄂说："他现在还不是我男人。是我男人我该叫什么？"陈氏说："叫掌柜的！"鄂鄂说："难听，不如叫名字！还有一种叫法是，我家那个死鬼。"陈氏对鄂鄂说："随你。"

免费的举措让所有盐背子感激不已，都说这个年轻老板为人厚道，懂得人心。在盐背子眼里，幺店子的老板是大福大贵之人，是大富人家，不是有几个钱就能开店的。他们很羡慕林万春，年纪轻轻就当老板了，还要娶鄂老板的漂亮女儿做老婆，必定祖坟冒青烟了，是前世修来的福，不然哪有这等好事？林万春在这时候是懂得谦虚的，他说，也不是前世修来的福，也不是祖坟冒青烟了，但我们祖上从来不作恶，祖祖辈辈为人和善，这倒是真的。说来说去还是我运气好，好运让我碰到了。不要艳羡我，你们哪天也会有好运的。

话是这么说，林万春自己心里也在打鼓，怎么会在一个偶然的机会里认识鄂老板，怎么会突然想到要再来背盐？要不是遇到任香悦这个醋坛子，他就到钱满儿家去提亲了，那也不会来背盐。看来，一件坏事后面，总是躲藏着一件好事，而好事又都是多磨的，这期间遇到的每一个人都是好事的参与者。多一些折腾，好事就更香了。所以他得感谢任香悦的吃醋，感谢钱满儿，感谢张迎风。正是有了他们，才会有他绕着万水千山走到好事跟前去。

鄂老板生前吩咐不用守孝，让林万春和鄂鄂马上成婚。鄂老板去世后，他们并没有马上成婚。林万春心里清楚，眼下根本不是成婚的问题，鄂鄂迟早是他的老婆，只是早一天与晚一天的问题。真正的问题是盐味幺店子的生意不能受到任何闪失。他以前从没做过一毛钱的生意，更没有什么经验。生意对他来说，就是一张白纸，他也是受命于危难之际。这是一个天大的压力。他绝不能把鄂家的家业败在自己手上，这样既对不起鄂老板对他的信任，也对不起盐道上的客人们。真正有经验的人已经驾鹤西去了，他只有从活着的人身上了解店里的全部情况，没完没了地跟陈氏、胖大嫂、鄂鄂和那些帮工闲谝，谝来谝去就有了门道。当老板的，首先要对帮工好，虽说帮工是长工，但不要把帮工当成下人，把帮工当成自家人了，帮工自然就对客人好了。盐味幺店子的主要食宿者都是盐夫，是下苦力的。哪怕就是叫花子，来了都是客，都要以礼相待，万万不能店大欺客，不能宰客。要让客人感到舒心，就会有更多的客人来了。怎样才能让客人舒心？就是要吃好，住好。这些客人不需要锦衣玉食，不需要山珍海味，只要把食量给足，多点油水，把粗茶淡饭做得有盐有味就行。把幺店子开成仁义店，就不愁生意不兴隆。

林万春是摇身一变就成了老板的。把鄂老板安葬好之后，陈氏让鄂鄂跟她同睡，林万春睡在鄂鄂的房间里。这个变化对林万春来说也是翻天覆地的。有生以来第一次睡一个独立的房间。他在25岁之前都是和哥哥们睡，几个人一个床铺，身边永远有人。之后睡在张迎风家的楼上，奶奶的棺材旁边，每天晚上伸手就能摸到棺材，有时能感到奶奶就在里面。现在终于睡到一个独立的房间了，他激动得都无所适从了，坐一会儿，又站一会儿，再躺一会儿，他在找一种当老板的感觉。老板的感觉是什么？就是镇定自若安排好各项事务，从容不迫地指挥千军万马，还要让大家听你的，服你的，赚你的。

可他怎么看都不像老板的样子。虽说幺店子的老板也穿着简朴，但那也是能一眼看出来的，简朴，干净，是民国时民间普遍使用的对襟男装，有时还用长衫搭配。林万春就不一样了。他里面是单衣，外面穿着盐背子穿的加厚马褂，肩膀和背部有背篓摩擦和勒出的破烂痕迹，有各种补缀的重叠。这几乎成了盐背子的职业标记。如果不是背盐，你肩膀上那两条破烂痕迹怎么来的？就是背篓磨损的。穿这种衣服的人，想装成老板都装不像。衣裳告诉了你的职业。

他问鄂鄂："我像老板不？"

鄂鄂左右端详一会儿，说："不像。"

“哪儿不像?”

“衣裳不像。”

鄂鄂说:“好像爹有套新长衫没穿过,不知道在不在。”

林万春说:“爹的衣服都烧了。”

鄂鄂说:“新的不会烧。”

鄂鄂跑到母亲房间,对母亲说:“要让林万春主事,没有像样的衣服怎么行?记得爹有件新长衫没穿过的,给他穿吧。”

陈氏一撇嘴,说:“衣服就是个皮皮,穿啥不是他主事?穿破马甲是老板,穿黄袍还是老板,讲究那么多干啥!”

鄂鄂脸一阴,不开心了,准备走。陈氏见女儿这般,笑笑说:“还没成婚就知道疼人了?”

“才不是。”

家里的几个衣柜上面都是棕箱重叠,高高在上地顶着天花板。陈氏够不着,端个板凳过来垫着,自己站上去取,鄂鄂在下面承接,两人合力把柜子上面的棕箱取下来。陈氏打开箱子,里面散发出淡淡的霉味。陈氏说:“记得不是一件,好像是两件呢。我找找,都压在箱子底下。”

陈氏在箱子里翻找着,鄂鄂也帮忙查看。找出来一件灰色的长衫,一会儿又找到一件浅蓝色的。鄂鄂眼尖,还看见了两条裤子,一双鞋子,把它们一并取了出来。鄂鄂一开心,就抻长脖子往对面的房间叫喊:“哥哥,你过来!”

林万春过来了,看着鄂鄂说:“妈说了,不许你叫我哥哥了。”

鄂鄂说:“叫哥哥亲呀。”

陈氏说:“哪有把自家男人叫哥哥的!”

“人家山歌里还唱,我的情哥哥也!”

陈氏打了鄂鄂一下:“你是越来越顽皮了。”

鄂鄂猴急得很，衣服层层叠叠，嫌妈妈翻找太慢，嘴里说这些衣服都要晾晒的，话音未落，便把整个箱子都掀翻了。衣服倾泻在地上，里面有不知名的小虫子受到惊吓，惊慌失措地往外逃跑。

陈氏看看倒在地上的那堆衣服，对女儿说："你斯文一点行不行？"

鄂鄂才不理会母亲，她将父亲的新衣服全找出来，抱进自己房间，把林万春也叫过去，指着衣服说："你一件一件地试！哪件合适你就穿哪件！——我不看。"然后砰地把门关上，来到了母亲房间。

母亲说："你都拿过去干什么？你爹在世时，是很节俭的。我给他做了那么多衣服，他都舍不得穿。每件衣服都要穿得稀烂为止。"

鄂鄂说："妈，我可不是不节俭。林万春是我们家唯一的男人，又是新来的，还没喂家，跟野生的一样。哪怕一只猫呀狗的，你要喂家，就要对它好，几天之后它就对你摇尾巴了。"

母亲也觉得鄂鄂说的话丑理端。母亲说："你以为你让他穿他就穿了？林万春这娃，自尊心强着呢。"

妈妈一句话让鄂鄂阴了脸，转身过去，推开房间，果然林万春并没有穿上新衣服，他坐在凳子上，双手抱头，露出的半边脸表情古怪。鄂鄂说："哥哥，你怎么不穿？"

林万春两手松开腮帮子，抬头说："这又不是我的，我为啥要穿？"

"我刚才还对妈妈说，你是我们家唯一的男人。你要体体面面地主事。"

"唯一的男人。"林万春笑了笑。他说他在张迎风家时，也做了两年多时间"唯一的男人"，是他们家的主心骨。现在到了盐味幺店子，又成了唯一的男人。凡事一"唯一"就稀罕了，男人一旦成了家里的唯一，肩上就是一座山。比如家里的女人做错了事，人家说那是女人家，一句话就没事了。挖根究底，便会认为是家里男人的不对，没有管教好，所有的错便归在男人身上了。所以你以后不要犯错，犯错了人家就说是我管教不严。鄂鄂手里揪着衣襟，牙齿咬着嘴唇的一角，看着林万春的样子，莞尔一笑说，就你，管教我？林万春说，是啊。你莫忘记了，你是爹许配给我的，我就有管教之责。鄂鄂往前靠近一步，咄咄逼人地说，就这一百一十斤，全部送给你，够你管教一辈子了！林万春突然意气风发，摩拳擦掌地说，我就不信你有多厉害，一辈子还管不好你这么个小姑娘！鄂鄂咯咯地笑起来，安慰他说，小伙子别急，这辈子管不好，还有下辈子，日子长着呢！

两人快乐地斗嘴，言语中充满了对未来生活的美好期盼。对林万春而言，鄂鄂是高高在上的，长得端庄清秀，又读过女学，识文断字，知书达理，是可望而不可即的小家碧玉。虽说她父亲已经把鄂鄂许配给他，但终归是许配，许配就是捆绑成亲，人家姑娘心里是怎么想的，是一个没有解开的谜团。眼下这样说说笑笑，无形中拉近了两人之间的距离，让他觉得亲近了，平起平坐了。

陈氏听见他们在说话，走过来倚在门口，说："万春，衣服都给你拿来了，你怎么不穿？"

"妈，我还不是穿这衣服的时候。爹的衣服，应该把它放在那里，算是一个纪念。"

陈氏说："你真是这样想的？"

林万春说："是的。"

陈氏用表情哼了一声，说："这不是你的心里话。你是不想用别人现成的东西。"

陈氏戳到了他的痛处。林万春不是一个吃闲饭的人，他不想坐享其成。鄂老板留下的那些新衣服,他不是不想穿,而是因为不是自己的汗水挣下的,如嗟来之食,他不能白白地享用,否则自己心里会难受的。本来这个想法只是压在心底,却偏偏让陈氏从他心底翻出来了。陈氏说:“我想了一下,你爹七七过了之后,你们就可以成婚了。到时候给你做新的。”

林万春瞟了鄂鄂一眼,鄂鄂脸红了。鄂鄂以一副乖巧听话的口吻说:“妈说怎样就怎样。”

陈氏说:“要是我不同意你们成婚呢?”

鄂鄂一手扶在妈妈肩上,说:“妈不会不同意的。爹生前交代了的,你怎么会变。”

陈氏说:“活人的事,活人做主。”

鄂鄂说:“妈一向对爹言听计从的。你做主也跟爹一样。”

陈氏终于听出来了,鄂鄂是真喜欢林万春了,想拆散都不行。她知道女儿的秉性,认准的事情一定要做。当年她认识鄂老板时,那是鄂老板父母托人来探口风。父母当初是拒绝的,因为鄂老板家太穷,房子都是天穿地漏的。两家只有一梁之隔,之后,鄂老板在山上采中草药时,经常绕道而行,从她家门前路过,每次打个招呼。其实她对他的了解并不多,但就是觉得这个人不错,诚实,忠厚,是那种持家过日子的男人。鄂家正式提亲的时候,未等父母开口,她就说这个人我见过的,好像是那种靠得住的人。父亲差点甩她一耳巴子,但也一口答应了这门亲事。后来的事实证明,自己的眼光还是不错的,没有看错人。她也希望鄂鄂没看错人。陈氏说:“既然林万春眼下不穿新衣服,就把拿出来的衣服全部晾出来,晒晒太阳。你们闻到没有,都有霉味了。”

陈氏丢下这话就走了。林万春和鄂鄂就把衣服晾晒在后院的晾衣竿上,看上去长长短短,一片杂色。晾衣竿横跨在后院靠墙的位置，太阳升高时才能晒到。后院直通鄂鄂的房间，院墙就是一把大锁。如果晾在外面太阳好的地方，就会有人偷走。盐背子里面什么人都有，又都是穷人。只要是能穿的衣服，无论破烂与否，在他们眼里都是金缕玉衣。即使是晾在封闭的后院，也有人用长长的竹竿从墙外钩走。衣服晾好，陈氏过来说，你们多长只眼睛莫让衣服在眼皮底下丢了。

话是这么说，但都没想到会遇到盗贼。平时店里的事有帮工做着，鄂家人一般都在自己的房间里。晚饭后，林万春和鄂鄂黏在房间喝茶，忽然听见后院有响动，两人就到了后院。只见一根长竹竿从后面的墙顶伸过来，正在钩衣服。但竹竿的顶端并没有钩子，只是一个直直的竹尖，戳着衣服就滑落了。刚才听到的声音，应该就是衣服掉在地上的响声。林万春让鄂鄂莫张声，自己悄悄往墙角走。后院外墙下角有一个小门，是供猫狗进出的通道，后来发现此处进山方便，索性凿成了一个大洞，装成了一个小门，平时很少开过，一根巨型圆木横放在洞外，站在高处就发现不了。林万春轻手轻脚打开狗门，就看到了岩石上站着一个人，余晖的光芒把他的背景渲染得金碧辉煌，此人正在聚精会神地戳院坝里晾的衣服，根本没有注意到有个人已经站到了自己的脚下。林万春抱住那人的脚就是猛地一拽。那人顺势从山坡上滑了下来，重重摔到了地上。林万春一见他脸就吃惊地叫起来："二哥，怎么是你？"

林万豪说："我还要问，怎么是你呢。"

原来是林万豪从巫溪背盐返回来了，刚才入住后，闲着没事，睡觉又太早，就在幺店子后面逛悠。到了高处，看到鄂家院坝里晾着衣服，就见财起意，打起了坏主意，没想到被自己的小弟活捉了。林万春把二哥叫到房间来，鄂鄂正猫在房间里静候佳音，一看林万春和盗贼一起进来了，说："你捉住了？"

林万春说："他是我二哥。快去泡上茶来。"

鄂鄂有点蒙了，说："二哥？就是你说过的林万豪？"

林万春说："你看厨房有没有饭，要招待二哥一下。"

鄂鄂把晚饭剩下的端了一大碗过来，递给林万豪，说："你就凑合着吃一点。"

林万豪吃着饭，兄弟俩就聊天。林万春把自己在幺店子做掌门人的事说了。林万豪一激动，就脱口而出："小时候我就发现你命好，我们那么多兄弟，唯独张妈对你像自家的儿子一样心疼。我们林家前辈人修来的福，你一个人占了！"

林万春说："什么叫我一个人占了？即使真是前辈人积德行善修来的福，后辈人也要照样积德行善也才有福。要是前辈人积德行善，后辈人作恶多端，那也没有福的。福从哪里来？福从善中来。"

鄂鄂站在二哥旁边，听着他们对话，林万春突然看到鄂鄂悄悄伸出了大拇指。

其实林万豪差点被林万春的话呛住了，不过他还是坚持把饭吃完了。林万豪放下碗，对林万春说："你在这里当了老板，我总要沾点光吧。我今后是不是住店不给钱了？"

林万春说："二哥，我们还是要讲规矩的。开店就是做生意，做生意就是要赚钱。这里熟人多，朋友多，要是讲面子，都不给钱，我这店子就要垮。再说了，这个店子是鄂老板他们创下的基业，我没流一滴汗水。我是受了重托，鄂老板在生前把店子交给我。对我来说，重于泰山。这店子要是败在我手里，我就成了败家子，成了罪人。我担当不起呀。所以，我在这里主事，脑子必须清楚我要做什么，首先要对鄂鄂母女俩负责，要让她们过得舒心，畅快。谁敢对她们不好，我是能拼命的。其次我要对店子负责，只能办好，不能办坏。你说的事，只能这样办，二哥你在这里住店，我每次把钱给你，你自己去付钱。我们是亲兄弟，我的条件比你好一点，能帮助的帮助，这是天经地义的。话说到明处，事办到明处。可店里的账上必须要有收入。”

鄂鄂听着，又悄悄地竖了一个大拇指给林万春看。林万春视而不见。

林万豪想了想说：“你说得也是。”

林万春本想警告二哥，像今天偷衣服的事情以后不能再干了，这与土匪无异。要不是遇到二哥，必将是一顿暴打。考虑到兄长的面子，他到底还是没有说出口。可他心里倒真是对二哥有了新的看法。原来同母所生的兄弟，性情还是不同的。宁可穷死饿死，也不能做这种小偷小摸的事。古人说得真好，饥寒起盗心。在他心中一直很正派的二哥，竟然也拿起竹竿戳人家衣服了。看来他当小偷也是很笨的，就凭一根长竹竿，还想偷到衣服，以为是姜太公钓鱼吗？这时，陈氏提着马灯过来放在灯台上，瞄了他们一眼，走开了。林万春对二哥说，回去后对父母讲一下他这边的事，一切都好着，让他们放心。有空了，带儿媳妇回去看看他们老人家。两人说到夜色降临的时候，林万豪就到店里去了。

林万豪一走，陈氏就过来了，照样是倚在门框上，双脚交叉着，问林万春：“要是今天偷衣服的不是你二哥，你会怎么办？”

林万春说：“捆起来，打个半死！”

陈氏摇摇头说：“这样也不对。他们太穷了，并不是他们真有多坏。以前你爹遇到过好多小偷小摸的盐背子，他们只是为了占点小便宜，你爹都会说他们几句，然后放掉。有的偷走了小东西还让他们拿走。所以他们很感激我们的宽厚，过后一直对我们很好的。”

林万春说："我可能还没有爹那样的气度。往后，妈多给我讲一些爹的事，我能学到东西。但是，我性格跟爹不一样，我性子硬，我绝不允许谁欺负咱们。我们不欺负别人，也不能让别人觉得我们软弱可欺。"

鄂鄂当着妈妈的面，又给林万春竖了一个大拇指。林万春的目光从鄂鄂的大拇指上移动到脸上，跟她的目光在空中碰撞了一下。

陈氏对鄂鄂说："去我房间把尺子拿来，我给万春量量尺码。"

鄂鄂兴奋得腾地站起来，问妈妈："你要给他做新衣服了？"

"管那么多干啥？快去。"

鄂鄂快步把尺子拿来，递给陈氏。陈氏让林万春站直，拿着尺子给他量肩宽、身高、腰围、手臂和腿长，一边量着一边记着数字。林万春转动着身子，十分默契地配合着。量好了，陈氏愣愣地站在原地，盘算着要把衣服做成什么样子，嘴巴像是在自言自语，却又没有声音。鄂鄂说："一定要做得好看，合身，穿着像老板，又像书生的样子。"陈氏说："他就不是个书生。识字不？"林万春说："真不是书生，这个装不出来的。我识字不多，洋芋大的字，能识一箩筐，都是跟我儿时玩伴张迎风学的。他上过学，识字多。"陈氏说："洋芋也有大小。如果是小洋芋那么大的字识一箩筐，那也有上千个。大洋芋也有几百个了。"鄂鄂用手比画着说："他识字的数目，是指头大小的洋芋，装了很大很大的一箩筐。""你晓得个狗屁！"陈氏瞪了一眼鄂鄂，转身走了，说，"跟我来！"

陈氏往自己房间走，鄂鄂和林万春尾随其后。陈氏让林万春把衣柜顶上的一个硕大的土漆木箱搬下来，里面全是各种布料。陈氏让他把布料取出来，放在床上，一匹一匹完整的布料拼成了块状的彩色图案。陈氏说："你自己挑选喜欢的颜色！"

林万春顿时看花了眼，他对布料唯一的知识就是对棉布和丝绸的区别，知道丝绸比棉布贵重得多。他就挑选了灰色和蓝色的粗棉布。陈氏说："你为啥不要丝绸？"

林万春说："我不配。那是老爷和大小姐穿的。"

陈氏说："这算是我的家底了。还是给你做一件绸子长衫吧。"

林万春说："莫做。做了我也不会穿的。"

鄂鄂说："一穿上就是大老板的样子哟。"

林万春乜斜了一眼鄂鄂："让老板穿得好，不如让老板娘穿得好。"

鄂鄂挑衅地看着林万春："哥哥，你什么意思？"

林万春一脸无辜的表情："没什么意思啊。"

"逗你玩儿！什么意思。"陈氏说。她按照先前量好的尺码，把林万春选中的布料从布匹上裁剪下来，把布匹装到土漆箱里，放回原位。然后手把手地教鄂鄂裁衣服。陈氏手巧得很，手上拿着一块小小的画线石，几笔就勾勒出了由弧线和直线构成的裁剪图案，然后给她讲解衣襟、衣袖、衣领、裤裆等关键部位的剪裁方法，怎样把握高矮胖瘦。陈氏用画线石比着线条说："啥叫衣服？衣服就是一块大布，先按身体部位的需要把大布剪成一块一块的小布，剪裁的时候就把多余的部分去掉了，再把这些小布拼接起来，就是衣服。"

"听懂了。"鄂鄂说，"上衣最难的地方是哪里？"

"袖子的接缝。"

"裤子什么地方最难？"

陈氏说："屁股和裤裆最难，小了勒裆硌肉，大了松松垮垮。虽说大了和小了都不好，可是大了可以改小，小了却不能放大。还有，屁股跟屁股是不一样的，不同的人就有不同的屁股，就要从不同的地方下剪刀。所以量尺码一定要仔细，大意不得。”

鄂鄂听得很烦琐，说：“就剪裁个衣服，还有这么多名堂。”

陈氏说：“名堂多得很，你给我好好学。”

从这天晚上开始，鄂鄂就跟着妈妈学做衣服了，她要在林万春新婚的衣服上留下自己缝上去的针线。妈妈告诉她，自己从来没有专门学过，是小时候看外婆做衣服，总让她牵布，就这么看会的。看人有没有灵性，只看一个地方，就是眼睛。一看就会的人，耳朵一听就懂。所以眼睛要长在耳朵前面。世上最难哄的地方是眼睛，最好哄的地方是耳朵。所以要相信眼睛看到的，不一定要相信耳朵听到的。为啥林万春让人可信，就是看他的眼睛，他的眼睛从来不虚，你盯着他的眼睛说话，你会看到你自己就在他的眼珠子里，是亮的。撒谎的眼睛不发亮。陈氏说这话时，或许是忘了林万春就站在她背后，或许是故意说给他听。鄂鄂又对林万春竖起了大拇指，我妈夸你呢。林万春说，我哪里经得起夸，一夸我就拽了。陈氏剜他一眼，拽一下我看看？林万春说，不敢当妈的面拽。陈氏说，你就不能不拽？

第 13 章

林万春和鄂鄂准备办喜事了。陈氏说简简单单办一下，请几个朋友喝杯喜酒就行，让大家知道他们是夫妻，就这么简单。鄂鄂抱着妈妈的手臂摇晃着，提出了一个要求，她想要一只玉镯，还想要一件旗袍。陈氏觉得也对，一生就成一次亲，反正就是一个独生女儿，家里的一切都是她的，她想怎么办就怎么办吧。可又不敢让她一个人进城办事。到镇坪县城七八十里山路，沿途都有土匪，一路凶险，要林万春陪同才行。两人一出门，陈氏就找来左木匠，把鄂鄂的床铺进行了整修。这个床铺早已古旧了，木板已经松动，坐上去吱呀吱呀地响，作为婚床显然不合适，添置新床又没有必要。陈氏把床上物品全部移走，把床铺抬到后院里，左木匠仔细检查，发现床铺下的一根横梁的榫头断了，需要换上一根新梁。左木匠住在幺店子附近，曾经有个漂亮媳妇，儿子才两岁的时候，媳妇在山上劳动时被山大王抢走了，他独自把儿子带大，现在四十多岁，依然单身一人，看上去很窝囊，胡碴像刺猬一样坚硬挺拔。左木匠指着断裂的痕迹说，你们太厉害了，床铺都让你摇断了。陈氏脸一红，说，你莫乱说，这是我女儿睡的床。左木匠锯着榫头，说，这个床铺可是年代久远了，以前也是你睡呀。陈氏说，你废话多，快做事。你弄好了，我给你一斤盐。左木匠满脸堆笑，说，盐虽好，也没你有味。陈氏说，你妹才有味呢。陈氏骂完走开了。左木匠一边推推刨，一边摇头晃脑地哼起山歌来：妹子妹，跟我睡，睡一辈子不嫌累。你是盐来我是菜，合在一起才有味。你出声来我出汗，压得床铺掉眼泪。

陈氏听见左木匠唱山歌，才想到一个非常严重的事情，今晚林万春和鄂鄂在哪里住？怎么住？他们毕竟还不是夫妻呀。这么一想就吓出了一身冷汗。可是他们已经出门半天，要让他们回来已经来不及了。当时根本没多考虑，说走就走了。陈氏脸色一紧，连忙跑出门去，看着无限延伸的蜿蜒小路无计可施，仿佛女儿私奔了似的，隐藏到另一个大山深处去了。陈氏又转身进屋来到后院，无比严肃地对左木匠说，我给你说，这是我女儿成亲用的床铺，要图个吉利，你这当老辈子的人要封赠几句好话。左木匠喜欢胡说八道，荤素齐来，遇到这么正经的事他就不会说话了。他歪着脸看着陈氏，冥思苦想，右手挠着脑壳，挠得皮屑飞落。陈氏见他吃力的样子，说，想不出好话就莫想了。左木匠说，想出来了。陈氏说，你说。左木匠说，满床恩爱。陈氏皱了皱眉头。左木匠又说，满床的恩爱满屋的福。陈氏说，这个还像那么回事。在安好床铺之后，左木匠用右手在床板上连打三下，虔诚地封赠说，满床的恩爱满屋的福。

而此时的林万春和鄂鄂正在向镇坪方向赶路，婚姻的美好生活驱动着他们欣喜若狂地跋山涉水，无边的山峦和无边的绿色构成了他们行走的动态背景。心情好得像花儿一样，无论是蓝天白云还是山水草木都温情脉脉，路边的怪石看上去也不再尖利和丑陋，而是玲珑剔透、珠圆玉润。叫不上名字的野花毫无规律地分布着，一丛一丛地竞相怒放，给磅礴大山的苍茫雄浑气象中平添了几分娇柔可爱的细节。他们偶尔还会遇到打猎的和背盐的人，面熟的就给个微笑，说两句没油没盐的话，然后各走各的。在一段铺着石板的路上，两人停下，在树下对视着，你看着我，我看着你，都不知道下一步该做什么。鄂鄂妩媚地笑了笑，突然拿着他的手，闪电般地亲了一口，然后就跑了，林万春哎了一声，说亲得不是地方，边说边在后面追赶。他的眼睛紧紧盯着鄂鄂的红裙子和绣花鞋，还有两条甩动的大辫子，这是他眼里比鲜花还漂亮的美妙景致。

鄂鄂累了，他们便在一个小溪边歇下来，坐在石头上捧水喝。林万春屁股一撅，腰上便露出一把雪亮的刀子来。鄂鄂吃惊地叫了一声，你怎么把杀猪刀带着？林万春说，你不懂。鄂鄂迷茫地看着他。林万春说，你知道鸡心岭上的山大王喜欢哪种姑娘吗？就喜欢你这种又聪明又漂亮的。若是遇到匪徒抢你，你就知道我为啥要带刀子了。鄂鄂说，你会杀了他们？林万春说，不是杀了他们，是千刀万剐他们。这刀子戳一个倒一个。鄂鄂说，我可不想看到你杀人的样子。林万春说，我也不想这样，哪怕是对土匪。不过，跟我在一起，你放心，任何人都不敢碰你一根汗毛，除了我。鄂鄂说，你也不许碰。林万春说，你这就叫违背父命，大逆不道。鄂鄂嘴硬，大逆不道又怎么了？林万春一把将鄂鄂搂进怀里，说，我就要看看你是怎么大逆不道的！鄂鄂真到了林万春怀里，也就规规矩矩了，上身横着，双脚踩在石头上，任凭他双手乱动。这时突然从上面传来歌声：一杯酒儿起，小郎抱怀里，怀抱那个小郎，二人耍把戏。

这是当地情歌《十二杯酒》。林万春听得真切。循声望去，只见一个农夫背着背篓，唱着歌向他们走下来。鄂鄂翻身起来，说，有人看着我们呢。林万春说，他唱的啥？鄂鄂睃了他一眼。林万春说，问你呢，他唱的啥？鄂鄂重新坐在石头上，说，唱的不好听的东西，我们走吧。林万春说，我走不了了。鄂鄂有点惊愕，你怎么走不了了？林万春说，你不懂。鄂鄂说，你不舒服？林万春说，歇一会儿我就好走了。鄂鄂左右打量着他，寻思着哪儿出了毛病，说，那你站起来走走试试？林万春夹着双腿，说，不能站起来。鄂鄂说，你是不是脚抽筋了？林万春含糊其词地说，我站起来难看。鄂鄂说，你站着好看，然后伸手去拉他，怎么也拉不动。林万春哭笑不得地说，你真是个姑娘。鄂鄂说，我不是姑娘是啥！

两人在路上谋划婚后的生活，兴致很浓。林万春说，成亲之后就要回家，让父母知道我有媳妇了。这次到镇坪县城办事，不如顺路回去看看，让父母高兴一下，也见一下儿媳妇长成什么样子。这样就不用再跑一趟了。鄂鄂也觉得这个办法好，省时间。于是两人就先到林万春家。父母已从二哥林万豪口中得知林万春的情况，见到传说中的儿媳妇，开心不已，连脱落的门牙都喜气洋洋。这里有个规矩，儿子在外成家，带媳妇第一次见公婆，公婆是要用钱财“打发”的，不能让儿媳妇空手走。林万春的父母见到儿媳妇自然是眉开眼笑，可另一头却着急起来，没有钱财“打发”她，便关在小屋子里商量对策，无奈赊借无门，老两口不停地叹气。林万春见父母不出来，怕把鄂鄂冷落了，便进去探视。父亲说，你进来！林万春就进去了。父亲压低嗓门说，我们正发愁呢，没啥东西打发姑娘的。林万春说不用呀。父亲说那不行，老远回来，空手走了，脸上多没光彩。林万春便把自己身上的钱掏出来，递给母亲，父亲说拿上吧，这也是没办法的办法了。他们走出小屋子，母亲就把这钱给了鄂鄂。鄂鄂死活不要。鄂鄂说，本该是我们买东西看父母，如今时间紧凑，来不及买东西，以后回来补上。又说，我这个做儿媳妇的隔得远，无法守在二老身边孝敬你们，这是我们做后辈的亏欠。说完把自己身上的钱掏出来给了婆婆，说可以聊补家用。鄂鄂一席话把父母说得满眼热泪。

两人又赶到张家，看望张妈和奶奶。这时候天色已晚。院坝里张妈正在赶鸡进笼，林万春和鄂鄂出现在她面前时，她先是大笑，笑着笑着就滚出两串泪来。她把手伸出来去拉林万春，却拉住了鄂鄂的手，一边往屋里拉一边向里面大叫："万春带媳妇回来了。万春带媳妇回来了！"

任香悦从里面狂奔出来，臭臭跟在屁股后面。任香悦说，万春你回来啦！话音未落，臭臭就把林万春的大腿抱住了，大大大大地叫。林万春抱起臭臭向鄂鄂挨个介绍了她们，然后又走到奶奶房间。这是奶奶的洗脚时间，无论春夏秋冬，奶奶洗脚的时间是不变的，通常都在完全天黑之后，每次都洗"两袋烟那么久"。奶奶一生都是懒人洗脚，以脚洗脚。奶奶的理由是"有福之人脚洗脚，无福之人手洗脚"。林万春叫了声奶奶，就放下臭臭，蹲下去给奶奶洗脚。奶奶双手端着林万春的脸，像捧着一件瓷器，仔细分辨上面的图案，说："天天都在想你呢。让奶奶看看，变了没有。"林万春就把脸仰着，让奶奶审视。奶奶的手从他的头上抚摸到脸上，在脸颊上停下了，奶奶说："肉多了。"林万春给她洗了一会儿，奶奶不让他洗了，让他歇着去。又把鄂鄂唤过来，说："我还要看看孙媳妇。"鄂鄂蹲下去，让奶奶看。奶奶盯了许久，说："姑娘是个旺夫相。万春有福了。"鄂鄂聪明伶俐，顺势后退几步，就给奶奶磕了三个头，说："谢谢奶奶吉言。小女子一定好好孝敬奶奶。奶奶万寿无疆！"奶奶把激动变成了慌张的样子，笨拙地擦干了脚，穿上鞋子，让林万春把放在衣柜里的小匣子抱出来，奶奶在里面翻找一会儿，找到一对玉镯，说："这是一对古物了，是我的婆婆给我的。这个不能带到土里去。我婆婆说过，这个要隔代传给外姓人，就是好媳妇，家族才能兴旺。给你一个，给悦儿一个。"奶奶抓住鄂鄂的手，缓缓地给她戴上了。鄂鄂喜不自胜，说："谢奶奶！"

任香悦已经把饭菜做好，端上桌了。饭菜的香味和做饭菜的人同时飘进奶奶屋里，任香悦说："万春，鄂鄂，饿坏了，你们快吃饭去。"林万春冲任香悦一笑，说："这么快啊。"鄂鄂看着任香悦说："一看姐姐就是个灵性人。"任香悦牵着鄂鄂的手往堂屋去，说："万春真有福气哩，怎么会遇到你这种天人一样的美女！你看这瓜子脸，丹凤眼，看着就喜庆，心都是甜的。"鄂鄂说："我妈说我越长越丑呢。"任香悦说："婶婶说的反话。"

饭吃了，澡洗了，睡觉却成了问题。张妈把林万春悄悄叫到她房间，小声问，你们怎么睡？林万春说，我们就睡楼上吧。张妈说，这不对。你床铺旁边有奶奶的棺材，刚刚成亲的人，怎么能睡在棺材旁边？尽管不讲究，也不能把鄂鄂吓着吧。林万春想想也是。张妈说，要不这样吧，你们俩睡我的房间，我睡到楼上去。林万春说这样也好，只是委屈了妈。说完，两人来到堂屋，林万春对鄂鄂说，我们睡觉吧。鄂鄂说，你不是说你的床铺在楼上吗？林万春说，妈说她睡楼上，我们睡她的床。鄂鄂说，怎么能让老人家睡楼上，我们睡楼下，你以为你是皇帝呀！张妈说，不是担心你害怕嘛。鄂鄂说，楼上有啥怕的！

于是两人就提灯上楼了。林万春走在前面照亮，拉着跟在后面的鄂鄂。到了楼上，鄂鄂一眼就看见了棺材，立马毛骨悚然了。棺材在她面前呈现出狰狞的面目，她倒吸了一口凉气。她尽量让自己显得无所谓的样子，但目之所及，并不见床，就问，你的床铺呢？林万春指了指棺材旁边的一堆被褥说，就这，没有床，只有铺。鄂鄂一看那被褥的颜色就皱起了眉头。林万春说，你莫怕，奶奶是百岁老人，睡在她的棺材旁边是吉利的。鄂鄂没有回答，愣在那里，思索着今夜的睡法。林万春小声说，我睡靠着棺材这边，你睡另一边。鄂鄂说，有言在先，我们和衣而睡啊，灯要亮着。林万春说，不脱？鄂鄂嗯了一声。林万春把被褥铺平，两人就这样躺下了。加上又是春天，气候温和，怎么睡都方便的。林万春假装睡着，就把手搭在鄂鄂身上去了。鄂鄂轻轻地给他拿开了。过了一会儿，那只手又搭在她身上了，她又拿开了。再过一会儿，林万春有了鼾声，那只手没有压到她身上，却移到了她的腿部，鬼鬼祟祟地走向上方。鄂鄂感觉他并没睡着，她本要护着自己，那只手却轻轻抓住了她的手。鄂鄂第一次跟男人睡一床，哪里睡得着，她睁开眼睛，想看看他睡着没，不想一下子看到了黑乎乎的棺材，不由得身子往紧一缩。再看林万春，他侧卧着，闭着眼睛，打着轻微的呼噜。她弄不清林万春是真睡还是假睡。她伸出手去抚摸他的脸，手到脸颊又缩回来了，重新把自己摆成一副安睡的样子。近在咫尺的两人用心搏斗着，既黏黏糊糊，又磕磕碰碰，过了许久，他们才由装睡进入了真正的睡眠状态。

第二天清早，林万春一醒来就悄无声息地起床了，然后蹲在床铺边上，注视着熟睡中的鄂鄂。他本想再睡一会儿，但他不能继续睡。因为鄂鄂在，他绝不能让家人觉得他贪睡。他下楼才发现，任香悦已经起床了，正在灶屋里洗脸。任香悦说，你起来这么早干吗？林万春说，醒了就起来了，你知道，我从不赖床的。任香悦说，她很好吗？看上去长得很乖的。林万春说，其实我们还没成亲，昨晚睡觉，我们衣服都没脱。不过，这次回去就成亲了。任香悦说，那你们还睡在一起。林万春说，不是让家人放心嘛。任香悦的目光里有一些幽怨，说，你还是经常回来看看，这些日子，都在念你。林万春说，你气色很好。任香悦洗了脸，把羊肚帕扔在盆里，说，你也洗吧。林万春就蹲下去洗脸。任香悦看着他，突然冒出两行眼泪，快步走出了灶屋。

这时奶奶也起床了。林万春赶快给脸盆换了水，要给奶奶洗脸。奶奶说，我不习惯人家给我洗，我一生都是自己洗脸。林万春笑道，不行，我偏要给你洗。奶奶说，这孙子真是犟，便把脸伸过来，让林万春给她洗了。林万春说，你一百零五岁了，还是一百零六岁了？奶奶说，莫管它，反正我就是个老不死的，我就看它能活多久！我就不信我活不死！林万春笑起来，说奶奶要好好活着，我们才有福。奶奶神秘地说，我告诉你，我长了两颗新牙齿，我是不是活成精了？林万春又笑。奶奶说完，独自出门了。她喜欢在天气好的早晨东走西逛，跟那些不会说话的花草或动物说说话，看看那些跟昨天一样的茫茫大山。

林万春和鄂鄂是在早饭后到达镇坪县城的。奶奶已经把自己珍藏的玉镯给了鄂鄂，鄂鄂就不用再买玉镯了。买好旗袍，事情就算办完了。林万春说一定要见一下张迎风。鄂鄂说，这次跟你一起，你哪是在办事，简直是在走亲戚！林万春说这是一将两就的事情，我既然和你一起回来了，两个家都回去了，不看看张迎风也不对吧。鄂鄂想想也对，难得回来一次。两人就到了警察局。刚刚走到门口，就遇到一个警察出来，林万春说，打听一个叫张迎风的人。那人问，你们是啥关系？林万春说我们是弟兄。那人说跟我来，就把他带到悬挂着“镇坪县警察局剿匪大队”牌子的门口，让他们在那里等着。那人进去就把张迎风叫出来，说：“张副队，就是他们找你。”

张迎风穿着一身灰色警服，见了林万春惊喜不已，一把抓住他的手，另一只手拍打他的腰，拍着拍着就搂住了。张迎风要他们进去坐坐，林万春说时间紧，还要赶路，见到你就很好了。三人就站在门口说话。张迎风说，二哥背盐回来就把喜讯带回来了，说你当老板了，也有媳妇了。这就是鄂鄂吗？林万春说是的。张迎风仔细地看看鄂鄂，说，嫂子漂亮！你比我能干，能干的人都有好运，桃花运都比我多。林万春说，刚才不是有人叫你张副队吗？你是啥官职？张迎风告诉他，现在自己是剿匪队副队长了。林万春质疑地问，你那么胆小，还能当副队长？你得给我说说你的事。张迎风把嘴巴凑在林万春耳朵上说，我敢杀人了，并且已经杀过不少人了！我们找个安静的地方说。

张迎风让剿匪队员端来了两碗水，三人在一个僻静的地方坐下来说话。尽管张迎风把嗓门压得很低，但依然产生了绘声绘色的效果。他的眼神在那儿，眼睛里的那缕光说明了一切，士别三日当刮目相看。剿匪队不断在增员，从几十人增加到两百多人。张迎风来的时候，因为有土匪的特殊经历，有点自卑，说话都是虚的，做梦都没想到自己会当个什么官。可恰恰是这一点让他难受的经历，又把他抬到了一个高深莫测的位置。剿匪队都是一群野人，蛮人，都有一身好力气，张迎风算什么？他们凭啥服你？就看你能不能剿匪。剿匪是什么？说白了就是杀人，杀匪徒。这又是他的弱项。张迎风自己在土匪窝里住了两年多时间，天天听到那些穷凶极恶的事，胆子也没练大。他天生就是个胆小怕事的人，所有的生命在他眼中都至高无上。可是，进了剿匪队就不一样了，跟土匪搏斗，你不杀他们，他们就要杀你。张迎风的胆子怎么练大的？就是要保命练大的。他不是勇敢，是为了保命。一想到自己的家人，就一定要活下去，要活下去就不能让土匪杀死，就要拼命。于是勇气就鼓足了。再说，剿匪队杀匪徒是理直气壮的，这也给他壮了胆。可话说回来，杀土匪也有运气在里面。有次他们围剿一支四川过来的流匪，三十多个，他们出动了一百多人，躲藏在一个农家废旧的房子里，那里地势险要，可以逃跑的路线只有唯一一条，就是往山上和山下跑。他们首先堵住了到山上的去路，因为山太大了，上了山土匪就有了活路，就等于放虎归山了。剿匪队先去一批人把山上的去路堵死，再用一批人把匪徒往山下赶，他们在山下的去路上堵截。这三十几个流匪枪支少，主要是长刀。匪徒在往山上跑时，就跟剿匪队打过一次，冲不上去就往山下跑，又跟剿匪队打起来，边跑边打，这样匪徒就钻进了他们的口袋，张迎风就安排在“口袋”底部，负责最后一关的围堵。这时候，从山上到山下的土匪多数人已经筋疲力尽，有的腿部中了子弹，有的腰部挨了一枪，刀都拿不动了。那天张迎风躲在一棵大树下面，树边还有一块大石头，形成了极为有利的一条缝隙，决定了这里的易守难攻。张迎风端着枪站在缝隙的地方，他心里紧张得要命。他一直在想，如果土匪从高处下来，对准缝隙开一枪，他就死定了。因为他的身子都在缝隙里，就像卡在牙缝里的一块肉。这时土匪出现了。一个六十多岁的老土匪，跛着腿脚走来，他痛苦的速度和傲慢的姿势都决定了他必然灭亡的命运。张迎风开了一枪，他就倒下了。又来了一个高个子土匪，又是一枪，又倒下了。张迎风觉得高个子的人面积大，容易中枪。之后又出现了一个胖子，提着大刀，又是一枪，也倒下了。就这样，他一个人就打死了五个流匪，一枪一个。其实每一枪打出去，他自己心里都要颤抖一下。可土匪们好像是专门来找死的，故意往他枪口上碰。因为张迎风占据了最好的射击位置，对方根本看不见他，不知道子弹从何处飞来，他灰色的衣服与石头的颜色极为相似。大树前面又是土匪们的必由之路，又只有两三丈远的距离，相当于顶着脑袋打。其他的剿匪队员分布在山下的岔路旁边，防止土匪往河边的山上跑。张迎风身后跟了十来个人，他们占据的位置都不是最好的。一个天生的缝隙，成了改变张迎风命运的风水宝地。大家都夸张迎风枪法好。张迎风就笑，他明白自己的底细，子弹上膛就心里发虚的人，枪法能好到哪里。但他不说，不会给别人交底，交底就露馅了，只好晚上偷着笑。一人打死五个匪徒是要立大功的。张迎风就立功了，就声名大振了。就这一次，张迎风知道了一枪打在脸上的真实情形，血是往外喷的，看不见子弹飞翔的踪迹，只能看见子弹打过后的脸是一片红色，还有一个喷血的弹孔。那里有着想不出的残忍，想象不到的血腥，于是晚上总是做噩梦。噩梦醒来他就很佩服自己，你张迎风也能杀人了。有时很害怕自己，张迎风怎么能杀人？心里是很难受的。他弄不清自己是杀人魔鬼还是剿匪英雄。还有一次他运气更好，居然捡了一个功。本来他是一个冲向两个土匪，开了三枪都没打着。就在这个时候，一个土匪突然挥刀，砍向了他旁边的土匪，然后向张迎风投降。就在他举手投降的时候，张迎风朝他开了枪。镇坪县是各种匪徒的聚集之地，匪徒太多，抓活的没地方关，放走的后患无穷，他们不断攻击县政府，上边要求他们见匪必诛。队里算战功，张迎风这次就是杀了两个，其实有一个是土匪帮的忙。所以张迎风说，做啥事都有个运气在里面，他能当副队长，是靠点运气的。当了副队长，张迎风觉得管人管事还真是件好事，很体面，心里也舒畅，走路都是昂首挺胸的样子，目光在山顶上，在白云边。队里的人多数没读过什么书，笨蛋成群。张迎风从小读私塾，算是队里的文化人，能识字读书，又能杀土匪，其他人就服。每次剿匪回来，他就要回家去看看。有时还会带几个兄弟一起回去，帮忙干农活。

鄂鄂专心听着张迎风的讲述，既兴奋又紧张，目光里流露出对英雄的欣赏，也有几分胆怯的样子，身子不停地往林万春身边靠。林万春说："你放心，他是我比亲兄弟还亲的兄弟，他再会杀人，都不会杀你。"林万春说着把眼睛转向张迎风："你是胆大了，也比以前懂事多了。你好好剿匪，从此张家人或许再不当盐背子了。"

张迎风感叹说："土匪太多啊。真不知道镇坪县哪来这么多土匪。我们队里天天都会收到匪徒进农家烧杀抢掠的情报。队里已经让匪徒杀死三个了。”

林万春说:“我现在离得远一点了,家里的事,你要多操心。”

“这个没事的。”张迎风环顾四周,悄悄说,“你知道共产党吗?”

林万春说:“听说过,没见过。”

张迎风说:“我们现在的政府是国民政府,就是国民党的政府。共产党也叫共匪,可是他们不做匪事,听说专门为百姓。上次有个共党分子私下跟我接触过,人很不错。我害怕出事,我们私通共党是要杀头的。”

林万春说:“身逢乱世,凡事都要小心。我现在有个店子,能提供一些便利,你用得上的话,我可以帮你。能出多大力就出多大力。县城有个百味王盐店的老板,叫陈洪鼎,人很好,很讲义气,你有事可以找他。”

三人坐在石头上正聊着,突然有警察奔跑过来,大叫张副队。张迎风马上起身,和他们匆匆告别了。林万春和鄂鄂赶路去了。

林万春和鄂鄂一离开县城就遇到两起抬着死人的队伍,都是盐背子摔死之后找到的。正午的阳光把这些人照耀得非常醒目,给灿烂阳光下的青山绿水带来了一缕忧伤。听路人说,有一个盐背子并不是直接摔死,他摔下去之后,不能动弹,又无力呼救,遇到丧心病狂的土匪过路,见盐袋子没破,便要顺手牵羊,又担心伤者活下来往后报仇,索性把他杀死算了。灭口是他们最简单、最没有后患的选择。前后两具尸体都用草茬包裹着,这样的形状对林万春来说并不陌生,可对鄂鄂来说就恐怖了。鄂鄂对尸体有一种天然的惧怕。林万春宽慰她说,你不用怕,其实每个人将来都是尸体。鄂鄂说这个我明白,可是,很多人在自己变成尸体之前都是惧怕尸体的,你是背过尸体的人,看得开些。

快到家的十来里路，他们是靠打着火把往前走的。前后都有走夜路的人，既不寂寞也不害怕。大家都是良民，只管走路就行，互不相干。从镇坪县城到盐味乡店子，八十里路，中间只有一个幺店子，这个店子离县城五十多里路，离盐味乡店子三十里路。林万春以一个商人的眼光发现了一个秘密，在县城开外五十里路程里，中间距离远、太空旷，会有许多急着办事的人前不着村后不着店，应该增加一个幺店子或客栈，否则是极不方便的。他对鄂鄂说，过一两年，我就要建一个客栈，不用大，只容纳二三十人就行。鄂鄂说，你以为开一家客栈容易吗？麻烦得很。林万春说，有你，我啥都不怕。鄂鄂说，我就是个女的，你别想把我当男人用！我只想给你做个好媳妇，但不想做个能干媳妇！我妈能干，却是命苦。林万春说，那就说好了，我把你当媳妇用，不把你当男人用。家里的事情我就做主了。

两人气喘吁吁地走进家门，火把一灭，鄂鄂见到妈妈就发嗲，大声叫唤累死了，饿死了，走得脚杆都肿了。陈氏心疼极了，连忙让胖大嫂去安排菜饭，转身把鄂鄂叫到自己房间去了，还把门关上了，搞得很神秘的样子。陈氏用审视的目光看了看鄂鄂，然后问："昨晚你们在哪里睡的？"

鄂鄂说："在棺材边上睡的。"

"在棺材边上睡？谁的棺材？"

"奶奶的棺材。"鄂鄂说，"奶奶一百多岁了。他们说睡在她棺材边上很吉利。"

陈氏又问："你跟哪个睡？你不害怕？"

鄂鄂说："有林万春呀，我不怕的。"

陈氏面色一紧："你们真睡了？"

鄂鄂回答得很坦然："是啊，真睡了啊。"

“唉，少叮嘱一句，你们果真就在一起了。”陈氏一副追悔莫及的口气。

鄂鄂说：“不过，我们没脱衣服的，和衣而睡。”

陈氏：“你说的是真的？”

鄂鄂说：“是真的呀，我什么时候哄过你？不信你问林万春去。”

“问他？他说的肯定和你一样。你们串通好了，一起哄我也行呀。”陈氏坐下了，坐成了一副判官的样子，双手放在膝盖上，对鄂鄂说，“你走两步，我看看”。

“妈，我们真没有。”

“你走两步看看。”

鄂鄂就认真走了几步，一脸茫然地问：“你看到什么了？”

陈氏松了口气，摆了摆手说：“快去吃饭吧，莫饿坏了。”

鄂鄂跑出去了。吃饭的时候，鄂鄂悄悄告诉林万春，妈妈让她“走两步看看”，不知道妈妈是什么意思。林万春抿嘴一笑。鄂鄂问他笑什么，林万春说，妈是为了验证一句俗话，女娃跟男人睡觉了，腿就夹不紧了。鄂鄂又羞又恼，狠狠掐了一下林万春。林万春一脸坏笑，说，过几天你就晓得了，这个说法不准。鄂鄂红着脸说，你试过？林万春说，没试过，小时候听人家说的。鄂鄂不屑地说，都是你们男的胡嚼。

第 14 章

在鄂老板去世五十天之后的一个夜晚，鄂鄂一觉醒来，就从姑娘变成了老板娘。在鄂鄂变成老板娘之后的一个多月时间里，便从媳妇变成了孕妇。成为孕妇是一个奇妙的过程，先是自己和家人知道变成了孕妇，过了不久，别人一眼就看出你是一个孕妇了。胖大嫂盯着鄂鄂的肚子说，这么快你就显怀了。鄂鄂有点不好意思地点点头，仿佛自己做了一件错事。陈氏插嘴说，这娃心急，是个跨门喜！所谓“跨门喜”就是结婚第一夜就怀喜，是一种快速高效立竿见影的婚育表现。陈氏看着鄂鄂日渐隆起的肚子，看到的不是成为孕妇的女儿，而是看到了自己即将成为外婆的事实。这个事实指日可待。

作为盐味幺店子的老板，林万春越来越像老板了，也越来越知道老板难当了。正常情况下他可以当甩手掌柜，遇到有事就麻烦了。麻烦的不是别的，是盐背子赌博惹事。谁也不知道盐道的赌博是何时开始的，自清代以后赌风日盛，遍及陕川鄂三省，各地屡禁不止。巴山男人的赌性是天然赋予的，无数的崇山峻岭和悬崖峭壁培育了巴山男人的赌博激情。在这么严峻的环境下求生存，本身就是一种赌博。要出门背盐养家，也是一种赌博。他们赌的既是意志，也是运气。既有精神，也有物质。用器具赌博，只是赌博中的一种。

真不怪官府无能，那么大的山，那么多的人，有人的地方就有赌博，官府不可能把禁赌官员派遣到各个角落里去蹲守，只能通过道德教化的方式劝导他们。各县的重要地段都立有禁赌告示，严禁民众赌博。镇坪县的各个重要路口也竖着禁赌碑，很多盐背子不认识上面的字，识字的就给他们一句一句地念，念一句解释一句，听完了，都说禁赌很对。说完就对着石碑撒尿，把个石碑淋得精湿，碑文的笔画像加粗加深了一样变得特别显眼。几个好赌博的人凑齐了，路上约好，到了幺店子就开赌。赌具和赌博的方式也是五花八门，川牌、骨牌、麻将、划拳、行令、扳手腕，都可以赌。盐巴、衣服、粮食，都在他们的赌局之内。一般来说，大家赌来赌去都是大致平局，也有输得惨的。赌衣服的，输了上衣，再输裤子，后面就输得只剩下摇裤儿了。不要以为盐背子的衣服破烂，破烂衣服也是衣服，在盐背子眼里都是财富，只要能穿就好，哪有挑剔的。衣服里只有摇裤儿不要，摇裤儿是内裤，是贴身的，味道不好闻。但也并不是所有盐背子都穿摇裤儿，许多人是不穿的，嫌它碍事，容易烧裆。不穿摇裤儿的盐背子是不赌裤子的，一旦输了裤子，里面就一无所有了，输不起的。输得惨的，就是干粮输光，盐输光。这些物质上的东西赌完了，就赌家产了。盐背子一般都没什么家产的，即使有房子也是搬不动的，不在赌注范畴。老婆是唯一可以用来赌的家庭财富。有老婆的跟有老婆的赌，赌的是睡一觉，不会把老婆带走。毕竟养活一个人是件有难度的事情，自家的老婆都养活不起，再加一个就更困难了。没有老婆的跟有老婆的赌，那是要带回家的，正好也给光棍找个媳妇。大多女人不愿意让男人把自己输出去，一是说明自己男人无能，二是舍不了夫妻感情。家里有儿女的，也舍不下儿女。所以一般输出去了的老婆，都不会轻易跟别的男人走，找个地方睡一觉，说一些心软的话求情，也就把问题解决了，然后各回各家。遇到那些经常打骂老婆，把老婆不当人的男人，要是把老婆输给别人了，那么老婆就巴不得逃出虎口，正好换个男人，获得新生。林万春不怕他们赌着玩，就怕他们来真的，来真的那阵势就太恐惧，通常是几人赌博，众人围观，大家一齐精神抖擞，尖叫声、怂恿声、争嘴声此起彼伏，一旦打架吵架就弄得鸡犬不宁，草木横飞。

一场赌局就在林万春的眼皮底下悄悄开始了。此时是黄昏时节，盐背子们累了一天，无力再走，离睡觉还早，就找事。在盐味幺店子的吊脚楼下面，一群人蠢蠢欲动。盐背子赵钱益和吴满江率先挑起战火，又约了其他二人参战，打川牌。有许多人围观。赵钱益和吴满江都是湖北省竹溪人，平时有空就玩在一起，背盐也在一起。赵钱益手气不好，很快就把自己的盐输了大半。他希望手气好转，扳回几局，但无奈手气并不争气，每次一把烂牌。盐是不能再输了，盐比女人贵，说好再输就输婆娘。吴满江说，先说好，输婆娘怎么输，是跟我睡一夜还是跟我走？赵钱益说，一般输就跟你睡一夜，输惨了就跟你走吧。于是就开赌了。赵钱益满心希望能扭转乾坤，看客们就偏偏希望他拿一把烂牌，因为输掉婆娘比输盐更有看头。十局过后，赵钱益彻底输光了。看客们欢呼雀跃，赵钱益输掉婆娘了，赵钱益输掉婆娘了！赵钱益看看众人，把牌一推，狠狠地用自己的左手抽打自己的右手，你太不给老子争气了！不玩了！

接下来开始研究一个问题：婆娘怎么才能到吴满江的手中？吴满江觉得这是很严重的问题。两人虽说都是竹溪县的人，但也相隔遥远，连对方家住何处都不知道。要是赵钱益要赖皮，吴满江也拿他没有办法，不能打不能骂。赵钱益虽说手气不好，但也不是好惹的，那个粗壮的个头，一般人都打不过他。有人给吴满江出主意了，让赵钱益下次把老婆带来，大家共同见证，然后让吴满江把老婆领走就行了。吴满江说："你这次回家多把老婆睡几次，然后就归我了！"赵钱益说："这是我的事，在给你带来之前，还是我的老婆。反正下次见到你，我把她送给你就行了！"吴满江大声对大伙说："你们都听着啊，他说了，下次把老婆送给我就行了！"垂头丧气的赵钱益一声大吼："君子一言，驷马难追！莫说婆娘，把我脑壳输给你都行！这就叫愿赌服输。"

大家都夸赵钱益是好汉，敢作敢当，绝对是说到做到的人。一伙人正要散去，赵钱益突然说："我觉得这个有些不公平。我输了一半盐，还要输一个老婆，你们说是不是我太亏啊？"

吴满江说："你想反悔？"

赵钱益说："不是反悔，是不公平。盐道上的赌客，有没有又输盐又输老婆的？"

大家静静一想，还真找不出第二个。输掉老婆本来就是最惨的一种输，还要输盐，就是在输掉老婆之后，还要在你身上割肉。赵钱益要求把输掉的盐退还给他，只给老婆就行了。吴满江又有点不情愿，两人争执起来。

林万春就是听到喧闹，才决定出门看看。闻声而去，就发现了他们。此时此刻，赵钱益和吴满江正争得不可开交，一看老板去了，都安静了。林万春挺着胸脯说："刚才你们一直闹，闹啥呢？"

人群中有人突然大声说："赵钱益把婆娘输了！"

林万春忙问其故。听了来龙去脉之后，林万春对赵钱益说："你有几个老婆？"

"一个。"

林万春说："就一个老婆你还输掉了？那不就没有老婆了？"

赵钱益叹气说："没办法，手气不好。"

"不是手气不好，是德行不好！没有管好你的手。"林万春说，"讨个老婆多不容易，你却把她输掉！告诉各位兄弟，我这里是客栈，不是赌场。往后要赌博的，通通不安排住处。我没有别的办法，只有这个办法。"

又听说了赵钱益输盐的事，林万春拍拍吴满江的肩膀说："兄弟，做人要厚道一点，赵钱益输了老婆还要输盐，你是不是太贪财了？要我说，你把盐退给他，只要老婆。你看你三十多了还没有老婆，赌一次就得到了，解决了你十多年没有解决的问题，你还有啥不满意的？即使愿赌服输，他也够惨了，妻离子散了，这样会逼死人的。你就不能积点德？"

林万春这么一说，大家都附和他，说有道理。凡事要留有余地，做过头就不好了。吴满江把赢来的盐袋子提起来，往赵钱益跟前一放，说："好！我听林老板的，盐我不要了，只要女人！"

"这就对了。你还知道挑最好的。"林万春说。

林万春总算把吴满江说服了。

吴满江突然想起什么，要求林万春立个字据，口说无凭，改天不认账就麻烦了。林万春让店小二打来纸笔墨砚，替赵钱益写了一个欠条：

> 欠吴满江老婆一个。
>
> 立此为据。
>
> 欠债人：赵钱益
>
> 中人：林万春
>
> 中华民国三十二年五月十八日

赵钱益盖上手印，就算生效了。

待欠条晾干之后，吴满江把它折叠好，紧紧地捏在手里，胜券在握地说："有这个，你想赖也赖不掉了。"

赵钱益开始狠狠地抽打自己的脸，打得啪啪地响。林万春抓住他的手，制止了他："你别打了，留着给你老婆打！"

林万春又对他们讲了赌博的危害，奉劝大家不要赌博。可林万春也有他的难处，你是客栈，不是警察局，不是县衙，赌博这事儿与你就没有关系，更不归你管。所以不能把话说得太重得罪了客人，又不能说得太轻不管用。林万春把他们的脾气摸得很透了。尝过苦头的，横下一条心就戒掉了，偶有所得的，就会沉迷其中，还想继续多赢。更多的盐背子是对赌博没有兴趣，不知道怎么赌，但却知道赌博的危害，不碰它。可他们偏偏喜欢看热闹，喜欢看他们赌博时起落沉浮的表情，看他们在深渊里挣扎的样子。反正住店后就没事了，无聊得比身体的大小长短，有个热闹看看也好打发时间，让今天的日子过得"有意思"。林万春向大家宣布，你们挣的血汗钱，不容易，今后凡是想打牌玩耍的，由店里提供牌具，只许打着玩，输了可以站着，蹲着，钻桌子，或者接受其他惩罚，但绝不许赌钱物。凡是赌钱物的，本店一概不予安排食宿。

林万春说完就走了，回到了自家房间。刚刚进门，就发现赵钱益有气无力地跟在后面。林万春回头说："你找我有事？"

赵钱益站在门口，嗯了一声。

林万春叫他进来，坐在凳子上，让鄂鄂给他端上一杯茶水，说："你说吧，什么事？"

赵钱益一副失魂落魄的样子，说："老板，你看我这事，给你添麻烦了。我想说的是，我那个老婆，给我生了三个娃娃，二女一男，对我父母也很孝顺的。我怎么能把她输给别人？要是这事让家人晓得了，还不把我骂个半死。”

林万春说：“是啊，你这么好的老婆，怎么忍心把她输给别的男人？即使你家人不骂你，我也要骂你。媳妇在家里为你生儿育女，吃苦耐劳，你凭什么还要赌博？而且把老婆作为赌注，这就是大不该了。”

赵钱益说：“我还不是想让他们过得更好嘛。”

林万春说：“早就听说你喜欢赌博，你是有瘾的。你说你赌博赢过没？他们过好没？”

“赌博上瘾都是从赢走开的，然后就是输多赢少。”

“你既然舍不得老婆，那怎么办？”

“不是我舍不得老婆，是老婆舍不得我。我老婆那人，把家把娃娃看得比自己的性命都重要。她怎么可能跟别人走？”赵钱益无助地看着林万春，说，“我现在着急的是，下次怎么跟吴满江交差？”

鄂鄂本来也在屋里，给赵钱益倒了茶水之后，就坐下来听他们说话。一听赵钱益是为输了老婆而来，便露出一脸鄙夷之色，嘴里骂了一句“这也叫男人”，便挺着大肚子到妈妈房间去了。

林万春说：“你为什么不把你自己输出去？”

“我有谁要呀，人家要的是女人。”

“你现在心疼女人了？”

“家里还是少不得她的。即使我舍得，父母这一关也过不了。”

林万春想了想，问：“那个吴满江认识你老婆吗？知道你老婆长什么样吗？”

赵钱益说：“不认识。”

林万春说：“这就好办了嘛。吴满江要的是女人，而不是要你老婆。你帮他找个女人不就行了嘛。”

赵钱益认为这是个好主意，立马转忧为喜了。

林万春告诉他，几年前，他家附近有个老乡叫钱宝顺背盐摔死了，尸体是他背回去的。记得钱宝顺有个年轻媳妇，是复姓，名字是四个字，叫欧阳苦尽，守寡之后一直未曾改嫁。他还有个妹妹叫钱满儿，人也长得水灵的。钱满儿是黄花闺女，嫁给吴满江的可能性不大。可钱宝顺的媳妇一直守寡，吴满江看样子也不是很差，兴许她是会同意的。要是事情能成，那不是两全其美嘛。

赵钱益说："这个主意可能会救两个女人。"

林万春给赵钱益说了镇坪县城到钱宝顺家的路怎么走，怎样才能找到欧阳苦尽本人。他还特别提示，钱家院坝后面有一棵四五人合围的桂花树，不知道几百年了。他找出一张纸来，画了路线图，让赵钱益拿上。

赵钱益回到磨盘床睡觉时，和吴满江挨着睡。两人约定了交妻时间，四天之后，在盐味幺店子交老婆。吴满江有点警觉地问："你老婆叫啥名字？"赵钱益说："叫欧阳苦尽。复姓，名字四个字。"吴满江说："欧阳苦尽？好听。她嫁给我就苦尽甘来了！"赵钱益不以为然地哼了一声，说："你狗日的要好好待她，你要是对她不好，我宰了你喂狗！"吴满江说："我一辈子没见过女人，她身上的每一块肉都是宝贝，肯定比你更稀罕她！"

一个输了老婆，一个赢了老婆。对于输家来说，没有比输人更惨痛了，对于赢家来说，没有比人更重要的赌资了。两人表示以后再也不赌博了。不是赌不起，是输不起了，也赢不起了。

赵钱益把盐背到镇坪县城，交给盐店。赚了钱，先不回家，掏出林万春给他画的路线图，直接按图索骥，奔向钱家，去找欧阳苦尽。一路走一路问，好在附近只有一家姓钱的，找到了那棵古老的桂花树就找到了钱家。赵钱益对钱家双亲说明来意，说竹溪县一个叫吴满江的盐背子，三十出头，尚未婚配，想娶欧阳苦尽为妻。

自从钱宝顺摔死后，欧阳苦尽一直守寡，终日郁郁寡欢，唉声叹气。平时和公公婆婆住在一起，偶尔回娘家住个十天半月。嫁出去的女子，不能在娘家久留。而婆家的男人死于非命，人又年纪轻轻的，不可能守寡一辈子。再加上小姑子钱满儿也未婚配，高不成低不就，两人时常拌嘴，父母看着她们就烦恼丛生。女人没有男人就没有了根基，在世上飘来飘去的，哪里立得稳。如此这般的景况，公婆也巴不得让欧阳苦尽早些改嫁，眼不见心不烦。至于嫁给什么样的人，公婆也没有特别要求，年龄合适，是个健康的正常的男人就行。赵钱益说，吴满江身体特别好，能背一百八十斤重的盐巴，是盐道上的一条硬汉。家里可能穷一点，但也不至于饿饭。欧阳苦尽的公婆表示，钱是靠力气挣来的，有人就有钱。这门亲事可以，我们愿意！你让他本人来提亲就行！

这下倒是把赵钱益难住了。欧阳苦尽又不是黄花闺女，还要吴满江本人来提亲，那还怎么冒充他的老婆？赵钱益说："其实我是打听好了才上门的，我也是受人之托。吴满江对我说，我看上了他就看上了，就把人带走交给他，这事就算完结了。"

欧阳苦尽的公婆反复审视着赵钱益，见他长得一副诚实可信的模样，语言间并没有撒谎的迹象，心里便踏实了。再说，这年头兵荒马乱，衣食不保，谁还会拐卖寡妇？养活不了的。除了没有老婆的光棍，也没人愿意养活。多一个人多一张嘴，多一份负担，谁愿意去找一份负担。赵钱益的到来，正好给他们解决媳妇改嫁的问题找到了一条出路。公公用眼神跟婆婆沟通了一下，再用眼神达成一致意见，然后公公确定地说："你可以把人带走了。"

躲在屋子里的欧阳苦尽把外面的说话内容听得清清楚楚。有人找上门来，她没有不走的道理。公婆都同意了，她更没有不走的道理。女人家什么都能当，当牛做马都行，就是不能当寡妇，无论是家人还是乡亲邻里见你身后没有男人撑腰，就凭他们看你的眼神，就能让你走路都直不起腰来。她现在就可以直起腰来了。管它刀山火海，她都要冲上去。更何况那个男人身体强壮，能背一百八十斤重的盐巴。她喜欢强壮男人，她喜欢粗犷有力。正在独自开心的时候，婆婆进来了，对她说："你收拾一下，准备走。"

"你们定好了？"

"定好了。其实我们也舍不得你走。可是，你在这里也是受苦，把你留下来也是受累。改嫁了，你就有着落了，有着落才会有福气。"婆婆说。

欧阳苦尽一边收拾衣物，一边跟婆婆说话，说得也是深情款款的，从公婆对她的照顾到她对公婆的亏欠，再到地里的庄稼，家里的牲口，都一一说到了，该叮嘱的也叮嘱了，语气里全是难舍难分的浓情蜜意。

欧阳苦尽把衣物收拾好了，打成一个黑不溜秋的包袱，看上去像一个逃难者的行装。赵钱益一把将包袱拎起来放进了背篓里，然后背起背篓，站在门外的屋檐下，等待他们告别。突然间，欧阳苦尽的小姑子钱满儿从外面跑回来，听说嫂子要走了，拉着她的手就哭起来，满嘴里责怪自己的种种不是。说自己不懂事，性子强，说话直，以前多有得罪嫂嫂的地方，嫂嫂大人大量，要多担待，满儿将来还是你的妹妹。念及往日的苦乐恩怨，一家人都流起泪来，哭成一团了。钱家人这一哭，离别的哭声和泪水让赵钱益的情绪一落千丈，先前的暗自开心不见了，反倒使自己伤感起来，心情像打湿的盐巴一样沉重了。心里在反问自己，我是在做积德行善的好事呢，还是在作孽呢？他一脸茫然。

两人上路之后就遇到了一个现实问题。此时已经是下午，要赶到盐味幺店子是来不及了，只能在镇坪县城住一夜，明日再赶路。欧阳苦尽见走路的方向不对，便问："这是去哪里？不是竹溪方向呀。"赵钱益说："我们本来就不去竹溪，是去县城。今晚住在城里，明天赶到盐味幺店子。我们约好的，在幺店子碰面。"欧阳苦尽突然警觉地说："你不会把我拐骗到幺店子去当幺妹儿吧？"赵钱益说："你打听一下盐味幺店子，有没有幺妹儿？人家是干净店，就连公鸡都是骟了的。"欧阳苦尽并没有完全相信他的话，倒是很坦然地说："反正我就只有一条命，你大不了骗死我。你要是把我骗死了，你也活不成。"

赵钱益明显感觉到，这个女人让他越来越难办了。女人一旦豁出去了，汗毛立起来都可以杀人。可赵钱益明明又是在骗她，迟早她都会明白真相的。赵钱益琢磨许久，决定还是要把事情的原委告诉她为好，如果酿成大祸，那就不可收拾了。斜阳把两个陌生人的身影映在树丛和泥土上，像两棵歪歪斜斜的没有枝条的大树。赵钱益朝着影子的方向往前走，一直在寻思怎样才能让欧阳苦尽接受这个骗局的真相。

赵钱益问："你男人生前一直背盐吧。他平时打牌不？"

"打的。听他说输的多。"

赵钱益说："假如他把老婆输了怎么办？"

"那不会吧。打牌就是闹着玩，平时也就输点盐巴，不会输老婆。"

"要是真把你输出去了呢？"赵钱益又问。

欧阳苦尽说："那我也不会跟别的男人走呀。遇到一个好人倒不错，遇到不好的，不是苦一辈子。"

赵钱益笑起来："你不去是对的，你男人可能也舍不得你走。问题在于，你男人是输家，他怎样跟赢家交代？赢家又是光棍，就是要老婆。"

“那要看是什么情况了。”欧阳苦尽说,“这山里的女人多,寡妇成群。找一个女人顶包不就行了? 兴许还会成就一对姻缘呢。”

赵钱益突然回过头,冲欧阳苦尽大笑起来:“你怎么跟我想的一样! 其实这是最好的办法。”

欧阳苦尽一双大眼睛盯着他,也笑了:“我说的是真话。我们这大山里,有的地方光棍多,有的地方女人多,有的一辈子娶不进来,有的一辈子嫁不出去。要是经常走动,单身的就少了。”

“所以,赌博输了老婆,并不是个大问题。”

欧阳苦尽说:“大哥,你可莫把老婆输了。”

赵钱益严肃地说:“我真把老婆输了。”

欧阳苦尽一下子明白过来,惊讶得不成样子了:“原来你是拉我去给你抵债呀!”

赵钱益连忙安慰她:“你听我说,听我把话说完。”

两人本来是边走边说的,欧阳苦尽索性不走了,站在那里,一把揪住赵钱益的衣袖,质问道:“你是湖北竹溪的,我是陕西镇坪的,相隔天远地远。你说,你怎么知道我男人是摔死的? 怎么找到这里来了?”

赵钱益怕她动怒,低三下四地赔笑着,路边有两个歇脚的石头,赵钱益弯腰下去吹了石头上的灰尘,又用袖子揩了揩,让她坐下歇歇,自己则在对面那个布满尘土的石头上坐下了,然后绘声绘色地给她倒苦水,说了自己和吴满江赌博输掉老婆的经过。赵钱益说话时的表情是一个渐进的变化过程,开头眉飞色舞,慢慢就变得悲苦而沮丧了,俨然一副丢了老婆魂不守舍的样子。欧阳苦尽专心听着,开初觉得好玩,听到后面输掉老婆的环节时,表情就冷酷起来,横眉冷对地看着他。他们的周遭,是空旷的山村,寂寞的小路,是年年丰收在望却年年丰收无望的农田,两人坐在路边的身影，与四周的颜色高度融合，同质到可以忽略的地步。欧阳苦尽折断一根小草在手里捻着，黄色的草汁浸在了手指上。就在她情绪低落到极点的时候，一个人的名字让她迅速振作起来，这就是林万春。

赵钱益说："这个主意是林万春出的，也是林万春让我来找你的。林万春是谁，就是盐味幺店子现在的老板。"

林万春并不是欧阳苦尽生活中最重要的人，他像一道转眼即逝的闪电，让欧阳苦尽永远记住了这个名字。在她短暂的婚姻中，钱宝顺是她唯一可以托付终身的男人，可惜摔死了。当了半年少妇就成了寡妇，这一年她十七岁。而林万春却阴差阳错地背回了她丈夫的尸体，让她见了最后一面。否则，丈夫或许永远是一个下落不明的人，她永远不知道丈夫的死活，她不能改嫁，只能稀里糊涂地守一辈子寡。所以，在林万春身上，有一份她永远无法报答的恩情。这份恩情不仅仅是他背回了尸体，而是让她和家人知道了真相。

欧阳苦尽把手上的草茎扔掉，问："林万春是怎么说我的？"

赵钱益说："他说你不可能守一辈子寡。这么年轻漂亮，是要改嫁的。"

"还有呢？"

赵钱益说："他还说，如果我能找到你，这事能成的话，就是两全其美的好事。"

欧阳苦尽笑了，又说："要是那个吴满江看不上我怎么办？"

"除非他眼瞎了。打着灯笼都找不到的女人，他在哪里去找你这样的？"

欧阳苦尽舒了口气，说："那我还是跟你走吧。"

继续走就到县城了。这个民国时期的太阳已经偏西，在大山的上空悬挂着，仿佛随时都可能掉下来，却又永远掉不下来。县城在四面青山的包围中，显得狭小而凌乱。一进城赵钱益就发现势头不对，打听得知，大老板陈洪鼎经营的百味王盐店出事了，就在这天下午，就在光天化日之下，被一群匪徒抢掠，所幸的是剿匪队及时出动，打死多名歹徒，抢掠之物散落一地，陈洪鼎损失不大。余匪被打散之后躲藏在居民家中了，其中一个还打死了居民家的主人。剿匪队正在挨家挨户地搜罗，小县城迅速进入了恐慌状态。为了阻止流匪的进入，许多商铺都已关门谢客。街上的每一个行人都万般警觉，提防着前后左右。除了熟人，其他分不出好坏。欧阳苦尽紧紧地挨着赵钱益，生怕走散了。

赵钱益说："这么好的太阳，哪是烧杀抢夺的日子！"

欧阳苦尽说："土匪出门还看日子吗？"

赵钱益说："总得看看天气吧。青天白日里作恶不是找死！"

欧阳苦尽不说话了，不住地左顾右盼。

赵钱益像煞有介事地提醒她说："我没什么可以抢的，你看你那么漂亮，他们看得上的就是你了，你得抓住我的衣服走，莫让他们一把将你抢走了。"

欧阳苦尽就抓住了他的衣襟。

赵钱益说："这就好了。人家一看，就知道这盐背子是带着老婆出来穷逛的。一般人打不过盐背子，他们就不敢碰你。"

"我又不是你老婆。"

"可你得装成我老婆。"

欧阳苦尽把他的衣襟多抓了一些。"这样像了吗？"

"贴紧了走就更像了。"

欧阳苦尽就贴紧了他走，走成了一对亲密夫妻的样子。

他们就以这样的姿态到了钟宝客栈。进了门，赵钱益让她在凳子上歇着，他去办事。客人不是很多，办事也利索，一会儿就拿着一张纸条过来了，手上还甩着一把钥匙。按照纸条上显示的门房号，他们进了房间。金色的余晖从方格子窗户上射进来，屋子也划成格子了。格子里有床铺，还有一个马灯和一大一小两个木盆。欧阳苦尽说："这是我睡的地方，还是你睡的地方？"

"我们两个睡的地方。"

"我们又不是夫妻，怎么能睡一起？"

"这客栈不接待单身女人的。再说，我们本来就要装成一对夫妻。装成夫妻就要住在一起。"

欧阳苦尽坐在床上，残阳从侧面打过来，一束混沌的黄光直射墙根。她环视着左右，露出了几分无奈。赵钱益说饿了，两人便出门找吃的，沿着街道往前，来到一家吃炒菜的小店。赵钱益平时没这么大方，这天他是硬着头皮豁出去了。既要自己的面子，又要拴住这个女人。饥饿年代，人的心和嘴是长在一起的，拴住女人的最好办法就是让她吃好。他点了三个硬菜，都有肉，又点了一个青菜鸡蛋汤。镇坪县的很多女人都烧得一手好菜，再粗糙的菜在她们手里都能做出美味来，只是油水太少，缺少最根本的东西。这家饭馆的味道很好，三大盘硬菜被两人吃得所剩无几。吃到最后，就该上青菜鸡蛋汤了。赵钱益让欧阳苦尽再喝点汤，欧阳苦尽说喝不动了，肚子装不下了。赵钱益硬让她喝了半碗。

赵钱益说："你知道为啥最后上青菜鸡蛋汤吗？"

欧阳苦尽说："不晓得。"

赵钱益说："我们背盐的把鸡蛋汤叫作滚蛋汤。喝了滚蛋汤就该滚蛋了。"

欧阳苦尽哈哈大笑起来，问："滚哪去？"

"滚盐道上去！"

“那我们现在呢?”

“滚床上去!”

欧阳苦尽白了他一眼。这个白眼是在扭头的同时白出来的,带着几分质朴的娇媚和妖娆。赵钱益从没见过这种让他怦然心动的白眼,这一眼让他魂牵梦萦,思绪万千。

赵钱益把最后一滴滚蛋汤喝完,两人就漫不经心地回到了客栈。太阳已经落山,房间一片灰暗,别的房间已经点马灯了,他们没有。灰暗成为他们最理想的光线,可以把一些真切的东西变得模糊起来。他们不需要清晰。毕竟不是夫妻,两人进屋就不知道怎么办了。欧阳苦尽坐到床上,盯着角落里的木盆发愣。赵钱益则站在窗口往外看,窗格子被粗糙的皮纸蒙着,与外面的世界只隔一层纸。他想把这层纸捅破,伸出指头又缩回来了。突然转过身来,拿起大木盆,跑到外面打了盆水进来,说:“你洗澡吧。”

欧阳苦尽坐在床边一动不动地说:“你出去。”

赵钱益说:“我们是要装成夫妻的。”

“我以前洗澡时,我男人也是不看的。”

赵钱益就一声不吭地出去了,以游手好闲的客人模样在外面逛了逛,向路边店铺打听先前打散的抢匪抓到没有,回答说又抓了两个押走了,还在继续盘查。赵钱益说狗日的,还是剿匪队厉害。估摸着时间回到客栈时,欧阳苦尽已经洗好,依然在原来的位置上坐着,昏暗的光线把人变成了一个黑桩。赵钱益问黑桩,点灯不?欧阳苦尽说,不。赵钱益也不勉强,把先前的洗澡水倒掉,又打了一盆水进来,说,轮到我洗了。欧阳苦尽说,我出去。赵钱益说,我洗澡时,一般都是老婆帮我洗的。你一个女人家,怎么能独自出去?这是乱世,不是你家的歇房!欧阳苦尽说,我们是装的,又不是真夫妻。赵钱益说,你可以不帮我洗澡,但不要出去。欧阳苦尽说，我怎么才能不看到你？干脆背对着你吧。赵钱益说，我害羞，我怕你背后有眼睛。欧阳苦尽说，呸！你这么脸厚的人，害羞个鬼！

在赵钱益洗澡的时候，欧阳苦尽躺下了，面向墙壁和衣而卧。所谓“和衣”也只是穿着一件薄薄的汗衫。从季节上说，此时正是夏天的尾巴，是一年最热的时候，镇坪是高寒地区，最热的天气也是凉快的，晚上都要盖被子。欧阳苦尽把被子的一角盖在身上，赵钱益只能隐约地看到一个向外凸起的屁股。赵钱益洗完上床后，一条腿压着另一条腿，头枕双手看着天花板。他听到了床里面有明显的呼吸声。月光从窗口进来，淡化了屋子里的黑暗。他拉了一下被子，拉不动。欧阳苦尽把被子抱着，留下一角盖在她自己身上了。赵钱益说，给我盖点。欧阳苦尽说，你才洗澡，要晾一下。赵钱益坐起来，强行地把欧阳苦尽怀里的被子拉开了，欧阳苦尽的身子随着被子的拉开由侧卧变成了平躺，赵钱益顺势把她抱住了，手掌慌乱起来。欧阳苦尽说，说好是装的假夫妻。赵钱益说，装也要装得像夫妻的样子，说罢就去脱她的摇裤儿。欧阳苦尽双腿夹得很紧，赵钱益使了很大的劲才将它脱掉。赵钱益激动不已地说，你这里倒是需要晾一晾。欧阳苦尽碰到了赵钱益的身体，啊了一声。赵钱益说，吓倒你了？欧阳苦尽很聪明，她回答“是”也不对，“不是”也不对，干脆不回答。赵钱益说，我们继续装夫妻。欧阳苦尽还是不回答。因为她明白，回答“装”就要按“装”的来，就要装得像样，回答“不装”就要按“不装”的来，就要来真的。反正都是坑。赵钱益见她沉默不语，就开始一意孤行。欧阳苦尽起初有所捍卫，继而且战且退，很快就倒戈投降，敌我不分了。闹腾到半夜，两人安静下来，欧阳苦尽幽幽地说，我一向守妇道，今晚算是掉进你的坑里了。赵钱益说，要是守贞节是好事，每个女人都争着去当寡妇了。欧阳苦尽说，妇道也要讲，可是身体受罪。你晓得啵，平时说是贞节大于天，可你身体一碰我，贞节就小得没影子了，身体就大于天了。我也不明白我是好女人还是坏女人。其实我知道你今天是在骗我，骗我装夫妻，那我就装吧。我还真没让男人这样骗过。世上骗子这么多，让人骗一次也好，总算知道了上当受骗的滋味。赵钱益说，我不是在骗你，我是味淡加盐，雪中送炭呢。

欧阳苦尽有点伤感地说，送你个鬼，我才是你味淡加盐的人。我丈夫走后，我在钱家当牛做马，对待他的父母比亲生父母还亲，生怕有所闪失。里里外外都没闲过，白天黑夜都没空过，都是为了那个家。虽说家里不富裕，可冬天没挨冻，春荒也没挨饿。要说夫妻恩爱，也就那样。他脾气暴躁，喜欢动手，又太心疼家人，也不分个对错。他最后一次背盐的那个晚上，我跟他妹妹钱满儿吵了几句，他把我打了一顿，脸都打肿了。我哭了半夜，他也不劝我一下。这些年来，我一个当寡妇的儿媳妇，我没偷过人，没做过出格的事，我是对得起他了。我不欠他的，只有他欠我的。欧阳苦尽说完，竟啜泣起来，把眼泪往赵钱益胸上流。赵钱益抚摸着她的脸，也不知道怎样安慰，说以后就好了，有男人了，你也不会再受那么多气了，那个吴满江会疼爱你的。欧阳苦尽说，其实我也不该跟你说这些，说了也是闲的，不管用。只是说出来就轻松了。我今晚为啥跟你睡一起呢，一来我真的想男人了，二来我很感谢你，你大老远的跑来骗我，不容易。哪怕我嫁给一个不好的男人，只要他不打我，我都愿意。赵钱益只是笑。欧阳苦尽说，丑话说在前头，一向听说男人睡了女人就拿出去吹牛。我偷了男人是不会认账的。我们的事天知地知你知我知，你可不能乱说，坏了我的名节。赵钱益连连保证，这个你放心，我睡了你，我也不会认账的。欧阳苦尽说，我们也算是一夜夫妻吧。两人说得动情了，床铺又响起来。天亮前小睡一会儿，又要起来赶路。晨光里，欧阳苦尽盯着赵钱益的脸嘻嘻直笑，用嘲笑般的口气说，能站起来吗，要我扶你不？赵钱益说，不就五次吗，别以为盐背子是豆腐渣做的！

两人吃了早饭，买上干粮，就匆匆上路了。相处的情形也自然了，俨然一对夫妻的样子。赶到盐味幺店子，已经是黄昏时候。赵钱益让欧阳苦尽坐下歇歇，自己先去打听了一下，问吴满江来了没有，店小二查了两天的账簿，没有找到他住宿的记录，就说明他还没来，赵钱益说，今天不来明天就一定会来的，反正先住下来。欧阳苦尽想见一下林万春，当面道谢。赵钱益想想，就把她带到林万春家里。林万春一见欧阳苦尽就觉得有点亲切。说来他们见面的时候并不多，第一次是他背尸体回来，欧阳苦尽和公婆一道来认领尸体。她没有说话，是大哭大悲。第二次是林万春到她钱家去看钱满儿，欧阳苦尽给他泡了茶，说了两句礼节性的话，脸上有几分羞涩。所以现在见面，一眼就认出来了。林万春对欧阳苦尽说："他告诉你没，是我让他把你骗来的。"欧阳苦尽落落大方地说："要不是他说了你的名字，我打死也不会来的。你是我家的恩人，所以我放心。"林万春说："一路上还好吧？他没欺负你吧？"欧阳苦尽说："他不敢欺负我的。自己输了老婆，拿我顶包，谢我都来不及呢。"林万春说："你们俩谁该谢谁，自己扯去。我只管把这事撮合成。"林万春见他们俩没吃晚饭，便让胖大嫂给他们下了一碗挂面，刚刚吃完，就听得店小二在门口问，是不是有个赵钱益的盐背子来了，赵钱益连忙回答，我在老板家呢。店小二进来说，有个叫吴满江的人找你。赵钱益对林万春说，老板，他来了，我们出去吧。林万春和赵钱益小声说了几句，然后林万春对店小二说，你让吴满江进来！

盐背子吴满江已经不再是盐背子的装束，完全一副新郎模样，他是来娶亲的，他要在今晚获取他的重要赌资——带走赵钱益的老婆。他把自己打扮得干干净净，清清爽爽，三十多岁的他看上去精神抖擞。他见了老板有点胆怯，只是站在门内，眼睛在屋里扫了一遍之后，就落在了欧阳苦尽身上。林万春让他进来坐坐，然后说："你们赌博的事，既然我知道了，又是在我的店子里，我就要给你们做个中人，做个媒人。你手气好，福气也好，赌得这么一个漂亮媳妇。你欢喜吧。"

"我当然欢喜。"在吴满江的眼中，幺店子老板就是高高在上的有钱人，不会管盐背子这点破事的。林万春这么一说，吴满江紧张的心情立马松弛下来。

林万春说："有媳妇了，你有啥打算？说来听听。"

吴满江说："打算以后不再赌博了，要是我也把老婆输掉了怎么办？我好好背盐，好好种地，把家里搞好，让老婆给我生儿育女。"

"这样就好。你要是再赌博，说不准什么时候又把老婆输掉了。"林万春说。

吴满江说："要说呢，赌博输赢就是个常事。赵钱益输了，真把人家老婆带走，我是不是过分了？"

"俗话说，嫖情赌义。这话说的就是嫖婆娘要知情分，赌博要讲义气。赌博的人都是说一不二的，别说赌老婆，盐道上赌命的都有。赵钱益是个讲义气的人，明明你在他身上割肉，他还得让你割。"林万春说，"所以呢，我作为中人，就有一些话要叮嘱。欧阳苦尽以前是赵钱益的老婆，赵钱益是不曾打过她、骂过她的，苦日子过得也畅快。可就是一次赌博，他们夫妻的缘分尽了，到头了。命中注定她是你的人。以后，欧阳苦尽跟你过日子，你要一百个对她好，要爱惜她，心疼她，千万不要以为她是你老婆就可以随便打骂。男人的本事在家外。世上最没出息的男人，就是打老婆的男人。你要是对她不好，你就对不起她，也对不起赵钱益。”

吴满江一头站起来，砰砰地拍打着胸膛，说：“我给你保证，这些我都不会。我们吴家有祖传，认为疼老婆是积德的事，一个家里的女人好了，全家都好了。所有男人都心疼老婆，我爷爷简直就是怕老婆。我奶奶本是童养媳，十三岁那年从重庆逃荒过来，我爷爷背盐，看她可怜，就把她捡回家了。结果我爷爷对她百依百顺，惯得不像样子了，最新鲜的果子都是先给奶奶吃。枇杷一出来，爷爷就去给她摘枇杷，成熟几颗摘几颗，过一天又去摘刚刚成熟的。有时从树上摔下来，摔得鼻青脸肿。板栗出来，爷爷就去给她打板栗，有时满手扎上刺。轮到我爹这一辈，更怂了。我叔叔伯伯就不全是心疼，是怕老婆了。打老婆的事在我们家族中是没有的，怕的是老婆打男人。”

本来，欧阳苦尽是用陌生的眼光看着吴满江，心里对这个男人并没有多么喜欢，只是像旁观者一样冷静地看着，听着，想着，想观察这个男人到底有几分货色，即使“认命”她也要认个明白。而今听他这么一说，对他就有好感了，觉得他们祖传下来的家风不错，是把女人当人看的。能把女人当人看，女人就可以挺起腰板生活，不受委屈或少受委屈，就可以用更多的心思去生儿育女，侍候男人。她看到林万春的脸上也很开心。

林万春哈哈大笑起来：“原来这样啊，我们家也是我娘当家。你知道为什么要女人当家吗？男人粗枝大叶。穷日子要细过，要细过就要心细，而女人就是心细。”

鄂鄂起身给赵钱益他们的茶碗添了水，对林万春说：“依你这么说，我们家也是我当家做主？我好像没有啊。”

林万春说：“我们家也是你当家呀。我只管店子，家里你管。”

鄂鄂一笑，说："那以后就是我当家了？我才不当家呢，怕麻烦。我妈当去。"

林万春看赵钱益，再看看吴满江，对欧阳苦尽说："欧阳苦尽，你马上就是新娘了。吴满江这个人你也见到了，长得就这样，脾气也能看出来几分。你说说，你有啥想法？"

欧阳苦尽有点害羞地说："不管怎么说，我要多谢你这个媒人。我男人把我输掉了，我只能嫁鸡随鸡，嫁狗随狗。我只想好好过日子，不要把我再输给别人。"

吴满江连忙说："这个保证不会，保证不会。"

林万春让胖大嫂进来，悄悄地告诉她，今晚给他们安排一个夫妻单间，免费一夜。然后对吴满江说："好，人就交给你了。你可以把她带回家了。"

吴满江从口袋里掏出赵钱益的欠条，还给赵钱益。赵钱益接过欠条，面如土灰，随手揉成了一个小纸团。

吴满江和欧阳苦尽就起身了。看着他们的身影，赵钱益的表情复杂而诡异，像真丢了老婆一样失魂落魄，突然指着门口大声说道："你狗日的，比我命都好！"

第 15 章

赵钱益输掉老婆并亲手把老婆送给吴满江的事，成了幺店子里的盐背子们最热烈的话题。有人问赵钱益丢了老婆是什么滋味，赵钱益说，老婆么，输了就输了，给哪个当老婆都一样啊。同伴们惊讶他的坦荡，惊讶他的想得开，其实他心里乐着呢，那只不过是人家的女人罢了，自家的女人谁愿意这样？打死也不行！同伴们又问，你老婆是不是有啥毛病啊？就借机把她休了？赵钱益说，我那个婆娘，要相貌有相貌，要劳力有劳力，奶子大，屁股圆，脑壳灵，德行好，要说挑毛病还真为难我。他吹得像天人一样，越是这样说，同伴们越是想看到那个女人是什么样子，可是他们见不到，只能凭借想象在脑子里描绘出一个美女形象。有个骚货问得更细了，在床上是不是很舒服？赵钱益说，要多好有多好！

他们相信赵钱益说的真话。要不怎么不见了吴满江呢？反正自从有了老婆，盐道上再也没有吴满江的踪影了，他成了暂时的盐道传说。熟悉他的盐背子就在幺店子里谈论他的长短。据他的一个同乡在晚间谝闲传，眉飞色舞地对大家说，人家吴满江已经把这个赌来的媳妇像神仙一样供了起来。父母都在山上干活呢，他却偏偏不让欧阳苦尽做劳苦差事，让她天天在家做细活。细活是什么，就是养猪、喂鸡、做饭，反正不出门晒太阳。吴满江不让老婆晒太阳，就是怕她晒黑，晒黑了就不好看了。他喜欢媳妇白嫩的样子。这就引起了父母的不满，说没有哪个男人这样心疼女人的，以后还不要骑在头上屎尿？吴满江不以为然，我就是喜欢这个女人怎么的？我害了你们谁？她又碍了你们谁的事？父母就不说话了。想想也是啊，人家欧阳苦尽又不是好吃懒做，对父母恭恭敬敬的，见人一脸笑，家务事样样在行，你能说她啥毛病？男人就是心疼她，愿意把她当成心头肉，你能把她有啥办法？成天在地里累死累活的嫂嫂就跟哥哥生事，你看人家吴满江，把老婆疼的。你们兄弟俩是不是一个娘生的？你怎么这么不疼老婆，月事来了你还让我去挖地。哥哥说，农人没那么多讲究，月事来了不就是水水变点颜色吗？反正得种庄稼！嫂嫂双手往腰杆上一叉，说，那我们不都是女人吗？她的月事就是血，我的月事就是变了色的水？吴满江就站出来说话了，说嫂嫂说得也对，不是女人清闲，是男人不知道女人的苦。哥哥你也要多体谅嫂嫂一些。一吵架，家里就不安宁了。哥哥就给父母建议，赶快把弟弟分出去，让他们单独过。这么下去，妯娌之间的关系也好不起来，家里就要闹翻天的。于是就和气分家，另起炉灶了。分家之后的吴满江还是天天劳动，晚上陪媳妇。同乡劝他继续背盐挣钱，可他说不陪着女人，背盐做啥？同乡说，你不背盐，空有了一身好力气。吴满江说你傻呢，我有这样的好女人，还愁力气没处使？同乡说听懂了，你老婆是个骚货，你也骚。吴满江说，你懂什么？这叫恩爱。你连恩爱都不懂，背再多的盐也不知道夫妻的味道。同乡被他说得直翻白眼，无话可说。

吴满江再次出现在盐道上，是在一年之后的秋天。他是来给林万春报喜的，也是来感谢他的。他背了十多斤干竹笋作为礼物来答谢林万春。林万春家也添人进口了，鄂鄂生了个大胖儿子，才刚刚满百日，脸上红得像太阳一样，只是一见到陌生人就哭。吴满江本想抱他，见他哭了，便连连后退说，不抱了，少爷你也莫哭了。他转过身去，娃娃看不见他的脸，就真的不哭了。吴满江无不自豪地说，欧阳苦尽给他生了两个闺女，双生呢。林万春呵呵一笑，说那正好，你生两个女儿，我生一个儿子，我们就先定一个娃娃亲。要是我老婆也一次生两个儿子，那就一次娶了。你说你运气多好呢，将来是两个男人的岳父。鄂鄂背过身子，给娃娃喂奶，看着儿子圆嘟嘟的脸庞说："你都是有媳妇的人了，好好吃奶，快快长大。"儿子也不听她说话，只管大口吃奶。鄂鄂的母亲陈氏在隔壁听说定娃娃亲，有点不高兴了，走过来说："你们嘴上快活！娃娃亲多是说说罢了。娃娃长大了就不能说了，玩笑是不能当真的。"鄂鄂赶紧补了一句："这倒是的。人家本来就是开玩笑。娃娃长大了，他们自己有自己的想法。吃奶的时候定下的婚事，长大了他们不承认的。"吴满江脸上浮现出一丝复杂的表情，扭过头说："隔了这么远，也许他们一辈子都不会见面呢。就说这方圆几百里地，有几个娃娃亲最后成亲了？成的多是从小一起长大的。"

林万春面前的吴满江神气十足，整个精气神都比背盐时好多了。他活得这般滋润，作为媒人的林万春自然很高兴，就让胖嫂端来几个菜，再来一壶苞谷酒，两人边喝边聊。林万春说："你还记得那个赵钱益吗？他输了老婆之后，魂都丢了。"吴满江哈哈大笑起来："你莫哄我了，我早晓得了，那根本不是赵钱益自己的老婆，你们俩串通好了来哄我，欧阳苦尽就是个顶包的女人。这样好啊，我见了赵钱益也不难过了，只是要感谢他。"林万春就把当时的情形说了一遍，吴满江也觉得很有趣。林万春说："这也叫歪打正着，成全了你们两个人。听说你很心疼她？"

吴满江说："你也不想想，我三十多岁了才找个老婆，我能不心疼吗？有了媳妇才知道媳妇的好，有了女人，才知道男人是没出息的。你不晓得，我有多么喜欢这个女人。她穿啥破烂衣服都好看，没衣服穿的时候，一身光巴子更好看。我就喜欢看她的光巴子！要山有山，要水有水。我真不知道以前那三十年是怎么过来的。刚刚领回去的那几天，我天天不出门，守着她。我妈跑到我歇房说，娃，女人是不能当饭吃的。我说我就当饭吃。没有她我能吃得下饭吗？我妈盯着我看了很久，叹口气出去了。家里劳动苦，吃不好，穿不好，我只能让她少下一些苦力。其实她也不清闲，以前是怀着两个娃娃做家务，现在是带着两个娃娃，够她累一辈子了。你知道带两个娃娃的难处吗？有时她们同时哭，同时闹，同时醒来，同时发烧，我老婆一手抱一个，幸好我妈身体还好，能搭个手。不然，累哭都忙不过来。原本我想，把庄稼种好就行，可布料都没钱买，娃娃怎样穿好的。要挣钱就得背盐。还有一条路就是上山采药，成天钻在深山老林，我怕野物，做不了。想来想去还是背盐来了，我熟悉路数。"

就这么吃着喝着，赵钱益一头撞了进来，他是投宿来的，顺便给林万春捎了一块麂子肉，一见吴满江也在这里，就满脸堆笑地说："快两年时间不见了，你可好？"

吴满江说："没两年。一年多。"

"天天在家守媳妇？"

"下地干活呀。谁天天守媳妇了？我有那么没出息吗？"

赵钱益关切地说："我老婆，不对，是你老婆，她还好吧？"

吴满江说："多谢问候，她还好，给我生了一双女儿。"

林万春让赵钱益也坐下来，添了一双筷子，让他也喝两杯。赵钱益也不客气，拿着筷子就吃起来。林万春说："人家早就知道欧阳苦尽不是你老婆了。估计带回家的途中就说了吧。"

吴满江说："路上就给我说清楚了。她是个苦命女人。"

赵钱益说："听说过了，你有多喜欢她。盐背子里最心疼老婆的，就数你了。"

"疼老婆是祖传的。"吴满江说，"我爷爷对我奶奶就这样的，含在嘴里怕化了，捧在手里怕碎了。"

林万春哈哈大笑起来："你爷爷怎么跟我一样啊。"

鄂鄂抱着儿子扭过头来，眉毛往上一挑，神色夸张地看着林万春说："你脸红不？你什么时候对我含在嘴里怕化了，捧在手里怕碎了？说得多好听！你跟人家好好学学！"

林万春一脸顽皮的样子，说："那你还口口声声说我对你太好了。"

鄂鄂说："那是哄你的。"

"这也能哄人？我对你好不好还要你哄？"

鄂鄂拍打着怀里的儿子，摇摇晃晃地说："男人大小都一样，该哄就要哄，一哄就是一辈子。"她把儿子的身子竖起来，逗弄着他的鼻子说："你说是不是？"

陈氏正在给外孙做衣服，转眼看到鄂鄂怀里的娃娃正在尿尿，清水直落。陈氏叫道："尿了尿了！"鄂鄂一看，自己的衣服也浸湿了一块。天气热，白天不用尿布，尿尿的时候无所阻挡，就流到衣服上了。鄂鄂对陈氏说："是不是用上尿布好？不用尿布，我每天都要让他浇湿几次。"陈氏说："又不是冬天，用啥尿布？你小时候跟他一样的，我身上随时都有你的尿味呢。"鄂鄂说："那是你偷懒，嫌难洗。"陈氏说："不是嫌难洗，是要干爽！小娃娃的屁股跟花心心一样的，娇嫩得很。就你那样，要不是从小我就那么用心，你能长得现在这样乖巧？"鄂鄂朝妈妈噘了一下嘴，抱着儿子扭着屁股回到自己房间去了。

林万春陪赵钱益他们继续喝酒，说起了自己想再开一个客栈的事，地点就在离县城三十到五十里远的地方，这个地段没有客栈，前不着村后不着店，盐背子很不方便的。吴满江说有个客栈是好，就是太花钱了。修建十几间房子，不是一件容易事，要是需要我们帮忙，你叫一声就行，别的没有，力气是有的。林万春说，我要是真决心开客栈了，少不得你们帮我。吴满江直拍胸膛说，就怕没这能耐帮你。

把一壶酒喝完，赵钱益和吴满江就一前一后出门了，说要下河洗澡，然后困觉。从河里洗澡回来，原先的铺位却被先睡的人占了，没有困觉的地方了。两人一下子傻了眼，突然变得无立锥之地了。只怪店里生意太好，今天多冒出来十多个人，占用他们铺位的又不认识，只要有地方就抢先睡下，也不管有主无主。依照他们的性子，若是以前，必定是要据理力争抢回来，可这样容易引起冲突。赵钱益把铺位不够的情况告诉了林万春。林万春此前让左木匠做了十张架子床，作为备用，全堆码在后面的小院坝里，需要安装才能使用。林万春便让陈氏去叫左木匠来，陈氏边走边说："你这个当老板的，怎么没有预料？这几天天天客满，尿胀了才去挖茅厕！"林万春说："我这几天太忙了，忘记了。"陈氏说："喝酒怎么没忘呀。又不让你做，你也做不了。"林万春尴尬地笑笑，自知没做好，也不还嘴。

左木匠不到一袋烟的工夫就来了，手上提着木匠用的家伙，叼着发黄的旱烟袋，烟杆像竹竿一样斜插在嘴里，一脸的坏样子。后院在林万春和鄂鄂歇房的后面，要从歇房穿过去，安装床铺会有敲打的响声，鄂鄂就把儿子抱到外面了，林万春在客栈寻找加铺的位置，陈氏端着茶水过来，往门槛内的地上一放，对左木匠说："渴了就喝。"左木匠就喊叫："你来给我帮一下忙！"陈氏说："你个当木匠的，还要别人帮忙？我能帮啥子？"

后院里堆放着十来副床铺，都是左木匠做好的。如果装好就没地方存放，就把它们做成了部件叠放起来。左木匠把叠放的床铺脚架子取出来，让陈氏扶着床腿，左木匠就往卯眼里插上榫头，咚咚地敲打，榫头就慢慢进去了。左木匠触景生情，边敲边说：“你看像夫妻做事吧。”陈氏脸一红，说：“没婆娘的人成天就想着这事。”左木匠说：“你没有男人，我没有婆娘，你当卯眼，我当榫头多好。”陈氏说：“莫嚼舌根，赶快干活呢！”这时天色已暮，又四下无人，左木匠把一张床铺支起来，双手在上面压了压，说好用呢，顺势就把陈氏推倒在床上，一手在胸部揉搓，一手在下面摸索，陈氏奋力反抗，一阵拳打脚踢，左木匠恐慌起来，怕来人撞见，便住了手，陈氏翻身起来，狠狠一巴掌打在左木匠脸上。左木匠嘻嘻一笑，若无其事地把支好的床铺往外移，说：“你帮个手，斜着床铺，先让床脚出去，后面部分才能出去。”陈氏余怒未消，气喘吁吁地虎着脸，配合着左木匠把床铺抬起来，斜着穿过门框，然后把床铺搬到客栈。陈氏叫了一个店小二进来，让他给左木匠打下手，自己走了。每装好一张床铺，就抬出去放在预先准备好的加铺位置，十张床铺装好，左木匠就累得满头大汗了。

鄂鄂抱着孩子进来的时候，左木匠正在擦汗水。鄂鄂说左叔叔饿了吧，我让妈做点饭吃。左木匠说，可吃可不吃，饿也不是很饿，吃也能吃点。鄂鄂就走到妈妈的房间，给妈妈说左木匠怕是饿了，给他弄点吃的。陈氏说：“让他饿死！那个死鬼，我才不给他弄饭呢。”鄂鄂惊异地看着母亲：“你怎么了？”陈氏脸上依然燃烧着几分怒气，说：“没怎么，就不给他吃。”鄂鄂说：“人家辛苦呢。”陈氏愤愤地说：“老娘是给了工钱的。”鄂鄂吸了一口凉气，怕母亲大嗓门吼起来，也不知就里，便悄然离开了。

只因为左木匠想占陈氏的便宜，陈氏从此对左木匠就没有了好脸色。家里人提起左木匠陈氏就不高兴。他的木匠手艺是父亲传给他的。父亲一表人才，是方圆百里有名的老木匠，四处都有人请他，经常外出做活，一去就是几个月。只是常常外出，很少见他拿回来钱。后来他老婆听到一些风言风语，说是他的木工活都是为了漂亮女人，他都做了雇主家女主人的肉榫头。老婆一气之下，坚决不许他出门了。于是他就在家教二儿子做木工。家里那些做工粗糙的门窗屋架全出自儿子之手。这个二儿子就是现在的左木匠。左木匠四十出头，成为木匠的二十多年来，一直都为幺店子做木工的。客栈要添加新床铺，换门窗，包括房顶漏水等方面的修修补补，都要请左木匠来帮忙。左木匠对店子里的所有木头都熟悉。虽说是开了工钱，但也是人头熟，离得近，用起来方便。左木匠家中只有父母，弟弟是成家后分家的，他就一个单身汉，老婆被山大王抢走之后，单身十多年，一直找不到老婆。他除了种庄稼，就是做木活，也算是一门好手艺了。周围住户分散，人烟稀少，可他的木活又是最好的。幺店子就把他作为长期的雇工。以前鄂老板在世时，虽说他们两家是一穷一富，可鄂老板还是把左木匠当朋友的，左木匠来他们家干活，进进出出都很随便，对陈氏也是恭恭敬敬的，从没有过分的举动，也看不出他有什么非分之想。他年龄跟陈氏不差上下，陈氏对他也像兄长一样。鄂老板去世之后，他见了陈氏就一双眼睛色眯眯地看着她，开一些露骨的玩笑，陈氏一般都不会理会，慌忙走开便是。陈氏知道，饿狼一样的男人是她这种寡妇惹不起的，趁早远离。可这天左木匠的反常举动，摁痛了她的腰身，抓痛了她的奶子，这下把陈氏彻底激怒了。当晚是越想越生气，越想越窝火。翻来覆去睡不着，就在床上骂人，开始在心里骂，骂着骂着就骂出了声。还有这种不要脸的男人！想占老娘的便宜，也不看看自己是什么货色！

鄂鄂是在半夜给儿子端尿时听见母亲房间有声音的，便对林万春说了，妈的房间怎么会有说话声？林万春警觉地翻身起来，走出去，把耳朵贴在门上听，听不明白，只是嘀咕嘀咕的，明显不是对话的声音，而是在独自骂人。后来终于听清了一句“想占老娘的便宜”，心里便明白了几分。林万春回到床上，对鄂鄂说了，鄂鄂说，难怪呢，我让她给左木匠做点饭，她不做，说老娘是给了工钱的。林万春说，左木匠不会把她怎么样吧，无非是说说笑笑，顶多带点动脚动手。鄂鄂说，我妈可是极当真的人，男人开玩笑她都不接话的，没人能占她的便宜。她发那么大的火，一定是动脚动手了。小两口子谈论一阵，也无良策，睡了。

陈氏从第二天起，就开始痛骂左木匠。左木匠的家住在离幺店子两里多路的地方，幺店子的茅厕正好对着山坡上方左木匠家，远远地就能看到他家的石板房。陈氏在家的时候跟往常无异，每次到茅厕，看到左木匠家的房子就怒从心头起，看路边的杂草和石块都不顺眼了，狠狠地踢一脚，然后昂起头，朝着左木匠家骂道，什么东西！死你先人的！

陈氏对左木匠的詈骂多是自言自语，有时则是大声地骂出来，特别是看到左家房子附近有人的时候，她就会迅速激动起来，忍不住往外喷一句。陈氏骂人的表情愤懑而古怪，眼睛望着天上，下巴翘起，看不出她是在骂谁。就那么远的距离，骂的次数多了，左木匠就知道了。有天两人对骂起来，一个骂死你先人，另一个回死你先人，一个骂日你妈，另一个回日你妈。两人一边骂，一边往前走，越来越近。很明显，左木匠是用最简单的方式回应着陈氏，而陈氏不依不饶，面对面之后，就骂得更难听了，说：“你妈活着，你马上回去日呀！你来欺负我干啥？”

左木匠说：“你这个怂婆娘，不是没事找事吗？”

陈氏扑向前一步，身子像跳跃了一下，说："你找事还是我找事？想占老娘的便宜，梦做早了！"

左木匠左右看看，怕人听见，压低了嗓门说："哪有你这么凶的。那天我不就是想碰你一下吗？就把你奶子摸了几把，伤到你哪里了？"

"摸了几把还少吗？"

"摸到的也不是肉，是布！"左木匠突然委屈起来，"布上还有一块补疤！"

"补疤也不厚。"

左木匠说："你那块补疤有两三层。"

陈氏下意识地看了看自己的胸部，说："两层。"

左木匠说："那也就摸了两层布，你恨不得把我杀了。"

陈氏说："不是布的问题。"

左木匠急得直搓手："可我摸到的只是布，还是粗布。"

"你摸我身上的布也是占便宜。"

"啥便宜？"

"小便宜。"

左木匠说："我不是占小便宜的人。"

"可你也占小便宜了。"

左木匠说："那你说怎么办？"

陈氏叉开双腿，站在两个一尺多高的石头上，两腿间形成了一个较大的空穴。陈氏用手往下指了指，说："你从下面钻过去。"

左木匠："你想让我倒霉？"

陈氏气势磅礴地说："钻不钻？"

左木匠说："不钻。钻女人裤裆是要倒霉的。"

陈氏扬起巴掌，一耳光打去，左木匠身子一晃，避开了。站在石头上的陈氏没能稳住身子，跳下来。左木匠拔腿就跑，冲到自家房屋边上，向下俯瞰着陈氏，一脸虎口余生之后的喜悦。

陈氏愣愣地站在那里，指着左木匠说："老娘今天饶了你！"

说罢就往回走，扭头看见林万春和鄂鄂站在她后面的不远处。鄂鄂说："你在这里干什么？"

陈氏说："出来就一定要干什么吗？我就想走走。"

鄂鄂把怀里的儿子递给她，说："想你替个手呢，你却在这儿。"

陈氏抱着外孙，甚是喜欢，逗弄着说："抱大了一代，又抱下一代。你也不让外婆清闲清闲。"

林万春说："长大了他会好好孝敬你的。"

陈氏说："有你们孝敬我就好了。孝敬我就要让我不受欺负。"

林万春和鄂鄂对视了一下，没有说话。一家三口慢悠悠地往回走，刚刚走到店子门前，胖大嫂就匆匆走过来说："老板，你哥哥来了，在找你呢。"

话音未落，只见林万豪从客栈房间小跑出来，急急地说："张迎风奶奶不行了，说是想你。叫你回去看看。"

林万春说："你去看她了？"

"我路过张家，进去坐了坐，奶奶叫我捎个信，叫你回去。"林万豪说，"一百多岁的人了，精神不如从前了，说走就走了。她想你，你还是回去吧。"

林万春的脸色瞬间大变，原本平和的心里像压了块石头，把他的面容都压阴了。这个神一样的奶奶在他心里的分量太重了，胜过亲生。林万春说："我明天清早就走。"

这时突然一个小伙子从盐道上走来，空着两手，不像是背盐人，也不像是住店的。走到林万春跟前，就说："我找林老板。"

林万春说："我就是。"

小伙子说："我是镇坪县剿匪队的，是张队长派来的。我叫张童子。他让我来找你，奶奶叫你回去一下。张队长说，你一定要回去看看。"

说完，从身上掏出一张纸条，上面写着"万春如晤：奶奶大恙，日薄西山，恐有不测，见字速归"。

同是一件事，两个人从不同的方向赶来通知，严重性可想而知了。林万春甚至想到，或许奶奶已经过世了，只是没说明。

第 16 章

奶奶说，她晓得林万春已经上路了。上路就是回家来看她。任香悦问奶奶怎么晓得林万春已经上路了。奶奶说不晓得怎么晓得的。奶奶说，就在这几天她就要见阎王爷了，再不走就不行了。任香悦说奶奶你不要走，阎王爷不会收留你的。奶奶说她知道的，阎王爷告诉她了，念她是盐背子的婆娘，一生贫苦，就在生死册上把她划到了阳册，让她多活一些日子，照看其他盐背子。任香悦问奶奶你怎么晓得的。奶奶说不晓得我怎么晓得的，反正我就是晓得了。奶奶的话语中包含着贯通阴阳两界的深邃与玄机。她已经不是以前的那个奶奶了。任香悦便不再问，用很惊讶的目光看着仅剩几颗牙齿的奶奶。

大约在五天之前，奶奶的举动就与常态不符了。奶奶的目光和脸孔都充满了宇宙一般的苍茫与混沌，她成天自言自语，自说自话，她的面前似乎站着一个无形的人，这个人别人是看不见的，但奶奶能看见。她口中最常见的话就是林万春和张迎风。说林万春怎么还不回来，张迎风怎么也不见影子了。这倒不要紧，是奶奶想孙子了，想多了就要念出来。问题在于，奶奶的行为也越发怪诞起来，每天早晨都要用很长时间来梳妆打扮，她用极其漫长的时间来穿衣服，梳头发，精益求精地整理自己的仪容仪表。早在十年前，为了随时了解奶奶在歇房里面的情况，张妈就让张迎风在奶奶的门上凿开了一个口子，当里面闩着门的时候，也可以方便地从门外窥视里面的动静，后来被奶奶发现了，张妈又让张迎风把小口子堵上了。就在前几天，张妈把堵上的口子又弄开了。这回奶奶没有发现，而张妈却从口子上发现了奶奶的秘密。每天上午她不再散步了，不再坐在椅子上看太阳，吹轻风了，而是精心地打理自己。每天早晨，奶奶会穿得整整齐齐，坐在陈旧得接近腐烂的梳妆台前梳头发，仔仔细细地把每一根头发都梳理好，无休止地重复着自己的动作。梳妆台里有一面生锈的铜镜，无论怎么打磨都看不清了。可奶奶照样在使用它。奶奶照镜子和梳头发的样子，让人感到恐怖和惊异，张妈看着看着心里就发毛了。她感到了一丝不祥之兆。于是到县城去叫张迎风回来，说奶奶来日不多了，太反常了。张迎风回来后，除了看到奶奶喜欢打扮自己，并没有在她身体上发现什么异样。公务在身的张迎风便又走了。张迎风一走，张妈和任香悦都感到奶奶到底还是不对劲，又去通知他。张妈命令式地告诉他，马上叫林万春回来！张迎风说，万春刚添儿子，店子又那么忙，怎么说。张妈说，就说奶奶重病在身，来日不多了。张迎风被母亲逼得没法，马上写信，派张童子给林万春送去。张妈亲眼看到张童子带着信函出门了才放心。张妈又说，你也回去！再忙都要回去！张迎风只好跟着母亲回家了。

张迎风回来了，全家人的心里都揪紧了，他们紧盯着奶奶。张妈特别提醒张迎风和任香悦两口子，你们瞌睡大，晚上莫睡死了，随时要醒着。我总觉得这屋子哪里不对劲呢，歇房里有一些莫名其妙的响动，不像老鼠也不像风声，就是有响动。这响动哪来的？任香悦让张妈一说，身子吓得直缩。张妈又说，从小都听说老人去世之前会有一些兆头的，或许老人家魂魄已经走了，只剩下一个肉身在家。你看她不吃不喝的，几天都不说饿了。以前可不这样的。任香悦说，也吃点东西的，只是不多。张妈说，那么一点点，也算吃？任香悦就不再说了，觉得婆婆说得也有道理。

今天早上，奶奶早早地起来把自己收拾好，甚至穿着寿衣独自上楼了。她的寿衣已经存放了快三十年了，以前一直压在箱底，上个月才翻出来，不时地看看，欣赏自己将来见阎王爷时的行装。今天早晨终于把它穿上了，是一身鲜艳夺目的大红大黄。寿衣的色泽与寓意凝结着一生一世的向往与目标。穷了一辈子，死后也要把富贵荣华的愿望用寿衣表现出来。

张妈起床后，首先看奶奶起来没，屋里却不见了奶奶的影子，外面也不见。这把张妈吓出了一身冷汗，站在门口朝外喊了几声，奶奶在楼上发出了声音，说我在这里。张妈一边把张迎风叫起来，一边跑到楼上，只见奶奶正端着油灯，庄严肃穆地抚摸着自己的棺材。油灯的弱光投向奶奶的面孔，照亮了那些宛若木刻的皱纹，清晰而混沌，散发出一种深幽、遥远而又陈旧的气息。张妈的目光从奶奶脸上扫到棺材上。自从林万春走后，棺材再也没擦拭过，上面布满了灰尘。奶奶清早已经把它擦洗得干干净净了。张妈说，妈，你真胆大，你怎么到楼上来了？你要是摔倒了怎么办啊？你怎么上来的？奶奶说，我慢慢爬上来的。张妈说，太吓人了。奶奶说，我要走了，来看看我的房子。张妈说，妈，你莫看了，又没人抢你的，归你住就是。奶奶说，把它抬下去，我要住了。张妈说，放在楼上不占地方，抬下去放哪里？奶奶望着棺材说，抬下去。张妈说，下面没地方放呢。奶奶说，往土里放。这时张迎风也上楼了，要和妈妈一起把奶奶扶下去，奶奶不让扶，张迎风不由分说地抓住奶奶，强行地把奶奶背下楼了，背在背上的奶奶摸着张迎风的头。奶奶说，我八十岁时还背过你。张迎风说，奶奶以前有一百多斤重，现在只有八十多斤了！奶奶说，想你们想瘦的。

奶奶执意要他们把棺材抬下来，他们只有顺从。可是，只靠家里的人是抬不动的。张迎风到外面几声吆喝，便叫了几个壮汉，咚咚地跑上楼去，准备拆解棺材。当他们把棺材的四面拆解之后，底板上却是平平整整放着一层盐巴，上面用薄木板盖着。没人知道是谁放的，也不知道是什么时候放的。这口棺材制成于三十六年前，奶奶七十来岁的时候，现在奶奶一百零六岁了。可以猜测的是，棺材是张迎风的父亲在世时做的，棺材里面的盐巴可能就是为了防止饥荒时期没有盐吃，一点一点节省下来，偷偷地存放在这里了，以应急需。他们把盐巴用篓子装起来，称了一下，足足有一百斤。

棺材拆成六大块，然后一块一块地从楼上往下移动，放在院坝，再合装起来，一个庞然大物便骇然而立了，在院落有限的空间里，十分扎眼。帮忙的人出门后，张迎风追出去，叮嘱他们说，奶奶怕是不行了，要请你们帮忙料理后事，你们要随叫随到。墓地都是现成的，就在爷爷的墓地旁边，两个老人在一起，照看时也方便一些。

棺材以它特有的黑色外表和适合于人体长眠的造型，散发出一股令人窒息的幽暗气息，构成了对生的威胁和对死的召唤。六岁的臭臭起床了，欢天喜地地走到外面叫奶奶，忽然瞥见棺材，就闪身跑开了，问爹爹这是啥。张迎风说："这是棺材，是祖婆将来要睡的地方。"臭臭说："睡在里面盖铺盖吗？"张迎风说："盖铺盖的。"臭臭又问："睡在里面不会捂死吗？"张迎风就不知道怎样回答了。臭臭对棺材没有好感，警觉地保持着安全距离，张着嘴巴远远地看着它，然后毫无兴致地说："一点都不好看。"

奶奶让把棺材搬下来的举动提示了张妈，奶奶的生命进入了一个非常时期，全家人都进入了紧张状态。张妈把早饭当成中午饭做，这个过程充满了暗示，是对奶奶近日来一切反常举动的一种积极回应。张妈做得很精细，精细到慢条斯理、一丝不苟的地步。为了给奶奶做粥，瘦肉都是剁碎了放在罐子里，和着米慢慢熬，熬半天才能烂熟，再晾凉了给奶奶吃。几天来没怎么吃饭的奶奶连续吃了两碗，后面一碗是张妈一勺一勺喂下去的。喂完最后一口，奶奶用衣袖擦了一下嘴角，心满意足地说："够了！"

接下来奶奶要做的事情，是让张迎风和任香悦两口子扶着她，在院坝走动，张妈和臭臭跟在后面，形成了四世同堂的全家福场面。奶奶边走边看。这些地方是她一生来最熟悉的地方，远处看青山绿水，近处看禾苗庄稼，高处看风云雷电，低处看坡下山脚。奶奶的目光具有回顾性和总结性，既是温习，又是追溯。奶奶走动的情形与以前大不相同，以前是大家有说有笑，今天不一样，每个人的脸上都变得非常庄严而小心翼翼，连好动的臭臭都严肃起来，一步步紧跟在后面。

奶奶的体力大不如从前了。她已经衰老得听不见她的喘息声了，走了一圈就想坐下，目光从远处的山峦收回来，落到院坝里的那片向日葵上，叹口气说："万春应该快回来了吧？"

张妈说："妈，要是他今天回来，就快了。"

奶奶把臭臭叫过来，搂到怀里，轻轻抚摸着她的头，臭臭的小手也去抚摸奶奶的脸，两行眼泪从奶奶深凹的眼眶里流出来，臭臭给她擦拭着。奶奶说："祖婆要走了，你们不要哭。"臭臭说："祖婆你要到哪去？"奶奶说："祖婆要陪你祖爷去了。""祖爷在哪里？""祖爷在长庄稼的地方。"臭臭似懂非懂地点了点头。

林万春是在太阳快要落山的时候赶回家的，那个叫张童子的警察也来了。奶奶在大门内的椅子上坐着，面向门外，看着院坝里那片环绕的金灿灿的向日葵。林万春一身大汗，走到门口，见奶奶安然无恙地坐在那里，便叫了一声奶奶。奶奶无动于衷。张妈说："妈，万春回来了！"

奶奶这下听清了，也看清了。她激动得身子往上一提，就想站起来，但没能站起来。左右两边是张迎风和张妈母子俩。林万春俯下身子去抓奶奶那白桦树皮一样的手，奶奶说："孙子，你回来了！"林万春蹲下去，半跪在奶奶面前说："奶奶，我是专门回来看你的。"奶奶说："我晓得，我就等你回来。"奶奶抚摸着林万春的头，喉咙"咕嘟"地响了一声，徐徐闭上了眼睛。

林万春回家的时间决定了奶奶去世的时间。九月十三日下午，奶奶走了，走得安详，干脆，清醒，甚至清醒得有些不可思议。没过多久，奶奶的脸色就变成了煞白，一种永远看不出年龄的煞白。张家人采用了最简单的入殓方式。奶奶在一清早就把自己打理好了，她不需要别人在她死后再摆布她的身体，包括洗澡更衣这样的必要程序全都删繁就简了。奶奶平时喜欢睡软和的床铺，他们把奶奶的棺材收拾好，把她平时所用的衣服被褥放进去，厚厚地铺上一层，直接把奶奶抬进了棺材，一如她活着时睡觉那样。然后他们披上白色孝布，一齐给她跪下叩头。

一场暴雨就在这时唰唰唰唰开始了。暴雨打破了常规，此前没有预兆，没有阴云，没有闪电，也没有雷鸣，在青天白日之中突如其来。林万春手脚麻利，迅速从猪圈找来几件蓑衣盖在棺材上，免得打湿了棺材。全家人躲进了屋子，无奈地看着大雨哗哗直落，张迎风正担心明天给奶奶办丧事的天气时，天气又突然放晴了。张迎风便和林万春一道，连夜去亲戚朋友家报丧，要请人帮忙，见一个人磕一次头，在任何人面前都是孙子。

奶奶丧事办得简约而体面。奶奶哺育过的男人、女人，凡是活着的都来了，他们用最庄重的方式来报答奶奶的哺育之恩。那一口奶或几口奶，曾经帮他们度过了最艰难的嗷嗷待哺的时光。林万春的父亲就多次吃过奶奶的奶。奶奶没有哺育过的也来了。他们是慕名而来。他们想看一百零七岁的老人死后是什么样子。

办完丧事，奶奶就入土为安了。大雨又下起来了，满满下了一天，然后减弱了，变成了淅淅沥沥的小雨，万山朦胧，云遮雾罩。上了年纪的老人说，这是詹天日来了。张家的百岁老人走了，老天爷为了怀念她，悲伤得流泪了。第一天俗称为"进詹"，最后一天为"出詹"。"詹天日"一般天阴多雨。这也就是说，奶奶去世的那天，就是"进詹"了。

奶奶走了，奶奶的歇房空了，放在楼上的棺材用了。林万春和张迎风连续熬了两个通宵之后，实在困得不行，每一个器官都想睡觉，走路都是迷迷糊糊的。张迎风倒是方便，倒在自己床上就睡了。可林万春在哪里睡觉却成了一个问题。他以前在楼上睡，睡在奶奶的棺材旁边，现在棺材不在了，床铺旁边是空荡荡的，他躺下迅速睡去，一觉醒来，脑袋一偏，第一个感觉就是奶奶把棺材用掉了，原来停放棺材的地方显出一块清清楚楚的灰白色印迹，形状跟棺材底座一模一样，越看越不是滋味。他就不明白，想到棺材用了，反而比空着的棺材更可怕呢。翻身起来就跑下楼去，对张妈说："妈，我在楼上睡不习惯了。"

张妈说："那你就在楼下睡，睡奶奶的歇房。"

任香悦说："奶奶刚走，你睡她的床铺害怕不？"

林万春说："一个连死人都敢背的人，会怕自己的亲人吗？再说，奶奶会保佑我的。"

任香悦看了他一眼，说："那也要好好收拾一下。"

他们一同来到奶奶的房间，迅速被一种从未闻过的味道所包围。味道古老而陈腐，既像发霉又像长着青苔，让人无法明确辨识。任香悦吸了吸鼻子，说奶奶不知道怎么闻过来的，这么难闻！张妈说，多年前就说要给她好好清理一次，她就是不让，说是习惯了，没啥难闻的。三人一齐动手，把奶奶房间各个角落里的东西都清理出来，是一堆被奶奶珍藏的垃圾、破布、棉花团，以及那些根本分不清何物的柔软物质。把床铺移开之后，床下是乱七八糟的一片，有盐背子用过的打杵子，有老鼠和壁虎的残骸，有开裂的陶罐。杂物上面，是密密麻麻的蜘蛛网，相互粘连着，重叠着，可看出它们世世代代都在这里生存繁衍。在蜘蛛网和尘土的双重覆盖之下，他们发现了一个麻布包裹着的东西，打开一看，原来是一本书。任香悦和张妈都不识字，就给林万春看。林万春识字不多，但“张氏家谱”几个大字他还是认识的。林万春说：“我先睡觉，等张迎风醒来，让他仔细看。”

张迎风对家谱如获至宝，看了半天，方才看出一些眉目。原来张家是个大家族，是明朝正德年间的饥荒岁月从湖北恩施迁到镇坪县的。当时一共迁来了张家家族的三兄弟，分别从事背盐、种地、经商三种职业，张迎风家属于大房的子孙，主要以背盐和种地为生。家族一直遵循着“耕读传家，仁义为基，积德行善，风正行远”的家训，一百多年后，第三房出了一个知县，知县的后代又逐渐外迁到武汉和安康一带经商，把第二房的后代带了出去。留在镇坪县的，就只剩下大房了。大房子孙是比较差的一族，从未发达过，几百年来都是背盐为生，摔死多人。这部家谱，是张迎风爷爷那一代人中的三房人出资编修的，成书于光绪年间。张迎风让母亲把家谱好好珍藏起来，是要一代一代传下去的。

正当张迎风处在发现家谱的兴奋之中时，张童子冒着细雨连滚带爬地跑来了。进门就说：“队长，不好了，出大事了！”

张迎风一下站起来："什么大事？"

"今天大清早，曾世忠一伙土匪把县政府烧了！他们还留下纸条，说要砍下县长的头，和猪头肉一起炒着吃。"张童子说，"李非烟局长叫你马上回队！"

张迎风忍不住骂起来："曾世忠太猖狂了！已经烧过两次县政府了！"

张妈说："这个政府，怎么连自己都保不住呢？是政府没出息，还是土匪太多？"

张迎风说："兼而有之。"

张童子说："李局长说，让你回来找县长！"

张迎风说："县长不见了？"

"不见了。他带着一帮人跑到别处了。"

按照这里的规矩，奶奶去世后，孝子们必须在家守孝七日才能离开。可是，镇坪县出了大事，剿匪的责任就更加重大了。队长有病在身，已养病半年，不能坚持公务，警察局长李非烟就让张迎风全权履行队长的职责，张迎风必须马上赶回去处理匪患。路上，他问张童子，川匪留下的纸条在哪里，张童子说刘县长收走了，听说他看到纸条时腿都软了，是秘书把他扶着走的。

第 17 章

清早在发现火情时已无法施救，火光冲天，势不可挡。刘县长穿着一身破旧的灰白色衬衣，戴上一顶破旧的草帽，在部下的拉扯和簇拥下从后面出来，总算逃出了火海，惊魂未定地大声命令道："你们从速召集民众救火！政府的房子烧了，政府不能被烧！"然后，刘县长就带着秘书科长张长顺一帮人跑了，消瘦而精干的小个子很快淹没在慌乱的人群之中。

县政府驻地一片焦土，遍地黑色，立着的是黑色的形状，倒下的也是黑色的形状。满眼是横七竖八奇形怪状的黑。松木和柏树一类的油质木材在燃烧之后，流出的油都闪着黑色的光泽，散发出一丝黑色的陈香，咫尺可闻。它与其他物品烧焦的煳味融在一起，有一种灭绝的永不再生的气息。房架塌陷，断垣残壁，余火在隐藏的角落里冒着青烟，不断地挣扎着上升，却又在不断地慢慢减弱。几个人在焦土上低头寻找着什么，不时地用脚踢着面前的黑色木物，企图发现这个多灾多难的衙门有什么残存的宝物，拿起一个小东西一看，又随手扔掉了。他们的眼神里没有失望，似乎本来就知道找不出什么值钱的东西，可他们又不甘心，总是希望有新的发现和收获。而更多的人则是远远地站着，以观赏的好奇的姿态看着这过火之后的惨状，他们异口同声地谴责着土匪，感叹他们如此这般的凶狠与毒辣，口气中也隐含着一丝对这帮歹徒胆大包天的钦佩与折服。

县政府的机构建制原本是齐全的，一场大火之后，已经烧得七零八落了。唯一保存下来的是警察局，并不是因为匪徒不烧警察局，而是警察局的房子与衙门是分开的，大约有两丈远的距离，大火没有能够蔓延到警察局去。县政府颜面尽失，警察局意外地保住了一点面子。当时的情况非常紧急，县政府的房子多是木材搭建，纵火的歹徒先杀了两个看门人，然后潜入县长住所前，杀了刘县长的警卫员，纵火逃跑。被杀的三个人，尸体都烧成了木炭。大火烧毕，人们进去清理现场时，有人问，这是啥木料，烧成了一个人形？弯腰一看，便吓个半死，果真是个人。大火把人烧成了焦木。

张迎风和张童子赶到了警察局，李非烟局长正在和剿匪队研究下一步的剿匪方案。李局长对张迎风说："你眼下最大的任务就是把刘县长找到！一个县不能没有县长！"

张迎风问："县城找过吗？会不会在居民家里？"

"都找过了。没有。"李局长说，"刘县长很谨慎，又有点胆小，这次烧政府，就是冲他来的。他不敢待在县城。"

张迎风说："那得把剿匪队的人全部给我。"

李局长说："你带一百人走！"

张迎风进屋泡了一杯浓茶，一边喝茶一边寻思，怎么才能找到刘县长。镇坪这地方山大人稀，到处是莽莽森林，奇峰怪洞，这恰恰是土匪们易藏难剿的一个主要原因。刘县长个子又小，一万个刘县长也不缺藏身之处。怎么找，无异于大海捞针。

张迎风决定率队搜山。

张迎风把一百名剿匪队员分为十组进行搜山，想到刘县长是临时躲避匪徒，不会跑得太远，当然也不会太近，张迎风便决定从离县城附近的山头搜起，将范围锁定在方圆十里内的地方，然后慢慢向外延伸。境内山峰耸立，连绵起伏，无法判断哪个山头最有可能性，他们得一个山头一个山头地搜索。一百人分成的十个小组从山脚起始，一齐往山顶进发，一个山头搜下来，没有发现任何踪迹，倒是把一些獐子、豹子吓得狂奔而逃。搜到第二座山时，在沟壑里发现了一具男人的腐尸，队员们见了拔腿就跑，张迎风把他们叫回来，让他们顺手积德，挖个坑把他埋了。挨了尸体的就留下一手经久不衰的腐败臭味，清水洗不掉，就在烂泥里泡一会儿再洗。连续搜了五座山，都无功而返。

倒是在第二天有了重要收获，这个收获来得非常意外。一个小组发现了一个土匪窝子，双方都很意外发现了天敌，于是就在洞穴外面交战起来。土匪们熟悉那些险恶环境，又有一部分躲藏在洞中，洞里黑成一片，外面的人不敢进入，一进去就倒下了。但匪徒手上没有枪支，只有刀具和梭镖。剿匪队员虽不熟悉环境，手上有硬货，守着洞口放乱枪，里面的人就困死了，动弹不得。张迎风的那一组听到枪声后，又迅速跑去援助，队伍马上壮大起来。十多个土匪与二十个剿匪队员交战，简直就是一场群猫与群鼠的游戏。土匪躲在洞里不出来，外面就向里面喊话了，再不出来就要烧洞了，闷死你们！这不是威胁，住过山洞的土匪都知道，如果在洞口内点上柴禾，柴烟就会随风往洞口里面钻，里面的人迟早都会窒息绝命。这个洞外有一堆土匪们平时烧饭用的木柴，剿匪队就把木柴往洞口移，堆放在洞口中央，然后点燃，徐徐升起的烟雾分散开来，一部分往外跑，另一部分就以轻盈而飘逸的姿态钻进去了。因为是詹天日，天上阴沉沉的，下着细雨，加上山里潮湿多雾，空气都是黏糊糊的，吸一口进去就贴在喉咙上，嗓子眼有如针扎。外面冒烟，里面就急了，咳嗽着向洞外央求，你们不要烧了，我们自己出来。

燃烧起来的柴禾越来越旺，要想熄灭都难。里面的土匪越来越难受了，咳嗽声一片，像是集体中暑。声音从洞中传出来，带着嗡嗡的回声，沉闷而清瘦。外面的剿匪队员死死地把守着洞口。大家紧张而兴奋，跃跃欲试地等待着羊入虎口。张迎风跷着二郎腿坐在洞口不远处的石头上，旁边是一棵青檀树，浓密的叶子像一把大雨伞撑着，给他挡着天上掉下来的霏霏淫雨。张迎风一副临阵不乱的样子，胸有成竹地吩咐他们："我就不动手了吧，你们干。出来一个杀一个！"

没有比这更简单的战斗了，也没有比这样更简单的剿匪了。洞并不深，不大，堵在里面死路一条，就有胆大的企图突围，扬着大刀不顾一切地往外冲，梦想杀出一条血路来。凶悍的土匪一个个义无反顾地出来找死，剿匪队在不到两丈远的地方对准射击，乱打都是百发百中。有一个土匪顺势倒在柴垛上燃烧起来，成为木柴的一部分。有的在洞口外面喷着鲜血，还在挣扎着站起来，补一枪，便彻底倒下了。要是几年前张迎风看到这场景，早就吓得发抖了，现在却视若无睹，指挥若定。他手上漫不经心地拧着一根漂亮的草叶玩耍着，扭过头说："这么近，可惜了好枪法！"

这时从里面冒出一个毛茸茸的脑袋来，大叫张迎风的名字，叫完又缩回去了。张迎风没有在意有人叫他，张童子提醒他说，队长，里面有人叫你。只听得里面又叫了一声，张迎风听清了，声音很熟悉，但一时又想不起来。张迎风走过来，让他们停止射击。只见洞口爬出一个人来，满脸是烟雾呛出来的眼泪。张迎风看了看那张圆脸，说："原来是你，三品碗！"

三品碗一出洞口就说："张迎风，你不要杀我，我天天给你讲故事！"

大家都惊奇地看着张迎风，他怎么会在土匪窝里遇到熟人。三品碗手上既没有砍刀，也没有梭镖，脸上充满了劫后余生的惊恐。张迎风看看他，对其他人说："里面还有人没有？"

三品碗说："没有了。我是最后一个了。里面有一个死人，是你们乱枪打死的。"

洞外是横七竖八的尸体，像是从深山老林里砍下的巨型木头。他们的共同特点就是头发长，即使有一个短发也剪得长短不齐，满头的梯梯坎坎。一具尸体在柴堆上燃烧着，冒出吱吱的响声，与农妇烧腊肉的声音如出一辙。柴堆之外，到处血迹斑斑，细雨淋在血上，血渍迅速洇漫开来，化成了一摊一摊的血水。张童子的枪管上有一段鲜红，是击毙土匪时喷在枪管上的。张童子揪下一把树叶擦拭，说："妈的，土匪就是力气大，连血都能喷这么远！"

张迎风让他们把三品碗押回队里审问，让另外一小组过来处理尸体，不得暴尸野外，所有尸体就地埋葬。张童子说："土匪么，坏事做绝了，就让他们喂狼！"张迎风瞪了他一眼，说："土匪也是人。他们下场不好，死后就要对他们好点。我们这里的习俗你不晓得么，死者为大，死者为尊！"张童子连连点头，说："队长说的是，死者为尊，慈善为怀！"

被押着的三品碗规规矩矩地跟着剿匪队下了山。他个子大，身子粗，在剿匪队伍中走着，那腰板一点都不逊色，一看就知道他要么是土匪，要么就是打土匪的。张迎风刻意走在三品碗身边，不说话，想着心思。他不知道这个三品碗该怎样处置。以前都当盐背子时，三品碗是他最崇拜的人，也是盐背子中唯一的真正算是读过一些书的人，张迎风就是在三品碗讲《水浒传》时喜欢上他的。但恰恰是这个人，把张迎风带进了土匪窝子，当了三年土匪。在山上的日子里，三品碗干了些什么，张迎风是不知道的。他唯一知道的是，三品碗经常和其他土匪一道下山抢劫百姓财物，也经常满载而归。下山的土匪中，也不是人人都杀人放火，老大都是按照每个人的能力来分工，有的是跟班，有的是望风的，有的土匪见了血身子骨都软了。杀人放火的土匪必须具有残忍、恶毒、丧心病狂和杀人不眨眼的狠性，否则也下不了手。三品碗属于哪一类土匪，张迎风不是很清楚。

带到警察局，张迎风让张童子给三品碗端了水喝。三品碗说饿了，张迎风又让他们给他端来了饭。粗壮的三品碗力大无比，怕他突然伤人，吃饭的时候，三品碗被几个警察守在旁边，盯着他吃。三品碗一口气吃下三品碗饭。饭下肚子，三品碗由垂头丧气变得精神起来。张童子说他："饭量真不小，难怪这么壮实！"三品碗说："我每顿都吃三品碗！不然，我哪来这个诨名？"张童子说："幸好你不是警察，不然，我们都要让你吃穷！"三品碗说："我这个饭量，干两样最合适，一是土匪，二是盐夫！还可以当梁山好汉，我便是镇坪的黑旋风李逵了！"

吃了饭，张迎风开始审讯三品碗了。这对张迎风来说是个比较困难的时刻，他对面的是以前的同道。张迎风说："我现在要问你情况了，你要如实回答。"

三品碗说："好。"

"知道雷霸山吗？"

"听说过，是个很厉害的大王。"

"你们认识吗？"

"不认识。"三品碗说，"听说过他，女人多，手段多，钱粮多。"

"杀过几个人？"

三品碗说："没杀过人。"

"你老实点。你杀过多少人？"

三品碗说:“真的没杀过。”

“你怎么让我相信你没杀过人?”

“可你也没有证据说明我杀过人。”三品碗说,“我从不杀人的,只抢人。”

张迎风说:“那你说,你做过多少坏事?”

“你说具体点,哪些事算是坏事?”

“比如,抢劫,偷盗,强奸妇女。”

三品碗说:“我经常抢劫,经常偷盗,这是我的职业。”

“抢过偷盗过多少次?”

“兄弟,这个我真记不清了。我遇到的能抢的都抢了。只要在山下,我天天在抢。抢的时候也打死过人。”

“什么人?”

“一个十五六岁的小伙子。”

“你丧德!”张迎风皱眉头,“抢的啥?”

“抢的都是吃的,用的。也抢过一个女人。”

“抢去给老大了?”

“不是,做我自己的媳妇了。”

“一直当你的媳妇?”

“是的。”

“那她现在在哪?怎么没在山上?”

“她回家生娃娃去了。怀了半年了。”

张迎风说:“强奸过妇女吗?”

“抢到女人的第一夜是强奸的,之后再没有了。”

“你怎么会在现在的山洞里住着?这里你是头?你不是在鸡心岭吗?”

“和山大王搞不拢,我就带了几个兄弟跑了,另起山头。”三品碗无不悔恨地说，“这是不对的，走了错路。要不是我下山，今天就不会遇到你。兄弟，我想和你说几句话。人和人是不一样的，土匪和土匪也是不一样的。你当土匪时，都嫌你没啥用，就只有在山上做饭打杂。有用的土匪就是恶贯满盈，罪该万死。你一下山就成了警察，成了剿匪队长。这是啥？这是命。你不知道呢，得知你当了剿匪队长后，我还琢磨过，应该是我成全了你。一个连鸡都不敢杀的人，你凭啥当剿匪队长？就因为你比别人更熟悉土匪的习性。这么说来，我就是你的贵人，你的恩人。”

“我知道祸兮福所倚这句话。可我并不感谢你，也不恨你。”张迎风说，“继续交代，你还做过其他坏事吗？”

“抢过一个乡绅家的老婆，她手上戴着好看的玉镯和戒指。一时弄不下来，我们就把她的手臂砍掉了，取了玉镯。抢过两个男人，也不算是抢的，是把他们骗上山来当土匪。老大说，我们窝子里有力气的人太少，胆小的人太多，不能出力的要赶走，要找能出力的人上山来。”

张迎风想起了当年自己从盐背子到土匪的过程，他一直怀疑三品碗是土匪的同伙，混在盐背子里面专门劫持良民上山，增强匪力。张迎风说：“当年是你把我骗上山的，还是土匪把我们弄上山的？”

三品碗说：“我也是被骗上山的。我和你不同的是，我早就想当土匪了。他们骗我，我也求之不得。”

张迎风说：“你不是说过，你有妻儿老小吗？”

三品碗说：“是的。有一个七十多岁的老娘，三个儿子，一个老婆。”

“你当土匪了，你母亲也老了，谁管他们？”

“她老了能怪我吗？是她自己要老的，不是我让她老的。老婆儿子啥子的，由他们自生自灭去。我自己都管不了了，还管得了他们?”三品碗说得理直气壮。

张迎风脸色铁青，勃然大怒，一巴掌拍在桌子上，腾地站起来，指着三品碗的鼻子说:“你这个杂种，你做什么土匪，你连做人都不配！拉出去给我枪毙了!”

三品碗知道他的性命捏在张迎风手里。他一头跪下了，连连求饶说:“我给你讲三国，讲水浒，你莫杀我!”

“说书人应该也是读书人。”张迎风怒目而视，“连妻儿老小都不管，还讲三国？讲你妈个逼！陆绩是不是孝子？孟宗是不是孝子？王祥是不是孝子？还有徐庶、姜维都是孝子！太可笑了，你还敢给我讲三国！你连人都不是，对不对?”

“对。”

“那你是什么?”张迎风说。

“是狗。”

“你也不是狗，狗讲良心。”

“那我是猪吧。”

“你也不是猪，猪也比你好。”

三品碗把贴近地面的脸扬起来，祈求地看着张迎风:“那我是啥?”

“是鬼!”张迎风说，“你这种人，不可宽宥！当初你爹就不该生你，应该把你射在墙上!”

张迎风说完，掏出手枪，对准三品碗的脑袋连开三枪，让他做鬼去了。鲜血喷到了旁边警察的身上，它的状态是那种介于液体和非液体之间的流体，可以跳跃和飞翔。喷射的过程让他们看到了刺眼的鲜，刺眼的红，然后便是浓稠的血腥味扑面而来。在场的警察全吓住了，从没见过张迎风发这么大的火，一齐瞪大眼睛看着他。三品碗是仰面倒下的，面部呈现出三个弹孔，其中一颗子弹是从鼻尖上打进去的，鼻子不见了，留下一个鲜红的圆孔，奇异地与嘴巴连成了一个整体，看上去属于一个自然区域。他的眼睛幽幽地睁着，无神地看房间的某一处。那张会说书的嘴巴却是一副欲言又止的样子。张迎风蹲下去，用力把他的下巴扳了一下，嘴巴就合上了。再把眼皮抚摸几下，眼睛随之也合上了。张迎风说："三品碗，书，不光是用来说的。"

外面的人听到枪声，也涌到了门口，向里面张望，以为是出了什么大事。得知是枪毙了一个土匪，大家就平和了。张迎风提着手枪往外走，拨开人群，说："看啥子呢，一齐动手，拖出去埋了！"

张迎风刚刚出门，想整理一下情绪，又被张童子叫回去了，说是从三品碗身上搜出了几枚首饰，有玉镯、戒指，全是值钱的宝贝。以前打死土匪都搜过身，从没发现值钱的东西，没想到这个三品碗还是个土财主。几件宝贝放在桌子上，在点点血迹中闪着它们本来的光泽。张童子一把抓起来，递给张迎风说："这个也不好处理，队长你剿匪有功，就给你拿去吧。"张迎风瞅了一眼，说："登记充公，谁也不能据为己有。"

处决了三品碗，但刘县长依然下落不明。直到第二天下午，刘县长一行还是没有任何消息。他们已经把搜索的范围扩大到方圆十五里。搜山寻找的剿匪队员们疲惫不堪，有人谩骂，有人猜测，是不是县长到巫溪县背盐去了？警察局长李非烟又把各路大将召集起来，重新研究搜寻方案。大家刚刚坐定，刘县长的警卫员朱小明突然撞了进来，说："县长通知你们去开会！"

全蒙了。他们简直接受不了柳暗花明这个事实。李非烟激动不已地问："他到底在哪里？我们以为他逃跑了。"

朱小明说："是跑了，跑到钱家旁边的山洞里了。"

“那我们怎么没有找到？”

“那地方一般人是找不到的。”

不是一般人找不到，是所有人都找不到。他藏匿的地方在钱家猪圈门里面的一个山洞里。

钱家是镇坪土生土长的老门老户，长期租种出租主的土地，是当地有点小名气的佃农。老钱的三个儿子中，数钱宝顺最听话、最可心，老大、老二都分家立户了，钱宝顺最小，娶了媳妇欧阳苦尽之后，一直和父母一起生活。欧阳苦尽也是个孝顺儿媳，对爹妈极好的。可是新婚不久，钱宝顺就在盐道上一去不回，找不到音讯了。林万春误以为是张迎风的尸体，便把他背回来，由钱家确认是钱宝顺的尸体后埋葬了。家人悲伤不已，钱宝顺的妹妹钱满儿尚未出嫁，与嫂子欧阳苦尽又闹不和，父母左右劝说，还是让人不省心，时常拌嘴。老钱两口子一气之下，就谋划着想和他们分开住，猪圈后面紧靠着一个岩石，天生一个巨大洞口，平时他们用来放杂七杂八的农具。钱老汉就想把岩洞凿出一个更大的空间，可以避风挡雨，可以住人。一挖掘才发现，那里全是松土，还有碎瓷片和砖头，或许古时候曾经是个巨大洞穴，后来因为某种原因填埋了。适逢刘县长下乡巡察路过这里，见钱老汉一家从猪圈里面运土出来，好奇地进去看看，看见他们正在凿洞，刘县长大喜。刘县长一直有个深藏不露的梦想，就是有一个狡兔三窟的“窟”。镇坪自古匪患严重，县政府屡遭攻击，百姓深受其害。要是哪一天衙门烧了怎么办？他暗暗希望有一个隐蔽而安全的居所，以防万一，遇到紧急的事情便有藏身之处了。这个洞就是最佳选址，一方面离县城不远，一方面又不是纯粹的山洞，钱家的住房挡在洞口前，正好做了掩护。于是刘县长给了老钱家一笔辛苦钱，让他们一直往更深处挖掘，能挖多远挖多远，叮嘱他们此事不能让任何人知道。这对钱老汉来说就是天降横财，让他喜不自胜。家里人人有力气，就是不值钱。这下好了，力气值钱了。钱老汉让他的后人闲了就往里面挖掘，特别是下雨天的时候，在里面挖掘更方便。除了不让钱满儿和欧阳苦尽动手，儿子们全叫上了。他对几个儿子说：“不要偷懒，力气不用，身体会收回去的。”为了不让身体把力气收回去，儿子们有空就挖。他们一边挖掘，一边猜测山洞的用途，都猜到了是用来住人。钱老汉将信将疑地说：“山洞历来只有三种人住，神仙、妖怪和土匪。县政府给谁住？”钱满儿说：“一定是给神仙住呀。”欧阳苦尽不屑地说：“神仙和妖怪早就让土匪吓跑了，依我看，要住也是衙门里的人住！”小姑子和嫂子又争起来，争着就要打赌。钱老汉说：“莫争了。反正这事对我家有利，多半都是我们自家用呢。”半年后，刘县长派秘书科长张长顺前去查看，发现洞穴已经挖到四丈多深了，宽度也有一丈多，用泥土和石灰把凹凸不平的墙壁抹平，便是一间阔气的大房子了，且冬暖夏凉，清新爽气，外面又有猪圈挡住作为屏障，又隐蔽又保险。于是再给一笔钱，让钱老汉用来装门窗，做灯台，添置床铺，桌椅板凳，锅碗瓢盆，相当于置一套完整的家当了。平时钱老汉可以自家用，紧急时候就交公。张长顺神秘地对钱老汉说：“这是天大的事，你们悄悄做好就行，不能对任何人说，说了要掉脑袋的。这笔钱不是我给你的，是县政府的。你的责任就是把这个山洞看好管好，不能破坏。急用的时候会告诉你。”又得到一笔大钱，老汉又高兴又紧张，神情严肃地叮嘱家人说，对任何人都不能说，说了就要掉脑袋的。家人自知要掉脑袋的严重性，在这山高皇帝远的地方，不只是土匪下手狠，官府下手也狠。掉脑袋不是吓唬人的，守口如瓶也就无事了。几年来，没人知道他们家别有洞天。

这次土匪火烧县政府，山洞就派上了用场，刘县长也有了最佳去处。跟随刘县长跑到山洞里的随从们，来到钱家院坝时，心头一片茫然。看刘县长一头扎进了猪圈，他们立马就心灰意冷了，心里嘀咕着，这是什么鬼地方！闻着浓厚的臭气，从猪圈后面的柴门穿过，便是柳暗花明了。只见岩洞赫然，进洞之后才发现天地广阔，还散发出飕飕清凉，大家无不称赞县长未雨绸缪的英明决策，说得刘县长得意扬扬，春风满面。第二天，警卫员得知剿匪队在满山遍野找县长，就去报告刘县长，是不是要让他们知道我们的情况？刘县长说，他们搜山找我嘛，让他们找去，顺便把这周围山上的零散匪徒也清理一遍！他们找毕了就明白了，县长比土匪高明多了！张长顺说，那是当然，土匪岂能和县长比智慧？听说张迎风带了一百人搜山，会不会劳民伤财呀。刘县长说，不会。让他们搜两天我们再现身吧，也伤不到哪里去。张长顺说，那我们就在这里躲猫猫。刘县长不满张长顺的说法，说："怎么说是躲猫猫？镇坪这地方，从不平安，危机四伏，不多长个心眼怎么行？房子烧了，政府没烧！我们不能因为烧了衙门，误了政事。这个山洞可以叫作避难所，也可以叫作临时衙门，反正就是处理政务的地方！"可山洞虽好，现在的设置，真不像一个政府办公的样子，要从钱家的猪圈门里进出，不仅要闻到臭味，弄不好还要踩到猪粪。猪也要受到惊扰，人一进去，它们就一副兵荒马乱的样子，哼哼地闹个不停。刘县长便和钱老汉商量，你总不能让我这个县长每天去看你的生猪吧？能不能让我这个县长更体面一些？钱老汉说，我和我家的猪都是三生有幸啊，没想到这辈子能见到县长大人。我小时候在平利见过知县，他是坐在轿子里的，四个人抬着走。你不一样，你把脚放下来了。刘县长说，我不是和你开玩笑，我们不能天天从你家猪圈路过。钱老汉说，县长说咋办就咋办。刘县长说，得从你家堂屋的后面开一道门，我们从你家堂屋进出。还得添置更多的桌椅板凳和床铺，才能把县政府失去办公场所的公务人员都容纳进来。钱老汉说，没问题，我马上办。只是床铺和桌椅要现钱到商铺里买呀，谁都不赊欠的，我又垫不起。刘县长明白钱老汉的意思，说这个好办，政府再穷，这点小钱还是有的。钱老汉说，有你这话，那我打夜工也要整好。钱老汉意气风发，老当益壮，把儿子媳妇都发动了起来。老婆有点不高兴了，小声埋怨道，刘县长一来，怎么这么多麻烦事啊？钱老汉说，真是妇道人家，你懂个啥！这是一条财路。只要他们在这里住一天，他们就要吃要喝要用，我们都会有收益。忙一点是为了挣钱！再说，他们可能长期住山洞吗？不会的。将来他们走了，也不会把山洞带走，山洞最后还是留给我钱家了，相当于一笔家产，这有什么不好的？老婆一点醒，就笑逐颜开了。把这些杂务安排停当，就得整整两天时间，收拾好了，刘县长才让警卫员通知部属开会。

张迎风和李非烟他们是冒着小雨来到山洞的，刘县长坐在靠近洞口的椅子上喝茶，悠然自得地跷着二郎腿，眼皮不时地翻着看看洞顶，仿佛在百无聊赖中等待他们的到来。相互问安之后，刘县长把二郎腿放下来，问张迎风搜山的情况，张迎风如实报告了详情，称发现了一窝以三品碗为首的十五名土匪，剿匪队员一举将其全部歼灭，我官兵毫发无伤，大获全胜。刘县长哈哈大笑起来："得知你们搜山找我时，还说要告知你们我的下落，我说不要告诉你们，让你们搜去。这一搜，就像梳子梳过一遍，你们对附近山上的情况也就有了全面掌握。你看看，这十五个土匪不是让你们一锅端了吗？"

李非烟说："县长高瞻远瞩，终归比我们高出一筹！"

张迎风不大会拍马屁，可是，人家拍了他不拍也不对，他便也赶紧补了一句："所以呢，能当知县的都是凤毛麟角。"

刘县长突然想起了什么，说："张迎风，听说你家离这里很近？"

张迎风指了指西边："离这三里多路。县长要不要有空了去看看寒舍？"

刘县长说："先开会。毕了闲逛就过去了。"

因为很多人都不知道刘县长办公的具体位置，"县城附近钱家"是他们知道的唯一信息。各路人马到齐的时候，已经不早了。当时，国民县政府的机构建制已经齐备，所以，山洞里的第一次会议就集中了法院、警察、民政、财税、教育等主要部门的头头脑脑，议题是在全县范围内彻底清剿匪徒事宜，发动社会贤达、乡绅、地租主、商人、商会踊跃捐资，从精壮男性中选拔人力，组织一支一千人的民间剿匪队，合力剿匪，特别是要捉拿镇坪县最大的土匪头子雷霸山。议事毕，县长当场任命张迎风为镇坪县警察局副局长兼剿匪队队长。

张迎风被任命为队长是情理之中的事。剿匪队唐队长半年来都称病在家，张迎风曾经去看望过他，也没发现他真有什么病，每天摆弄花草，读读古书，还娶了个小老婆侍候他茶水饭食。那日子过得惬意得要死。他告诉张迎风要好好干，他也许不会再出山了。张迎风问为啥，唐队长说，太辛劳，每天提着脑袋做事，一点都不好玩。我当了四年时间的队长，越来越不喜欢这个差事了。我家是老地主，有百亩土地出租给佃农，放着衣食无忧的日子不好好过，凭啥要去干那个苦差事？换了你，你也不会去的。我已经多次递交了辞呈，并举荐你当队长，他们就是拖着不批。唐队长还说，当初我极力推荐你当副队长，就是让你接我的手。要说剿匪，你比我强。你一个月剿匪比我一年都多。我要是干着，就一直挡着你的前程。我隐居起来，你就上去了。我这样做不是让贤也不是举贤，是图清闲。张迎风听了哭笑不得，不知道是该愤怒还是该高兴。吃了一顿好饭，就匆匆回队了，如实把唐队长的情况向县长和警察局长禀报了。其实，自从唐队长称病在家后，张迎风一直承担着队长的职责，县政府和警察局也把他当成队长在用。今天正式任命他为队长，算是实至名归，他还是很开心的。只是压力很大，在镇坪县内的匪徒是一个不断变化的数字，晚清之后一直在一万人上下，不断在消灭，又不断在增加，流窜的匪徒从湖北和四川两地源源不断地涌来，三省交界处的鸡心岭就成了雷霸山这种巨匪的风水宝地，茫茫大山，树木繁茂，有利于他们神出鬼没，为非作歹。雷霸山其人凶残，狡猾，又对镇坪、巫溪、平利一带的地势十分熟悉，盘踞在鸡心岭的十多年来，一直隐藏极深，很少露面。要捉拿雷霸山绝不是一件容易的事。再就是，组织一千人的民间剿匪队也有困难，所有良民都痛恨土匪，但并不是人人都愿意挺身而出。更何况，还有一些人家出了不争气的儿子，好吃懒做，游手好闲，横行乡里，有的被父母逐出家门，最终也沦为盗匪了。家里出了这种恶棍，由不得家人管教，家人干脆也就不管了，是死是活随他去。这类家庭，也是不愿意在剿匪上出力的，他们支持剿匪，但却不想用自己的手亲自杀了亲人。要把百姓组织起来，形成一支强大的剿匪力量，困难重重。张迎风感觉到的压力，就是自己把一万名匪徒扛在肩上行走，哪一天土匪消灭完了，他才能彻底轻松。

晚饭后，天时尚早，他想回家看看，林万春还在家里。可是，直接走了又不好，便对刘县长说："我想回家看看，县长要不要去坐坐？"

"想媳妇了？年轻人嘛，不想媳妇就不对了。"刘县长说。

张迎风说："是，又不是。"

刘县长摇头晃脑地说："想媳妇而不能见，哪里都是媳妇。想媳妇了又能见，哪里都是床铺。"

张迎风心里掠过嗖地一声，说："不只是想媳妇，是我奶奶刚刚去世，家里还有事要办。"

刘县长说："好，把非烟和长顺他们叫上，一起去逛逛，散散心。"

一行人冒着似有若无的毛毛雨走出了山洞，慢条斯理地往张迎风家去。虽是羊肠小道，毕竟只有三里多路，翻过一个小山包就到了。家人刚刚吃过晚饭，张妈在灶屋收拾锅碗，铲锅巴的声音结实而响亮。任香悦在收拾屋子，林万春在陪张迎风的女儿臭臭识字，臭臭抱着民国时期通用的小学课本。课本已经破旧不堪，封皮破损后又粘过几次，纸层厚实而不均匀，臭臭还是读得津津有味，旁边放着纸笔，纸上是"人之初性本善"几个字。林万春一抬头，看见张迎风带着一帮人走进了院坝，赶紧迎出去，说："迎风回来了！"

张迎风向林万春介绍后面的刘县长："这是刘县长。"

林万春的目光从县长脸上扫过，诚惶诚恐地问张迎风："不知县长大人要来。我要磕头吗？"

张迎风连忙摆摆手："不用不用。"

林万春看了看刘县长的面孔，说："到底是知县，气宇不凡！看来我家祖坟冒烟了，连大官都来了。"

刘县长听得呵呵直笑。张迎风对刘县长说："这是我兄弟，是幺店子的老板。"

刘县长看看林万春说："好。我们就是需要你这样的有钱人，出资出力援助我们剿匪！"

"我也是穷人一个呀。"林万春连忙说，"不过剿匪这事，任何人都责无旁贷，我也当尽力而为。"

刘县长满意地点点头，说："你算是深明大义。"

几人在交谈中入座了，然后继续交谈。臭臭抱着课本，远远地看着陌生的客人，她似乎在探究大家对这个小个子客人毕恭毕敬的原因。任香悦的眼睛盯着地面，躲闪着，不敢正眼看这些当官的。她怕臭臭碍事，便取了桌上的纸笔，把臭臭拉到旁边的小板凳上写字去了。臭臭小声问写啥，任香悦说随便你。这边还在聊天呢，一会儿，臭臭就写出了“劉縣長”三个字。任香悦把字拿过来，让张迎风看，说：“看看你闺女写的字。”张迎风瞅了一眼，大喜：“这个字！哈哈哈哈！”说罢递给刘县长，刘县长说：“这字好，笔笔到位，有童子功。你怎么会写这几个字？莫非是神童吗？”

张迎风说：“哪里哪里。我是闲了教她一点，她自己也喜欢，谈不上聪慧的。”

刘县长起身，把臭臭面前的字都翻出来，一一审看，面露喜色。李非烟他们也凑过来，直呼好字。李非烟说：“这闺女的楷书比我现在写的字都好！我也写不出的。”

刘县长说：“好好带着，这娃或许是巴山第一才女呢。”

臭臭的大眼睛盯着刘县长，说：“我会写一千个字了！爹爹说，古人讲女子无才便是德，那我不是无德了？我要成为有德之人。”

一伙人大笑起来。刘县长说：“三岁看小，七岁看老。六七岁的女娃，有你这样，已经很了不起了，将来一定有出息。”

张迎风说：“有出息也当不了女县长！”

刘县长说：“或许是下一个蔡文姬、李清照呢！”

林万春问：“李清照是谁？”

张迎风说：“大概是写字的。具体我也不清楚。”

林万春说：“那就当个李清照凑合一下吧。女娃娃家，写字轻松。”

臭臭左看右看周围的这群大人，说：“爹爹说外面都有女子学堂，我要读女子学堂。”

“镇坪没有啊。你提醒了我，我将来一定要办一所女子学堂。”刘县长表情有点凝重，“镇坪赋税少，财力弱。政府办不起来女子学堂，只有指望乡绅土豪出力了，把办学当成修桥补路一样的急事就好了。说到底，是我这个县长没当好啊。”

臭臭说：“以后好好当。”

原本是件说得很严肃的事情，被臭臭的一句话逗得大家哄堂大笑了。刘县长一把将臭臭抱起来，直夸她：“娃娃，你太聪慧了。记得白居易有句诗说，怀中有可抱，何必是男儿！”他这样说着，一手在衣服口袋里摸索着，但没摸索出什么东西来，失望地说：“你这么招人爱怜，可惜我没啥给你的。”

张迎风说：“县长，小女不要什么的。”

刘县长把臭臭放下来，说：“你们说说，这么乖巧的女子没有学上，是不是很可惜？这大山之中，不知浪费了多少可造之才！”

林万春看着臭臭那楚楚可怜的样子，说：“我本想再开一个客栈，现在改变主意了，开一家女子学堂怎么样？”

刘县长说：“好。孟子说，得天下英才而教育之，善莫大焉。”

本来，张迎风是想向林万春开口求助的。他刚刚接手剿匪队长一职，要组织一支一千人的民间剿匪队，需要大量的资金支持，林万春便是他想到的第一个支持他的人。剿匪重要，教育更重要。而林万春也并非土豪，亦非乡绅，只是一个小老板而已，他不可能倾其所有来做善事。张迎风说：“你决定开学堂，我剿匪就不向你伸手了。”

“怪我力量单薄。”林万春说。

刘县长说：“明天我让教育局长来找你。具体事情你们衔接，把事情靠牢。”

林万春说：“好。”

刘县长神气十足地对大家说:“你们都听着,林老板要办女子学堂了。这是在为政府办事,为百姓办事,办大事,办好事,你们都要协助,任何人不得拉下水船。”

第 18 章

林万春从家里回到盐味幺店子是在奶奶头七之后，也就是奶奶去世的第八天。詹天日的细雨依然故我，飘飘洒洒，地上铺了一层薄薄的湿，湿得透亮。林万春进门的第一件事就是迫不及待地要看看儿子。儿子在睡觉，他便俯下身去亲他额头，嘴唇还没挨着，就被鄂鄂打了一下，说他刚睡着，不要打扰他。林万春说，那我就打扰你。话音未落，顺势就把她抱住了，紧紧地不放手。鄂鄂说，有奶水呢，挤出来了，挤出来了！林万春感觉到胸前一片濡湿，松开一看，果然将衬衣都沾上了。林万春悄悄对她说了句什么，鄂鄂把他推开了，说，晚上。林万春又说了句什么，鄂鄂说，这你都等不及了，才说了晚上。林万春在她身上摸索一会儿，叹口气说，晚上他要哭闹。鄂鄂说，你动静小一点，莫把他吵醒不就行了？

碰壁之后的林万春转身去了岳母房间，想看看陈氏。林万春喊了一声妈，没有回应，定睛一看，才发现房间无人。走过去问鄂鄂："妈呢？"

鄂鄂说："我也不晓得。刚才还在呢。"

"是不是到客房去了？"

"不是吧。她从来不去客房的，嫌味道不好。"

"那她会到哪儿去？"

鄂鄂表情如常，并没有寻找妈妈的意思。看看林万春，若有所思地说："这几天她都有一段时间不在，一会儿又回来了。"

"那她会到哪儿去？"

"我怀疑是不是去左木匠那里去了。"

鄂鄂告诉他，就在林万春走后的第二天，妈在山上闲逛，没踩稳，摔了一个大跟头，左木匠把她背回来了。她的身子不能动弹，成天哼哼，叫苦不迭，左木匠便急忙回家给她拿来草药煎服。她睡了一天，左木匠给她熬了鸡汤送来，扶着她吃了一碗。鸡汤下去，好像身子骨也轻松了，能下地走路了。左木匠坐在床上，在房里和她说说笑笑。鄂鄂在带娃娃，也没管他们。

"妈不是曾经大骂左木匠吗？很不喜欢他的。"林万春觉得奇怪。

"女人心软！男人一献殷勤女人就落泪。"鄂鄂说，"其实左木匠这个人不坏，就是没老婆，太想女人了吧。他一直打妈的主意，我妈也明白。这个话，我当女儿的不好说破。"

"他们会不会睡一起了？"

"应该不会。不过也难说。左木匠家里很方便，我妈去他那儿也方便。"鄂鄂说，"你知道的，我爹去世的头几年身体一直不好。"

林万春噢了一声，陷入沉默。忽而又想到岳母的安全，说："要不要去找找？"

"先不用，你休息一会儿吧。"

林万春走了一天路，也是累了，倒床便睡，睡下就鼾声大作。鄂鄂看着一大一小的父子俩，心中好生满足，看看大的，又看看小的，眼角眉梢都是笑。每每遇到这种情况她都必须守在床边，怕小家伙到处乱滚，翻一次身就会换一个姿势，怕他跑进了父亲的领地。林万春睡着也会翻身，手脚会在不知不觉中移位，怕不小心压着了小家伙。鄂鄂就得守在床边，盯紧大的，看紧小的，手头则做着自己的活。林万春一觉醒来，天都快黑了，起床就问："妈还没回来？"

鄂鄂说："没有。"

"不会让老虎吃了吧。"

"你才让老虎吃了呢。"

"不行，我还是去找找。"

林万春喝了口水，就去找陈氏。他的目标很明确，左木匠家。可他并没有沿着小路走，而是绕道而行，从店子后面的山坡上绕过去，来到了左木匠土屋的侧面。侧面有个窗户，窗框已经破损发黑，用黄裱纸糊着，周围生长着茂盛的杂草。林万春踮起脚跟，看不到里面，却能听见里面有说话声，声音很小，听不清晰，却能判断出是一男一女在窃窃私语。左木匠没有老婆，哪来女人的声音？林万春一向不屑于听墙根，先是自己脸一红，顺着后檐沟走开了，来到小路上，站着看天色。此时小雨已停，浓云退去，天空撕开一块亮色，林中的鸟儿纷纷飞出来活动翅膀，在低空拉出一条条优美的弧线。林万春看得心里生暖，准备走到左木匠家的门口去，想想又不妥，要是岳母真在里面怎么办？那你不成了捉奸的了？他不是要捉奸，而是要找到她的下落。

林万春正在寻思，只听大门嘎吱一声响了，传来岳母的声音："我走快点，怕他们找我。"然后便是左木匠的声音："你还行吧，我送一段。"岳母说："莫送。你睡一觉，明天方便了我再来。"

听着声音，林万春赶快退到窗户旁边，在没顶的杂草中蹲下来。透过杂草的间隙，他看到岳母陈氏轻轻松松地往前走。四十出头的陈氏看上去身板结实，神清气爽，还不时地回头看看左木匠的房子。一段下坡路之后，看不到她的影子了，林万春才悄悄从窗户旁边的杂草中走出来，一个箭步从高处跳到小路上，逍遥自在地往前走。

林万春回到店里，劈头碰见陈氏。陈氏笑容满面说："你回来了？"

林万春说："我回来了。妈，我走这几天，你还好吧？"

陈氏说："好啊好啊。就是希望你早点回来。你奶奶过世，丧事办得体面吧？"

林万春大致讲了一下奶奶的丧事。陈氏说，前几天有两个四川逃难过来的夫妻，在店里的屋檐下睡着，要死不活的样子。见他们可怜，就把他们叫到客房里睡了，反正也有空铺。也不知道怎么搞的，那男人都瘦得皮包骨了，女人却是一身好肉，我便让厨房给他们做了三大碗苞谷米饭，女人吃了一碗，男人吃了两碗，饭一吃就缓过来了。他们在店里住了两天两夜，养足了精神，我给了他们一些盘缠，他们就到湖北襄樊找亲戚去了。临走的时候，那男人对我们母女说，下辈子都记得这份恩情，一定是要还的。说得我自己都有点难受。

林万春听了说："妈，你是个大善人！"

陈氏说："多做善事好，要是不小心作了恶，就可以扯平。"

"你就不是作恶的人。"

陈氏呵呵一笑，回到自己房间了。林万春也进了自己房间，鄂鄂抱着儿子，问："你在哪里找到妈的？"

林万春悄悄告诉她："我是在左木匠房子后面去了，妈真是从他家出来的。"

鄂鄂迅速拉下脸说："这个妈，怎么能这样！你说怎么办？"

林万春说："我一个当女婿的，我能怎么说？"

"女婿半个子！你不是半个儿子，你是一个儿子！"

"儿子又能怎样?"

鄂鄂咬牙切齿地说:"给她说破!"

林万春面露难色:"我怎么能给她说破?"

鄂鄂走过去砰地把门关死了,转身说:"你不说我说!"

"你疯了!"林万春说,"这有什么大不了的?不就是你妈跟左木匠好上了吗?又不会死人!"

"你说得真轻松!"

两人正说着,陈氏推门进来了,看他们表情不对,问:"怎么了?回来就争嘴?"

鄂鄂说:"妈,我们没争嘴。"

陈氏说:"脸色不对头嘛!还说没争嘴。"

鄂鄂冲陈氏翻了一下白眼:"都怪你!"

"我怎么了?"

林万春连忙说:"妈,莫听她的,没啥,没啥。"

陈氏看着鄂鄂,说:"你说,我怎么了?"

鄂鄂说:"你自己知道。"

"我知道什么?"

鄂鄂干脆挑明了:"你这几天,天天往外跑,好像不对。"

"我每天出去走走,哪里不对了?以前是这样,现在还是这样。"

鄂鄂说:"以前你出去走走,我们出门就能找到,现在是找不到了。"

陈氏说:"今天你们找我了?"

鄂鄂说:"是的。"

陈氏说:"找到了吗?"

鄂鄂说:"找到了。你在左木匠家是吧?"

陈氏突然羞愧起来,狠狠打了自己一耳光,一屁股坐下去,不说话了,双手紧紧地捂住脸,生怕别人看到她脸似的。指缝里流出的眼泪告诉他们,她哭了。

鄂鄂和林万春对视了一下,不知所措。

林万春拍拍陈氏的肩膀,说:"妈,你莫哭。"

鄂鄂凶巴巴地说:"自己做的事哭啥? 有啥好哭的?"

陈氏说:"我做了丢人的事。"

鄂鄂追问道:"怎么丢人了?"

"我偷人了。"

"你不要脸,我们还要脸呢。"鄂鄂说,"是不是和左木匠?"

陈氏把捂着脸的双手松开了,可怜巴巴地说:"是的。他对我好,对我好了好久了。我还骂过他,打过他。可是,那天我走路摔倒后,他把我背回来,就一直对我百般照顾。他一个男人家,还给我熬鸡汤喝。人心都是肉长的。后来,我心一软,就答应了。"

鄂鄂听母亲这样一说,好像也理解了,便说:"说清了就行了。妈,你也是一时糊涂,以后不再理他就行了。我们也不责怪你了。"

陈氏吞吞吐吐地说:"可是……"

"可是什么?"鄂鄂说。

"可是我已经答应他了。"

"答应他什么?"

"答应经常见他。"

鄂鄂说:"你就说我们不许你见。"

"那我不是不讲信用了吗?"陈氏说,像一个犯了错误又在坚持错误的孩子。

鄂鄂说:"这个信用可以不讲。"

陈氏揉了一下眼睛,说了声"让我想想",回到自己房间了。

鄂鄂叹口气，心情沮丧到了极点，乃至儿子哭闹的时候，她都恨不得打他两下。晚饭的时候，林万春叫陈氏吃饭，她也不吃。鄂鄂也没心思吃，林万春一个人吃了两盘肉菜。看着林万春吃得很香的样子，鄂鄂心里有点难受，说你倒是像没事一样，到底不是你亲妈。林万春说，你要我也不吃饭才好？我不吃饭就是我的亲妈了？鄂鄂说，不是这意思，我是说，你根本不把这当回事。林万春说，本来就不当回事，是你自己当成大事了。鄂鄂极为不满地说，家里出了这样的事，还不是大事？女人自古是要注重名节的，毁了名节一辈子都脏了。林万春说，我不信有那么厉害。自古至今多少风流事，脏了多少名节？妈就一个寻常百姓，她哪里脏了？是你把她看脏了。鄂鄂说，照你这么说，我也去偷人，可以吧？林万春说，这不适合有男人的人。你妈不一样。鄂鄂呸了一下，林万春笑起来。鄂鄂说，我看你毫无羞耻之心！不知你背着我搞了多少女人呢。林万春说有你一个人就足够了。林万春一边说，一边往鄂鄂身上蹭。鄂鄂知道他性急，便急忙哄儿子睡觉。儿子稍稍有点睡意，鄂鄂就把他强行放到了床上，自己也躺下去了，以安逸的侧卧姿势拍着哄着。林万春洗了澡，见儿子还没睡着，便也上床去，噗地吹了灯，挨在鄂鄂身后睡下了，一手便去抓鄂鄂的胸。鄂鄂的手占用着，做了一个阻止的动作，林万春依然不弃不离地抓着。鄂鄂扭过头说，等一会儿要死？林万春缩回手，把鄂鄂摇裤儿去掉了，摸了摸，说，还以为你不想呢。鄂鄂把屁股往后一翘，以示拒绝。待儿子睡着，鄂鄂翻身过来，就把林万春抱住了，身子直往前挺。林万春说，想死我了吧。鄂鄂说，不想，只是突然走几天不习惯。林万春说，我不一样，一离开我就想你。鄂鄂说，我成天给你带儿子，哪有心思想你？林万春把她推开，说，不想我们就睡觉吧。鄂鄂说，这不是在睡觉吗，林万春说，纯睡觉。鄂鄂哼了一声，翻身骑到他身上去了，甚是威武，嘴里也不停地哼哼。林万春说，你们女人家，就是离不开男人的。我才走几天，你就骚成这样了。鄂鄂说，你少来，得了便宜还卖乖。

缠绵了很久，他们终于鸣鼓收兵，平静下来。林万春想起了岳母的事。林万春说："依我说呢，你妈的事你就莫管了。她也是个女人，也需要男人的。"鄂鄂说："道理我知道。可是，左木匠是啥人，我妈是啥人？一个是成天为生计操心的木匠，一个是风韵犹存的老板娘。这事传出去就很难听了。"林万春说："这倒没啥。"鄂鄂说："我没想到你倒是很开通，很向着我妈的。"林万春说："他们是自愿的，又没祸害他人。关人家什么事？"鄂鄂说："话虽这样说，但人言可畏。我们这山里，女人的名声全在于节操二字。你懂不？"林万春说："可节操归节操，妈和左木匠我看还是有感情的，有感情就有节操，而不是胡来。"鄂鄂大胆地问林万春："毕竟岳母不是你的亲妈。我问你，假如你的亲妈喜欢上了别的男人，你怎么办？"林万春说："要是我妈真喜欢他，我照样是这个态度！"鄂鄂咯咯地笑起来，打了他一下，说："你这个孽子，居然不怕亲娘偷人！"林万春说："你懂什么！"

鄂鄂就不再管陈氏的事了，装作什么都没发生一样，而林万春对陈氏也更加敬重，更加关心了。左木匠照常出现在幺店子里，店里的床铺、桌椅或板凳坏了，还是他修缮。反正方圆十里就他一个像样的木匠，少不得他的。左木匠生得黑，却是五官端正、体格匀称的汉子，像黄铜铸成的。以前他喜欢在陈氏面前胡说八道，荤素齐上，现在老实了，规矩了，见了陈氏也是恭恭敬敬的，不多言不多语，反而知道礼义廉耻了。只是单独和陈氏在一起时，他有些眉来眼去的动作，胖大嫂他们也是能看出来的，只是不说，心里明白。陈氏是胖大嫂的救命恩人，自然不会乱讲的。左木匠干完活，像往常一样收了工钱，便急匆匆地离去。打理日常店务的陈氏对胖大嫂说，盐背子不容易，要让他们每人都能睡一张好床，不能将就。胖大嫂就特别用心，有事没事就检查床铺，看看哪张床铺松动了。盐背子一个个全是身强力壮的家伙，睡上床时都是砰的一声压下去，那足足有几百斤重的，有时还在床上互相打闹，全然不顾惜，昨天那床还是好端端的，一夜过后就晃动起来，于是就叫左木匠来。说来也怪，左木匠跟陈氏好上之后，店里维修的地方就多起来了，也不再凑合了。胖大嫂肉重，身子不灵活，陈氏跑得快，多数还是陈氏去叫，来到他房屋后面吆喝几声，左木匠就出来了。

那天早上检查客房，胖大嫂发现磨盘床的一块床板断裂了，看那崭新的断痕，应该是早晨起床时踩断的。一寸多厚的床板被踩断，那是要很大功夫的。盐背子有时心生怨气，不能对人来，就冲用具发火，店家也不追究了。胖大嫂跑去对陈氏说了，陈氏说，背盐的都是苦命人，知道店家宽厚，心里不顺了，有火没处发，砸桌子踩板凳啥都有过，损坏一样东西，他心里就舒坦了，我们修好便是。胖大嫂说，又得去请左木匠。陈氏说，反正常年找他，我走一趟便是了，人长个脚，天生就是走路的，说罢出门了，绕过店子往后面走。到左木匠家两三里路，一会儿就到了。左木匠刚从坡上掰苞谷回来，头上悬挂着干枯的苞谷胡子，随着步子而飘忽着，见到陈氏，眼角眉毛都是笑了。陈氏说，磨盘床坏了，去修一下。左木匠砰地关上门，说好事不在忙上，几天了，好想你。说完把陈氏搂抱了，就往床上去。陈氏说，挨刀的，不敢呢，我女儿和女婿都发觉了，得小心了。左木匠说，骚球不问逼涨价！陈氏说，不是涨价了，是断货了，我这几天都不敢来了。左木匠说，他们说穿了？陈氏说是的，鄂鄂发火了，女婿倒说没啥。左木匠快速脱了陈氏的裤子，一边摸索一边说，不管它，我们碍着谁了？祸害谁了？陈氏说，你还有这心事！亏你强壮。名节都让你毁了。左木匠说，名节是个狗屁，过得不畅快，名节也没用！你情我愿，关他人鸟事。世间从来不把偷人的男女当成强盗吧。陈氏也没听他说什么，只管自己起伏扭动，脸原本是朝着屋顶的，脑袋摆来摆去就扭向侧面了，身子徐徐绷紧，突然大叫一声，便晕过去了。睁开眼睛说，你刚才说什么？左木匠说，我们赶快起来，要修床呢。

二人来到幺店子，只见胖大嫂呆呆地站在路口，在等着左木匠呢。左木匠说，我在坡上掰苞谷，她等了我一会儿。胖大嫂笑盈盈地说，我说呢。陈氏回到自家房屋，胖大嫂就带着左木匠来到大客房，让他看磨盘床断裂的情况。左木匠说，我早晨掰苞谷，就有几个盐背子从我身边路过，我听他们说，早晨起床后打赌，谁能把床板踩断，下一站就请客吃晚饭。这么厚的木板，硬是让他们弄坏了。胖大嫂说，下面有龙骨架子垫着，这得有多大力气。左木匠说，这伙人，力气大着呢。左木匠就量了木板的尺寸，往鄂鄂他们的房间去，木板全放在他们房间的后院里，需要取一块出来替换那块损坏的。鄂鄂在逗弄坐在木椅上的儿子，叫了声左表叔。左木匠说，娃娃是见风长，几天不见又大了些。鄂鄂说可不是，只是还没有名字呢。林万春从账房回来，接着鄂鄂的话茬说，我忘了告诉你，张迎风给我儿子起名林宏道，小名就叫盐盐。鄂鄂说，盐盐好听不？林万春说，叫习惯就好了。张迎风的女儿叫臭臭呢，开始多难听，后来越来越好听了。

左木匠刚走，店里就来了两位不速之客，一是镇坪县教育局长肖占秋，二是镇坪最大的盐老板陈洪鼎，两人都穿着绸子面料的衬衫，手上摇着扇子，一看就是气度不凡的人。他们是来找林万春商讨创办女子学校的事。肖占秋和林万春是第一次见面，但名字都是互相听说过的，所以也算不上很陌生，几句寒暄就拉近了。肖占秋是直爽的人，饱读诗书，对女子教育情况也非常了解。他嘴里随时抽着旱烟，从1907年清政府颁布的《女子小学堂章程》和《女子师范学堂章程》谈到国民政府颁布的《壬子癸丑学制》中关于女子教育的规定，然后谈到镇坪县的女子教育现状，很是痛心疾首，称镇坪的女子教育迫在眉睫，刻不容缓，事关千千万万个家庭，千千万万个女童，千千万万个后代子孙。他称妇女为人之母，亦为子女之师，今天之女童，则是未来之母亲。母亲有文化则子女有文化，子女有文化则家庭有文化，家庭有文化则国家有文化。刘县长希望此事能在一个月内基本有个眉目，主要问题是资金问题，其次是办学地点问题。政府只能拿出很少一部分，大头还要社会贤达人士捐助。盐老板陈洪鼎愿意牵头，每年从盐店的毛利中抽取一部分作为女子学校的开支，并将自己的两间库房用作学堂，稍加改造即可使用。初步计划规模是年招收一百名女生，以后根据情况逐年增加。眼下需要五十张课桌和三十条板凳，还有五十套学生服，尚无着落。他们此行的目的就是要林万春出手相帮。

其实，林万春一见到他们就知道来意了。林万春有林万春的难处。虽说他是盐味幺店子的掌门人，但他的财产来源于岳父岳母，幺店子的基业并非他的个人创造，所以，他支配财产的权力是有限的。凡是大的开支项目，都要陈氏和鄂鄂同意才行。他们的财力并不雄厚，原计划在县城附近开一家客栈，一旦援助了女子学堂，开客栈就没钱了。所以，肖局长和陈洪鼎他们来说事，林万春专门要让陈氏在场，还要让鄂鄂在场。

林万春首先表达了自己的看法："办女子学堂我个人是愿意的。以前想在县城附近再开一家客栈，因为开客栈是轻车熟路，可以在短时间内得利，每天都有进项。办女子学堂不一样，可能在几年内是不见利的，甚至赔本。但这是件积德行善的事，非一时之功，它跟修桥补路是一样的，为了大家，凡是有女子的家庭都能从中得到好处。”

肖占秋说：“那你就慷慨解囊吧。”

“我们家是这样的，小事我做主，大事我妈做主。她是我们家的主心骨。”林万春又补充了一句，“她们都是通情达理之人。”

陈氏抱着盐盐，专心致志地听着他们说，不停地和鄂鄂交换眼神。毕竟是盐道上开店子的人，世道的险恶和人心的叵测使他们对任何涉及钱财的事情都充满了高度警觉。但他们也能看出肖占秋和陈洪鼎两人对女子教育问题的关切和焦虑，是真实可信的，也是出自内心的。陈氏早就看出来了，林万春很希望拿出一笔钱来办学，可他不能独自决定。林万春也明白自己名义上是个老板，并不能完全主事，所以把她的地位抬得很高。再说，陈氏这天的心情很好，早晨去叫左木匠来修床，趁机幽会了一回。这一幽会让她春风满面，容光焕发。她还要感谢林万春的是，在她和左木匠的事情上，林万春是极为宽容大量的，没有给她一丝难堪，并且影响着鄂鄂改变了对她的态度。

所以陈氏说：“我听了你们说话，知道你们用心良苦。我是个女流之辈，识几个字，不多，不是先生教的，是跟着别人画着玩学的，是偷学的。识字不是为了读圣贤书，主要是为了识数，识数不为别的，是不要让别人骗我们。其实，仅仅识个数，就是一个半文盲。女人是文盲很坏事，不能教育自己的孩子。我女儿鄂鄂是识字的，但不是读女子学校，是寄在县城请私塾的先生教的，那里有个女子班。我们开店子几十年了，接待的都是盐背子和寻亲访友的人，这些客人中，我们一眼就能看出哪些是有文化的人，哪些是没文化的人，说话做事都有差别，差别大在有教养和没教养上，大在讲理和不讲理上。我们是商人，商人都是言利的。开店子是小利，是薄利。开女子学堂是大利，是众人之利，是长久之利。所以，办女子学校，鄙店虽小，也愿意出点小力。"

教育局长肖占秋瞪大眼睛看着陈氏说："我真没想到你这么开明！这番话说得太好了，我当刮目相看！"

陈洪鼎说："嫂子，与你相比，我这个盐老板算是小气了！"

林万春问鄂鄂："你是什么看法？"

鄂鄂似乎没想到他会问自己，有些很突然地说："有必要问我吗？要是我反对呢？"

林万春说："老婆，你多聪明的人！"

鄂鄂莞尔一笑："你和妈定了就行。我不懂的，我听你们说是为了长见识。也许我下回生个女儿呢，就有念书的地方了。"

这就是林万春最想要的效果，也是肖占秋和陈洪鼎最想要的效果。这便是皆大欢喜。林万春叮嘱厨房，拿出最好的酒菜来招待贵客。席间，林万春和陈洪鼎谈起了旧事。那年在南江河钓鱼，两人相识了，陈洪鼎把他钓的黔鱼全给了他，从此他便成了陈洪鼎家的常客。这些年虽未打过交道，但心里一直记得有陈洪鼎这样一个盐老板。林万春说，欠你一杯敬酒，一拖就是几年。酒是催情物，越喝话越多，心潮澎湃开来，陈洪鼎就讲起这几年的心酸，说是盐税一再提高，利润很薄了，但地方豪强和国民政府总认为他赚了大钱，修路要他捐资，剿匪要他捐资，他都不能落空。其实就是披了一张大老板的皮，并不是像以前那样好赚钱了，只能打掉牙齿和血吞，跟他们说不清的。找了个小老婆又不听话，还风骚得不行，后来跟着一个四川盐商跑了。还是俗话说得好，漂亮不能当饭吃。他最大的败北就是把女人的漂亮当了饭吃，没有记住古训。所以，他劝林万春，无论你做了多大的老板，赚了多少钱，都不能找小老婆，还不如进窑子找幺妹儿玩。适逢鄂鄂过来给他们倒茶水，听见了陈洪鼎的话，便对林万春说，陈大哥可是说的真心话，千真万确的。

肖占秋和陈洪鼎是在谈笑风生中酩酊大醉的，开心满意伴随了他的整个饮酒过程。那时节，酒仿佛不是他喝下去的，是它自己长了翅膀飞到嘴里的，下喉之后一路欢歌往肚子里钻。他们嫌酒杯太小，便把酒直接倒进碗里，咕噜咕噜地像喝凉水。微醺之后，两人就说起家常来，林万春听出来，原来两人是郎舅关系，陈洪鼎的妹妹是肖占秋的老婆，两家是世交，多年来都是相互照看着。说到爷爷辈相互帮衬的往事，两人竟然大哭起来，像个女人样地伤感落泪。林万春吓了一跳，问岳母这是怎么回事。陈氏说，醉了，重情的人管不住眼睛，喝高了就哭。陈氏把酒壶藏起来，偷偷把他们的碗里换成了白开水，他们照样喝得起劲，肖占秋深有感触地说，酒是越喝越淡的，说完就歪倒在椅子上了。

林万春把他们扶进了店里最好的客房。这种客房只有一间，里面两个床铺，床上雕花满身，金丝楠木做的太师椅和小方桌一应俱全，夜壶和油灯都是成双成对，平时基本不用，有贵客来了，才偶尔用一次。陈氏害怕两人半夜呕吐，还专门给他们放了一个木盆在床边，桌上放了两杯茶水，把他们安顿好了才出门离去。

林万春走过院坝时遇到了二哥林万豪，背着背篓刚刚入住。林万春问他吃了没有，林万豪说吃了，累得很，要困觉。林万春说回来时不要背盐太重，身体受不了的。林万豪说没事，反正一身力气，放着啥用。二哥也不想跟他多说，放下背篓就到河里洗澡去了。

第二天早上，店里的客人们大都吃早饭上路了，肖占秋和陈洪鼎两人还没有起床。想到他们昨晚醉了酒，可能睡得晚一些，林万春他们就没有在意。陈氏让胖大嫂把早饭做好，茶泡好，都放凉了。陈氏说："这两人真能睡呢，不会睡到中午吧。"林万春说："我去看看。"

林万春跑到客房一看，门半开着，两人正坐在床上等他进去。原来肖占秋和陈洪鼎早晨醒来，发现衣服不见了，身上只穿着摇裤儿，怕丑，不敢出门，就坐在床边说话。在这客店里，盐背子平时大大咧咧，穿得再少都敢出门的。可肖占秋和陈洪鼎都是有身份的人，在县城也算达官显贵，穿着摇裤儿出门自然是有辱斯文了。

林万春大笑起来，连声表示对不起，怪他没有管好店子。肖占秋他们自己也不知道什么时候被小偷偷了衣服。林万春想起来，昨晚把他们扶上床去之后，掩上房门就出去了，门是没锁的。客房的门有门闩，在有客人的情况下，必须由客人从里面才能闩紧。这就是说，林万春他们一走，房门是虚掩着，这就等于是开着的。肖占秋他们又是醉了酒，睡得很沉，小偷唾手可得。陈洪鼎说我们幸好不是女人，否则白白让别人占了便宜！

林万春连忙回去对陈氏说了，陈氏笑起来。陈氏让林万春钻进床底下，左边有个黑箱子要搬出来，里面装着衣服。林万春就俯下身子往床下钻，店里的土狗见林万春进去了，也跟着钻了进去，把尾巴留在外面兴奋地摇摆着。鄂鄂抱着盐盐走过来，朝林万春的屁股踢了一脚，笑这两个家伙的姿势竟然一样呢。林万春从床底下拖出黑箱子，是鄂老板生前留下的遗物，舍不得扔掉，便当作纪念保存下来。陈氏一阵翻找，挑选出两套半新不旧的丝绸衬衫和裤子，看上去就跟新的一样，面料也很体面。土狗看到旧物重现，就凑近鼻子去闻，并嗷嗷直叫，驱赶不走。陈氏突然意识到，这条土狗是鄂老板去世那年收留的流浪狗，或许它记得这是鄂老板曾经穿过的衣服。陈氏对林万春说："你送去，就说是你平时穿的。"

林万春拿着衣服出门，土狗就追了出去，紧随其后。肖占秋和陈洪鼎看到林万春送来衣服，像是见到救命恩人一样，感激不已。匆忙穿上，大小还很合体。只是那土狗扑上去咬住肖占秋的裤子往下拽，非要让他脱了不可，吓得肖占秋边退边跳，以为狗要咬他。林万春把它打跑了。土狗站在门口无奈地看着，叫个不停。林万春万分歉意地说："没有你们的衣服好，只是凑合一下。"肖占秋说："这已经很好了。丝绸衬衣怎么说也比麻布衣衫好十倍呢。"陈氏那边饭菜都上桌了，就把他们叫到家里吃饭去了。

因为昨晚醉酒，肖占秋和陈洪鼎今天坚决不敢再喝，吃点饭就要上路了。刚刚端上碗，左木匠就急匆匆地跑来了，手里抱着几件衣服，说是今天早上在坡上掰苞谷，遇到一个熟悉的盐背子，背篓里背着衣服，用干粮袋子压着，问我买不买。我一看这衣服都是丝绸面料，上面沾着酒味和脏东西，一般人穿不起的，怕是来路不明。我就用钱买下来了，给你们送来。陈氏喜不自胜，当场打开，正是肖占秋和陈洪鼎昨天穿的衣服。两人当下就去陈氏的房间里，关上门，换上自己失而复得的衣服。土狗一直守着脱下来的衣服，如痴如醉地嗅着，不想走开。陈洪鼎走过来，直夸左木匠好人，非要给他钱不可。左木匠不要。林万春说，钱是要给你的，事情出在我们店里，你做了好事，不能让你出钱，当然更不能让失主出钱。你们都不能出钱，这钱该我出。左木匠还是不要，说根本就没有用衣服换钱的意思，我只是发觉这衣服可能与店子有关，怕失主着急才送过来的，真没别的意思。三方相互推辞不下，鄂鄂便想了个办法，把肖占秋和陈洪鼎换下来的旧衣服送给左木匠，作为对他的补偿。大家认为这个主意好，都劝左木匠一定要收下，左木匠就收下了，抱着衣服很为难地站在那里。土狗也不咬了，看着左木匠手上的衣服若有所思。林万春让左木匠也坐下吃点饭，左木匠把衣服放在旁边的凳子上就坐下了。陈氏拿来碗筷放在左木匠面前，说你多吃一点，他们都是斯文人。

林万春问："你说你认识那个偷衣服的？"

左木匠说："我认识的。"

"能告诉他是谁吗？"

"不能。我答应过他，不说他的名字。"

林万春就不再问了。拿过酒壶，给左木匠倒酒喝。左木匠见了老板和当官的有点拘谨，手脚放不开，吃菜喝酒都斯文起来，一改以前大快朵颐的样子。

吃罢饭，肖占秋和陈洪鼎就匆匆上路了，他们急着要返回县城。林万春一家把二人送到幺店子门口，左木匠见自己一个人在别人家里，有瓜田李下之嫌，也跟着出去了，直到目送二人走远了他们才回来。进屋一看，刚才换下来的旧衣服掉在地上，陈氏连忙捡拾起来，却发现少了一件金黄色的丝绸衬衫。鄂鄂说："短短一会儿，莫非又有小偷进屋了？"

林万春说："怎么会？这小偷也太胆大了吧。"

陈氏把衣服再数一遍，还是少了一件衬衫。这太莫名其妙了！穷人最容易在别人丢东西时成为嫌疑，左木匠怕自己说不清白，连忙说："反正我没拿，我没拿。"

左找右找就是少了一件衬衫，屋子又没外人进来，青天白日怎么出了这等怪事？正在疑窦丛生的时候，林万春突然发现土狗也不见了，衬衫的丢失会不会与土狗有关联？一家人不知端的，面面相觑。陈氏忽地睁大眼睛说："我们到你爹坟上去看看。"

林万春和陈氏就来到后山鄂老板的坟墓上，坟墓前果然放着那件丢失的金黄色衬衫。只见土狗在那里如泣如诉地叫着，声音里充满了追寻和呼唤的双重意味。陈氏抱起土狗一阵抚摸，说：“你太通人性了！”

第 19 章

镇坪县出现了前所未有的忙乱。

县政府烧了，刘县长等一批政府要员跑到山洞里住起来，山洞虽好，毕竟不是长久之计。更重要的是，县长带一帮人住进山洞，一点政府的样子都没有了。刘县长他们把手头的急事处理完毕之后，便急着向安康行政督察专员公署禀报，请求重建衙门，并要求舍弃原址，更换地方。理由是钟宝这个地方风水太好，太旺，眼下县政府力弱，镇不住它，致使盗匪一而再、再而三地频繁光顾，官府不堪其扰。且钟宝地势平坦开阔，四面畅通，匪帮来去自如，无可阻挡。如在烧毁的原址重建，势必重蹈覆辙，再度受创。新址选在牛头店的关垭子，位于南江河边的山腰上。垭子就是卡子，是关隘的意思。关垭子有一道悬崖绝壁作为天然屏障，屏障的侧面下方就是一片平坦之地，形成一夫当关万夫莫开的易守难攻之势。垭子上唯一的道路就是岩石上开凿的盐道，千百年来，一直是商旅和行人的必经之路。在此建县府，若在垭子上以重兵把守，既可以阻止匪徒入侵，又可以避免私盐过境。这便是刘县长最看好此地的重要原因。

剿匪始终是镇坪县的一个重要事务。张迎风升任剿匪队队长后，一个重要的任务就是要组建一支一千人的民间剿匪队。住的地方根本没法集中统一解决，只能让他们住在家里。而一旦有剿匪活动，就需要解决吃饭问题，总不能让他们白天剿匪，晚上回家吃饭。剿匪是体力活，剿匪队员一般是一顿七两粮食，饭量小的半斤，大的一斤。不解决吃饭问题就招不到人。钱粮从哪里来？政府出一点，再向那些名门望族和地主老财募捐一些钱粮。张迎风感觉自己就像政府派出的讨口子一样，四面游说，八方伸手。而那些家道殷实的大户人家，极少成为盗匪攻击的对象，他们往往都有深宅大院，戒备森严，又有恶狗看门，一般盗匪也避而远之。他们对剿匪是支持的，但又不是很愿意拿出钱粮，原因是怕因此招来匪扰。捐了钱粮，唯恐泄露半点风声，嘱咐千万守口如瓶，不能让恶匪知晓了，将来报复他们。张迎风说，他们有钱有势，就是缺点侠肝义胆。

张迎风急得焦头烂额，警察局和剿匪队不断接到匪患情报，而一千人的民间剿匪队迟迟组织不起来，到五百人的时候就扩大不了了，基本上囊括了附近所有的精壮劳力。有的并不是因为剿匪而来，而是因为饥饿，听说参加剿匪队能够吃饱肚子，没有饭吃的人就愿意参加进来。能不能打到土匪暂且不管，先吃饱肚子再说。一帮逃荒的男女闻讯而来，拥挤在剿匪大队门口，叫嚷着也要打匪徒。负责当审查官的张童子一看，几个男人都瘦成光骨头了，还能打什么匪徒，就表示谢绝，说是男人体格不行，女人更不能参加。这中间就有人急了，说我们走投无路，你不要我们打土匪，我们就去当土匪！张童子说，你们不要胡闹，这么瘦，既打不了土匪，也当不了土匪。两样都是重体力活，不是想干就能干的！便把他们撵跑了。五六个逃荒人边走边叹气，然后停下商量几句，便分散走开，拿出他们随身携带的碗筷，低三下四地讨饭去了。

这天晚上张迎风回家了，一进门女儿臭臭就往怀里扑过去，希望父亲像往常一样,给她带回来好吃的,哪怕是一颗糖果。可张迎风这天走得急,心里烦躁,把给臭臭买东西的事情忘记了。而且女儿扑到怀里来的时候,他脸色铁青。臭臭有点失望,但也没表现出来,只是转身要走。任香悦看着想笑,说:“你爹没给你带吃的回来,你也不能这样子呀!”臭臭摊开纸笔,眼泪却悄悄地掉了下来,小嘴巴嘟着,一副可怜可爱的样子。张妈走过来,摸摸臭臭的头,说,奶奶给你砸个核桃吃。臭臭说不吃,要写字。

张妈走过来,小声对张迎风说:“这娃自尊心强,有点失望就伤心。你以后注意点。”张迎风冲母亲点点头。张妈坐下来,张迎风转过身去给她捶背,轻轻敲打。张妈扭头说:“你这双手,还是很孝顺的。”张迎风说:“是我心孝顺。”张妈说:“无论心怎么孝顺最后都到了手上。”张迎风对任香悦说:“悦儿,你闲下来就给妈捶捶背。捶一会儿就轻松些。”任香悦说:“知道了。”张妈说:“你不要悦儿那样。她比你辛苦,两个娃娃要带,不是好玩的。”张妈话音未落,里面房间便传来小儿子的哭啼声,任香悦像救火一样跑进去了。

张妈享受着儿子的捶背,细碎的拳头敲打,让她非常受用。张妈说:“你和林万春兄弟俩,都有出息了,一人做着一件大事,说说,怎么样了?”

张迎风说:“女子学堂差不多成了,房子有了,钱也有了,学生肯定不缺。我这个剿匪队长还是那样,缺钱缺粮,一千人的民间剿匪队现在只有五百来人。就这五百来人,也可能撑不了多久。主要是缺少食物。”

“我给你出个主意。”张妈说:“你们就去抢土匪呀!他们那里有粮食。”

张迎风苦笑起来:“我们要是能从土匪那里抢粮食,早就把他们消灭了!”

张妈自嘲地笑了笑:“那我就没办法了。”

张迎风歪过脑袋,看着张妈的脸说:“我看我们家还有不少粮食呀,能不能捐给剿匪队一些?就算帮儿子渡过难关。”

张妈一下子站了起来,扳起指头来:“三百斤租子还没交呢!莫以为那全是我们家的。你算算,除去三百斤,还剩下多少?这要吃半年,够不够?”

张迎风叹口气:“也是的。”

“有句话是怎么说的?也亏你想得出来。”张妈说,“你要想办法,就要找有钱人家!地主老财有的是钱粮,他们喂猪养鸡都是苞谷!”

母亲这么一说,张迎风有点不好意思了,连忙解释道:“我也只是说说。”

“我知道你心里急。”张妈说,“为什么非要弄一千人的剿匪队?人是有脚的、有脑壳的东西,光管他们就够你花功夫了!依我看,要是精干的,五百人就足够了!要是弄进来混吃混喝的,一万人也没用!”

母亲一句不满的话启发了他。张迎风真是觉得没有必要硬凑成一千人的大队伍。队伍太庞大了,光是管人就要花许多精力。从已经招募的剿匪队员看,所有人没有钟表,也都不守时。他们的时间是估计出来的,估计时间的最好方式是白天看太阳,清晨听鸡叫。在大山深处,看太阳也是有误差的,鸡叫也是有误差的,特别是那些乱叫的公鸡,常常会给主人传达错误的时间。所以,剿匪队通知的时间总只能是个大概,于是迟到的人就很多。按规定时间集结不起来,张迎风就大为恼火。有的人野性十足,入队第一天就跟别人打架,只因为人家说他草鞋上有个快长翅膀的虱子。说虱子不要紧,关键是不该说他身上的虱子快长翅膀了。他觉得长翅膀这句话太伤人，便大打出手。有的人老实巴交，开饭的时候，有人提出打赌，甲方让乙方找到两片完全一样的枫叶就把自己的饭给他吃，找不到就吃乙方的，结果乙方找了半天，也没有找到两片完全一样的枫叶，自己的饭也输光了。更有贪生怕死的男人，第一次出勤，到曾家镇攻打一个土匪窝子，二百人去包围十多个流匪，本来是瓮中捉鳖的事，竟让流匪跑掉了三个。跑掉的三个是因为他们手上拿着菜刀和棍棒挥舞叫嚣，胆小的剿匪队员望而生畏，身子颤抖着跃跃欲试，却又不敢上前捕捉。有个叫黄山的小伙子吓得尿了一裤子，嘴脸发青，倒地不起了。带队的张童子让大家把他送回家去，他躺在地上摇头，说回家还是没有饭吃。张童子说，你这个胆子还敢来剿匪？黄山说我大大说胆子是练大的，我慢慢练，以后就好了。张童子说现在就给你练胆子。让他们把黄山放在十多具流匪的尸首中间躺着，两边都是击毙的匪徒，有的还没断气，有的断气了还在流血。不远处剿匪队员正在挖掘墓穴，集中掩埋。吓瘫软的黄山想挣扎起来又起不来，看看左右全是尸体，又晕了过去。张童子连忙叫人给他喂水，又从流匪尸首的口袋里搜出两个压扁了的烧洋芋给他喂了，他才慢慢缓过气来。胆子大的人却又是另一副样子，他们把流匪的尸体翻来覆去查看，见那些穿得较好的衣服，硬要从尸体上脱下来，抹一抹未干的血迹，毫无忌讳地穿在自己身上，还问他人好不好看。张妈听着张迎风讲剿匪的故事，听着就毛骨悚然了。张妈说："你再说我也吓晕了！"

第二天上午回到警察局，张迎风就找到李非烟，谈了自己的想法。既然缺钱少粮，不如把民间剿匪队控制在五百人内，多了用度大且管不好。李局长叼着烟袋说，你实在弄不了一千人，五百人也行，关键是要管用，一个人顶两个人用。张迎风说你当局长的也做梦呀，这些人，基本上只会种地和背盐，打架吵架都行，但要剿匪就不行了，训练的难度很大。训练好了，一个人顶一个人用，就算很不错了。李局长一挥手，说，那是你的事！张迎风说，我的事就是你的事，反正归你管。李局长说，知道你很辛苦，我会在刘县长那里向你请功的，刘县长这人很爱才，说实话，我这局长还不是以后由你接替！张迎风说这个我干不了。

张童子就是在这时候一头冲进来的。李非烟见门突然被打开，顿时瞪大了眼睛。一看是张童子，说，什么事，慢慢说。张童子气喘吁吁地说，警察局的剿匪队员和民间剿匪队员打起来了，原因是警察局的剿匪队员欺负民间剿匪队员，一言不合，就开架了。原本是两个人打架，却打起了群架，幸好劝阻及时，才没有造成严重后果，双方都只受了一点皮外伤。警察局剿匪队是吃皇粮的，统一服装，统一食宿，跟警察享受同等待遇。本来他们就是一普通警员，但有了民间剿匪队的出现，就有了比较，他们突然觉得高人一等了，牛气了。张迎风问张童子："你作为分队长，打算怎样处置？"

"让警察局打架的那个剿匪队员滚蛋！"张童子说，"他确实看不起民间剿匪队的，不清除出队伍，后患无穷。"

张迎风瞅了一眼李非烟，说："我一再强调队纪警纪，没有规矩不行。今天他们小打小闹，明天就可能短兵相接，血肉横飞。我看，把涉事双方都清除出去算了。"

张童子说："好。"

张迎风说："先口头告知当事人，然后张榜公布。"

李非烟一直在观察张迎风，看他如何决断这种棘手的事。带一支队伍，风平浪静的时候看不出将者的能耐，当遇到下属的激烈冲突时，考验就来临了。是优柔寡断，还是果断坚决，就要看他的气魄如何。

李非烟对张迎风说："你还真是个带兵的，下手比我狠。"

张迎风说:“你不狠,他们会骑在你头上屙尿!”

李非烟说:“他真骑在我头上了,我能允许他尿出来吗?”

张迎风连连点头:“是的是的,他一定吓缩回去了!”

张童子继续说:“我还有事情报告。”

张迎风说:“你说。”

张童子汇报的情况令人震惊。近期有两起人家嫁女时,被劫匪半路拦截抢走了陪奁的事件。一起劫匪只为钱财,只抢东西,跟轿夫打起来。轿夫受到重创,送亲的和娶亲的都有小伤,无大碍。陪奁被抢走。另一起劫匪既抢钱财又抢女人,新姑娘被送亲的和娶亲的从劫匪手上抢了回来,打死劫匪一人。新姑娘手臂和脚跟扭伤,一路大哭。

张迎风沉思片刻,说:“这年头办得起陪奁、请得起轿夫的人,都是一些家底厚实的人。今后,能不能想这样的办法,凡是娶亲嫁女的人家,可以向剿匪队提出请求,剿匪队派人护送,以防劫匪拦路劫持。根据需要,提供护送人数。但有一个条件,东家要管他们两顿饭,不能让剿匪队员空着肚子。”

李非烟说:“你说的这个办法好,可以试试。你们商量一下,发一个告示出去,让民众周知。”

张迎风听完就匆忙往外走,裤子里发出了一声古怪的闷响。于是转身又回来了,仓皇地站在那里。李非烟看着他笑而不语,笑而不语让张迎风尴尬而无助。这段时间,张迎风吃的粗粮太多,总是肚子胀气,似乎有无尽的气体要往外排放。突如其来的气流成了一件防不胜防又苦不堪言的事情。张迎风是个斯文人,他一直觉得这是件很隐秘很丢人的事情,且对它恨之入骨。他很惊讶别人肆无忌惮地放屁的样子,包括县官在内的许多人都是在大庭广众之下“有屁就放”,可张迎风就是觉得不雅。当他遇到这种情况,就马上离开他人，隐忍着找一个无人的地方解决问题。李非烟取笑他说："就你臭讲究，放个屁也恨不得跑到茅厕去！"张迎风连忙解释道："不是讲究，是习惯。"李非烟说："只要没有情绪就好。"张迎风就怕他们借题发挥，便说："真没有，就一个屁事。"

民间剿匪队护送迎娶的告示一经发布，全县哗然，众皆称颂。在匪徒猖獗乡里、民众提心吊胆的日子里，这无异于为百姓撑腰护身的义举。欲娶欲嫁者喜上心头，奔走相告。半月之内，呈交申请者凡五十家有余。刘县长得知后，让李非烟和张迎风到山洞见他。刘县长高高在上地坐在椅子上，毫不吝啬地夸奖道："你们做得很好，这既是创举又是善举！智慧之人，行智慧之事，布恩泽于百姓，善莫大焉。"

张迎风说："我可谈不上智慧，是局座高明。"

李非烟说："如果我有些许智慧的话，上来自县长，下来自部属。"

刘县长哈哈大笑起来："你们都很谦卑！向来官员都喜欢给自己邀功请赏，你们不一样。"

李非烟说："我是不否定下属的好主意，不肯定上司出的坏主意。其实我自己是没啥主意的。"

刘县长说："人再聪明都只有一个脑子，比不上众人的。所以当官其实很简单，就是管别人的脑子，把这些脑子管好用好就行。"

大家正在听刘县长高谈阔论，警卫员朱小明就从外面跑进来报告，来人了。张迎风笑道："不是土匪吧？"

朱小明说："不是不是。"

进来的是教育局长肖占秋、幺店子老板林万春和盐店老板陈洪鼎，三个人都戴着草帽。林万春和陈洪鼎显然是第一次来到这个山洞，有些新奇和陌生，进来就不停地张望。见到县长，就自然有点紧张了，一脸的敬畏和不自在。肖占秋把张迎风和陈洪鼎两人向县长介绍了一下，说他们怕县长官太大了，有点不敢见，我怂恿他们来的，说县长亲民爱民。刘县长说，张载讲民胞物与，话好听，说起来容易，做起来难。

张迎风根本没想到会在这里与林万春见面，一把将林万春拉到自己身边的长凳子上坐下，悄悄说你也来了，昨晚回来的？林万春说是的，我回家看妈了，我在奶奶以前的房间睡觉。张迎风说，两个妈都看了？林万春点点头，觉得这样窃窃私语不妥，然后看着县长，听他们说正事。

他们三人结伴而来，是来请刘县长参加女子学堂开学典礼的。他们没有按正常的春秋季节的开学时间进行，而是一切就绪，就准备开学，抢时间让娃娃们多学些东西。肖占秋手上拿着红色的请柬。请柬没有外壳，只是一张普通红纸，从中对折，里面是他亲笔手书的小楷，恭恭敬敬地呈送给刘县长。刘县长半眯着眼睛，展开一看，大喜过望，说："神速！本官真是幸运，遇到了一批能干事也会干事的下属，这么快就把女子学堂的事弄好了。"

肖占秋说："关键是有林万春老板和陈洪鼎老板的鼎力相助！"

"入学的有多少女子？"

"四十多名，快满五十名了。年龄从八岁到十五岁不等。只是，有一半女童没有学名。"

"教科书呢？"

"是用民国教育部的通用教科书。"

"校长呢？"刘县长又问。

肖占秋说："我担任校长，挂个虚名。两个老板是大股东，他们才是真正的校长。主动捐款的还有十来个人。"

刘县长说："像林万春这种放弃办客栈来捐款助学的，都是积德行善，要给他们树碑立传，勒石以记。大家都去扬善，其实也是在惩恶。”

肖占秋说：“县长所言极是。我们马上吩咐下去。”

刘县长的目光从山洞岩石上扫过，岩石面如土灰的颜色苍白无力。刘县长面露难色，若有所思地说：“你们都在为教育出力，我能出什么？我一无所有。我就把这个月的薪酬给女子学堂吧。”

肖占秋连忙挥手：“使不得使不得。你对我们的支持代表着政府的态度，功在千秋，岂是一月薪酬所能比的？”

刘县长说：“是啊，捐了也是杯水车薪，还惹人笑话哩。”

肖占秋说：“县长有这份心意，我们感激不尽。算笔账，一次五十来个女童入学，将来就是五十个有文化的母亲，五十个能够教育子女识文断字的家庭。这笔账越算越大的。”

张迎风说：“我家小女也要念女子学堂了。”

“好。”刘县长说，“要鼓励有条件的人家把女娃娃送到女子学堂来读书。千万不要相信女子无才便是德这种鬼话，这话遗患无穷，不能再害人了。为啥说女子无才便是德？就是因为女子无才，男人就好管，说一不二。女子有才了，就有自己的想法了，聪明了，敢与男人抗衡了。你们看看镇坪县那些地主老财的家里，为什么他们能当地主？那些主事的男女，哪个没有文化？他们的脑子就是比别人好使。”

张迎风说：“我妈就说过，没文化死不了人，可没文化也活得不好。”

肖占秋说得更具体了：“镇坪县里，有文化的人走路都好看些，说话都中听些。为什么这样？就是因为有文化才能有教养。”

几个人毫无章法地谈着女子学堂的重要性，一边喝着茶水，嗑着瓜子。县长也不是高高在上，而是与大家平起平坐，随心所欲地东拉西扯。自从住进山洞之后，官人们的全部吃喝都由钱家提供，钱家人的全部劳动都围绕山洞里的政府人员的衣食住行进行。刘县长曾经想安排自己身边的人负责伙食，但山洞里没法烧水做饭，洞是死洞，柴烟排不出去，外面的炊烟飘进来也会呛人。钱家老汉也是精明人，明白得很快，侍候县长一帮人，也算是有了靠山，在邻里左右，四山八梁，说话做事都硬气了，都晓得他和县长熟悉，谁看他都高人一等了。女儿钱满儿原本是愁嫁的，在刘县长住进山洞的一个月后就嫁给了一个药铺老板的儿子。做媒的竟是刘县长。去年刘县长屁股上长个疖子，鼓起拳头大个包，坐下就痛，总也消不了，药铺老板一刀下去，挤了脓包，很快就好了。见老板儿子未婚，刘县长就想起了钱家未嫁的女儿钱满儿，两人一拍即合，当即定亲，次月就成了婚事。钱满儿一出嫁，端茶递水的事就交给了她的哥哥嫂嫂，客人多的时候，她们就先把茶碗斟满，然后提来一壶开水放着，让他们自己倒水喝。这也是县长的要求，不能让她们站在旁边听官员们议政，许多事是不能让外界知道的，得让他们回避。钱家人倒也知趣，从不站在洞外偷听或打听什么，一心一意做着自己该做的事。可是，这天吃晚饭的时候，进来收拾桌椅的人竟然是欧阳苦尽，就是摔死了的盐背子钱宝顺的媳妇。她穿着红衣走了进来，给山洞里清一色的男人带来了一丝光亮，大家的目光迅速集中到她身上了。林万春心头一愣，她不是嫁给竹山县的吴满江做老婆了吗？怎么会又出现在这里了？

本来，欧阳苦尽是低着头进来的，脸上挂着几分羞怯，然后专心致志地收拾餐桌，手里拿着一根柔软的丝瓜瓤子擦拭桌面。从洞口外面照射进来的阳光给黑色的桌面增添了一层带着油腻的有限亮色。她在抬头的时候，与林万春的目光相遇了，迟疑片刻，林万春说："你怎么在这里？你不是嫁到竹山了吗？"

欧阳苦尽说："是的，还是你的主意呢。"

林万春说："记得你男人姓吴。"

"吴满江。"欧阳苦尽说，"他也来了，我们一起过来看看父母。"

林万春觉得这个女人还是有良心的，尽管自己再嫁了，但没忘记以前的公婆对她的恩情，回来看看他们，也算是尽孝了。林万春便问起了她嫁过去之后的情况，欧阳苦尽看看大家，见这么多人，脸便羞红了，不好意思开口。林万春说，你说嘛，没事的。欧阳苦尽说，坐的都是大官人，我哪有胆说我那些烂事。林万春鼓励她说，他们都是父母官，向来关心百姓的。欧阳苦尽就说，还凑合，吴满江不背盐了，在地主家又租了两亩地，这家地主厚道，租子很少，吃饭是没问题的，每隔几天还能吃一次肉。刘县长说，能吃肉的生活是好生活。欧阳苦尽就笑了。婆婆在屋里等着她端菜，简单说了几句就出去了，屁股扭得溜圆如瓜。

张迎风见欧阳苦尽出去了，问林万春怎么会跟她有交道。林万春告诉他，那年吴满江和赵钱益赌博，赵钱益输了老婆，又舍不得自家的老婆给别人，就找林万春帮忙想办法。林万春想起了小寡妇欧阳苦尽，让欧阳苦尽冒充赵钱益的老婆，嫁给吴满江。说穿了是哄她过去的。自从欧阳苦尽跟吴满江走了之后，林万春心里一直有个疙瘩，怕她过得不好，受吴满江的欺负或虐待。这么长时间以来，总会不时地想起她，担心自己做了坏事，毁了人家青春。刘县长听了大笑，说，你是两头骗吧，做成了一桩婚事，还算是成人之美。

吃饭的时候破例增加了两个人，欧阳苦尽和吴满江。两口子提了一大壶他们从湖北带来的拐枣酒，来给大家敬酒，主要是来感谢林万春这个大媒人。吴满江先敬了县长和局长，然后端着碗对林万春说，多谢你和赵钱益合伙来骗我，给我这么好个媳妇，邻里说她百里挑一。林万春得意扬扬地笑着，问她："你就说说她怎么个好法？"

吴满江说："她把男人当成儿子一样心疼，把婆婆当成亲妈一样心疼，把土地当成粮食一样心疼，那个贤惠周全啊，真是到家了。还是俗话说得好，过婚嫂，是个宝。她就是个大宝。"

"果然不错。"林万春说。

吴满江意犹未尽："还有呢，她连生娃儿都是一窝两个两个地生。"

张迎风说："双胞胎？"

"是的。头一回生两个女儿，第二回生两个儿子。"

林万春说："早知道她这么好，我把她娶了当二老婆多好！"

吴满江说："晚了！现在你给我十个黄花闺女我都不换！"

林万春问欧阳苦尽："你真有这么好？"

"听他胡嚼！"欧阳苦尽用一只眼睛瞪了吴满江一眼，把脸转向林万春，"他讨不到老婆，别个看不上，只有我这种傻女人去充数，所以总说我这也好那也好。"

林万春对欧阳苦尽说："既然这样，你就不用谢我啊。"

欧阳苦尽一笑，说："你还是要谢的。除开你是我的媒人之外，还是我恩人呢。"

刘县长问："他是你什么恩人？"

"县长大人，你不知道呢。"欧阳苦尽就把林万春背前夫钱宝顺尸体回家的事讲了一遍。这么一讲，就改变了喝酒的气氛，原本热闹的场合迅速阴冷下来，谈起了林万春在鸡心岭下百里找尸和错背尸体的辛酸旧事。如今多少年过去了，张迎风由盐背子变成了土匪，再变成剿匪队长，林万春也由盐背子变成了张迎风母亲的儿子，又变成了幺店子老板。欧阳苦尽由盐背子的媳妇变成了寡妇，再变成过婚嫂，还是两对双胞胎的母亲。什么都变了，就是镇坪没变，还是山高沟深，盐道坎坷，匪徒如蚁。数落过去的事，大家都感慨起来，世事多艰，人生多艰。特别是欧阳苦尽，差点流下泪来。只因为丈夫站在旁边，为前夫伤感又觉不妥，才忍住了眼泪。陈洪鼎见他们情绪低落，端起酒说："不说不开心的事了，喝酒！县长在这里，凡事往好处想，天再黑都会亮的，总有翻身的时候！"

大家一饮而尽。一杯酒咽下了十年的酸甜苦辣。

饭后，欧阳苦尽带着丈夫到前夫的坟墓上去烧纸，钱婆婆陪着，一路问寒问暖，给她唠叨这几年家里发生的事情。以前的婆媳还是婆媳。钱婆婆说，我儿子背盐去了，还剩下半个儿子，你就是我半个儿子。欧阳苦尽说，我每年都会回来看你们。

张迎风、肖占秋、林万春、陈洪鼎一群人就顶着秋阳往县城去了。肖占秋和陈洪鼎他们已经请了刘县长，还要继续商讨女子学堂开学典礼的具体事宜，后面还有许多杂事。林万春作为最大的股东和最有力的支持者，他对教育局长肖占秋明确了态度，具体怎么整我也不懂，不要找我，不要问我，你们只管整好就行。在去县城的小路上，他和张迎风如影随形地走在一起，说着私房话。他说这次要回家住几天，林家要住一天，张家要住两天。我是个妈多、家多的人，几方都要照顾到。张迎风让他不要经常往回跑，远天远地的，跑一次人都要瘦几斤。要好好经营自己的店子，这边两家有他照看着。老人身体都很好，土地争气，粮食勉强够吃，不用操太多的心。因为他们有共同的父母，共同的担当，兄弟俩说得深情款款，言真意切。

林万春进城是为了买东西，到布匹店给张妈、任香悦、臭臭和自己的父母买布料，还要给臭臭和最小的侄儿买糖果哄嘴巴。张迎风说，我妈真有眼光，收你这个儿子比亲生的都好，我都很少给她们买布料的，不是不想买，是买不起。林万春说你说话见外了，你可以隔三岔五回来看他们，有个啥病痛你也可以照顾。我不在他们身边，回来一次不能是空手两巴掌吧。妈对我像亲生儿子一样，我心里暖和，依我所想，恨不得让他们天天都穿着绫罗绸缎。张迎风帮他把买的东西打成一个包袱，把他带到警察局，让他在外面等他一会儿。林万春就在外面等着，好奇地看着那些来来往往的警察和出操训练的剿匪队员。没多久，张迎风从里面出来了，偷偷地往林万春手心里塞了一个小东西，用一块烂布包裹着，悄悄说是给你媳妇鄂鄂的，你们成亲时，我就欠你们一份礼物，难受好久了。他还叮嘱林万春任何时候都不要给别人说。林万春要打开看，张迎风做了一个神秘的手势，制止了。张迎风说我有事忙着，你一人回家，我就不陪你了。

第 20 章

林万春手里一直捏着张迎风给他的东西，出了县城就忍不住打开看看。原来是一枚拇指大的宝石戒指。林万春不懂宝石，但他能看出成色很高，黄澄澄地闪着光泽，细腻圆润，煞是亮眼。他看过岳母家中有一些金银首饰，却没有比这更漂亮的。林万春也不想问它的来路，只是觉得当个剿匪队长，或多或少是有些油水的，不然哪来的这种宝贝。

张妈正在等林万春回来。林万春昨晚住在林家，路过张家时进门给张妈打了个招呼，说办完事回来吃晚饭。张妈就一直痴等着他回来。在这个间隙，张妈去奶奶的房间打扫卫生，清理好了让林万春晚上住。任香悦热情洋溢地走进来，让张妈准备晚饭去，说人家林万春喜欢吃你做的饭呢，还是我来打扫吧。张妈笑眯眯地看着任香悦，说："我儿子回来你这么欢喜做什么？"任香悦避开张妈直视的目光，说："妈你这话说的，你儿子回来我不欢喜也不对吧。"张妈看她面若桃花的样子，抿抿嘴角，转身出去，又折返回来，倚在门口说："也不晓得他啥时候才能回来，不敢把米下早了。到家才做饭，又怕他饿着。"任香悦说："他从县城回来，能饿到哪里去，迎风会让他空着肚子走吗？"张妈说："迎风他忙着呢。"

林万春就是在这时回来的。院坝里的向日葵早已全部开花了，金黄色构成了一个巨大的半圆。只是再没有奶奶终日里坐在门前看它了。奶奶走了之后，种向日葵只是成了一种习惯，一种风景，却没有人专门欣赏它了。林万春走在院坝里，突然有一种失落感。可他一进门，热情马上把他团团围住了，张妈过来接包袱，任香悦连忙去打洗脸水，臭臭大大大大地叫个不停，身子就靠在林万春怀里了。任香悦一把将臭臭拉开："你看大大一脸臭汗，让他洗了脸再抱你！"臭臭说："我不嫌他脏呢。"任香悦说："可他嫌你烦！"

林万春匆匆洗了把脸，就打开一个包袱，把里面的东西一样样取出来："这是糖果，是给臭臭的。这块蓝色的布料是给妈的，这块红色的是悦儿的，这块小花布是给臭臭和臭臭弟弟的。除了没给迎风买，每人都有。布料都按以前的尺码加了几寸，裁缝时很宽余。"林万春又把另一个较小的包袱打开，里面的布料和刚才打开的那个是一样的。林万春说这里面全是他娘和他爹的。明后天送回去。

张妈愣愣地站在那里，看着崭新的布料笑容满面。以往只有过年才会买的布料，差不多集中了一年的收获，浓缩了一年的喜悦，平时根本就不敢想。张妈一激动，眼睛就红润了，她沉默许久才说："你对我们太好了我也难过，不知道怎样才能对你好。"林万春说："妈你说啥呢，我们是一家人呢。"

臭臭嘴里含着糖果，把花布披在身上比试，又笑又跳的，喜不自胜。任香悦走过去一把将她披在身上的花布扯下来，说："你这小妖精，莫把糖弄到布上去了。收起来，过年时做新衣服。"臭臭站到林万春怀里去了，两只束起来的小辫子，直直地立在头上。林万春摸着她的小辫子说："每次回来你都长高一截，快成大姑娘了。"臭臭揪着林万春的胡子说："我把《论语》和《大学》两篇都抄写完了，每天背书。"林万春说："臭臭真聪明，你能给我当先生了。"臭臭瞪大眼睛看着林万春说："你不识字吗？"林万春说："识字，不多。"臭臭说："往后我教你。我能识四千字。"任香悦擦擦臭臭嘴角上的糖粒，说："你说大话脸都不红。"臭臭说："奶奶说了，长大了才晓得害羞。"林万春说："我那边还有一个小弟弟呢。才学会说话。"臭臭说："他叫啥名字？"林万春说："大名叫林宏道，小名叫盐盐。你说盐盐好听不？"臭臭咯咯地大笑起来，食指在空中比画着："二十多笔，笔画太多了。为啥叫盐盐？因为你是背盐的？"林万春说："对。"臭臭说："以后我见弟弟了，一定要尝尝他，看他是不是有味道。"

林万春说："他正在学说话呢，只知道捣乱。"

"无知蒙童。"

林万春突然不知道怎样和她说话了，手上抓着她黑得发亮的羊角辫揉搓着。臭臭问他："你知道古人把这种辫子叫啥吗？"

林万春连连摇头。

"叫总角。"臭臭说。

"你怎么知道？"

"我从诗经上看到的。"臭臭说："你和我爹爹就是古人说的总角之交。"

任香悦见臭臭缠着林万春没完没了地说话，便把她拉开了："让大大歇歇，你快背书去。明天给大大背《大学》听。"

臭臭乖巧地跑开了，两个弯成了弧形的小辫子摇摇晃晃，像风中的稻穗。她每天在歇房里看书写字，同时看护着小弟弟。小弟弟才一岁多，很多时候都在睡觉。醒来就和她玩，他把姐姐当成妈妈。

臭臭一离开，林万春顿时轻松了。他从来没感受过跟一个小娃娃对话的压力，臭臭眨一下眼皮他都害怕，怕一句话把他逼到墙角,动弹不得。他觉得文字是个怪物,认识的字都是亲切的,认不得的都是生分的。就那么几笔几画,却隔着千山万水。林万春小时候长期跟张迎风一起厮混,也识一些字,在臭臭面前就自惭形秽了。他不知道应该为自己尴尬还是应该为臭臭自豪。

他无不焦虑地问任香悦:“你能教她?”

任香悦说:“我哪里行,我认不得几个字的。她爹能教她一些,她学会了又来教我。我笨,学不会。迎风找了一本《康熙字典》,她自己看。现在,迎风也教不了了。”

林万春说:“看来女子学堂办得正是时候。臭臭天生是个读书的料。”

任香悦说:“迎风也这么说。臭臭适合读书,记性又很好。”

“是的。砸锅卖铁都要把这个娃娃培养好。”

张妈在灶房做饭,柴火烧得噼噼啪啪,与案板上的咚咚的切菜声混为一团。任香悦下意识地看了看灶房,说我去给你收拾床铺,然后就进了奶奶的房间。林万春跟进去,说我自己来吧,又不是客人。任香悦用忧郁的眼神看了看他,说你现在是大老板了,又远天远地的,回来一次,比客人还尊贵呢。说着就把被褥抽开,提在手上抖动尘土。被褥在她手上像羊肚帕一样轻盈,翩翩起舞。奶奶去世之后,这个歇房一直留给林万春用,林万春又很少回来,平时没人住,臭臭和弟弟就喜欢在这里滚打嬉戏,落下了很多草屑和果皮,一抖动就往下飘落。林万春目不转睛地看着任香悦,任香悦把抖动过的被褥重新放在床上,说你一边歇着去,看我做什么?林万春说我想帮你做活。任香悦眨了眨眼,说又不是什么苦活重活。林万春伸出双手,把任香悦抱了一下,一双丰乳挤在他胸脯上。任香悦机警地往门口瞅了瞅,眼神暗示他不方便,林万春就马上松开了。任香悦说,你家鄂鄂还好吧?林万春说还好,对我也好。任香悦说好好爱惜她，她家的家产都让你掌管了，你要做个好女婿。林万春说那是当然的。林万春附在她耳边悄悄说，她胸没你大。任香悦说，再大也都不能当饭吃。林万春说，不能当饭吃也可以当零食。任香悦红了脸说，你要是闲着没事，看妈炒菜去，莫在这里打搅我。

林万春就来到灶房，看张妈炒菜。张妈说烟子大，你过去歇着。林万春说，有啥要我帮忙的？张妈说没有。对了，你去看看猪圈，刚才听见狗叫呢。林万春嗯了一声，就到猪圈去了，猪们见生人一去，惊慌起来，马上乱成一团。再往里走，只见一头硕大的黄褐色动物躺在猪圈的栅栏外侧，它撑起后腿，挣扎着准备逃跑。林万春费了很大劲才把它拖到猪圈外面的院坝里，仔细一看，原来是头受伤的獐子，前腿已经被打断了，伤口严重溃烂，跑不动了。显然是被猎人用铁夹子夹过，劫后余生逃到这来的。林万春找根麻绳把它套好，然后进屋去叫臭臭她们："快出来看把戏啊，一头獐子！"

一家人都跑出来看稀奇。獐子的精神还不错，但确实是跑不动了，前腿站不起来，在大家的围观中急于逃脱，每次挣扎都失败了。獐子生性机警灵动，腿细善跑，常在这周围山林中出没，它似乎明白自己跑错了地方，成了困兽，眼下就只好听天由命了，任凭他们摸它、看它、说它。张妈想到饭还在锅里，林万春早就饿了，便说："看一下就行了，都先吃饭去，明天我给你们做獐子肉！"

大家在张妈的喝令中一齐进屋。张妈最喜欢看到她一呼百应的样子，自从百岁奶奶去世后，她就成了家里至高无上的人物，没人反对她或顶撞她。

獐子的意外出现把家庭的热闹与喜悦推向了一个高潮。在野兽众多的年代，任何一种野兽都是山民们碗里的一道菜。林万春一个晚上都在忙于弄獐子。入夜之后，外面风大，油灯总是飘忽不定。林万春把臭臭姐弟俩哄到屋里去，然后迅速把獐子杀掉了，放了血，再把它拖到屋里去收拾。平时家里点一盏灯，这天点了四盏灯。四盏灯照管着四个不同的侧面。林万春从没做过屠夫一类的活，只看过杀猪宰羊，却没看过杀獐子。林万春把它当成羊来杀，任香悦给他帮忙，张妈指挥，臭臭拉着弟弟在看热闹。弟弟总想用手摸摸獐子，每次出手都被臭臭拉了回来。剥皮的过程漫长而生动，林万春和任香悦的双手都在獐皮上运动着，他们用小刀从獐子的腹部正中划出一条贯穿首尾的口子，剥皮从头部开始，一点点地划开，让生长得浑然一体的皮与肉分离开来，成为完全不同的两种东西。这是一头雄獐，隐秘之处有香囊，任香悦在碰触到麝香部位的时候，忽然发现一物凸起，结构复杂起来，毛茸茸的凸起物让任香悦脸红到了脖根，看了一眼林万春，缩回手来，说你来整这里。林万春坏笑了一下，也不说话，独自一人把那个部位的皮剥下来，取出湿漉漉的香囊，形似婴儿拳头，圆鼓鼓的，林万春高高地举在手上说："这是宝贝，贵重药材呢。怀孕的女人不能碰，容易流产。"

张妈接过香囊，说："放我屋里，哪天拿去药铺卖掉。兴许能卖个好价钱呢。"

任香悦说："獐子身上怎么会长这种香东西。"

林万春说："世上万物，各有天性。该长什么就长什么。"

任香悦一笑，说："照你这么说，要是你也是头雄獐子，你也要长麝香。"

林万春说："是的，不想长都不行。"

任香悦说："也许你长个臭的呢。"

张妈听着两个年轻人开玩笑，不便插嘴，心里还是很畅快的。獐皮剥好，掏出内脏后，就要砍肉了。獐子本来个头不大，这头獐子算是大的，也就四十多斤，除去皮毛和内脏，净肉也就只有二十来斤了。张妈让林万春把肉分成三份，给林家爹娘一份，鄂鄂他们一份，其余留下。林万春说没必要这样平均分给三家人，给自己爹妈一条前腿，给鄂鄂他们带回去一条后腿，让他们尝尝味道就行了，其余留下自用。

女子学堂开学典礼如期举行。镇坪各界重要人士和支持这项事业的乡绅土豪全部参加，教育局长兼女子学堂校长肖占秋主持庆典，刘县长做了讲话，提到了新文化运动，妇女解放，男女平等。刘县长言之凿凿地说，世间万物本来都是平等的，谁也不比谁低贱，谁也不比谁高贵。男尊女卑的观念根本经不起推敲，男女本身就是平等的，是我们的思想让二者之间不平等了。如果说是不平等，我倒反而认为是男人卑贱，女人高贵。为什么这样说？原因很简单，你是皇帝也好，奴才也好，达官贵人也好，都是女人生的，女人养的。在世界上，有比生你养你的人更高贵、更伟大的吗？没有。为什么生你的人养你的人，后来反而说成了低贱之人呢？这就是中国的陋习，中国几千年的腐朽思想。新文化运动就是要更新我们的观念，妇女解放运动也是要更新我们的观念。《大学》中说，苟日新，日日新，又日新。就连西周的器皿上都刻有铭文“周虽旧邦，其命唯新”，从这个意义上说，我们是不如古人的。我们一直在抱守陈规。观念上的重要问题就出在男女问题上。正因为我们观念上是陈腐的，所以妇女不能上学，学堂里收的全是男生，私塾里收的也是男生。那么女子是不是真的低人一等了？蔡文姬低人一等了吗？李清照低人一等了吗？班昭低人一等了吗？她们的才学，男人都自愧不如的。我们的很多女童根本就没有上学的机会，淹没了很多有潜力的女子。她们不是不如男人，而是男人主宰了这个世界，根本不给她们学习的机会。男人知书达理了，反过来说女人低贱，蠢笨，女人当然就只能踩在男人脚下过日子了。世界上只有男人和女人两种人，一种人把另一种人压迫得死去活来，这个社会能进步吗？刘县长讲到激动处，差不多是吼出来的，声音嘶哑，唾沫横飞，赢得了很多掌声。参加典礼的全体家长都鼓掌了，女童们也鼓掌了。

刘县长讲话之后，肖占秋校长颁布了校训。该学堂的校训为：仁厚，贤德，独立，质朴。刘县长对校训内容进行了阐述，确定了“德才兼备，秀外慧中”的女子培养目标。要求每个入学女童在当天背诵校训，并理解校训的意义。

臭臭在任香悦的带领下参加了开学典礼。臭臭衣服是旧的，鞋子是旧的，唯一新的地方是头发，任香悦把她的头发梳得特别顺滑，一根一根地光可鉴人，然后捆绑成两根辫子，直指蓝天，看上去很有精神，有一股向上的力量。所有的学生都站在前面，家长都站在后面，台上是有头有面的人物，包括林万春在内。任香悦的耳朵听着县长的讲话，眼睛盯着林万春的样子，内心安定而温暖。典礼毕，任香悦和林万春分别从不同位置去找臭臭，孩子们都穿着破烂，看上去一个样子。正在他们四处顾盼之际，臭臭拉住了林万春的手，说我在这里呢。三人走出人群，林万春看看天色，说：“我原来计划今天走的，看来时间又来不及了。”任香悦说：“你今晚就住下吧，明天再走。这么晚了，又没急事，何苦走夜路。”臭臭拉着林万春的手说：“大大，我有事和你商量呢！你不能走。”林万春看着臭臭的小大人模样想笑：“你有事和我商量？”“是的。”

三人一道回家去。任香悦走在前面，臭臭走在中间，林万春走在后面。臭臭要跟他们商量事情了。“臭臭”是出生时随意起的乳名，没有学名。臭臭不能一辈子没有学名。现在学堂里的老师要求每个学生都有学名，她就必须有一个正式名字。林万春说：“你的名字你爹起吧。”臭臭说：“我自己起，已经想好了。”林万春问：“叫什么哩？”臭臭说：“叫张亦乐。快乐的乐。”林万春问：“为什么叫这个名字？”臭臭仰望着他们，有板有眼地说：“我取了《论语》开篇中的两个字，学而时习之，不亦乐乎。你们说，亦乐好不好听？”任香悦说：“好听，听起来也不会以为是叫狗狗。”臭臭瞪了妈妈一眼，郑重其事地宣布道：“从现在起，你们就叫我张亦乐。”

臭臭不再是臭臭了，叫张亦乐了。

第 21 章

林万春带着几分办校成功的荣耀，带着獐子的一条后腿，带着张迎风给鄂鄂捎的宝石戒指回到了店子。进门首先看了看在睡觉的儿子盐盐，便过来歇下了。林万春给鄂鄂讲女子学堂开学典礼的事情，讲如何排场，如何有声势，县长讲话如何好听。鄂鄂让他复述一遍，他却复述不出来。他说："那是读书人的事情，很多话我都听不大明白，太深奥。"他表情夸张，又傻乎乎的，鄂鄂和陈氏就冲他直笑。林万春又说："我以前以为自己识字呢，现在知道了，我也是文盲。"林万春说话的口气，充满了自卑和自嘲的尴尬意味，并且打破了他以前的全部自信。他只坚信一点，出钱办学，算是这辈子做了件最漂亮的善事。他从这事中品尝到了做一个好人的滋味。

林万春在晚饭之后，拿出了张迎风赠送的宝石戒指。林万春还卖了一下关子，抓在手上说，鄂鄂，你看我给你带了什么宝贝？告诉你，这是张迎风送你的，托我给你捎回来，还叮嘱我，千万不能说。鄂鄂不吃他那一套猜猜的把戏，把怀里的儿子递给母亲，就扑过去抢夺。林万春高高地举在手上，高得不能再高为止。鄂鄂有的是办法，把手往他胳肢窝一挠，他就发痒，手就缩回来了，鄂鄂就顺势抢夺了下来，打开一看，喜出望外地对妈妈说："宝石戒指！"

母女俩换来换去戴了一下,甚是漂亮。陈氏反复看那宝贝,若有所思地说:“这不是我们二十年前失盗的东西吗?至少是很像。”

鄂鄂说:“怎么会是我们家的呢?”

陈氏说,那时鄂鄂还怀在肚子里,三四个月,她还没显怀。有一天,来了一个衣着华贵的官人,背着盐背子常用的背篓,进来住店。进来后找到鄂老板,提出了特别的要求,要最好的最安全的房间,给五倍的房价。鄂老板一看是有钱人,而且带着贵重物品,就把他请到了家里,让他说实话。鄂老板告诉他,盐道上土匪太多,专门抢有钱人。你这样一个人带着贵重物品极不安全。客人告诉他,大宁厂富甲一方,土豪聚集,他是从重庆到巫溪做珠宝生意的,也考虑到路上不安全,便打扮成盐背子的模样。鄂老板说,你太小看别人了,就你这样子,一看就知道是乔装打扮的,是假盐背子,还不如不打扮,直接就暴露了真相。盐背子是什么样子?是一身臭汗,衣服破烂,补疤摞补疤,层层叠叠,越补越厚,越补越烂,肤色一个比一个黑。你像吗?一点都不像。这盐道自古以来,凡是贵重货物过境,都有多人护送,哪有一人独行的?你能从重庆走过来,已经算是命大了。就算你运气好,没有遇到匪徒,知道底细的盐背子也会打你的主意。你敢说盐背子都是好人?不是的。这山里啥人都有,有好地主,也有坏穷人。饥寒起盗心,穷极了什么事都能做得出来。在盐道上,为一袋大米或一块肉杀人的事多了,没人管你。盐道上拼的是力量,你有力量吗?一个盐背子可以对付三个你一样的人!这么一说,客人害怕了,急问怎么办。鄂老板就让客人住在自己家,专门给他腾一个床铺。第二天他带一个店小二亲自护送客商到巫溪。客商说老板亲自送,他领当不起。鄂老板说,他是客店老板,很多盐背子都认识他,大家都要住店,都有一面之交,即使有人起了歹心,也不敢轻易下手。所以,要安全就必须由他亲自护送，将就不得。鄂老板带着店小二把客人安全送到巫溪后，客商感激涕零，为表达感谢之情，就给鄂老板送了一枚宝石戒指。一年后，店子遭遇盗匪，盗走了家里的金银财宝，其中就包括这枚宝石戒指。所幸人身无恙，而那枚盗走的宝石戒指一直没有下落。

陈氏也不敢确定这枚戒指就是自家丢失的那枚。听鄂老板在世时说，这种戒指很少，当时从重庆运送到巫溪大宁厂的宝石首饰里，这是最好的一种，也是最少的一种。那里有钱人多，但很多有钱人都要劳动，并非坐享清福，戴耳环的多，戴玉镯的多，戴普通戒指不方便，戴宝石戒指更不方便，所以用量很少。陈氏说着旧事，一边把戒指拿在手上把玩着，鄂鄂说人家做戒指的又不是一次做一个，是一批，要是没有特别的记号，就不能证明这就是自家以前那枚。陈氏说，好像有个小小的记号，忘记了是啥。鄂鄂从母亲手上要过戒指，反复查看，发现内侧有个小凹槽。问母亲是不是这个凹槽？陈氏把油灯端过来，眯着眼睛往里面瞄半天，果然有个小凹槽。她想起来，这个凹槽鄂老板看到过，他当时还说，这枚戒指在同一款戒指里算是次品，所以给他了。但次品也是很值钱的东西，照样金贵。只是没想到它落到匪徒的手里。陈氏为此难受了半年，提起匪徒就咬牙切齿。

林万春说："命中注定是你的，就一定是你的。"

陈氏说："真不知怎么到了张迎风手上？"

林万春说："这话不好问的。他是剿匪队长，要与土匪打交道，是不是还有些油水，也难说。"

陈氏说："那当然。俗话说，三年清知府，十万雪花银。土匪中也有很有钱的，他们的钱不是偷的就是抢的，剿匪队长用一点正合适呀。"

林万春说："剿匪又剿钱。土匪一死，什么都不晓得了。"

陈氏说："要不下次你问问。"

林万春打了一个果决的手势，说："不能问。要是任香悦知道了，张迎风还不要挨骂？这么值钱的宝贝不给自己老婆，倒给了兄弟老婆，凭啥？道理讲不通呀。任香悦可是聪明伶俐的主儿，平时不作声，脑子可是好使的。"

鄂鄂双手托腮，摇晃着脑袋，顺着他的话题追问过去："那我问你，就这么值钱的宝贝，为啥不给自家老婆，却要给兄弟的老婆？凭啥？"

林万春说："原因很多。其一，我和他自小像亲生的兄弟一样，不分彼此。他娶老婆时，我像自己娶老婆一样用心，开心。而我娶老婆几年了，他什么都没帮忙，他心里过不去。所以他心里装了个事，觉得自己欠了兄弟一份人情。这份人情迟早是要还的。而他知道的，鄂鄂家是开店子的，礼送轻了还怕人家不喜欢，便要用贵重物品来表示一下。其二，张迎风是剿匪队，管了一千多人，自己的老婆突然戴个宝石戒指，是不是太显眼了？依他们家的家境，买得起这等贵重物品吗？即使买得起也不会买。对当官的人家来说，凡是佩戴超出了家境的贵重首饰，旁人都会想入非非，琢磨它的来路。手头有了这个宝贝，那怎么办？要么留下，要么送人，送谁合适？那就送给他认为最重要的人，那就是我了。我又不戴戒指，那就送我最重要的人了，就是鄂鄂了。"

林万春一番话把鄂鄂和陈氏都说得心花怒放了，既认为他说得有道理，也认为他确实太爱鄂鄂。鄂鄂当然是不会戴这样的宝贝，就送给妈妈。妈妈心里美滋滋的，觉得这是传家宝，就用一块专门包裹首饰的绸子包好，锁进箱子里，珍藏起来了。

晚间，鄂鄂给儿子盐盐喂了饭，专心致志地陪他玩一会儿，就早早地哄他睡觉了。林万春也正好把店里这些天积累的事情处理完毕,回来好好洗个澡。深秋的天气,不热不冷,跟春天倒是有点相似。他把洗澡水往后院的阴沟里一倒,砰地关了后门,就跳上床去了,搂着鄂鄂直啃。鄂鄂说你一走我就想,一回来心就定了。出去这么些天,想我没有?林万春说不想你想谁呢,不过我也忙着,要陪两个家的人,还有学堂的事,只是晚上安静下来时想一想。鄂鄂说,县城有幺妹儿呢,没想去嫖一个?林万春说我没这喜好呢。鄂鄂从下面把他搂紧了,身子往上一拱一拱地动起来,像油锅里的油条。林万春说还是老婆好,搂着就踏实,就是回了家。在外面总觉得离根子很远,脚下是飘着的。鄂鄂说那你就少出门去吧。

林万春问起了岳母的情况,鄂鄂说你是想问她和左木匠吗?他们还是那样,偷偷摸摸地来往,阻止是不可能的,我也就睁只眼闭只眼吧。左木匠也是善良人,对我妈很好的,平时家里有事他也照看着。胖嫂他们早都看出几分玄机了,只是装作不知。前几天倒好,左木匠来修厨房,走时空手,干脆把他的工具放在我家了,说反正要时常来,免得提来提去麻烦。我妈说,我看你也就只差没把人放在这里了。你猜左木匠怎么说,他说心在这里也一样呀。妈还甜甜地一笑,那样子妖里妖精的,像个黄花闺女。你说我妈这个样子,我是该哭还是该笑?是伤风败俗还是情投意合?我也搞不清了,倒是生了几分怜悯之心。林万春说很多事情是我们自己想多了,一个寡妇,一个光棍,照情理上说就是正好,也不应该算是偷人。人家两个人好上了,关我们什么事?至于说伤风败俗,伤了哪股风,败了什么俗?他们两个人之间不吵不闹,和和美美就万事大吉了。

一晃天气转凉了,搭伙的盐背子突然增多起来。所谓搭伙,有两种情形,一是盐背子住店时只带粮食,在店子里自己烧饭炒菜,带什么吃什么，而柴禾、灶具、餐具全部由店家提供，店家收取少许费用，实际上就是用具出租。二是自己带粮食交给店家，店家管饭，所交的粮食一定比当天吃的要多得多，店家就可以从中赚粮。但交什么不一定就是吃什么，也许交的是黄豆，吃的是苞谷；交的是小麦，吃的是洋芋。以前每天只有三四个人搭伙，现在突然增多，主要原因还是希望自己吃得好一点，新鲜一点。自己带的干粮都是盐背子饭，虽说酥软，但是颗粒粉末干燥如沙，需要伴水入口。自己做饭就好吃多了。可自己做饭的客人增多了，烧饭的地方就紧张了，盐背子就要自己解决灶具问题，在房屋附近找几个石头架成一个火炉，再从附近找些干柴，凑合着烧一顿。两个湖北来的盐背子竟为争煮饭的地方骂了起来。要不是胖大嫂发现了，迅速站在两人中间，把他们隔离开来，两人就非动手不可。胖大嫂身材宽大，身上的肉像一面墙一样厚实，她隔在中间，前后两人要扭过头才能看到对方愤怒的脸。只要不动手，胖大嫂就有办法，他们脑袋扭一下，她挡一下，反正不让他们面对面地吵。中间隔一人，骂一句都这么麻烦，两人索性懒得吵了，一个继续做饭，另一个黑着脸走开了。胖大嫂就帮走开的那个人做饭。过后胖大嫂找到林万春，说："这样不行，搭伙的越来越多，他们喜欢自己做饭，争着用灶台，这伙人就像狼一样，饿了就要吃。店里要想办法，多修一些灶台。"

林万春采纳了胖大嫂的建议，就让岳母陈氏把左木匠叫来，让他找个合适的地方多修几个灶台。左木匠问有啥讲究的，林万春说做饭的地方，要能遮风挡雨，又不能离店子太远。左木匠就没日没夜地干，硬是在去他家的路上铲开一块平地，开始筑土坯，砍了一些树木，搭起一个半边挡风半边敞开的茅棚。他要在里面修五个小灶台，可容五人同时做饭。见左木匠一个人忙碌，没有帮手，陈氏就去给他帮忙，每天拿着汗巾子，端着茶水直奔工地，有时还带上一个饼子或几片腊肉，怕他累饿了又不好意思说。左木匠虽说是卖力挣钱，但也像是跟自家干活一样用心，陈氏心里看得明明白白。干活分几种，有出力不出心的，有不出力不出心的，有既出力又出心的。心在不在活上面，面容和劲头都不一样，陈氏一看就知道。左木匠干的活都是粗木重石一类，陈氏只能搭个手，可左木匠心里暖和，陈氏心里也暖和。两人的目光碰在一起就缠绵起来，左木匠满头大汗地笑一下，汗水便沿着笑纹往下流淌，一双正在干活的脏兮兮的手不能用在脸上，陈氏就用汗巾子给他自上而下地擦一把。左木匠又笑了，说有个女人真好，哪怕是野的！陈氏说，不是说家花没有野花香吗？左木匠说，我没有家花，你就是我的家花，你这朵家花像野花一样香。说得陈氏满心欢喜，甜蜜地笑着，一副幸福无边的样子。干到第五天，左木匠有点牢骚，埋怨林万春也不来看看，派了活就不管了。陈氏连忙打圆场，说女婿太忙了，人家放心你呢。再说，林万春也知道我们的事，人家知趣的，他觉得来了会打扰我们。熟悉他们的盐背子路过此地，见他们劳动时有说有笑，其乐融融，便在这里歇个脚，朝左木匠打趣说，真有福气呢，和女店主一起劳动，累了还可以找点闲事。左木匠笑而不答。陈氏听出了“找点闲事”的意思，狠狠地往外一瞪眼，那人便不作声了，用手撩撩头上的汗水，使劲甩掉，再抓一把汗水，再甩掉，少顷又走了。

左木匠忙碌了二十多天，终于搭起了一个远离屋外的灶棚，还在里面做了两把长凳子，可供五个盐背子同时做饭。林万春又让左木匠跑了一趟镇坪县城，买了五套简单的小灶具。铁锅、铁铲和碗筷一应俱全，又专门择了黄道吉日给灶棚点火。林万春要按一个月的劳动时间给左木匠付工钱。陈氏说：“是不是少了点？”林万春说："我哪会亏他！忙了二十多天，我按一个月给工钱。"陈氏说："这么多的事，要是做得慢，做得粗糙，拖一拖便是两个月的活了。"陈氏发觉自己这样说漏嘴了，暴露了他们之间的感情，转口又说："不过也没啥，他给我们家做事历来像自家一样，我们对他也不薄。"话是这么说，但陈氏在给左木匠付工钱时，还是悄悄多给了一些。左木匠拿着工钱呵呵直笑："你这个野婆娘真像家里的一样！"陈氏说："野老公我也只有一个呀！不疼你疼谁哦。"

灶棚修好，最高兴的是盐背子，搭伙方便了。他们一般都是在去巫溪的途中自己做饭，空着背篓和担子，有闲工夫弄吃的。家境好一些的，还会带上腊肉、蔬菜、粉条，自己炒上两三个小菜，美美吃一顿再继续赶路。但更多的人是极为简单的，一个青菜一碗粗粮，能用一块猪油炒菜就很体面了。店家没有人力提供柴禾，盐背子们在路上时就沿路捡柴，路边树上的干枝，林中的枯木，他们就随手捡到背篓里，到达店子时差不多就够烧饭用了。返程的时候背负重物，自己做饭就极少了。

林万春的二哥林万豪背着空背篓来了，他来了一般都是跟林万春家一起吃饭，住宿也是免费的，这是弟弟当老板之后给他带来的实惠。陈氏不在家，胖大嫂给他们做饭，林万豪在屋子里走了一圈，没有看到陈氏，便悄悄对林万春说："哎，问你个事。"林万春说："什么事？"林万豪说："你说你外母娘是不是跟左木匠好？"林万春说："不知道。我都不知道，你怎么知道？"林万豪告诉他，上次他从大宁厂背盐回来的路上，路过灶棚，左木匠在修灶，两个人怪亲热的。林万春说："怪亲热有多亲热？"林万豪说："就是不一般的亲热。"林万春说："不可能的事。他们向来关系好，说笑惯了。我岳父在世时，他们两家就很好。再说，我岳母眼界多高，怎么会跟短工相好。"林万豪就不作声了。林万春说："要是往后有人说他们关系好，你就说没有的事。”

正在说话间，陈氏进来了，给林万豪打个招呼，洗个手，就去帮胖大嫂做饭。林万豪突然想起一件事，急忙从身上摸出张迎风的一封信来，说：“差点忘记了，迎风让我见面就给你。”

林万春打开信，只见上面写着：

> 万春：见信如晤。
>
> 小女张亦乐昨日失踪，或被匪徒抢走，盼速归。
>
> 迎风

林万春脸色骤变，腾地站起来，慌乱地在屋子里踱步。突然破口大骂道：“狗日的雷霸山，肯定是你干的坏事！”

林万豪问：“怎么了？”

“臭臭被土匪绑架了！”

第 22 章

张亦乐是在下午放学回家的路上失踪的。

说来也让人懊恼，自从张亦乐进入女子学堂读书之后，每天早上由奶奶或妈妈送到学堂去，下午放学时再从学堂接回来，从来没有耽误过。虽说只有几里远的路，张亦乐本人也一再说不用大人接送，自己能走，但家里一直不放心她一人独行。出事的那天早上，是奶奶送去上学的。奶奶回家后，问任香悦："下午你去接还是我去接？"任香悦说："你去也行，我去也行。"任香悦说过这话就上山打板栗去了，回来时早已过了接女儿的时间，却发现婆婆在院坝里打连界。连界是大巴山的一种传统农具，延续了几千年，是用来给谷物脱粒的。张妈把连界高高举起来，旋转的连界扇面就往下砸去，砸得黄豆壳飞枝断。黄豆已经晒了好多天，干了，很多都奓炸裂了，要用连界给它脱粒。任香悦说："妈，你没去接臭臭？"婆婆放下连界，愣头愣脑地说："你不是去了吗？"这才发现，两人都以为对方去接了，结果都没去。两人对视了一会儿，同时发出一声哀叹，都在责怪自己，又都在宽容对方，只怪当时没把话说清楚。模棱两可的话最害人。

张妈拍拍屁股，一路小跑冲出院坝，顶着黄昏的余晖直奔县城方向，看孙女是不是在张迎风那里。跑到警察局门口，累得脖子一缩一缩的，上气不接下气了。张迎风见母亲风急火急地跑来，问什么事，母亲说臭臭没有回家。张迎风迅速叫来张童子等七八个警察，让他们赶快分头去找臭臭，他和母亲则去了学堂。学堂大门紧锁，里面空无一人，两人顿时六神无主了。张妈用力推动大门，仅仅只张开了一条缝隙，一只眼睛往门缝里瞅了好久，也没瞅出什么名堂。扭头过来时，张妈两行眼泪簌簌直落。张迎风说："妈，你莫哭好不好？臭臭不会有事的，她那么聪明。"张妈说："聪明归聪明，可她还是个娃娃。你说，她到哪去了？"张迎风说："要是今晚找不到人，八成是让土匪抢去了！"张妈蹲下去，死死地揪着自己的头发往下扯，懊恼地说："都怪我！都怪我！"

张迎风把母亲扶起来，安慰了她几句，母亲不哭了，惶恐不安地揉搓着眼睛。两人在街道上走着，目光仔细地寻搜着所经过的每一处，所有的人和物都如往常一样，没有人知道他们丢了孩子，没人知道他们心如刀绞。在路过盐店的时候，张迎风走了进去，悄悄告诉老板陈洪鼎，自家的娃娃不见了。陈洪鼎第一个反应是与张迎风剿匪有关，跟张迎风的判断不谋而合。看着张迎风母子俩焦虑的样子，陈洪鼎低声吼了一句："狗日的雷霸山为什么找小娃娃下手！"然后对张迎风说："兄弟你剿匪是没错的，是为民除害，我就是砸锅卖铁都要弄清你女儿的下落！"可陈洪鼎除了给张迎风撑腰打气，也没有别的主意，现在只能动用他的店小二，在极其有限的范围内寻找。张迎风母子俩也无心在盐店逗留，喝口茶就有气无力地回了家。

家里莫名其妙地少了一个人，像房子倒塌了一样，魂不守舍了，整个心身都没有地方安放了。张迎风是家里唯一的男人，他只能尽最大努力来安慰母亲和媳妇，让她们不哭不闹，而他自己的心早已破成了碎渣。此时，一盏孤灯以忽闪忽闪的缥缈姿势陪伴着他们，所有的睡意都被焦虑和伤心驱散得无影无踪了，每个人都在以泪洗面，只有哭出声与哭不出声的差别。任香悦哄着儿子睡觉，自己也跟着睡去了。天亮时醒来，见堂屋里还有灯，便知婆婆和男人都没睡哩，走出来对他们说："你们都去睡觉吧，这半夜三更的，光急有啥用？不能把身体弄坏了。"之后她把脸转向张迎风："你不是常常说，男人要有男人气概吗？我看你一遇到大事，啥气概都跑光了！"

张迎风看看任香悦，对母亲说："妈，我们都睡吧。香悦说得也是，急也没用的。事情总有头。"

张妈摇摇头："我不睡。"

张迎风说："你要睡，我也要睡。"

张妈说："我不睡。"

张迎风弯下腰，双手将母亲抱起来，母亲在儿子怀里依然是一副坐姿。张迎风把母亲径直抱到了她的歇房，往床上一放，说："你今天必须听我的——困觉！天塌下来还有我呢！"母亲把被子往外一扯，说："好好好，我听你的，你赶紧把我孙女找回来！"

第二天大清早，张迎风给林万春写了一封信，写好就跑到路口，等熟悉的盐背子出现，希望能顺利送到林万春手里。正好林万豪一路哼着山歌走过来，张迎风就把信交给了他，叮嘱他一定不要忘记了。林万豪也没多问，噢噢答着，装进口袋又继续哼着山歌走了。张迎风回到屋子里，张妈已经起床，看到儿子便吓了一跳，只见张迎风的头发竟在一夜之间全部花白了，像是不均匀地在头上撒了石灰粉。张妈叹口气，没有作声，转身进了灶屋，打出一盆洗脸水来，放在张迎风面前，自己则走出门去抬头看天色，两行眼泪在晨曦里若隐若现。

张妈在茅厕门板的缝隙里发现了一张纸条，赶紧交给了张迎风。张迎风打开，只见上面写道：

张队长：令爱在我手里，安然无恙。入冬在即，请交五百斤粮食赎回。如以令爱性命为重，请在同一地方留下纸条，与我方人员接洽。

雷霸山

张迎风看到纸条如释重负。对方虽以性命攸关相威胁，并胆敢标明自己就是雷霸山，嚣张气焰可见一斑，但他不怕。这些年，张迎风就不怕跟人斗，最善于跟土匪斗。只要娃娃安全他就能松口气了。他一天时间都没笑过了，现在他笑了，是那种得到安慰之后的笑颜。他走进歇房，任香悦躺在床上哄儿子睡觉，张迎风在任香悦头部的上方晃了晃雷霸山留下的字条说："臭臭果然被雷霸山抢走了！只要活着，就有办法！"任香悦仰面看着他，伸手摸了摸他的头发："昨晚不是好好的吗？一夜就白了！"张迎风长叹一声说："每临大事有静气，却为爱女白了头。"任香悦说："你这点静气不够，比我都急！"

张迎风拿着纸条跑到陈洪鼎那里去了，陈洪鼎问他家里能不能凑够五百斤粮食，张迎风表示并不知道家里的用粮情况，这些年来是没饿过肚子的，但也没有充裕的粮食。陈洪鼎想想说："算了，你就莫操心了，我给你买五百斤粮食。你家里即使能凑够五百斤，以后生活怎么办？你总不能让一家老小喝凉水吧。"张迎风看着他，没有说话。

陈洪鼎办事利索，当下就吩咐店小二去买了五百斤粮食，跟着张迎风一道送到他家里去。晚上，张迎风在猪圈门口放了一张纸条：

雷霸山君：

粮食五百斤已经备好。请你带上小女来取粮，并请确定见面地点。

张迎风

张迎风把纸条放在清早发现纸条的原位置上卡紧，转身的时候看到一个黑影晃进了院坝，夜色朦胧中，从步态和身材上可以看出是林万春。林万春走路的时候永远都是把脚抬高并迈着大步，仿佛时刻都在赶路。林万春走过来，一把拉住张迎风的手，问臭臭的情况，张迎风说人好着，就是要五百斤粮食。要过冬了，土匪要准备冬天的食物，所以他们不要钱，只要粮。两人边说边进屋，张妈一见林万春就哭起来。林万春劝她不要哭了，臭臭一定会回来的。张妈说她不明白为什么要哭，就是想哭出来。

一会儿，大门突然被推开了，一下子涌进来许多人，小屋子人满为患。警察局长李非烟、教育局长肖占秋他们都来了。张亦乐失踪后，张迎风并没有张扬出去，肖占秋和李非烟他们都不知道。但消息还是传到了刘县长那里，刘县长对李非烟当面做了指示："土匪猖獗，绑架女子学堂学生，已属丧尽天良之举，系民众公敌。你们要洞察事态，把握时机，趁机将恶匪一举歼灭之。"李非烟他们正是在县长的指示下跑来的。来张家的目的，一是要问候和安抚，二是要商量对策，能否趁土匪出现之时将其歼灭。张迎风一口否定了这种想法，万万不可。眼下人质在土匪手里，人质的性命第一，宁可认输，也不能逞强。雷霸山手下的土匪至少有五百人，最多时发展到一千人的大队伍，他们时刻盯着我方的动向，无论何时，我方的一举一动他们都看在眼里。如果有大批警察和剿匪队员出动，大张旗鼓，兴师动众，必然引起匪徒的高度怀疑与警觉，这会危及张亦乐的人身安全。杀人对土匪来说是眼睛都不眨的小事。现在最好的也是唯一的办法，是警方不要有任何动静，要把绑架看成一件家庭私事，心平气和地与土匪周旋。只有人质解救出来之后，才能走下一步棋。

李非烟他们坐了一个时辰就走了。张迎风并不想挽留他们。土匪多狡猾，他们可以蹲守在任何一个角落观察他家的动静，一棵大树、一个石头都可能成为他们的护身符。越是有人来，越是不安全。把他们送出门的时候，张迎风悄悄对张童子说，你要深入土匪窝里，继续找人，还要放出口风，五百斤粮食已经准备好了，随时可以用粮食换回人质。张童子问，什么意图？张迎风说，你以后就明白了。张童子就不再问了。

他们一走，张迎风才松了一口气。林万春让他们趁早到茅厕去解手，今晚就不再去了，家里要保持安静，要让土匪知道我们在给他们留取纸条的时间。张妈和任香悦明白了这个用意，两人端着油灯就到茅厕去了。夜色渐浓，张妈一出门就紧张起来，任香悦紧挨着她，给她壮胆，说没啥好怕的，娃娃都让他们抢走了，还怕啥子。张妈说也不是怕，就是有点心慌。婆媳俩在猪圈解了手，清点了猪和鸡的数量，出来就把猪圈大门锁好了，还刻意看了一下卡在门缝里的纸条是否紧实。一股冷风吹来，张妈直打哆嗦。任香悦说："妈，林万春都回来了，你还这么胆小。"张妈说："女人家么，天生就是胆小。"

门窗紧闭，灯光微亮，一家人坐在堂屋里说话，猜测张亦乐此时此刻在土匪手里是什么样子，吃饭了没，受罪了没，挨打了没，她会不会想家，会不会哭闹。想到可爱的孙女要受委屈，张妈又落泪了。张迎风赶紧说："小时候吃苦受罪倒是件好事，经历了一场磨难，对她修身养性是有好处的。这不就是古人说的苦其心志，劳其筋骨，饿其体肤么？”这吗一说，张妈就火了，冲张迎风说：“那你去把她换回来！反正你也是土匪出身，你骨头硬，这个罪你去受！”任香悦从来没见婆婆这样凶过，扑哧一下笑出声来。张妈顿时唬了脸，把坚硬的目光对着任香悦：“闺女都让土匪抢走了，亏你还能笑出来！”任香悦将笑脸半收，看看林万春，对婆婆说：“妈，我也是一不小心笑的。再说了，我哭就能把臭臭哭回来？这不是没事嘛。”张妈说：“那土匪也真是的，怎么不把你抢走！”任香悦顶嘴道：“我抢走就不回来了，做压寨夫人去。”张妈说：“万春还没吃饭呢，你去做点吃的。”任香悦忽地站起来，问林万春：“想吃啥？”林万春说：“随便吃啥都行。”任香悦说：“还有点獐子肉，给你炒了吧。”说罢拐到灶屋了。

第二天早晨起床，张迎风的第一件事就是直奔猪圈，看土匪传递过来的消息。果然有一张黄色的纸条卡在门缝里，纸条伸出来的一角像一面小旗在微风中摇曳着：

> 奶奶、父母大人及大大：
>
> 你们的臭臭很快就回来了！
>
> 张亦乐叩首

张迎风一看就欣喜若狂了。这是女儿的笔迹，是他最熟悉的字体。在他眼里，女儿的字，一笔一画都有生命，有力量，有筋骨，有喜怒哀乐，有日月江山。这个纸条告诉他，张亦乐离他们很近，如果女儿在山顶或山腰的山洞里，便不可能如此神速。而且张亦乐没有被土匪残酷折磨，目前安然无恙。张迎风反复端详，用笔不慌不乱，清秀如常，可以判断张亦乐是在心平气和的安静状态下写的信。同时也说明,雷霸山这个土匪头子还真有一些耐人寻味的地方,或许并不像传说中的那么凶残,起码的人性还是有的。张迎风把纸条拿回去,给清早起床的每一个家庭成员都带来了希望和喜悦,让他们感到云开日出,天清气朗了。这下子,任香悦觉得自己的看法得到了证实,便对婆婆说:“我早说了吧,心宽一点,娃娃没事的。看把你急的。”张妈毫不迟疑地回敬了一句:“你不是心宽,是心硬!”

可这个纸条又让人更加糊涂了,信中没有提及土匪所要的粮食,更没有说明在什么时候什么地方会面。土匪最紧急的是要得到粮食,却偏偏只字不提,究竟意欲何为?林万春从张迎风手上接过纸条,盯着堆码在堂屋的五百斤粮食,反复琢磨其中的意思,终于发现了一丝掩盖在文字里的玄机:“你们看看,为什么臭臭在信中提到了我?一般说来,这封信只是写给奶奶和父母的,后面加了一个‘大大’,说明土匪对我们家来人的情况了如指掌,他们知道我回来了。”张迎风说:“你的推断是对的,土匪对我们了如指掌。”林万春说:“那我们现在要做什么?”张迎风说:“等。”

全家人从早上开始,就进入了等待状态。这个过程交织着兴奋、猜测、惶恐和忧虑,但没有绝望和消沉。他们的饭量从前日骤降之后得到迅速回升,一个个胃口大开了,大家吃得山呼海啸。张妈狠心做了满满一桌菜,统统吃得精光,就连小孙子也吃得直打饱嗝。张妈收拾碗筷时,发现油重的盘子都用饭粒揩过,像是洗过一般。任香悦拿起一个油光锃亮的盘子说:“这盘子吃得,都看不到一点油腥了。”张妈说:“吃饭么,吃的不是饭,是精神!前两天心里有事,饭就吃不动了,剩几碗。”任香悦觉得婆婆的话在理,便赶紧附和道:“可不是,心里有事,笑都像哭!”张妈没好气地看了她一眼,说:“我看你不一样的,你笑得还是那么甜!”任香悦扑哧又笑了，说："没有。苦在里面，是你没看出来。"张妈噘了嘴说："你的苦深奥。"

林万春在一旁看着婆媳俩斗嘴，笑着说："你们俩不会吵起来吧？"

任香悦看了林万春一眼，说："你莫以为我傻，我会跟妈吵架吗？我不是她的对手，我才不找死呢。婆婆是用来孝敬的，知道不？"

张妈看着林万春说："听听，她嘴多甜。我们俩吵不起来的。有时她也会把我气倒，过一会儿就好了。我有时也把她气倒，她也会忍一忍。你们兄弟俩都在外面各忙各的事，我们婆媳两个就守着这个家，谁也离不开谁。我有哪里不舒服了，全是她照顾我，知冷知热的。我就说我们张家家风好呢，婆媳像母女一样亲。平心而论，悦儿在家比你们都做得多，也辛苦得多。"

张妈这么一说，让林万春和张迎风对任香悦肃然起敬了，热切的目光表明了他们内心的赞赏。家里长辈就这么一个妈，尽管还不到六十岁，也算是老人了，任香悦的担当多一些，他们的操心就减少一些，便能腾出精力做更多的事。林万春见墙角堆积如山的苞谷，便对张迎风说："今天让任香悦休息，我们两个把掰回来的苞谷剥了挂起来。"任香悦一撇嘴："真灵性，这么快就体谅我了呀。"

张迎风一笑，起身就去弄苞谷了。苞谷堆在墙角，他们要把苞谷壳剥开，以壳做线，将苞谷编织起来，晾干之后才能脱粒。本来应该挂在屋檐下面最合适，通风好，晾干快。但屋檐下不安全，容易被偷，只能挂在屋内的墙上或楼板上。这活看似轻松，其实费工费时，更费手，容易弄伤指头。半干不干的苞谷壳绵软而结实，要用一定的气力才能撕破，然后将多余的壳层去掉，保留最里面的一层软壳用来结绳，像小姑娘的羊角辫一样，把苞谷棒子一根接一根地编起来，编成长长的一串，悬挂在楼板下方，看上去金黄透亮，珠圆玉润。

屋子里剩下了一堆苞谷壳，蓬松而纷乱。张迎风的小儿子不想走路，直接从歇房里光着屁股爬了出来，在苞谷壳堆里钻来钻去，小手抓着恣意抛掷，全身沾满了深红而蜷曲的苞谷胡子。林万春把他抱走，转身他又跑过来捣乱。原本他对林万春是陌生的，时间久了也熟悉了，只是没有姐姐张亦乐对他那样亲近。任香悦把儿子捉住，让他趴在她双腿上，俯面朝下，清理身上的残壳碎屑，儿子便在妈妈腿上拱来拱去，一副极不情愿的样子，小腿不停地蹬来蹬去，持续而努力地反抗着。任香悦让林万春赶快把地上收拾一下，林万春便麻利地把散落在满屋的苞谷壳捆扎起来，放进了灶屋，做饭时当柴禾用。儿子从妈妈身上下来之后，发现不见了苞谷壳，一手玩弄着小鸡鸡，茫然地在地上转来转去，嘴里叫着姐姐，姐姐。

或许因为焦虑已过，一家人比较平静地等待着张亦乐的归来。

就在这天晚上天黑不久，门口突然响起了敲门声。林万春闻声而起，随口说了声你们莫怕啊，便去开门。他先把门拉开了一条缝，未及看清，便冲进来五个满面漆黑的汉子，屋子在瞬间暗下来，浓重的山匪之气迅速弥漫开去。他们的面孔不是自然的黑，而是涂上了锅烟墨。锅烟墨就是锅底烟熏的堆积物，小孩用来吓人，巫师用来扮鬼，容易涂抹，也容易清洗。五个大汉冲进来时，张妈啊地大叫了一声，顿时吓得不知所措了。任香悦赶紧搂紧了儿子，惊恐地看着他们。家里是一副失控的慌乱场景，张妈和任香悦，只看她们脸色就知道她们心跳异常。

领头的是一个奇瘦且长相凶恶的男人，长着个鹰钩鼻子，鼻尖张狂地往天上翘着。俗话说鹰钩鼻子鹞子眼，吃人心来挖人胆。

鹰钩鼻子环视了一下屋内，问道："粮食呢？"

林万春指了指堆码粮食的位置，不急不慢地说："堆在墙角。五袋，每袋一百斤。"

张迎风问他们："你们就这样把粮食搬走？人呢？"

领头的说："我们就这样搬走。你们不要出门。我们搬走之后，会有人给你们送人回来。"

林万春说："真的假的？"

领头的说："我们说一不二。"

张妈说："黑灯瞎火的，不好走。"

几个土匪都没理她。

五个魔鬼一样的土匪陆续扛起麻袋就往外走。他们扛麻袋的动作干净而流畅，像搬自己的随身物品一样自然，先是弯下腰，双手把一百斤重的麻袋拎起来往后一甩，麻袋形成一道弧线，就投送到肩膀上了。土匪全部出门之后，张迎风正要跟出去看看，却从门外的两侧伸进来两只不一样的黑手，砰地把门合上了。很显然，门外至少有两个土匪负责把守和接应，不知道还有多少人。

张家一家人就被困在屋内了。林万春用力拉门，根本拉不动，说明外面扣得很死，只好退回来。一家人面对紧闭的大门面面相觑。大门的阻隔，让人对外面的世界充满了猜测和想象。黑夜是土匪的白天，土匪的眼睛对黑暗有着超强的适应能力，职业决定了他们对黑暗的向往和依赖。他们从来不怕月黑风高杀人夜，从来没有伸手不见五指，只要有一丝月光，就能成为他们的太阳，他们就可以像老鼠一样在夜间自由活动。当过土匪的张迎风知道他们的这身功夫。更何况，这天晚上的月亮特别明亮，地上的人影很明显，这相当于从天上打了一个大火把。

张妈很担心，月亮再好也是晚上呀，昏天黑地的，他们能把粮食背到哪去？看不清路，会不会摔倒？张迎风就笑话母亲操闲心，人家办法多的是。张妈说我不是心疼粮食嘛。要是走滚了，粮食撒一地，就糟蹋了。

大约过了一个时辰，大门突然打开了一条缝，一双比黑夜还黑的黑手把张亦乐从外面推了进来，大门重新合上。张亦乐一头扑在任香悦怀里大哭起来，任香悦也哭，一边流泪一边抚摸女儿的背部。一家人惊喜交集。张妈破涕为笑，见张亦乐哭得差不多了，一把将她搂进了自己怀里，紧紧地抱住不放。

大家最关心的是，这几天来，到底发生了什么？挨打没？饿着没？伤着没？林万春、张迎风、张妈、任香悦都在问，问得很乱，很急。

张亦乐从失踪到现在是第四天。张亦乐不知道怎样叫这个日子，她称为昨天的前天。她告诉家人，昨天的前天放学之后，奶奶和妈妈都没有按时接她回家，想必是忙不过来，她就独自往家里走。快要到家的时候，路边的树丛中突然跳出两个长相凶狠的男人，逼着她跟着他们走。她不愿意，他们就掏出刀子来，说不走就杀了她，她就吓哭了，他们又说，不能哭，哭也要杀。之后她被蒙上了眼睛，由一个男人拉着她走，边走边发抖。她走不动的时候，另一个男人就背着她，男人身上的臭味很浓，她发干呕，想吐。不知道走了多久，背她的男人把她放下来，揭开了蒙在她眼睛上的布，只见眼前是一户人家，石头砌的墙壁，很厚，顶上盖着石板，房子有三四间。家里只有两个老人和几只鸡，一条大黄狗。老爷爷的头发和胡子又白又长，眉毛也很长，随风飘舞，像传说中的神仙。老奶奶也是一头白发，盘成一个圆。两个凶狠的男人把这两个老人叫表爷和表婆，他们背着张亦乐悄悄说了几句话，然后告诉张亦乐，让她安心在这里住几天，就会送她回家的。张亦乐看看陌生的屋子，里外都打扫得很干净，问他们为啥要把她弄到这里来，老爷爷说，是别人把她寄养在这里的，至于为啥，他们也不知道。他们只负责让她吃好喝好，管好她不让乱跑。然后就把她关在一个小屋子里。小屋子的后墙上有个窗口，窗棂发黑了，光滑得纤尘不染。张亦乐踮着脚跟往外看，透过窗棂，她看到了屋后的非常景致，是一个很高的悬崖，乱石嶙峋，犬牙交错，不规则地生长着一枝枝细碎的绿叶和青苔。岩石上面覆盖了一层薄薄的流水，形成一个微型瀑布，高一丈多，如丝如线般地哗哗啦啦往下滴落，水滴声密集、响亮而清脆。下面是一个水潭，清澈见底，一只半边葫芦做的水瓢在水滴的力量下不停地在水面上晃荡，水滴偶尔也会打在葫芦水瓢的边缘上，发出沉闷而厚重的声音。水潭旁边是一片纤细而瘦弱的山竹，长势健旺，从山上飘落下来的枯枝败叶压在竹枝上，使山竹显得更加青翠碧绿，生机外露。一个木桶放在山竹旁边，显然是老人取水用的。张亦乐看得入迷，不知不觉地喜欢这个地方了。那两个老人，张亦乐叫他们爷爷奶奶。当天晚上奶奶做了几个菜，让她好好吃，她不吃，一直哭，爷爷奶奶就劝就哄，说我们最喜欢小娃娃，不会打你骂你，只会心疼你。你要吃饭，才能长大。见老人没有恶意，到了晚上的时候，她真的很想吃东西了。本想吃一点点，但奶奶做的饭实在是太香了，每次都吃得很饱。之后，奶奶每天都给她做饭吃，还陪她说话，给她讲妖魔鬼怪的故事，吓得她身子直缩，然后老人大笑，说都是假的，用来吓人的。只是老人对她看管很严，不让她出门。书包在身边，她就天天看书背书，想家的时候就哭一场。哭累了，就踮起脚跟看看后窗外面的悬崖和瀑布，听那叮咚作响的声音，直到把心情看好为止。她唯一的一次出门，是在老爷爷的看管下，来到屋后的水潭旁边，用小手接那些从悬崖上掉落下来的水滴。她想知道水滴从高处打在手掌里是什么感觉。由于水滴太密集，她被淋得头发精湿。水潭下方有一个排水口，形成一条小沟，她就光着脚丫子在水沟里玩耍。后来老奶奶走过来，见她眼睛到处乱看，便把她弄回家了。昨天晚上，那两个长相凶恶的男人又去老爷爷家了，要她按照他们要求的内容写封信，她就照着写了。写信的时候她是轻松的，也是平静的。她也不知道自己是个人质。信的内容告诉她，过不了多久她就会回到亲人身边。两个男人什么都没说，就把她的信拿走了。

张亦乐在讲这段遭遇时，那坦然自若的样子，仿佛事情是发生在别人身上。这个故事像是生长在梦里，神秘、美好而幽静，与土匪恶霸似乎没有关联。家人听完也就明白了，她只是第一天受了一些惊吓，过后就好了。如今安然无事地回来，身体也不见瘦，真是万幸万幸。他们便对那两个老人生出了几分感激之情。张迎风说："我要派人去找那两个老人，不管他们是不是坏人，我都要感谢他们。"

这是值得庆祝的一夜，一家人很晚很晚才睡。而外面，却发生着他们无法想象的事情。

第 23 章

张家所在的后山梁上的树荫下，横陈着十具相貌古怪的尸体。这是第二天上午，林万春的父亲林老汉上山采药时发现的。最初，他只发现了一个死人，以为是摔死的盐背子。镇坪上山采药的人，向来以胆大著称，死人也好，死野物也好，啥都见过，啥都不怕。林老汉蹑手蹑脚地走过去，发现尸体半边悬空挂在石头上，歪着身子趴着，摇摇欲坠的样子。林老汉便用木棍戳了戳，尸体突然坠落下去并翻转过来，漆黑一团的脸朝着蓝天，脖子露出一道深深的刀口，是明显的凶杀。林老汉吸了一口凉气，退回来继续往前走，又在路边发现第二具、第三具尸体。他突然害怕起来，全身肌肉都在往最小处紧缩。目光再往上方一看，横七竖八零零散散地摆着七八具尸体。所有死者脸上的颜色狰狞而怪异，除了本身的黑色外，还有鲜血干后的暗红，它们呈喷射状和流淌状，极富立体感地微微隆起。采药老汉第一次见到这么多的尸体，而且从尸体漆黑的面部看，他们不是好人，属于“不得好死”的那一类，所以死成了这个难看的样子。想到他们是坏人，林老汉突然快感涌动，胆量大增，冲着那些尸体骄傲地大笑起来。他觉得他自己就在尸体堆里，“不得好死”的都倒下了，只有他还高高地站着，站成了一副正派的样子。突然间，一股寒风从林中吹来，阴森森、凉津津的，若隐若现。林老汉一个激灵，转身就往山下跑。

林老汉一口气跑到了张家，满头大汗地喘气，进门就说："十个！十个！"

林万春发现是父亲进来了，连忙问："什么十个？"

"十个死人。"

林万春拍拍父亲的肩膀："老人家，你慢慢说。"

张迎风一听说"十个死人"就心花怒放了，心里明白发生了什么事。赶快起身把茶水递给林老汉，让他先喝水，嘴里一口一声爹地叫着，又把汗帕子给他拿来，把汗水给他擦了，让他慢慢讲。林老汉讲完，张迎风给张妈说了几句话，说要留下林家爹爹吃饭，他难得来一次，要好好款待他，然后就跑到警察局去了。

张迎风向警察局长李非烟报告了情况，两人又向刘县长报告了情况，决定组织一支特别调查队，把事情的真相弄个水落石出。他们抽调了20多个包括张童子在内的精兵强将，荷枪实弹，准备走进深山，深入虎穴。午饭后，他们就按照林老汉所说的路线上山了。李非烟要林老汉带路，张迎风说不用，那地方我很熟悉，就在我家后山，一条独路，不到十里的光景就能到达。大家一边走一边分析，张迎风把此次死人与土匪绑架张亦乐的事件联系起来，认为二者是有关联的。死者很可能是死于两股土匪之间的残酷搏杀。他们每走一步，都是对他们猜测的验证。

死亡的现场要比林老汉描述的惨烈得多。他们把十具尸体集中起来，放在树下，查看伤口。张迎风在尸体上辨认，终于找到了那个背粮食的头头，那副长相极其凶恶的鹰钩鼻子呈现在他面前。死亡之后的他，凶相依然，变得更加狰狞恐怖了，额头上被砍了三刀，刀口上的血凝固成三条深色的绳子。所有死者的脸上都涂抹了锅烟墨，只剩下眼睛和脖子没有涂抹。他们的伤口都在脖子上，而且是一刀毙命，直破喉管，身子上很少有伤。这就表明，杀手是一支技术精良的群体，如此集中在一个地点出现死者尸体，远远不是一个两个杀手能办到的，应该是在五六人以上。这或许是以前听说过的雷霸山手下的“封喉队”干的。

灿烂的秋末阳光照射在森林里，纯净的空气在阳光里纤尘不染，一些叫不上名字的高山嫩芽从厚实的腐朽落叶中生长出来，植物的勃勃生机却没能压过这里的死亡气息。密集的尸体给他们带来了前所未有的恐惧。恐怖的不是尸体本身，而是尸体上令人发怵的刀伤和面容。胆小的警察，开始不敢多看一眼，身体不由自主地往后退。张迎风就把他们往前推，鼓励他们说，你们看，没有任何东西比刀伤的尸体更能增加胆量了。你能看到什么叫杀人不眨眼。用刀封喉时一旦眨了眼睛，就会刺不到准确的位置，就会被对方杀掉，所以不能眨眼。你们要使劲看，看够了就不怕了，觉得他们就应该是这个鬼样子。可情事并不像张迎风说的那样，他们越看越害怕，看着看着就往后退了，双脚也晃动起来。张迎风说这么怂就不看了，让他们继续沿着山路寻找，一定会有新的发现。

他们在树丛里的小路上穿梭着，走这种路的通常只有三种人，匪徒、药人、猎人。他们在这种路上如履平地，甚至可以健步如飞。再往上走两三里路，他们发现了一把带血的尖刀以及两个受伤的人，一个高鼻子，一个圆鼻子。他们以极其相似的姿势蜷曲着身子，奄奄一息地躺在地上，脸色是正常的，没有用锅烟墨涂抹过。两人相距不过十步。张迎风让张童子他们赶快给伤者喂水，没多久，两人慢慢苏醒过来。他们都是腿部受伤，一个被砍了一刀，另一个被打断了腿，他们一点一点往前挪动，挪了半天半夜才挪了这么远，所以困在这前不着村后不着店的地方，也没人管他们。有人说，一看就不是好人，干脆把他们杀了算了！张迎风瞪了这人一眼，骂道，真是胡说，在这么好的时候放这种屁！背走，你们轮流把他们背下山去！

高鼻子土匪在警察的背上叫唤不已。因为是腿部受伤，动弹不得，一碰就痛。纵使是铁打的身子，受了伤都是一样的痛，一样的无计可施。警察们刚刚搬死人，看死人，又要他们背活人，就是累上加累了。背高鼻子土匪的警察本来就有怨气，土匪一叫，警察就更气了，就骂起来，给你们救命呢，叫什么叫，身上的肉跟石头一样硬，一叫就更重了，像背着生铁。高鼻子土匪忍着不叫了，却开始放屁。警察受到来自另一个身体内部力量的震动，又骂起来，你能不能斯文一点？老子把你背着，你还不满。后面一个警察说，饱嗝饿屁，他一定是饿了。这个警察背了他不足五百步，实在背不动了，换后面那个警察背。后面的警察背起他说，怎么不放狗屁了？放一点轻一点，不然你该有多重。

两个受伤的土匪受到了前所未有的款待。警察见了土匪，历来都是能杀就杀的，这回还把他们背回来救命养伤。张迎风找来了镇坪最好的骨伤科医生，给他们接骨复位，包扎伤口。包扎好了之后，就让他们分开吃饭，各居一处。一直不说话的圆鼻子土匪也开口了，说你们要杀就杀，不必把我们救活了再杀，太麻烦了。张迎风告诉他，只要你们老实坦白，把你们知道的情况都说出来，我们绝不会杀你们，而且要重用。

审讯分两处进行，两个土匪交代的情况基本上一致。这两个土匪是雷霸山的部下。去年以来，雷霸山组建了一个由十人组成的封喉队，每天在林子里练习抹脖子。他们用的小刀只有五六寸长，是用剥羊皮的小刀改进的，异常锋利。他们在高出头顶的树腰上划一道线，要求跑步过去，瞬间用小刀把线划掉，要求在山风吹来的时候，割掉指定的树叶。就这样，他们练就了一手用小刀抹脖子的功夫。只要一挨近他们，他们就能在眨眼间划破对方的喉管，通常是一刀毙命。这个封喉队不是用来抢劫百姓，而是专门用来对付其他匪徒的。在鸡心岭上，平时活跃着教匪、川匪、流匪等三四股匪徒，各占一方，每股匪徒互相之间都是敌人，也经常爆发冲突。而雷霸山一直视四川匪徒曾世忠为劲敌。前几天，剿匪队的探子到山上放话，有意无意地给雷霸山传递了一个消息：川匪曾世忠绑架了张迎风的女儿张亦乐，索要五百斤粮食，将在近日取货交人。雷霸山如获至宝，就派了封喉队的全部人员前去打劫，杀人越货。谁知曾世忠的手下也不是吃素的，十个人去背五百斤粮食，准备应该是很充分的，可以轮流休息，空着手的就负责护卫。封喉队提前半天埋伏在他们的必经之路上，埋伏的布局都是按一对一的计划安排的，曾世忠的手下在下山时那一脸漆黑的鬼样子，已经让躲藏在草丛中的他们看得清清楚楚。封喉队有足够的时间来精心准备，包括地点的选择都是经过反复斟酌的。他们在杀前五个人时，既顺手又顺利，都是一刀断喉，比杀鸡都简单，只担心一点，就是怕对方在倒下时砸伤了自己。走在后面的人发现中了埋伏，就开始放下背上的粮食，打斗起来。因为负重上山，体力消耗大，黑暗中力不从心，最终十个黑鬼全部被杀，封喉队也有几个人受伤。土匪窝子历来都是管活不管死，他们把抢来的粮食背走了，剩下两个伤了腿的走不动，是死是活也就不管了，听天由命去。

受伤土匪的口供，让张迎风心花怒放，因为证实了他当初的思路是正确的。他让张童子上山放口风，把张亦乐被绑架勒索五百斤粮食的消息传递出去。五百斤纯粮，在土匪眼里是地道的干货，雷霸山是本地悍匪，早就对曾世忠恨之入骨，嫌他侵占了自己的领地。你四川是天府之国，那么大的地盘不占，非要到陕西来跟老子抢吃的？雷霸山当然不是好惹的，你敢吃人不吐骨头，我就敢杀人不眨眼。卧榻之侧，岂容他人酣睡？拦路打劫，杀他个片甲不留才能称得上是梁山好汉，结果硬让曾世忠的十名干将命归黄泉。

土匪供述，现在雷霸山的队伍不足三百人，不是大家传说的那么多。以前有千把人，其实真没有那么多，是他故意把数字说大了去唬人，为自己壮威风。去年雷霸山赶跑了一批土匪，让他们另立山头，各自为政，原因是多了难管，管不过来。他还把不听话的、私藏钱财的杀了几个。雷霸山有一个规矩，就是只抢钱财不伤命。下山抢不到东西却又伤了人命的，一律严惩。山上最多的匪徒便是川匪曾世忠，他的人多得无以计数，他自己都弄不清到底有多少人。但这几年死的也很多，主要是剿匪队越来越强大了，又有比较好的武器装备，离得老远，无须近身，一颗子弹就把你命要了，比匪徒的大刀管用得多。大刀只有近距离才能用得上，虽说长，也不过三尺，又笨又重。所有匪徒都怕剿匪队，子弹是飞起来吃人的，只要飞过来了，就看不见，躲不掉，却能钻进你的肉里。在剿匪队的鼓动下，老百姓的胆子也越来越大了，他们见了盗窃和抢劫的人，就上去拼命一搏，虽说有的一时打不死，可打伤了也就等于死了。你拖着身子逃命，总会有人把你打死的。还有一些土匪背着匪首私藏钱财，攒够了就弃恶从善，找个地方安扎下来，再抢个女人当老婆，不干那偷鸡摸狗的害人勾当了，一个转身便成了良民。这年头良民的日子也难过，习惯了盗窃和抢劫的人是有瘾的，日子一紧张，就开始邪火攻心，野性发酵，又会想到不劳而获的好事了，高鼻子和圆鼻子都是这样过来的。他们本为良民，穷时做起了土匪，在山上私藏了钱财，又做起了良民，然后又在灾荒之年做起了土匪，几个回合下来，自己都不知道是好人还是坏人了。

高鼻子和圆鼻子是不是把自己知道的说完了？谁也不能确定。剿匪队要的是全部情况，而且是真实情况。负责审讯的张童子不放心，把杀人的小刀拿在高鼻子土匪面前晃动着：“队长说了，你们要好好说，不许保留。你如果不说，我就把你喉咙割了。”高鼻子说：“你割我喉咙我真不怕。你要知道，我比你们都更不怕死。”张童子说：“那你快说。”高鼻子一脸无奈的表情，说：“我真的没说的了。肚子里剩下的全是肠肠肚肚了。再说，我有啥子不敢说的？落到你们手上了，跟当土匪有啥两样？在你们这里还能吃饱，在山上就不一样了，有时根本吃不饱。”张童子说：“土匪也有吃不饱的时候？”高鼻子说：“吃不饱的时候多，狼多肉少，人多饭少。不然就不会去抢了。”张童子说：“假如我们不杀你，你高兴不高兴？”高鼻子说：“高兴。可是，我们是罪大恶极的，留着我们干什么？”张童子用小刀割下床架子上的一根草须，说：“要是跟我们一道去打土匪，你们愿意不？”高鼻子说：“杀人我行。”这时，张迎风走过来说：“那就留下你们专门杀人。好好养伤，不能有二心。”高鼻子说：“你们不杀我，也是恩德，哪会有二心，一定是独心独肠了。”

这边在调查受伤土匪，那边在寻找张亦乐当人质时遇到的那两个老人，满头白发的爷爷和奶奶。可是，警察找遍了那里的山山岭岭，找到了很多爷爷奶奶，却都没有找到她所说的那两个爷爷奶奶。张迎风心里纳闷，回家后反复问张亦乐是不是记错了？张亦乐说没错，我记得很清楚。张迎风说山上没有，那就是神仙下凡了，他们下凡来帮你的，帮完你又走了。张妈不以为然地说，祖祖辈辈都在说神仙，谁见过神仙了？张亦乐说，依照爹的说法，我是遇到了，你们没遇到。

或许是雷霸山派封喉队杀人打劫彻底激怒了四川匪首曾世忠，刚刚入冬不久的一个夜晚，曾世忠派人放火烧了女子学校。所幸无人伤亡，但整个学堂付之一炬。损失主要是三个方面：镇坪女子失去了上学的地方，盐店老板陈洪鼎失去了为办学捐赠的房子，么店子林万春失去了为办学捐赠的钱财。这个房子是陈洪鼎的祖业，一百多年了，他的爷爷的爷爷靠卖盐挣钱修了这个大房子，当年是盐库，民国时期生意清淡了，就长年处于半闲置状态。陈洪鼎心想开办学校可以把它利用起来，也是为当地做件善事，万万不曾料到会是现在这个结局。陈洪鼎是在火势正猛的时候知道学堂着火的，他迅速从店里往外跑，边跑边喊叫“哈求了，哈求了”。这时火光聚集了大量的人，都在呼救，可大家也只能远远地张着大嘴瞪着大眼，看着学堂燃烧。因为地方太狭小，只能容纳几个救火的人，他们端着木盆从高处向火浇水，但由于烟雾太浓，呛得厉害，也被迫退下了。就在退下的那一时刻，房顶轰然塌陷下去，一股浓烟妖娆地升腾起来。燃烧点集中在青砖堆砌的屋里了，使极有可能向邻房蔓延的火势降低了高度，落入了墙壁之内。火势反而得到了自然控制。救火者无奈地变成了看客，看那大火在四面墙壁之内熊熊燃烧，仿佛一个巨大的火盆，在黑暗的夜空放出一道渐远渐弱的强光。陈洪鼎的脸上，开始是一片通红，然后随着火光的减弱慢慢变淡，在他脸色恢复到本色的时候，这份祖业最终变成了一片焦土。

陈洪鼎一声仰天长啸。

第二天早晨，女生们像往常一样，在大人的陪同下来到学校，她们并不知道学堂已经烧掉了。可作为教育局长兼校长的肖占秋知道，陈洪鼎知道。他们几乎是不约而同地来到了学堂的废墟前。女生们背着书包，站在门口一丈开外的地方朝里面张望，燃烧过的残骸告诉他们，学堂没有了，课桌没有了，匪帮的一把大火断送了她们童年时代最美好的梦想。她们和她们的家长一起默默地看着，哭着，清晨的寒风吹拂着一双双悲凉的泪眼。

肖占秋从人群中站出来，哽咽着嗓子对大家说：“镇坪是个多灾多难的地方。县城被烧过，县政府被烧过，现在，我们的学堂开办两个月也被烧了。学堂没有了，可先生还在，学生还在，书还在。书不能不读，学不能不上。先生会不定时到你们家里去指导读书。”

镇坪从此无女学。

第 24 章

肖占秋所说的“以后你们的每个家里都是学堂，先生会不定时到你们家去指导读书”，只是当时给现场的学生和家长一个安慰。这是他个人的一厢情愿，并没有跟教书先生商量。过后，他和陈洪鼎把几个先生召集起来，深情款款地说：“我以教育局长和校长的名义拜托你们了，尽管学校烧了，可你们的薪俸依然不减，请你们到学生家里去上课，指导他们读书。就五十来个女生，要争取每个老师每天走两家，帮她们答疑解惑。具体怎样做，你们自己安排。”先生们深知肖占秋用心良苦，未有异议。

张迎风的女儿张亦乐便是他们到家里指导的第一个女生。在老师眼里，她就是个天才，一点即通，一学就会。课本读两遍，基本上就能背诵了，《三字经》《幼学琼林》也是滚瓜烂熟，一学期的课本她半个月会读会背，老师觉得她太聪慧，索性把教材放一边了，直接读四书五经，教材反而成了辅助读物。老师让她整个冬天背诵《大学》和《中庸》，先背会，然后讲解。张亦乐用五天时间背会了这两本书。老师第二次来的时候，她给老师通背了一遍，还把抄写的也给老师看了。老师很惊讶，又从中间随意挑一句话，让她接着背，她都倒背如流。她是注疏同时看，自己也能揣摩大致意思。老师再仔细讲讲，她就懂了。老师讲得稍一含糊，她就会问，老师就怕了。既怕自己讲错了误人子弟，又怕答不上来。过后老师悄悄地对张迎风说："你这个女儿不得了，估计我给她讲完四书，我就教不了她了。"张迎风听了又得意又紧张，谦虚谨慎地给老师宽心："怎么会呢？你永远是老师，她不过是个小娃娃。很多问题，不是一讲就真懂了，要年岁的。长大了会懂得深一些。现在只是理解皮毛而已。"任香悦皱了眉头说："生个女儿，怎么这么麻烦！原想是把好劳力，现在看来不是了。"先生说："你莫把她当成劳力养，她是另一种劳力，圣人称为'劳心者'。"任香悦看看先生，表示不懂，先生解释道："就是凭脑子劳动的人。"

女子学堂烧了，这对林万春来说是一个很大的打击，他个人根本没办法来解决张亦乐读书的问题。林万春认识一些客商，常常在汉口、重庆、成都、上海这些繁华都市跑动，他让他们买了许多书刊，如《说文解字》《康熙字典》《申报》《新青年》《进步日报》等，林万春也不知道合适不合适，反正托人把有字的东西都买回来，让张亦乐自己选择阅读。不知从哪天开始，林万春对张亦乐产生了一种莫名的敬畏，虽说她年纪尚幼，但异常聪颖，跟她说话，一不小心就冒出几句古言古语，他就感到力不从心了。林万春对张亦乐说："大大教不了你，只能帮你做这些小事。"张亦乐看着一堆书刊无比高兴，说："大大是帮大忙，这些都是本地买不到的。"

因为上门女婿这个特殊身份，林万春没有把学堂烧了的事告诉给鄂鄂和岳母陈氏，毕竟是用店里的钱投放进去的。尽管当初没有想到直接的经济回报，只是做一件善事，让想读书又有能力读书的女子受益，可这一烧，投下的钱都化为灰烬，血本无归了。鄂鄂还一心想着学堂越办越好，将来再生个女儿，也有读书的地方。可纸包不住火，匪徒纵火烧学堂这么大的事，迟早也传到了鄂鄂母女俩耳朵里。鄂鄂一惊，就问林万春："你知道不，女子学堂让曾世忠烧了？”林万春说：“我知道。我不想告诉你这个坏消息。”陈氏从里面蹿出来，黑着脸说：“把钱丢到水里了，一点声音都没有。”林万春看看岳母，也不说话，脸色黯然。陈氏又说：“以后我们不能往外送钱了。这年头兵荒马乱，土匪横行，日子得吃紧过，能节省的花销都要节省了。”林万春听出了岳母的意思，明显是在提醒他。林万春说：“你们也不要难过。投到学堂的钱确实是丢了，这个钱是你们的积蓄，不是我的汗水，我知道。我对不起你们。但我会挣回来的。我这几年，也算是很用心的，至少在生意清淡时，我想法把客人留住了。”陈氏看了林万春一眼，也怕他多心，说：“没有追究你的意思，你莫在意。你做善事是有好报的，我们都赞成。只是我们要量入为出，不能做快心婆娘没有裤子穿。”鄂鄂听出了母亲的意思，抱着儿子走过来，看着母亲说：“你能不能不说了？他心里本来就难受，你还要责怪他。钱是身外之物，生不带来，死不带去，没你看得那么重要。”陈氏看着女儿的样子，没有生气，倒是呵呵笑起来：“哟，这么心疼男人！”鄂鄂一撇嘴说：“就一个男人，哪能不心疼！”陈氏的眼睛从林万春的身上滑过去，突然感觉到冷意，缩了缩身子，自言自语地说好像要下雪，就添加衣服去了。

天冷下来，背盐的客人减少了，可店里的开支依然如故。冬天是加被子的时候。穷人家里，被子是最重要的生活资料，一床被子要用十几年甚至几十年。客店里的被子就不一样了，再好的被褥都经不起盐背子的折腾，崭新的被褥两年时间就会烂成一团一团的细碎棉纱，又黑又脏又臭。盐背子本来是不怕臭的，他们制造臭味，也可以承受臭味。可自从林万春当了老板后，每年冬天都要翻新一下被子，请四川的弹匠来重新加工。今年弹匠自己找上门来了，说要找活干，糊嘴巴。住店的盐背子喜欢看弹棉花的样子，他们挤在门前观看。四川弹匠的手艺极好，他们把那些烂成废渣的棉团放在一张床铺上，肩上挎着巨型弹弓，弹弓上的超长皮牛筋挨着棉絮，然后用木槌敲打皮筋，发出砰砰的响声，牛皮筋在木槌敲打下发生震动，将粘在一起的棉花层层弹开。一丝一缕的棉花被弹弓弹得上蹿下跳，附着在棉花上的尘土就飞扬而去了，棉花慢慢露出了本色。布上网线，做好棉胎，整个便焕然一新了。盐背子们看完了弹棉花的过程就非常感慨，烂棉絮也能成新被，林万豪鄙夷地说，知道么，人家吃的是手艺，我们下的是苦力。

烂被子重新加工之后，变得又新又厚了，来住店的盐背子就非常高兴。其实盐背子是不在乎这一夜睡眠的，没有任何客栈的被褥是真正可以称为干净的，他们一旦投入了这个行业，就决定了他们每一个夜晚都在凑合。他们根本不愁睡不着，不担心失眠的问题，过度的劳累会把他们自然带进梦乡。他们的梦乡很少做梦，入睡后就会鼾声如雷，越墙共闻。可他们的心也都是肉长的，知道店老板对他们好，越冬的季节换一次被褥，是对他们的尊重，他们也会睡得更香更甜。所以他们都愿意在这里住店，而且愿意把身子洗干净再睡觉。盐背子常年洗冷水澡，店边的溪水就是他们的洗澡盆。有经验的盐背子还可以砸出几条黔鱼来。溪水不大，水冷的时候，黔鱼躲藏在石头里，他们就用小石头使劲敲打大石头，躲藏在石缝里的鱼最怕这种声音震动，没多久就晕了，蒙了，失去知觉了，就会从水里漂浮上来，翻白的样子像死去一般，有时一两条，有时是一群。要是有半斤以上的鱼，他们就弄一把柴火，撒一点盐，用木棍串起来，烤着吃了。虽说河里鱼多，鲜嫩可口，但他们从不认为它是正经食物。农人只认土地上生长的粮食，鱼是水中之物，不是粮食，所以就不看重了。砸鱼这类事情，只是闲来无事的时候才弄着玩而已，并不把它当作正事。吃了鱼的人睡新被子，呼出的全是鱼腥味，鼾声也比别人响得多。

几十年的房子也陈旧不堪了，有些地方出现了裂缝和残缺，冬天风大，山风一吹，就有土渣从墙壁上唰唰地往下掉。等到天气好的日子，把左木匠请来进行修缮，该补的地方要补，该填的地方要填。胖大嫂跑去一叫，左木匠就跟着来了。左木匠头上戴着三年前从路边捡来的瓜皮帽，说声我要先看看，然后就在店子周围查看墙壁状况。林万春和陈氏跟在他后面。左木匠完全一副大匠的派头，一语不发，聚精会神地专心看着，眼神里全是内行的样子。他所见到的，是墙里裸露的石头和脱落过后的泥土，每个墙面都斑驳陆离。左木匠在一个缝隙很大的地方停下来，贴上脸去，眯起眼睛，以怪异的神态歪着嘴巴，对准一个小孔往里面看。透过漏洞可以看到里面的动静，再用指头一捅，整个食指全进去了。左木匠将双手叉在腰上，神气十足地对林万春说："眼下弄不成，这活太大了！不是几天就能做完的。时间也不对，现在是在冬天，会有冻土，修补了也会坏掉。修补这事，还要烧石灰，最好等到明年开春后再说。"林万春说："今年冬天可能很冷，你先把太烂的地方补一补，不能让冷风吹到房子里去。太冷了，留不住人。"左木匠说："你是突然想起什么就干什么，也不考虑季节！"说完把目光投向陈氏。陈氏说："看我干吗哩？会点手艺就了不起了？叫你补就赶紧补！"左木匠一向和陈氏偷偷摸摸，又爱她又怕她，说："你这个婆娘啥都好，就是太凶了。"陈氏瞪了眼说："我凶吗？没人说我凶，就你！"左木匠吓得后退一步，说："你不凶，是我乱说。我马上去挖土和泥，先把漏洞补了。全面的修补明年开春再弄。提前把石灰烧好。"陈氏满脸堆笑，又夸奖起他来："真是个能干人。"说完，带着左木匠取家伙去了。

过后林万春对陈氏说："你跟左木匠说话客气点，不要让人家多心。毕竟人家帮我们家干活呢。"陈氏不以为然地说："自己人不需要客气的。我跟你能客气吗?”林万春说:“我看你们两个也真有意思的。”陈氏说:“什么意思?”林万春笑而不语。陈氏说:“左木匠这人倒是不坏,人黑心不黑,做朋友还是很诚实的。”林万春说:“那你就对人家好一点。”陈氏说:“对他好也不能白给他钱。”陈氏是刀子嘴豆腐心,转身过去小声对胖大嫂说:“今天有工匠,你做饭,多加两个好菜。”胖大嫂说:“左木匠饭量大,饭也要多做一点。”陈氏吩咐完,在石板上用力蹭了一下鞋子上的泥巴,回到自己房间了,见外孙盐盐撅着小屁股在床头玩耍,便去掐他的屁股蛋子,肉太光滑,掐不起来,就弯下腰去亲了一口。在一旁做针线活的鄂鄂抬头说:“是不是左木匠来了? 这么欢喜!”陈氏看了鄂鄂一眼,迟疑片刻,说:“万春叫他来修补墙壁的。说是要过冬了,不修补留不住人的。我看也是啊,这房子太老了,到处破破烂烂的。”鄂鄂说:“可不是呢,前几天就有几个客人叫冷。”

正要吃饭的时候,林万豪进了门,鄂鄂叫了他声二哥,林万豪应了一声,便把林万春往墙角拉,说是有事要说。林万春把他推了一下,说:“啥事这么急,你吃了饭再说也行啊,你今晚又不走。”林万豪的眼角眉梢都是焦虑,用手指点说:“我要走,你也要走啊!”林万春忙问他什么事,林万豪告诉他,镇坪发现了一支共产党的部队,从湖北方向过来的,准备去川北,像是迷了路,刘县长下令,让警察局把他们首领关起来了。张迎风很急,让你今晚务必赶到镇坪,我陪你。林万春哈哈大笑起来:“我以为什么要紧事呢,不就是共产党的部队嘛,不关你事也不关我事,关他张迎风嘛事哩!”林万豪说:“迎风可不是这样说的,他说事关重大,务必速回! 听那口气,好像不能小看。”林万春哦了一声,明白了二哥并不是来背盐的,而是通风报信的。

兄弟俩饭后匆匆上路。共产党成为他们在路上的一个话题。

林家兄弟从来不谈国事的，在他们的嘴里，第一次传递出一丝关于国事的严肃气息。山河破碎，兵荒马乱，国家一如满山凋零的树木，了无生机，在寒风中瑟瑟发抖。没有什么好谈的，他们也谈不出什么名堂来。关于共产党，更多的是一些传说，他们以前听说过，都没见过，也都没当回事，总认为共产党离他们很远很远。传说都是没有边际的，有的说共产党是为穷人的党，这个党要让天下人都过上好日子，所谓"共产"，就是大家都有一份，谁也不落空。也有传说称共产党为匪徒的，叫"共匪"，这个匪跟雷霸山和曾世忠不一样，共产党人更多，队伍更大，主要是抗击日本侵略者。雷霸山和曾世忠是霸占一个山头、一片土地，共产党是遍布全国。也有人说，共产党的队伍是在山那边活动，是山外的事，不会到山里来。他们所说的山，是指巴山，确切地说就是指他们居住的这一带。林万春兄弟两人左分析右分析，也弄不出个结果来。林万春说："有的事情说远也不远，比如国民党，当初我们是小孩时，也只是听说。很快，镇坪就是国民党管着了。世事难料，也许有一天是共产党的天下呢。"林万豪问："这个党那个党的，都希望天下是自己的，那怎样才能让天下是自己的呢？"林万春说："那要看哪个管得好，要看哪个对老百姓好。说到底，江山是个名，天底下最多的是老百姓，百姓喜欢就不会被推翻，百姓不服就要被推翻的。"林万豪哈哈大笑起来，觉得弟弟的话太幼稚，他用讥讽的口气说："指望百姓推翻他们？开玩笑。你是百姓，我是百姓，那些盐背子都是百姓吧，我们有什么用？我们懂什么？指望我们能推翻管我们的党？根本不可能。比如，国民党抓壮丁老百姓不喜欢吧，镇坪这么穷，还有那么重的苛捐杂税，老百姓不喜欢吧？你不喜欢管用吗？不服也得服，不喜欢也得喜欢，一句话，由不得你。你说国民党有没有用？有用的话，我们镇坪县国民党政府能让土匪烧三次吗？

国民党政府办的女子学堂，你出了一股大血，不是照样让土匪烧了吗？”林万春说：“你说得对呢，国民党就这样子，或许共产党比国民党强呢。”林万豪说：“可国民党势力大，天下是他们的。共产党势力小呀，我们都只是听说，好不好谁知道呢。”林万春说：“所以说呢，国民党就是这个怂样子，把一个县都管得破破烂烂的，就连土匪也比以前更多了。共产党的部队来镇坪了，谁也不敢马虎。”两人说来说去，共产党在他们眼里都是一个谜。这个谜事关重大，值得深究。

赶到张家时已经半夜了。

门响的声音惊动了家人，他们知道是林万春回来了。任香悦和张妈都起床了，手上各端着一盏灯，同时来开门。张妈看到林万春就满脸堆笑，说我赶紧给你做饭去。任香悦说：“妈你睡觉吧。我做饭。这半夜三更的，不要大家都熬夜。”张妈给林万春兄弟打了招呼，就回到自己房间睡觉了。任香悦赶紧烧水做饭。做饭的间隙，任香悦不时把脑袋从灶房的门口扭过来看坐在堂屋里的林万春。她把锅架在火上之后，便从灶屋走出来，问林万春：“是不是饿坏了？多喝一些水，先把肚子填起来。”林万春看着任香悦的样子琢磨起来，隔三岔五看她一回，与前些年没什么变化，始终漂亮如昨。林万春说：“半路上有点饿，饿久了也习惯了，反倒不饿了。”任香悦的脸上是那种渗透在骨子里的心疼，说：“唉，你哪里这样饿过！”林万春说：“人不饿几回，哪里知道菜饭的滋味。”说话间，张迎风从歇房里出来了，边走边揉眼睛。

为了避免麻烦，张迎风今天专门在家里等林万春回来。他不能让林万春到警察局去找他，那里也没有说话的地方。同是“共产党”这个名字，在林万春他们眼里是模糊不清的，像一片悬在空中的白云，说不清它带来的是晴是雨，可在张迎风眼里，“共产党”却是极其敏感的。眼下，国共两党之间矛盾重重，共产党的部队一来，就是遇到了天大的事情。他身为国民党政府的剿匪队长、警察局副局长，不能在共产党的事情上出半点差错。

吃了饭，张迎风让任香悦赶紧睡觉去，任香悦赖着不走，说不想睡，陪着他们，好给他们倒茶水。张迎风说，让你睡你就去睡，我们说话女人家不要听的，听着没味。任香悦怕他们夜深太冷，烧了一个火盆端到他们面前，再提一壶水放过来，盯着张迎风埋怨了一声“说啥鬼事情，听也不要听”，就进屋睡觉去了。林万春呵呵直笑。

他们开始说事，三个人的面孔都非常庄重。他们很少同时这样庄重过，前所未有的神秘感从他们脸色上浮现出来。张迎风告诉林万春和林万豪兄弟俩，共产党的八路军从湖北到四川，一个团的兵力路过镇坪，好像是迷路了。刘县长指示把团长和三个随从扣押起来了，部队的一百多官兵滞留在镇坪。他们在女子学堂的废墟里住着，用自己的行李打地铺，一百多号人，要吃要喝。昨天县政府扣押了团长之后，一百多号人就分散开来，三三两两地在周围的百姓家里找吃的。他们很规矩，很讲纪律，凡是吃了的都打了欠条，吃的什么都写得清清楚楚，对百姓秋毫无犯，还帮忙干活。张迎风说，作为国民党警察局的官员，我认为，我们的部队不如人家共产党的部队。我们的部队出去之后是很野的，在百姓身上，能占的便宜一定不会放过。国民党说共产党这不好那不好，我看人家这点就很好，我们不如人家。

张迎风继续说，大家知道，如今镇坪是国民党的天下，没有共产党的队伍。共产党和国民党原本是中国当下的两个党派，应该是情同手足的关系，但兄弟不和，打起来了。一会儿不打了，可又没有完全和解。眼下是日本帝国主义侵略者猖獗的时候，跑到我家门前来欺负人，兄弟应该怎么办？团结起来，共同对敌，消灭日本侵略者。先把小鬼子打跑，兄弟间的矛盾再坐下来谈，这是自家的事情，对不对？所以，面对共产党的部队，我的意思是要善待他们，坚决不能扣押，扣押就会萌生事端，制造新的矛盾。还有一个重要原因，不要以为共产党的部队是吃素的，你把人家团长说扣押就扣押了？没这么简单。这个团是朱德的部下，英勇善战，一个个又是荷枪实弹的，一颗子弹吃一个人。听说他们的子弹只飞两个地方，一是脑壳，二是心脏。不要以为眼下是风平浪静，他们一旦行动起来，用武力要人，必然要在镇坪打一大仗，谁胜谁负不好说，两败俱伤是必然的。兄弟之间打起来，这叫自相残杀，想着就疼。所以我们不能扣押团长。既然不能扣押，那就只能放人。可这只是我的意见，县政府和警察局都不会同意的。我想私自放了他们，并给他们带路。可我又不能自己上手，只能借助你们的力量，请你们帮忙。

林万春兄弟听完，自然对共产党崇敬起来。他们可以不相信别人，不相信传说中的话，但他们相信张迎风。因为张迎风是国民党的手下，能说共产党的好话，肯定此言不虚。再说，张迎风这些年来在警察局里混，是剿匪队长，自己又有文化，能看到一些他们看不到的报刊，见识自然比他们多得多。林万春说："迎风，你和我们比起来，我们是待在树林里，你是站在山顶上，你比我们眼界宽，看得远些，所以你的话，我信。"

张迎风说："还有两个人帮忙，就是上次那两个受伤的土匪，高鼻子和圆鼻子。他们一直在养伤，现在已经能走路了，就关在团长隔壁的房间。他们对去四川方向的道路很熟悉。团长和下面的大部队不能一起走，要分开行动。先让团长他们走，大部队分散随后。这样利于保密和安全。"

林万春说:“团长由我们两兄弟负责带路吧。不敢让那两个土匪给团长他们带路的,一旦匪性发作,团长随行的人少,控制不了局势。让土匪给大部队带路,大部队人多,土匪就不敢胡来。”

张迎风说:“我也是这样想的。”

说完赶快睡觉,林万春还睡奶奶的那个小屋,林万豪也跟着他挤一起。因为太累,脚也不洗了,直接上床。二人同睡一头,把臭脚丢放在对岸,难闻的味道就遥远了。两人躺下就呼呼大睡起来。当呼噜停止时,窗外已是阳光明媚,陈旧发黑的窗棂上像从外面涂了一层黄油。林万春看了看窗外的亮色,用大腿碰了一下二哥,翻身坐起来。张妈已经把饭做好,还做了很多干粮,是为他们上路准备的,分成几个小袋,装进褡裢里。吃了饭,张迎风就先行一步,林万春和林万豪背着褡裢紧随其后。张亦乐抱着书本从屋里追出来,想跟着林万春一起出去玩。林万春把她的脸拍了拍,说大大有事忙着,不能带你,你好好读书。张亦乐理解地点点头。大大的脚在她的注视下不由分说地上路了。张亦乐呆呆地站在院子边上,目送他们渐渐远去。

第 25 章

他们来到了县城。

镇坪县政府民国二十五年从钟宝迁移到牛头店后，便出现了一个奇怪的“身首分离”的格局。政府设在牛头店，是几间砌着石墙的简易平房，没有象征威严的巨型雄狮，也没有象征皇权和富贵的龙雕凤梁。政府机关建在山坡上，背后靠山，开门见山，坡下一条南江河，沿河形成一道幽深的峡谷。这里原本是一座完整的山坡，有几分葱绿，可房子一建，反倒显得荒凉起来。法院、警察局、教育局等重要机关也迁到了牛头店，但都只迁移了一部分，像是陪衬，更像一个临时办公处。表面上，牛头店是全县政治经济文化的核心地带，但这是虚的，并没有起到凝聚人气的作用。老百姓只看到多了几间房子，叫政府，与县城是完全不同的两码事。从任何一个方位看县政府，都显得萧条、干瘦和孤独，了无生机，人跟房子一样寂寞。历史上形成的各种商铺、客栈、交易市场和茶楼酒馆，原封不动地保留在钟宝古镇，一如既往地吸引着南来北往的客人。牛头店虽说是县政府所在地，实质上却是一个守着山垭子当军事要塞的苟且偷生之所。尽管钟宝不如以前繁华，甚至变得有点冷落，但在百姓眼里，钟宝才是名副其实的县城。这个多次被匪徒纵火的县城所在地，片片废墟，处处残垣，反而烧出了几分历史沧桑感。

晚饭的时候，张迎风派张童子到扣押八路军团长的小屋去了一趟。张童子是除了李非烟和张迎风外，为数不多的几个能进出扣押地点的人。张童子像往常一样大摇大摆地进去，大摇大摆地出来。所不同的是，他比任何一次都紧张。前两日是李局长布置的调查任务，此次是张迎风布置的特殊任务。进去的时候，张童子带了一把锤子，夹在裤脚里面。他把一只手伸进裤子口袋，抓着锤子，裤脚仍有一点微微的隆起。锤子碰着肉的感觉生硬而发凉。出来的时候，张童子像之前一样把门锁上，转过身来，他的胸口怦怦跳着，像是刚刚完成一次长跑。不过他还是尽量装出一副平静的样子，揪着鼻子，晃着破衣，若无其事地走到警察局，告诉正在安排近期剿匪计划的张迎风，交代的事整好了。张迎风让他快来抄写东西，明天早上要报刘县长过目。张童子很感慨，要是土匪知道我们这样苦，他们都要受到感化，或许早就弃恶从善了。张迎风瞅了他一眼，认为他是痴人说梦。

是夜，林万春和林万豪兄弟在陈洪鼎家住下来。第一次在他家留宿，陈洪鼎用酒肉招待他们。林万春有点过意不去，这么多年来，陈洪鼎对他一直很好，有恩于他，他无以回报，却还在不断给人家添麻烦。陈洪鼎说，这年头谁也不知道怎么活，谁也不知道怎么死，除了亲人，就是几个好朋友了。朋友间没有麻烦，只有情谊。陈洪鼎平时跑生意，南来北往，明白事理，觉得偷偷释放扣押的八路军团长，是大事，也是大家的事，能出一点力就出一点力。这次八路军困在镇坪，他接待了五个官兵，连续管了他们四顿饭。百闻不如一见，他们纪律严明，对人亲切友善，不调戏妇女，也不拿群众一针一线，不是传说中的那样凶悍可恶，就连老婆孩子都说他们好。陈洪鼎还让店小二拿来十斤盐巴，让林万春送给八路军，紧急时候能当钱用。如今生意不好做,从大宁厂运到镇坪方向的盐,有很多通过暗道流向西安和延安了,镇坪本地的盐量少价高。按说,送给部队十斤盐实在太少太少,可多了他又送不起,只能聊表心意。

林万春和林万豪兄弟是在早饭后离开镇坪县城的,他们背着褡裢和包袱,身后跟着打扮成农民模样的团长、副团长和警卫员。警察局的警员懒散惯了,剿匪队全体队员在家休整,随时处于听命状态,城里根本没人在意这三个农民模样的人从哪里来到哪里去。再说,三个农民模样的人跟县城其他农民并没有什么两样,破烂的衣服上沾着黄土,看上去已经变成了黄中带黑的斑点,悠久而紧实。每个人的面孔都像流民,又像土著,谁都懒得看他们一眼。身逢乱世,人心冷漠而麻木,大家一心想着如何把自家的日子过好,可日子总是过得不安稳。不遭遇劫匪抢匪和其他的天灾人祸便是万幸,路上的行人只要不侵犯自己的利益,那便熟视无睹了。

一行五人不紧不慢,一路拐弯抹角地向前行动,直到走出没有城墙的县城。

地上白雪皑皑,天上还漫不经心地飘着雪花。山路被掩藏在雪中,变得隐隐约约,若隐若现,像一根随手丢弃的葛藤,弯弯曲曲,忽上忽下,默默不语地向四川方向延伸。团长、副团长和警卫员都极认真地走着,边走边看这边的山势地形,只用眼睛把这些地方装下来,并不作声。林万春、林万豪他们年年月月在这样的路上走,闷得慌。林万春一直想说话的,可他不知道说什么,团长身上有一种压倒性的气势,有一种高贵的霸气的神圣不可侵犯的东西,掩盖在他平和而朴素的外表下,使林万春不敢乱说。然而一路不说话也是一件痛苦的事情。走了好久,林万春终于开口了,他问团长贵姓。团长说真姓姓李。林万春说你还有假姓?李团长告诉他，张王李赵都姓过，上个月一直都姓韩，在军营之外的地方，他想姓什么就姓什么，需要姓什么就姓什么。林万春说，这样下去，会不会把自己的真姓忘掉？李团长呵呵一笑，说这个不会，因为姓里面有祖宗，有亲人，还有共产党。林万春回头看了看李团长，觉得这话很深奥，又很浅显。林万春说，你是共产党团长，你说个真心话，你们共产党好不好？李团长说，当然好。共产党就是为穷人打天下，天下打下来是大家的，不是皇帝的，不是某一个人的。所以我们有铁一样的纪律，铁一样的意志，总归有最重要的一条，就是把百姓当成我们自己的亲人，无论在什么地方，一切都是为了他们。将来中国是谁的天下？共产党的天下，人民大众的天下。林万春告诉李团长，盐店老板陈洪鼎昨晚还在夸你们好，吃了饭没付钱，还写个欠条，留个字据。国民党可不是这样的，他们吃了百姓的就是理所应当，屁股一拍走人了，或许永远也见不到他们。如果下次再见，继续白吃白喝。林万春兄弟替团长他们背着行李，那行李足足有五十斤重，盐背子力气大，可久了也会累的。李团长要求自己背一段路，林万春坚持要背着，说这是张迎风交代的，一定要把你们安全送到四川境内。李团长说，你要转告张迎风同志，我们很感激他对共产党部队的帮助。

他们预计在走出县城五十里开外的地方与后面的大部队会合，在陕西、四川的交界处，他们在路边一户人家停歇下来，找口热水喝。李团长出汗了，身上直冒热气，便脱了外面的衣服，内衣肩膀处有一块很大的破洞，露出了膀子上的刀伤。刀伤的缝合处隆起一条不规则的肌肉链，像是初学者包的饺子。林万春指着他肩上的伤疤说："你这里是怎么回事？敌人砍的？"

李团长把衣服穿上，说："去年和日本鬼子打仗，后来没有子弹了，我们肉搏。小鬼子用刺刀往我脸上劈来，我一躲闪，就刺在肩上了。”

老乡把茶水递过来，林万春把它端到团长面前。林万春说：“后来谁赢了？”

“当然是我。我要是输了，还会在这里吗？”

“他死了没有？”

“死了。死之前就在我这里留了一个纪念。”

林万春笑了，日本人在他的眼中丑恶而神秘，他们就应该死。他还觉得，日本人的模样一定跟常人不同，一定有什么特别之处。他问团长：“小日本跟我们长得一样吗？”

“长相一样，心不一样。”李团长说，“其实我想把他的心掏出来，看看日本人的心到底长成什么样子，不好好地在自家地盘上待着，却要跑出来侵略别人。”

林万春说：“那你把他的心掏出来没有？长成什么样？”

李团长说：“我把刀子都划下去了，还是没掏。”

“为什么不掏？掏出来喂狗也好呀。”

“狗都不吃这种东西。”李团长笑了笑，说，“再说，哪里下得了手啊。想想他们也不容易，大老远跑到中国来送命。”

林万春说：“你是杀敌无数的人，这么心软。”

李团长说：“心软是天地良心，心硬是国仇家恨。”

林万春和李团长他们在农家喝水歇脚，后面的大队伍正加紧追赶上来。整个队伍看上去一扭一扭的，像一条粗细不匀的蚯蚓向前蠕动。走在队伍前面的是圆鼻子和高鼻子，两人一脸的正派模样，雪光映照着他们眉宇间的兴奋和得意。这两个封喉队里的土匪成天乱窜，劣迹遍及附近地区的湖北、陕西、四川三省交界处的百姓人家。他们对通向四川的道路非常熟悉，甚至对沿途各家各户的经济和人口情况了然于胸。张迎风提前把两个带路人的特殊身份告诉了八路军部队的一个胡子拉碴的郝营长，要他们提防二人在带路途中匪性发作，如遇万一，要有应对之策。如果二人愿意痛改前非，洗心革面的话，也可以将他们纳入八路军的队伍，用其所长，避其所短。从这天的情形看，高鼻子和圆鼻子确实是在认真履行张迎风交办的任务，两人神气十足地走在前面带路，还不停地提醒后面的人，千万不要让身体不好的士兵跟不上队伍，实在走不动的要背着他们走。一路上，两个土匪都在不停地询问共产党的队伍是干什么的，主要在什么地方活动。胡子拉碴的郝营长对他们说："共产党是中国最好的党，部队也是中国最好的部队，他们只打坏人，打敌人，要让全中国的穷苦人都翻身解放。你们知道什么叫翻身解放吗？就是不再受苦了，不再受压迫了，不再吃不饱穿不暖了。每个人都是主人。"高鼻子点点头，若有所思地问："是不是土匪你们也要消灭？"郝营长说："是的，土匪也要消灭。"高鼻子说："要是土匪做了好事，不再当土匪了，你们也会消灭他们吗？"郝营长告诉他，悔过自新就是好人了，从善了嘛，特殊情况下，也可以既往不咎的。这么一说，高鼻子和圆鼻子都承认自己就是土匪，都杀过人，只是杀的也是土匪，百姓没有杀过。其实营长早知道他们是土匪，假装说："看不出你们是土匪。如果真是土匪，我们就要把你们两个枪毙了。"高鼻子立即变了脸，申辩自己早就想做一个好人了，关在警察局治腿伤这么久，早就回心转意了，想进剿匪队剿匪。张迎风队长让他们给八路军带路，他们就很乐意，算是戴罪立功。要是把我们两个枪毙了，我们回去怎么交代？郝营长哈哈大笑起来："你们都死了，还怎么回去？"高鼻子恍然大悟，说："是啊，死了就不能回去了。"郝营长拍拍高鼻子的肩膀："你们先活着。日本鬼子都没杀完呢。更何况，你们现在是半边好人，半边恶人，慢慢地就变成大半边好人，小半边恶人了。然后，接受共产党的教育，整个人就变好了。”高鼻子的脸上立马大放光彩，凑近他问道：“你答应让我们跟着共产党的队伍走？以我的刀法，我去杀日本鬼子，一定杀得很多很多。”郝营长说：“先莫吹牛，一会儿你自己跟团长说。”

大部队终于跟上来，与团长一行会合了。他们在农家院落周围集结，黑压压的一片。萧条的冬树与活跃的人群形成了强烈的对比。院落的地方狭小，院前院后都站满了军人。郝营长点名之后，部队用自带的简易灶具在河边烧水喝。人多拥挤，两个土匪好不容易才见到李团长，见到之后又大为惊讶。团长不是他们想象中的那样威武和威严，并不高大的中等个子，并不饱满的清瘦面目，看上去跟普通军人无异。高鼻子和圆鼻子见此人可以接近，便大胆地走上去了，两人一头跪下，说：“请李团长开恩！”

李团长呵呵笑起来：“跪什么呢？”

高鼻子说：“我们第一次见山大王都是要下跪的！”

李团长居高临下地俯视着他们，说：“我不是山大王，我是八路军的团长。”

林万春对李团长说：“自己做了恶，见了共产党就怕。人家想跪就多跪一会儿。”

林万春把高鼻子土匪翘着的屁股踢了一脚，两人站起来，提出了想参军的要求。李团长说：“参军是好事，但军人有军人的纪律，一切行动听指挥，凡事都要讲规矩，不能随意乱来。”高鼻子信誓旦旦地说：“我们俩都是没有家、没有父母的人，要是收下我们，八路军就是我们的再生父母。”李团长皱了皱眉头，突然可怜起他们来，说：“你们先跟着部队走吧。”

林万春和林万豪兄弟完成护送任务，从陕川交界处返回镇坪时，天色已晚。鹅毛大雪从天而降，狂飞乱舞，天上飞舞的点点白色与地上的一片白光把本该天黑的时光拉长了些许。两人先在食店吃了饭，然后踏着积雪去见张迎风，如实汇报了护送八路军的情况。张迎风说："刘县长他们已经发现团长和部队都跑了，说是有人专门放走的。他们正在调查，我和两个养伤的土匪是主要怀疑对象。"

林万春说："你会不会被关起来？"

张迎风说："应该没事。"

林万春问："既然你是怀疑对象，为啥你还这么平静地坐在这里？"

"所以说可能没事啊。"

张迎风告诉他们，在对待共产党部队的态度上，警察局长李非烟跟他基本上是一致的。刘县长态度不明朗，甚至有点含糊，可他也不想在八路军那边惹事，他只想平安过渡，早点离开镇坪，另谋高就。扣押八路军部队是上级的指示，县长只是执行者，如今八路跑掉了，怪县政府？怪警察局？都有责任，又都能推脱。镇坪县虽是一个县级建制，可县政府被土匪烧过三次，县城不像县城，衙门不像衙门，到处都破破烂烂，一片凋落景象，早就没有了管控能力和防御能力。从建县之始就没有牢房，连一个关押罪犯的地方都没有，有了罪犯都是移交平利县处置。在一个满目废墟之地，一个土匪为所欲为的地方，你能管住共产党的部队？管住八路军的团长？这次八路军过境，国民政府没有受到冲击就算幸运了，还能怎样？人家跑了就跑了，睁只眼闭只眼就过去了，刘县长他们不会那么当真的。再说，八路军困在镇坪，对县长来说压力很大，不知道会引起什么事端来，走了反倒少了隐患，县政府和警察局都轻松了。张迎风说，他们怀疑我，并无铁证，只是因为我平时的言谈上对共产党有所好感，对国民党非议较多而已。另外的怀疑对象就是那两个养伤的土匪，可是他们跟着八路军跑到四川了，无法查证。上面追问起来，也好对付，说土匪和八路一起跑了，也就挨一顿骂罢了。张迎风很坦然地说："即使有事，也不会把我杀了。没有任何证据证明我私自放了他们。我死不承认，他们也没办法。"

林万春说："你不是向来敢做敢当嘛！"

"这叫策略！眼下形势复杂，敢做敢当是鲁莽的傻瓜行为。"张迎风机警地环视了一下屋子，挥挥手说，"你们走吧。眼下我这里为是非之地，不要久留。"

听他这么说，林万春马上站起来，准备走。张迎风突然产生了后顾之忧，半开玩笑地说："我万一有什么三长两短，家里就拜托你了。"

林万春安慰他说："你一定没事的。只有三长，没有两短。"

林万春和林万豪一出门就变成了两个黑影，两人近乎机械地迈着步子，深一脚浅一脚地踏着雪路回到了林家。林万春和父母拉半夜家常，母亲说："我都不知道你是哪家的儿子了。说是我们的儿子吧，不像。说是张家的儿子吧，也不像。"他爹不同意他妈的看法，说："你懂什么？儿子大了，有出息的就在外面做事，没出息的才守在家里。他过得好就行。"听母亲那口气，有点埋怨儿子回家太少了，林万春说以后有空就回来看看。母亲说其实家里的日子也过得去，苦也没啥，也不要你帮什么，你在家住一夜，娘心里就是热乎的，踏实的。林万春理解娘的意思，就是想留他住一宿，吃一顿亲娘做的饭。可林万春在家里早没有自己睡觉的地方了，他就把两条杀猪凳合并成一张床，铺上草荐，在堂屋里凑合了一夜。虽说这依然是他的家，但却有一种陌生的感觉，就像嫁出去的女子回到娘家。早晨起床，林万春在院子周围看了看，问娘有没有什么活要做的？娘说大雪天，能有啥活。一到腊月，人就变成猪了，只管吃和睡。娘一边说一边做早饭，林万春吃完就匆匆忙忙来到了张家。

林万春一到张家就精神焕发了。张亦乐正陶醉在背诵“之乎者也”中，听见他的声音就扑了上来，拉着他的手不肯丢开，那样子比见着亲爹还亲。到底是大孩子了，不往他身上坐了，也不往怀里钻了，只是拉着他的手，陶醉地表达着她的满怀喜悦，然后忽地一个转身，跑到歇房去了，对妈妈说大大回来了。任香悦走出来，目光盯着林万春的衣服，说：“晓得了晓得了，不就是大大回来了吗，哪有这么开心？”张亦乐睁大眼睛看着妈妈，说：“你不也开心吗？”任香悦脸一红，瞥了林万春一眼。林万春说：“小娃娃家，出口就是真话。”任香悦不满地哼了一声，做家务去了。张妈从地里拔白菜回来，冷得发抖，身上还带着一些雪花，看到林万春就热乎起来，笑在脸上都堆不下了，直往外溢。张妈说：“炖猪蹄，这就炖猪蹄。”林万春说：“我来剁吧。”张妈把带着泥巴的白菜放进灶屋，就准备上楼取腊肉，说：“你歇着，我自己来。”林万春说了声我去拿，就上楼了。楼上放着去年的陈腊肉，已经熏得长毛了，他挑了一块最小的拿下来，递给张妈。张妈说：“你真替我们节省啊。”任香悦说：“娘，他又不缺肉吃。”张妈说：“那他缺啥？”任香悦说：“这年头，不缺肉吃的人，啥都不缺。”张妈说：“饿了总得吃饭。”任香悦从张妈手上拿过腊肉准备到灶屋去烧，说：“真跟你的亲儿子一样的。”张妈说：“你怎么不说我待你跟我亲生女一样？”任香悦咯咯地笑起来：“一样一样。”

这时的大雪一个劲地往屋里飘落，雪花飞舞的轨迹散乱却又无可挑剔，原本是歪歪扭扭地自由下垂，遇到大门这样的空穴就拐弯避风去了。空旷的天空被纷纷扬扬的雪花填满，看上去虚虚实实，又软又碎。地上的积雪在原来的基础上加厚了许多，张亦乐要打雪仗，林万春只好陪打。双方悬殊太大，使他们无法进行一场真正的雪球之战，林万春只能由着张亦乐狂轰滥炸，打得他抱头躲闪，假装狼狈。张亦乐在这样的胜利中只有快乐，却没有获得丝毫的自豪感，便提出换一种玩法，堆雪人。林万春把周围的积雪聚拢来，两人齐心协力捏造了一个人模人样的高大身躯。任香悦抱着儿子走出来，靠在门框上看着他们玩耍，问想捏个啥？张亦乐说，捏个背盐的。他们就捏了个盐背子。

张迎风突然从院子边上冒出来，披了一身的雪。林万春甩着雪手迎上去，说："你是回来吃猪蹄子的？"

张迎风说："我被撤职了。"

"为什么？"

张迎风说："张童子为了保全自己，出卖了我，说是我指使他放了八路军。撤职已经是对我最轻的处理了。"

林万春说："那你以后干什么？"

"背盐。"

……

由于匪徒众多，地势复杂，地处偏僻，镇坪县成为陕西省解放时间最晚的一个县。1950年1月11日，镇坪县解放后，年近六十的张迎风当选为镇坪县人民民主政府副县长。

2015年6月至2016年11月初稿于安康学院李春平工作室、镇坪县李春平牛头店工作室

后 记

1

历时两年多，终于完成了本书的写作。《盐味》这部小说，我给它的定位是《盐道》的姊妹篇。《盐道》于2014年由作家出版社出版之后，一些文学专家给予了好评，其实无论褒贬，我都非常感激。陈敬民、戴承元先生将其汇集为《盐道论丛》一书，谢有顺先生题写了书名，已由太白文艺出版社出版。之所以叫《盐道论丛》，是为了与2008年出版的《李春平研究论丛》(戴承元教授主编，格非先生作序，西北大学出版社出版)相对应。

《盐道》出版之后，一个偶然的机会，我知道了自己的身世：我是盐背子的孙子。

我们家是个比较特殊的家庭。我们这一脉的李姓家主要居住区在陕西省紫阳县麻柳镇一带，靠近重庆万源(以前属四川省)和陕西镇巴县。父亲解放后参加革命，他调到哪里工作就把我们全家大小带到哪里，每次迁居，都会离我们家族的主要聚集地更远一些，由此中断了很多信息。小时候，父母就跟我们兄弟姐妹讲，我爷爷是背老二，是被人打死的。那年爷爷20出头，眉清目秀，一表人才，用今天的话说就是很帅气。爷爷被打死后，扔在了河里，家人去找他的尸体时，已经经过了一场大水。扔下他的地方泥沙淤积，爷爷或许是被冲走了，或许是埋藏在泥沙里了。那时我父亲还小，好像是几个月还是一岁多，他的印象里就没有见过爷爷。母亲说我们现在的爷爷姓毛，奶奶是改嫁到毛家的，毛爷爷并不是我的亲爷爷。

由于少不更事，那时候对父母讲述上辈子的事情毫无兴趣，每次他们提起这事时，我都会心不在焉，总觉得爷爷跟我们关系不大，只是一个辈分而已。我们根本没有意识到家族的根脉是一代一代传下来的。没有爷爷就没有父亲，没有父亲就没有我们，这个简单的伦理关系被小时候的我们忽略了。同时被忽略的，是一个家族的隐秘和荣辱兴衰，是那些血泪纷飞的如烟过往。

直到2015年10月28日，我的哥哥李春芳在编写《安康盐业志》时，从远房堂弟李春国的口中得知，我爷爷叫李秀林，是民国时期的盐背子。他从陕西省镇巴县经紫阳县，到四川巫溪去背盐，途中被土匪打死在一个叫母猪洞的地方，扔在了小河里。奶奶姓樊，那年19岁，爷爷死后不久奶奶就改嫁到了毛家。这个说法与我小时候所知道的信息正好对接。这时候，《盐道》已经出版一年多时间了。

这让我蓦然想起2012年元旦那天，我们一行6人从陕西镇坪县到重庆市巫溪县考察大宁厂和古盐道时，车辆行走在"一脚踏三省"的鸡心岭上，下方是悬崖峭壁。当时就有人指着车外说："这下面是母猪洞！也是盐背子们歇脚的地方。"那时我就觉得，母猪洞这个名字特别刺耳，听过之后就再也忘不掉。

知道自己身世的这天晚上我彻夜难眠，眼前浮现出许多现实和历史交织的幻影。19岁的奶奶成了寡妇，改嫁是有幸还是不幸？父亲读了三年私塾，能大段地背诵“四书五经”，算是文化人。由此可见，奶奶和那个姓毛的爷爷应该是有远见的人，在那个时代有远见的人才会重视教育。让我产生更多联想的是，20来岁的爷爷不就是如今大二学生的年纪吗？那时帅成了什么样子？他是怎样在背盐的路上被土匪打死的？他经过了怎样的生死搏斗？

真的难以想象，在那个草木青翠、岩石深切的沟壑里，竟然埋藏着爷爷年轻的尸骨。

黑暗与暴力，构成了那个社会最大的罪恶。

2

那么，是不是冥冥之中有一种神秘的信息，或诡异的暗示？而且这种暗示穿越在阴阳两界，爷孙之间，穿越在民国与当代之间？是不是上苍安排我一定要在爷爷死去的事件上用文学说话？对于一向关注现实题材的我来说，是什么力量让我改弦更张，沉醉于千年盐道，并饱含深情地写了《盐道》这部长篇小说？如果在写作《盐道》之前我知道了自己的身世，《盐道》会不会是另一副面孔？会不会有我爷爷的影子？或者有意无意地寄托对爷爷的哀思？

镇坪县人大主任陈敬民先生告诉我，现任的安康市盐务局局长陈彦华的父亲就是民国盐商，他手下有一支盐背子队伍。听说他身上有一些故事，但我没有去采访，我怕自己在创作中受到“听来的故事”的限制和影响。敬民是学中文出身的，他一再鼓励我，无论从哪方面讲，我都有责任再写一部关于盐背子的小说。盐是关乎人类生存的一种特殊物质，如果放弃这个题材，就是丢掉了一个宝贝。我答应下来。毕竟，先辈们的苦难足以窥视我们这个国家和民族曾经有过的那些苦难岁月。这里面隐含着国与家、家与人的逻辑关系，这部小说自然就成了个人感情和家国情怀的综合体。

促成我完成这部小说的，还有一个更重要的原因。自《盐道》出版后，读者的反响引起了地方政府的高度重视，省文物局安排古盐道保护项目近千万元，盐道博物馆纳入建设规划，特色小镇——镇坪钟宝盐道小镇开始筹建，去年投入了1亿多元用于小镇基础设施建设。镇坪的主政者罗万平和李平先生对文化事业非常重视，他们有着强烈的文化梦想和文化情结，一直在为镇坪的发展苦苦求索。镇坪是个历史文化贫瘠的地方，没有什么历史遗存，可是盐道文化，从纵向上看，有着几千年的悠久历史，贯古通今，从横向上看，涉及到大巴山千千万万个家庭和家族，几乎每个家庭的成年男人都有过运盐的经历，影响深远。它所具有的深度和广度，决定了它是唯一能够进入挖掘层面的一个文化选项，没有任何其他形式的文化可以替代盐道文化的精神价值。坚定文化自信，增强文化软实力，地方政府以包容的胸怀，开放的视野，历史的眼光和勇敢的担当，去扎实推进盐道文化建设。通往镇坪的高速公路指日可待，当中国的城市化发展到饱和的程度，都市人透不过气来的时候，镇坪那些被原始森林包裹着的奇山秀水，必将是城里人向往的一方宝地。从某种意义上说，现在的工作就是为未来的镇坪旅游业进行文化上的准备。

我写了几十年小说，作为职业作家，也有二十多年了。我在上海写了十年小说，并以此为生，在安康学院又写了十年。在一次长聊中，我曾经对我非常崇敬的小说家、清华大学教授格非说："小说对我的意义与别人不同，小说就是我的生活，我靠它养家糊口，让我衣食无忧，是有恩于我的艺术门类，由此决定了我对小说的特殊感情。"

我国每年出版的长篇小说成千上万，绝大多数作品都是一看了之，它们对社会、对人生到底产生了多大的影响和作用，是值得考量的。古人说百无一用是书生，否定的不是文人，而是文人笔下的文章。我认为，在不影响其文学性和艺术性的前提下，让小说功利起来，以文学的担当和使命去干预和服务社会，这不是坏事。如果一部作品能为地方文化建设铺路搭桥，对作家本人来说，是一种莫大的褒奖。它的实际作用彰显了它的现实意义。

3

自虞夏始，在镇坪古盐道上，几千年来，一直活跃着盐背子的身影。在重庆巫溪县、巫山县，湖北省竹溪县、竹山县，陕西省镇坪县、平利县，大多数成年男人都有过背盐的经历，直到20世纪80年代初，重庆市巫溪县大宁厂泉盐从减产到最终停产，盐背子大军才逐渐消失。在茫茫大巴山的密林之中，一条古老的盐道，为世世代代的盐背子提供了生活之源，也为沿途众匪提供了抢劫之源。

大巴山纵横绵延1000多公里，很少见到一块像样的平地。如果有的话，那便是我们的祖宗开垦出来做稻田和宅基的。对于从小生活在大巴山的我来说，对巴山人民的生活是非常了解的。小时候见过无数的背老二，不是背盐，而是背其他货物。他们在背东西时，手里拿着一个打杵，一个垫肩，一块黑色的毛巾，沉重的负荷压在背上，气喘吁吁，满头大汗无穷无尽地流淌。村子周围有许多患“劳伤”的老人，他们身上没有明伤，却有暗创，在季节交替时就会腰酸背痛，俗话形象地叫作“劳伤”。“劳伤”就是劳累过度落下的病根。

我无法了解几千年前的巴山人，但从传统祭祀和巫术的情况看，我们的生活中随时随地都影射着祖宗的影子。我们老家的院子里就住了一个装神弄鬼的巫师陈正廷，他一生钟情于巫鬼。老夫妻无儿无女，巫师去世后，遗孀独自一人活了九十多岁。老妪至少有二十年时间是在乡亲们的共同接济下度过晚年的，我在初中以前经常帮她干活，也偷吃过她种的黄瓜。我看到，再苦再累，再恶劣的环境，我周围的父老乡亲从来没对这片土地失望过，没有谁能够打垮他们的生存意志。他们每天都在顽强地挣扎和奋斗着。古盐道上，不知道摔死了多少，病死了多少，打死了多少，但盐背子这个职业从来没有中断过，大宁厂的盐照样源源不断地运往周边各地。背盐挣钱，成了很多家庭重要的甚至是唯一的经济来源。他们在背盐途中必须要与土匪搏斗，与野兽搏斗，与环境搏斗，所以必须互相帮助，讲仁义重道义。否则，就没有资格和能力在这个地方生存下去。我母亲和其他乡亲经常说，人是要讲仁义的，就像鲁迅先生挖苦的那样“满口的仁义道德”。可乡亲们口中的仁义道德真不是虚假的，不是“吃人”的，是他们骨子里的精神秉持，是崇高的日常行为操守。

特殊的生活方式形成了特殊的地域文化，而地域文化具有强大的遗传性和渗透性。仁义为本、坚忍不拔作为“盐道精神”的主体普遍存在于巴山人民身上，像野草的种子一样，无论何时何地都在生根开花。这种精神日积月累，反复叠加，就凝聚成石破天惊无坚不摧的力量，悄悄地改变着这里的一切。生生不息的巴山人，在苦难中创造生活，改变世界，从前的荒山野岭成了今天的风景如画之地，靠的就是盐道精神的内在动力。写好关于巴山盐道的小说，就是发掘和认定盐道的文化价值的一种方式。我的任务就是要用文学去唤醒这段沉睡的历史。我甚至固执地认为，巴山需要一部描写巴山人的书。我愿意做一个探路者，成功固可喜，失败又何妨？

于是就连续写了两部，前后花了六年时间。《盐道》是发生在古盐道上的故事，《盐味》是发生在家里的故事。前者是关于“道”的，大道至简；后者是关于“味”的，味在盐中。

两部小说的写作难度都很大，我要挑战的东西很多。毕竟这是一个前人未曾涉猎过的特殊题材，我是如履薄冰，战战兢兢，写作过程一如走过险象环生的古盐道。

像我这样的创作不乏先例。法国作家莫迪亚诺的很多作品都写他未曾经历过的历史。莫迪亚诺出生于第二次世界大战结束时的1945年，他的小说几乎都取材于第二次世界大战中法国被德国法西斯占领的时期。对于“二战”，他没有任何直接的感受与第一手素材，却偏偏写出了《海的沉默》《禁止的游戏》那样真切反映了“二战”时期生活的作品。在小说《暗店街》中，主人公罗郎失忆之后，收留他的私人侦探于特利用探案技术帮助他调查他的身世和来历，所找到的使他丧失了记忆的那段生活，正是发生在第二次世界大战初期阶段。这不仅让人赞叹作家莫迪亚诺强大的虚构力和想象力，也足以让人相信，小说在描绘历史的时候，比历史学家的记录更加真实和生动。

历史是小说家最青睐的地方，向历史要小说成了中国作家的创作传统。民国大才子范烟桥写了一本《中国小说史》，稍许比鲁迅的《中国小说史略》晚一点。范烟桥称司马迁《史记》中的很多内容都是小说资料，如《项羽本纪》《游侠列传》《滑稽列传》等尤甚，所以他说《史记》里有“小说的力量”。这个观点是独到的，也是准确的。可惜这部老书今天知道的人不多，阅读的人就更少了。这位被文学界遗忘的姑苏才子，他的博学与慧眼，给我提供了一个在历史与小说之间探寻更多认知及可能性的创作思路。

我并不知道我写的是不是历史小说，我只知道我写的就是民国背盐人的那段历史，那些即将被时代所忘记的普通人。

2017年2月4日正月初八写于安康学院李春平工作室